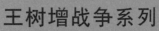

王树增战争系列

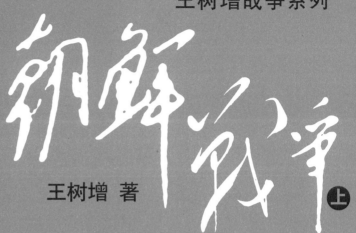

朝鲜战争 上

王树增 著

人民文学出版社

图书在版编目（CIP）数据

朝鲜战争：大字版/王树增著. —北京：人民文学出版社，2011（2022.3重印）

ISBN 978-7-02-008538-5

Ⅰ.①朝… Ⅱ.①王… Ⅲ.①纪实小说—中国—当代 Ⅳ.①I247.5

中国版本图书馆 CIP 数据核字（2011）第 038667 号

策划编辑　脚　印
责任编辑　王　蔚
装帧设计　刘　静
责任印制　宋佳月

出版发行　人民文学出版社
社　　址　北京市朝内大街 166 号
邮政编码　100705

印　　刷　三河市宏盛印务有限公司
经　　销　全国新华书店等

字　　数　572 千字
开　　本　680 毫米×1000 毫米　1/16
印　　张　46.5　插页 3
印　　数　156001—206000
版　　次　2009 年 4 月北京第 1 版
印　　次　2022 年 3 月第 24 次印刷

书　　号　978-7-02-008538-5
定　　价　96.00 元（上下册）

前言　古老的命题

战争的历史和人类的历史一样古老。

人类进步的历史同时也是一部战争的历史。

面对二十一世纪,人类的期盼是和平与发展。但是,无论和平的愿望是多么的美好,发展的愿望是多么的深切,战争却每一天仍在地球上发生。

历史在某个时刻的现在时是:战争已经成为一个国家的唯一选择,如果这个国家珍视独立、主权、领土完整以及人民的和平生活。

而选择战争,意味着一个历史性的提问必然出现:是否能赢得战争?

能不能打赢?怎样才能打赢?

这是一个从来都古老而每一次又超前的问题。

距离今天最近的一场为和平而战的规模最大的战争是第二次世界大战。这场令全世界一半以上的人口卷入硝烟的战争,在付出一亿人的生命伤亡之后结束了。赢得战争胜利的国家包括中国和美国。

当世界上所有的参战国都被战火破坏得千疮百孔的时候,本土没有遭受战火的美国在战争结束后拥有着领先世界的经济能力。其时,美国的工业总产值占整个西方世界工业总产值的一半以上。一九五〇年,美国的钢产量达到八千七百七十二万吨,小麦产量占西方世界总产量的百分之三十以上,工农业总产值达到一千五百零七亿美元。一九四九年,美国的黄金储备价值为二百四十七亿多美元,占整个西方世界黄金储备总量的百分之七十。美国还是当时科技最发达的国家,拥有世界上群体最大、水准最高的科技人才储备。于是,美国当仁不让地成为世界军事强国,它拥有大规模的杀伤武器原子弹,拥有世界上数量最多的性能先进的作战飞机,拥有世界上最大规模的海军舰队。当第二次世界大战结束时,美国仍有十八艘航空母舰正在建造中,其拥有航空母舰的数量和总吨位占全世界的百分之八十。美军的一个步兵师装备坦克一百四十多辆、七十毫米火炮三百三十门,陆军的火力配备位居世界第一。第二次世界大战的胜利,使美国从日本到菲律宾、从意大利到关岛的环欧洲和亚洲的弧形带上建起二百多个军事基地,这些基地上部署着它三分之一的陆军、一百多艘战舰和一千一百多架作战飞机。

几乎没有人怀疑这个国家和这支军队的战争能力。

几乎没有人怀疑这个国家和这支军队将在战争中必胜。

然而,这个国家和这支军队在五年后的朝鲜战争中却失败了。

强大的美国军队称他们在朝鲜的失败是“一个令人啼笑皆非的结局”。想及第二次世界大战的胜利曾经甚嚣尘上,于是,朝鲜战争失败的结局令这个军事强国举国不解。美军陆军参谋长柯林斯将军对第八集团军司令李奇微将军感叹道:“伙计……胜利一次太重要了。”

美国军队在朝鲜战争中的对手是中国。

中国,一个刚刚从战争废墟上建立起来的国家,在宣布成立人民共和国的那一天，甚至还没有完全解放它的全部领土，人民解放军的大军还正在向西南和西北挺进。而在已经解放了的广大地区，与新生的人民政权作对的国民党军队的残余势力仍然是军事上的重大问题。连年不断的战争使中国薄弱的民族工业遭到彻底的破坏，中国本处于原始耕种状态的农业更是一片凋零。一九五〇年，新中国的工农业总产值仅为五百七十四亿元人民币，换算成美元还不及美国工农业总产值的尾数。以战争缴获为最主要武器来源的人民解放军，是从使用大刀长矛作战的红军发展来的，即便由于战争的胜利而使装备大大改善，中国军队每个军七十毫米以上的火炮也仅有一百九十多门，是美军一个师配备的作战装备的一半，而且大部分还是在抗日战争和解放战争中缴获的旧式火炮。中国人民解放军还没有正规的空军部队，防空武器也很少。新中国的军队依旧是一支由"小米加步枪"装备起来的军队，而且"小米"的供应并不十分充足，"步枪"也是由不同年代、不同类型的步枪组成。

新中国百废待兴。

那么，在中国军队与美国军队交战的朝鲜战场上，中国军队赢得战争胜利的原因到底是什么呢？

决定战争胜负的诸多因素，在中国几千年的文明发展史中，已经演绎成战争哲学与战争艺术。中国在军事上崇尚"得道多助"是与哲学上崇尚"精神力量"相一致的。当战国时代的军中巫师占卜"天时"的时候，中国战争哲学的"天人合一"思想已初见端倪。中国人认为，在决定战争胜负的三大要素"天时、地利、人和"中，"人和"是最主要的因素。虽然中国人将火药的发明更多地运用到了驱鬼的爆竹和喜庆的烟花上，但是在战争中使用热兵器还是比西方人早了近千年。在以后漫长的历史中，战争物质的千般演进从不曾动摇中国人古老而坚实的精神基础，即使要被迫面对高质量的战争物质的重重包围。而就军事来讲，中国农民的梭镖能够夺取国家的政权,这已经是举世不争的事实。在一九四七年至一九四八年间,甚至连美国人都疑惑,他们援助的大批武器装备为什么就是无法支撑那个摇摇欲坠的国民党政权?为什么拥有先进美式武器的"国军"会在装备原始的共产党军队的攻击下一夜之间土崩瓦解?为什么"国军"的几百万人会不得不丢弃汽车、大炮和坦克让共产党的士兵和民众用牛车拖走?世间万事万物,人的因素第一,这是领导着一支农民军队创建了新中国的毛泽东的核心哲学思想,这也是中国战争艺术中最重要的哲学思想。

一九五〇年冬天,中国的战争哲学与战争艺术在朝鲜战场上被中国人民志愿军所实践。

没有人在是否需要加强战争的科技含量这一问题上争论,没有人否认一个主权国家需要用最精良的武器来装备国家的军队,没有人无视先进的武器和尖端的装备对于改变战争进程的重要作用。特别是,在过去的近半个世纪的时间里,人类的科学技术每一天都在发展与进步,而后来发生的每一场战争都显示出人类科学技术的每一点发展与进步都已被用于战争。

那么,在战争中起着决定作用的因素究竟是什么?

只要世界上依然存在着战争,这个问题就会不断地出现在我们面前。

所以,对朝鲜战争的回顾与分析,不是没有意义的。

目　录（上）

第一章

打败美帝野心狼

六月二十五日

三八线的最西端,位于朝鲜半岛海州湾的最深处,这是一块盛产粮食的湿润洼地。从这里一直向北,在三八线两侧对峙的是北朝鲜的第七警备旅和南朝鲜的陆军第十七团。

一九五〇年六月二十五日,星期日,凌晨四时。

夜色漆黑,大雨滂沱。

突然,一道比霓虹灯还明亮的橘红色的光线穿透雨夜升起来了。

炮火!坦克!湿淋淋的士兵!

紧接着,从三八线最西端开始,连续升起的信号弹像燃烧的导火索沿着南北朝鲜三百多公里的分界线向东飞速蔓延,一个小时后便抵达东部海岸。五时,三八线上上千门火炮开始射击。在炮火的映照下,稻田里翠绿的秧苗被裹在泥水里在夜空中腾飞,而上千辆坦克冒出的尾烟蜿蜒在朝鲜半岛的中部,犹如扑上整个半岛的惊涛骇浪。

如同这个动荡的世界中经常发生的事情一样,一九五〇年六月二十五日在朝鲜半岛突发的是一场局部地区的局部战事。无论从政治上还是军事上讲,至少在六月二十五日那一天,没有人会认为在亚洲东北部潮湿的梅雨季节里发生的事情,会对这个半岛以外的人们产生什么影响久远的后果。

对于朝鲜半岛以外的世界,一九五〇年六月二十五日是一个普通的日子。

中国人民解放军第三十八军一一四师三四二团一营原营长曹玉海,这一天的上午正走在武汉市阳光灿烂的大街上。他复员后在武汉市的一所监狱任监狱长。这个农民出身的青年经历过抗日战争和解放战争,参加过无数次残酷的战斗,三次荣立大功,获得"勇敢奖章"五枚。他在从军生涯中最后一次负伤,是在湖北宜昌率领士兵抢渡风大浪急的长江的时候。这次中弹令他本来就伤痕累累的身体更加虚弱。在风景秀丽的东湖疗养院休养时,他接到了复员的命令。曹玉海不想离开部队,疗养院一位女护士的爱情平复了他的伤感,爱情在刚刚来临的和平生活中显得格外温馨。当爱恋曹玉海的姑娘向他提出结婚要求的那天,他在广播里听到了一个消息:与中国接壤的朝鲜发生了战争。

六月二十五日,当曹玉海在武汉大街上奔走的时候,听说自己的老部队第三十八军正从南向北开进路过这里。他虽然不知道邻国的战争与自己的国家有何种关系,但是部队向着战争的方向开进还是令他产生出一种冲动,他能够意识到的是:国家的边境此刻也许需要守一守,那么部队也许又需要他这个勇敢的老兵了。

曹玉海的口袋里此刻还揣着那个女护士写给他的信:

玉海,我亲爱的:

一想到你要离开我,我的心就像撕裂了一样!

自从见到你,我才晓得一个人应该怎样生活。但,我毕竟还有些过于注意个人幸福,你的批评是正确的。你说得对:"我不是不需要幸福,我不是天生愿意打仗,可是为了和平,为了世界劳动人民的幸福,我就要去打仗了。"

谁知道什么时候能相见,但我要等待,等待,等你胜利归来。我为你绣了一对枕头,请带着它,就像我在你身边一样……我想总会有点儿时间的,亲爱的,千万写信来,哪怕只是一个字也好……

那对枕头是白色的,上面绣着四个字:永不变心。

曹玉海真的在武汉茫茫人海中找到了自己的老部队,这支不久后即将走向战场的部队让曹玉海再次成为一营营长。

在部队继续向北走去的时候,曹玉海拿出女护士的照片给他的战友姚玉荣看。姑娘的美丽令姚玉荣羡慕不已。他问,为什么不结了婚再走?曹玉海答,万一死了多对不住人家。姚玉荣狡猾地试探,是不是不太喜欢她?曹玉海的脸一下严肃了,他说,死了我也恋着她!

距离曹玉海在武汉阳光灿烂的街头寻找老部队八个月后,经过一场漫天风雪中空前残酷的肉搏战,一营营部被美军士兵包围。曹玉海在电话中只对团长孙洪道喊了句"永别了",便带领战士强行突围。数粒美制 M1 步枪子弹穿透了他的胸部和腹部。曹玉海倒下的地点,是朝鲜中部汉江南岸一个地图标高为二百五十点三米的荒凉高地。他挣扎了一下便一动不动了,喷涌而出的热血很快在零下二十摄氏度的低温中与厚厚的积雪冻结在一起。

一营营长查尔斯·布雷德·史密斯感到非常疲劳。二十五日是他所在的美军第二十四步兵师的创建纪念日。师司令部在这天晚上举行了盛大的化装舞会,全师官兵都很兴奋,不少士兵把自己化装成白鹤——这是他们长期驻扎在日本的缘故——白鹤长长的红嘴到处乱戳着这个嘈杂而喧闹的不眠之夜。此时,他们没有一个人听得见隔着日本海传来的炮声,甚至连师长迪安在接到电话后的惊慌神色也没有人注意到。一营所在的二十一团,驻扎在日本九州熊本附近的伍德兵营,史密斯自从那天开始就一直头痛。几年前,这个年轻军官应该说前途是光明的,他从西点军校毕业后就指挥着一个连。日本人袭击珍珠港时,他奉命在巴伯斯角紧急构筑阵地,当时他的指挥官柯林斯将军认为他是个"很不错的军官"。作为一名步兵军官,他一直作战到南太平洋战争结束。而现在,长期驻扎在日本的百无聊赖的日子让他烦透了。史密斯知道远东又一次爆发了战争,是在几天后的一个晚上。他的团长理查德·斯蒂文森在电话里的语气十分急促:情况不妙,快穿上衣服,到指挥所报到。史密斯的任务是立即率领他的部队乘飞机进入朝鲜半岛。当史密斯吻别妻子的时候,窗外风雨交加,漆黑一团,拿他的话讲是"上帝在为我们的爱情哭泣"。军用卡车在雨夜里向机场驶去,史密斯对他要去朝鲜参战迷惑不解。美国作家约瑟夫·格登后来写道:"史密斯并不知道——但肯定怀疑——他被派去执行一项等于自取灭亡的使命。"

第二十四师二十一团一营是第一批到达朝鲜战场的美军。

查尔斯·布雷德·史密斯以在朝鲜战争中第一支参战的美军部队指挥官的名义在战史中留下了他的名字。然而他的部队在第一仗中就在北朝鲜军队的攻击下立即溃不成军,以至于他不顾美军的军事条令,把伤员和阵亡士兵的尸体遗弃在阵地上落荒而逃。查尔斯·布雷德·史密斯还是美军在朝鲜半岛西线打仗打得最远的指挥官,他说他"几乎看见了中国的土地"。确实也就是"几乎",当他看见一位澳洲营长的大腿在爆炸声中飞上了天空的时候,他和他的士兵立即从"几乎看见了中国的土地"的地方掉头就往回跑。朝鲜战争的史料中没有查尔斯·布雷德·史密斯阵亡的记录。如果他现在还活着,应该是八十七岁的老人了,不知道他后来是否看见过真正的"中国的土地"。

曹玉海和查尔斯·布雷德·史密斯,一个黑眼睛和一个蓝眼睛的军阶很低的年轻军官,他们在朝鲜战争中都有值得叙述的故事,尽管今天很少有人记得他们。

战争发生在一个叫朝鲜的国家,但战事必须从一个普通的中国人和一个普通的美国人开始叙述,这就是历史。

素有"晨谧之邦"美称的朝鲜,在公元前不久就有了文字记录的历史,但是战争却是这一历史始终的主题。由于居于特殊的地理位置,朝鲜不断受到强国的占领和践踏。这个国家最奢侈的愿望仅仅是能够安静地独处世界一角,以享受苍天赐予的优美的情歌和优质的稻米。为了这个愿望,在十七世纪一段没有强国侵入的短暂时光里,朝鲜国王甚至下过一道禁止百姓开采白银和黄金的旨令,为的是减少强国对这个国家的兴趣。然而,这个"隐士般的国度"始终没能实现和平的愿望。一八六六年七月,一艘名叫"舍门将军"号的美国船闯入朝鲜大同江,向这个国家索要财物,扬言不给就炮轰平壤。美国人没有想到这个和善的民族竟能如此激愤,在平安道观察使朴圭寿的率领下,朝鲜军民烧毁了美国人的"舍门将军"号。五年后的一天,五艘美国船再次进入朝鲜海域,与所有强盗的逻辑一样,要求赔偿"舍门将军"号的损失,并且要求"缔结条约"、"开放口岸",否则就动武。结果,在朝鲜人民的奋起抗击下,美国人落荒而逃。如今,在朝鲜的历史博物馆里,陈列着一块"斥和碑",上刻"洋夷侵犯非战则和主和卖国"十二个大字,下面的一行小字是"戒我万年子孙",另一行是"丙寅作辛未立"。

朝鲜是半岛国家,南北直线长约八百多公里,东西最宽处约三百多公里,面积约二十二万多平方公里。半岛的南部气候宜人,是丰产的农业区;半岛的北部山林茂盛,矿产丰富。朝鲜地扼东亚交通咽喉,特殊的地理位置令其具有不可忽视的战略意义,它犹如一块伸向日本海的跳板,既是强国入侵远东的最便捷的必然途径,又是抵制入侵的天然桥头堡垒。

北纬三十八度线,横穿朝鲜半岛中部。

这条三十八度线，是这个国家最不幸的象征。

一八九六年，俄国和日本为争夺对这个国家的统治权而交战，战争的结果是双方划定出各自的势力范围，从而将朝鲜半岛分割为两半，分割线便是北纬三十八度线。后来日本人赶走了俄国人，把整个朝鲜半岛吞并为自己的殖民地。一九四二年，日本在第二次世界大战中又将朝鲜变成了日本领土的一部分，归自治省管辖。一九四三年，在德黑兰会议上，美国总统罗斯福告诉苏联元帅斯大林，朝鲜"还不具备行使和维持一个独立政府的能力，而且……他们至少应该经过四十年的监护"。于是，罗斯福与英国首相丘吉尔以及中华民国总统蒋介石在共同签署的一份公报中，对这个国家的前途表示出强权的怜悯："轸念朝鲜人民所受之奴役待遇，决定在相当的时期，使朝鲜自由独立。"到了一九四五年雅尔塔会议时，美国总统罗斯福虽已重病缠身，但他依然清醒地意识到，随着日军的覆灭，长期被日本占领的朝鲜半岛将出现政治上的真空。对于美国人来讲，他们不认为凹凸不平的朝鲜半岛对美国在战略上有多大的意义，在整个远东他们占领日本本土已经足够了。但是，美国却无时无刻不在关心着苏联的势力划分到了哪里。为了促使苏联对日本宣战，罗斯福和丘吉尔向斯大林作出的让步包括同意由美国、英国、苏联、中国四大国"共同托管"朝鲜。朝鲜再一次成为强国政治的一件抵押品。美国虽然并不觊觎朝鲜，但它坚持在朝鲜插手的理由却值得注意，因为这既是苏美两个超级大国冷战开始的信号，也是未来美国涉足朝鲜战争的最根本的原因，即"美国在朝鲜没有长远的利益，它所希望的是朝鲜成为阻止苏联进攻日本的缓冲地带"。朝鲜战争爆发时的美国总统杜鲁门在回忆录中写道："国务院极力主张在整个朝鲜的日本军队应由美国受降。但是，我们要是以必要的速度把军队运送到朝鲜北部，那就无法保证我们在日本抢先登陆。"美国人当时的真正想法是：全朝鲜有那么多日本兵，要是去占领"可能遭到重大伤亡"，还是让苏联人去承担吧,美国等着坐收渔利就可以了。

一九四五年八月八日,苏联外交人民委员莫洛托夫召见日本驻苏联大使佐藤尚武,交给他一份苏联对日宣战通告。九日零时,百万苏联红军从各个方向突入中国东北,对日本关东军发起进攻。与此同时,苏联的几个红军师越过中国东北边境,向朝鲜半岛急速推进。到这个时候,世界上也就没人知道这些红军战士会在朝鲜的什么地方停下来了。波茨坦会议并没有明确在朝鲜的国土上哪里是美苏双方都认可的占领分界线。当美国人听说苏联军队已经进入朝鲜半岛时,他们开始有了最隐秘的担忧,因为在这一天,距离朝鲜半岛最近的美军还远在几百公里以外的冲绳岛上。

"应当在朝鲜整个地区就美国和苏联的空军和海军的作战范围划一条界线。"美国总统杜鲁门说,"至于地面上的作战和占领区域,没有进行任何讨论,因为当时没有人想到,不管是美国的或者是苏联的地面部队,会在短期内进入朝鲜。"

一九四五年八月九日晚上,美国国务院、陆军部、海军部协调委员会在五角大楼召开紧急会议,磋商如何不让苏联在远东占到便宜以及如何保护美国在远东的利益。美国陆军参谋长马歇尔将军的参谋人员中,有一位名叫迪安·里斯克的年轻上校,他指出既然没有可以立即投入使用的部队,加上时间和空间上的因素,抢在苏联军队前面进入朝鲜半岛是不可能的。国防部长助理让迪安和另一位上校参谋到隔壁的第三休息室去,尽快搞出一个"既能满足美国的政治意愿,又符合军事现状的折中方案",并且"要在三十分钟之内搞出来"。两位年轻的职业军官在休息室里面对着朝鲜地图发呆,因为在这之前他们从没有关注过这个遥远的国家。此时,迪安根本不曾想到自己的一生将从此和朝鲜打交道,而且因为朝鲜的战事他将官运亨通。迪安的目光在朝鲜半岛狭长的版图上尽可能中间的部位搜索着——"如果我们提出的受降建议大大地超过了我们的军事实力,那么苏联就很难接受。"于是,他设想按朝鲜的行政区域划分出一条界线,提供给美苏首脑们去辩论,但此刻迪安面前的朝鲜地图上没有行政区的划分,而三十分钟的时间是有限的。迪安拿起一支红色的铅笔,干脆利索地在面前的朝鲜地图上画出了一条直线,这条线与四十九年前日俄分割这个国家的那条线完全一致:北纬三十八度线。

一个完整的主权国家,就这样被一个从来没有到过朝鲜的年轻的美国参谋在三十分钟的时间里分割成了两半。

再一次分割朝鲜的迪安·里斯克,后来在朝鲜战争中任职亚洲远东事务助理国务卿,再后来他在肯尼迪和约翰逊政府中登上了美国国务卿的高位。

让美国人意外的是,斯大林没有对这条线表示反对。

苏联第一远东方面军南翼部队在太平洋舰队的配合下,迅速切断了日本关东军与日本本土的联系,自八月十日起相继占领了朝鲜北部的雄基、罗津、清津、元山等港口,十九日攻占平壤。然后,打击占领朝鲜半岛的日军的苏联红军停止在三八线上。

在进攻朝鲜半岛的苏联红军中有一支朝鲜部队,这支朝鲜部队的司令官名叫金日成。

苏联红军占领平壤二十天后,美军第六、第七、第四十步兵师在朝鲜半岛南部的仁川、釜山港登陆。尽管美国人知道这次军事行动只是去接受投降,无异于坐收苏联红军的胜利成果,但他们还是为这次登陆行动取了个诡秘的代号:"黑名单"。从仁川登陆的美军不停顿地行军,最终到达了北纬三十八度线。

在时间上占据优势的苏联军队停止在三八线上,他们等来的是最高司令官名叫道格拉斯·麦克阿瑟的美国军队。美苏两国的士兵在三八线上举行了联欢会,美军跳的是踢踏舞,苏军跳的是马刀舞,美国兵对粗壮的哥萨克人能用脚尖疯狂地旋转身体惊讶不已。

美国人是事后才后悔的,早知道斯大林不反对,还不如把分界线往北移动一下，划在北纬三十九度线上，这样中国的军港旅顺就在美国的势力范围内了。可是，北纬三十八度分界线已经存在了。

北纬三十八度线斜穿朝鲜国土的长度约为二百五十多公里。它是完全忽视了政治、军事、经济等诸多因素而臆造出来的一条分界线。它从不同角度分割了这个国家数座高高的山脉，截断了十二条河流、二百多条乡村道路、八条等级公路和六条铁路，当然，还有正巧横跨在这条线上的无数绿色的村庄。从它再次产生的那一刻起，世界上的强国都意识到，远东这个被分割为两半的国家，必定将是第二次世界大战后依旧需要士兵生命的地方。尽管这个国家山脉奇多而险峻，"把那些巨大褶皱展开的面积可以覆盖整个地球"，是"世界上最不适宜大兵团作战的少有的地区之一"。

四年零十个月后，已经是助理国务卿的迪安·里斯克作为尊贵的客人被邀请参加美国新闻俱乐部举办的一个晚宴。"夜色很美，星空下，阳台上，人们谈兴很浓。"《纽约先驱论坛报》专栏作家约瑟夫·艾尔索普回忆道，"一个仆人打断谈话，让里斯克去接电话。几分钟后，里斯克返回阳台，脸色煞白如纸。但是，他还是找到一个恰如其分的借口匆匆地走了。我们议论说，肯定出什么大事了，那家伙是负责远东地区事务的。远东是什么鬼地方？"

一九五〇年六月二十五日，在朝鲜是星期天，而在美国是星期六。杜鲁门总统决定在这个周末离开华盛顿。他最近的心情很糟糕，原因是国会的共和党人始终与他作对，几乎到了让他忍无可忍的地步，连华盛顿潮湿的天气都令他讨厌。他决定去密苏里老家过几天身边没有国会议员吵嚷声的日子。当然，作为总统，即使休假也要寻找一点儿事情来打扮勤勤恳恳为美国公众服务的形象，他接受了巴尔的摩附近一个机场落成典礼的邀请。实际上，他确实有一点儿很"私人"的事情要做，他想去格兰特维尤农场看看他的弟弟，他自己的农场也有点儿农活需要安排——"我打算为农场的住房造一道围栅——此举绝对没有政治目的。"杜鲁门临上专机时对国务院礼宾司司长伍德沃德说,"让那些政客们见鬼去吧!"

巴尔的摩机场落成典礼用了大约一个小时。杜鲁门在讲话中虽谈到发展航空事业的重要性,但讲话的大部分内容还是不失时机地在奚落他政治上的对手——那些处处与他为难的共和党人:"假如我们听信了那些老顽固的话,那么我们现在肯定还在使用公共马车;对不起,一些主张公共马车的家伙仍然待在国会里……"后来的所有回忆录都注意到,杜鲁门总统在他讲话的结尾部分使用了一连串的"和平的未来"、"和平的目的"、"和平的世界"等字眼儿。而历史的真实是,再过几个小时,一场战争将来到美国面前。

杜鲁门回到家乡,吃过晚饭,一家人在图书室里聊天。

这时候,电话铃响了。

电话是国务卿艾奇逊打来的。

艾奇逊也在周末躲到了他在马里兰州哈伍德农场的家中,那个害了共产主义恐惧症的麦卡锡议员对他的指责令他焦头烂额,他想回到家乡好好睡个觉。晚上二十二点,桌子上的白色电话铃响了。这是个越洋电话,对方是美国驻汉城大使约翰·穆乔,电话的内容是:朝鲜战争。艾奇逊的第一个反应是,派人去和联合国秘书长赖伊联系;第二个反应是,向正在度周末的总统通报。

杜鲁门在电话里同意艾奇逊的安排,但艾奇逊不同意总统连夜赶回华盛顿。"这样会引起全国的恐慌,"国务卿说,"况且,情况还没有搞清楚呢。"

杜鲁门怀着复杂的心情度过了一个多梦的夜晚。

第二天,像狩猎般蹲守在农场周围的记者们发现,总统上飞机时衣冠不整,神色慌乱,两个随行人员仅仅晚到了几分钟,总统便把他们扔在跑道上不管了。

二十六日晚上七点十五分,应总统的邀请,白宫和国防部的高级官员们与总统一起在布莱尔大厦共进了一顿白宫人员匆忙准备的晚餐。撤去餐具后，餐桌直接成了会议桌。会议通过了艾奇逊提出的三点建议：第一，授权美国驻远东军队总司令麦克阿瑟将军对南朝鲜提供必要的援助；第二，命令美国空军在美国使馆人员、侨民和滞留在朝鲜的美国公民撤离时，轰炸北朝鲜人民军地面部队；第三，命令美国第七舰队立刻开往台湾海峡，阻止中国大陆的共产党军队进攻台湾。——注意这个第三，这是一个至今仍让历史学家们争论不休的建议，它针对的是战争之外一个刚刚成立的国家——中华人民共和国。一场发生在朝鲜的战争，与中国的台湾有什么联系？包括杜鲁门在内的美国高级官员们当时并没有想到，正是这第三条建议，使世界上从来没有交战过的两个大国卷入了一场的空前残酷的战争。

中国的毛泽东没有星期天的概念。北京城中松柏掩映下的古代皇家园林里一个叫丰泽园的地方是他的家，同时也是他的办公室。他在那里读书、吃饭、散步，接见需要见他的人。除了出席必要的会议和外出视察，他很少走出那个中国式的幽静的院落。前几天，中国共产党七届三中全会在北京召开。在这次会议上，毛泽东发表了他的一个十分有名的讲话，叫做《不要四面出击》，讲的是处理好各阶级、政党、民族各方面的关系，以孤立和打击当前的主要敌人，树敌太多对全局不利。毛泽东讲话的时候，肯定没有想到，仅仅几个月后，他所领导的中国不但要出击了，而且要出击到国境线以外了。

那天屋子里有点热，毛泽东让卫士把他夏天用的大蒲扇找出来，卫士给他的是一把新的蒲扇。中国的蒲扇是用一种名叫蒲葵的植物叶片做成的，卫士拿来的蒲扇还带着植物的清香。

毛泽东说："去年的那把不是很好嘛。"

卫士说："那把坏了，扔了。"

毛泽东不高兴地自语道："那把还是很好用的……"

毛泽东面前的桌子上放着这个新生的国家马上就要颁布的一

部重要法令:《中华人民共和国土地改革法》。在三亿一千万人口的解放地区进行土地改革,是新中国一件翻天覆地的大事。这一法令明确规定了土地改革的指导思想和实施方法。另一份文件是八天前以政务院名义发布的《关于救济失业工人的指示和暂行办法》。多年的战争给中国经济带来毁灭性的破坏,人民的温饱问题亟待解决,首先需要的是粮食。政务院决定拿出二十亿斤粮食来缓解燃眉之急,不知是不是杯水车薪。桌子上还有一份关于英国人查理逊和美国人托马斯伙同西藏摄政大札秘密组成"亲善代表团"打算去美、英等国请求外国势力支持"西藏独立"的调查报告。新中国成立后,西藏反动势力企图"独立"的活动日益加剧,"这是一个严重的斗争任务"。当毛泽东接着看到西南军区一份关于匪患严重的报告时,他的心情开始沉闷了。建国已经几个月了,分散在这个国家偏僻地区的原国民党军散兵和土匪大约仍有四十万之众。西南军区的报告说,四川地区于二月、贵州地区于三月、云南地区于四月,土匪们开始骚动。这些土匪传播谣言,说蒋委员长马上就要打回来了,新政权长不了了。他们威胁群众、破坏交通、抢劫物资,杀害的政府和军队工作人员已达两千多人。经过半年的剿匪战斗,虽然歼匪大半,但还有不少漏网分子隐藏起来,这是新中国的心腹大患。

毛泽东走出房间,在院子里散步。初夏的北京,天色湛蓝,草色新鲜,丰泽园内苍翠的松柏树龄都在百年以上。毛泽东没走几步,就听卫士在身后轻声地说:"毛主席,总理的电话。"

电话的内容是:朝鲜战争。

对于邻国发生战争,毛泽东并不感到意外。但是,由此带来的一个问题此刻还是让这位伟人陷入了深思,这就是:台湾。

台湾：永不沉没的航空母舰

一九四九年十二月里一个阴霾的日子，蒋介石悄然登上美制"江静"号军舰，向中国东南方向大海中的一个岛屿——台湾——逃亡而去。

国民党在中国大陆的失败已经是无可挽回的事实。抗日战争的胜利给这个国民党领袖带来的声誉，加之八百万重兵和美国先进武器的援助，曾经使他在三年前雄心勃勃地宣称"三个月到半年之内消灭共产党"。这时，他的军事幕僚以及他的美国盟友都以为，无论作战兵力还是武器质量都决定了蒋介石赢得战争胜利是势在必得。可是，他们完全忽视了一个似乎是纯军事学以外的因素，那就是发生战争的这块土地上人心的向背。战争终究是人的行为。在国民党政权统治末期，政治黑暗、官吏腐败、物价飞涨使整个中国民不聊生，国民党政权在中国百姓的心目中已经是灾难的代名词，加上割据各地的军阀由来已久的帮派角斗，在手持步枪的解放军以及跟随在他们身后的上百万民众的呐喊声中，蒋介石的百万精锐之师在一个又一个的战役中纷纷解甲。蒋介石曾经对横贯中国大陆中部的一条大江抱有近乎天真的幻想——五百里坚固防线,岸炮军舰如林以待。但是,大江岸边的穷苦百姓自愿划着木船在炮火中运送解放军横渡大江,结果是"长江天堑,一苇可渡"。当穿着布鞋的解放军战士冲进南京总统府中蒋介石的办公室时,桌上的电话依旧可以使用。一位解放军将领坐在蒋总统的椅子上,给北平西山上苍松环绕的双清别墅打了一个电话,毛泽东接完电话后,写下了一首至今依然令人荡气回肠的诗篇,其中的一句是:"宜将剩勇追穷寇,不可沽名学霸王。"

中国共产党人要赢得解放全中国的胜利,逃往台湾的国民党军自然在"追穷寇"的范围之内。台湾不可能成为国民党残兵败将的苟且之地,解放军大规模的渡海作战和对台湾的最终解放,无论在政治上还是在军事上都已是水到渠成的事情。对此,毛泽东胸有成竹,蒋介石则心有余悸,而远在地球另一端却硬要涉足远东事务的美国自然也看到了这一必然结局。

目前的问题仅仅是人民解放军渡过台湾海峡的时间表。

惊魂未定的蒋介石在被海水包围着的台湾岛上反复强调"台湾一定能守得住"。但是,蒋介石心里非常清楚一个军事上的简单事实:一百五十海里的台湾海峡,三百年前尚且阻挡不了郑成功的木船船队和手持冷兵器的兵勇,现在又如何能抵挡得住排山倒海的人民解放军? 在福建沿海,中国人民解放军第三野战军的几十万精锐部队、各种型号的船只皆在备战之中。最令人吃惊的是,装备很差的共产党军队竟然有了飞机! 送到蒋介石手上的情报是这样描述的:"彼等所准备的空军,到民国三十九年(一九五〇年)已有飞机四百架";"上海的龙华机场一度为我政府炸毁者,现已借助俄人之助,修复至可以使用";"长江以南各地约有三十个空军基地,包括对日作战时英军修筑的若干基地,亦已恢复可供使用之程度"。此刻,在蒋介石看来,唯一可以救命的稻草,是美国一如既往的援助,甚至是军事干预。但是,美国人的做法对在台湾岛上惶惶不可终日的蒋介石来说无异于雪上加霜。

当毛泽东在北京的天安门城楼上向全世界宣布中华人民共和国成立的时候,美国国务院也紧急召开了一个远东问题圆桌会议。会议确定了一个事实:蒋介石已经被永远地赶出了中国大陆,共产党军队很快就会占领台湾,时间最迟在一九五〇年的下半年。美国现在面临的问题是:要尽快从中国脱身,结束与蒋介石政权的关系。国务卿艾奇逊甚至还主张,至少暂时不向国民党政权提供军事援助,而且也不应该试图把台湾和中国大陆分离开。美国政府的态度十分明确:在不承认新中国的同时,也不再支持已经没有希望的蒋介石。但美国国会一部分参议员却主张继续支持台湾,他们不断地向杜鲁门总统施加压力。为此,艾奇逊出面对美国军方解释:美国必须承认,共产党人控制了全中国,国民党政权已经崩溃。即使按照参谋长联席会议的意见继续援助台湾,其效果最多是把台湾陷落的时间延迟一年,这对美国来讲太不合算了。为了说明如何"不合算",艾奇逊十分耐心地列举出五点理由:一、会使美国再次卷入一场有世界影响的失败中,影响美国的威信;二、会把全中国人民一致的仇恨集中在美国身上;三、会给苏联提供在安理会上攻击美国的借口;四、会使美国在亚洲人民心目中成为那个腐败并且威信扫地的国民党政府的支持者;五、没有人认为台湾一旦落入共产党之手,会打破美国的远东防线。而这第五条理由,正是美国政府改变对台湾政策的最根本的原因。美国人意识到,台湾不值得他们付出这么高的代价,在台湾问题上,作为世界强国的美国眼光应该放远一点。

一九四九年十二月二十三日,美国国务院发出第二十八号密令:《关于台湾的政策宣传指示》。文件确定了美国官方关于台湾问题的统一对外宣传口径;同时,文件确定了任何支持台湾的做法对美国利益都是不利的,都会使美国卷入一场危险的战争,都会使美国成为中国人民的对立面。文件中最值得注意的是,它强调了一个至今依然十分敏感的重要观点,即:台湾无论从历史上还是从地理上,都是中国的一部分,中国是不能够分割的一个整体的国家。

一九五〇年一月五日,杜鲁门代表美国政府发表《关于台湾问题的声明》,再次确认《开罗宣言》和《波茨坦协定》中关于台湾归还中国的条款,宣布美国无条件地认为台湾是中国的领土,美国对台湾没有掠夺的野心。杜鲁门说:"美国亦不拟使用武装部队干预其现在的局势,美国政府不拟遵循任何足以把美国卷入中国内战中的途径,美国政府也不拟对台湾的中国军队供给军事援助和提供意见。"基于这个声明,美国宣布从台湾撤走侨民,只在台湾留有一个领事级的代表,最高武官仅仅是一名中校。

杜鲁门决心看着蒋介石自生自灭了。

昔日的"盟友"在生死存亡的关头毫不含糊地一刀两断,对此,杜鲁门和蒋介石两个人心里都有各自的隐衷。一九四八年,与民主党候选人杜鲁门竞争美国总统的是纽约州共和党州长杜威。杜威对社会主义充满仇恨,强调要增加对中国国民党军队的援助,主张派美国军事顾问到中国去帮助国民党改善军队素质,不带任何附加条件地给国民党政府十亿美元以支撑其灭亡在即的政权。大洋那一端的叫嚣让蒋介石感到格外兴奋,除了捐助现金帮助杜威竞选之外,他还特地批准定居在美国的孔祥熙以他私人的名义在竞选中为杜威"有钱出钱、有力出力",并且委托国民政府驻美大使顾维钧向杜威颁授了一枚吉星勋章。对此,杜鲁门知道得一清二楚。杜鲁门说:"他们使许多众议员和参议员听他们的吩咐,他们有几十亿美元可花。我不是说他们收买了什么人,而是说有许多钱在流动,有许多人按照院外援华集团的旨意行事。"可是,竞选的结果还是杜鲁门当选为美国总统。

为了向全世界表明美国"弃台"的决心,国务卿艾奇逊干脆公开了美国在远东的战略防线。在美国全国新闻俱乐部的演讲中，他面对记者展开一幅远东地图，然后用讲解棒比划着说，美国在西太平洋的军事防线确定为：北起阿留申群岛，经过日本群岛，延伸到琉球群岛，再向南延至菲律宾群岛，台湾和朝鲜均在美国的防卫圈之外。换句话说，凡是在美国防卫圈之外的事情，美国不会去管。美国远东军事防线的公开，在全世界引起轩然大波，以至于在朝鲜战争爆发的三年中，艾奇逊不断地受到美国激进派的攻击，他们用艾奇逊证明麦卡锡议员曾经说过的一句惊人的话：美国国务院一大半的人是共产主义分子。

杜鲁门的声明和艾奇逊的演讲时间都是在一九五〇年初。

对于远东来讲，这是一个微妙的时刻。

尽管后来毛泽东针对杜鲁门一月五日的声明谴责美国说话不算话，但是当时杜鲁门的声明对北京来说无疑是一个安全的信号。

横渡台湾海峡的作战计划在毛泽东看来已经成熟，现在需要关注的仅仅是军事上的准备和气象资料。全中国即将彻底解放的前景令毛泽东的那段时光显得特别美好，他神采飞扬地穿行于建国初期的各种会议间，一次次地操着风趣幽默的湖南乡音向人民描绘中国的蓝图，他说："我们的目的一定要达到，我们的目的一定能够达到！"但是，在毛泽东舒畅的心情中还是有一块小小的阴影。作为富有远见的政治家和军事家，他多少预感到，在远东北部与中国相邻的朝鲜半岛上战争的态势也许不可避免。毛泽东对此倍感不安，而这种不安被美国报纸上的一篇文章加强了。美国国会反对放弃台湾的议员写出了分析一九五〇年初远东政治局势的文章，文章巨大的黑色标题字让美国人都心惊肉跳：杜鲁门邀请共产党进攻！

台湾，面积三万五千七百六十平方公里，人口六百万。日本占领期间留下一些工业基础，大部分岛民世代以耕作农田为生。一九四九年，从大陆突然拥入的国民党军队使这个封闭的岛屿骤然紧张起来。物价飞涨,物资奇缺,而解放军马上就要进攻的消息和美国坚决的"弃台"政策使本已混乱的岛屿更加惶惶不安。从大陆掠夺了不少金条的国民党显贵们开始设法再次出逃。台湾政权在"保密防谍"口号的伪装下,禁止任何人出岛,大有要完蛋大家一起完蛋的架势,但却更加剧了全岛人心崩溃的进程。国民党撤退到台湾的号称六十万人的军队,其大半是已毫无斗志的散兵;飞机没有零件,汽油的库存仅够使用两个月;破旧的军舰有一半儿根本不能参加战斗。最后,连粮食都成了问题。一九四九年,台湾的粮食产量比十年前少了十四万吨。分散在沿海各个小岛屿上的国民党军士兵衣衫破旧,饥肠辘辘,在他们拟定的作战方案中,最详细的内容就是当解放大军到来的时候如何逃命。况且,绝大部分出逃士兵的家属亲人还在大陆,对父母妻儿的思念在风雨飘摇的时刻到了无以复加的程度。与解放军打过仗的老兵们都知道,到时候把手举起来是最好的出路,那样解放军会发给几块大洋当回家的路费,这是早点儿离开这个岛屿的最好的办法。

一九五〇年,解放军渡海解放台湾最适宜的时间是在六、七、八这三个月内。因为,到了九月,台湾海峡就会进入台风频发的季节。而在六、七、八这三个月中,战役最有可能打响的时间是六月。

蒋介石盼望海上的台风早点来到,越早越好,最好是整年不停地刮。但是,六月,当他特地来到台湾海峡的海边时,他看到的是蓝得像一块大玻璃似的平静辽阔的海面。此时,蒋介石的目光死死地向他出逃的那块大陆望去,他根本没有想到,就在这块大陆的北边有一个叫朝鲜的国家,用不了多久,这个国家将与海峡那边的大陆命运攸关。此刻,缠绕着蒋介石的问题只有一个:解放军什么时候打过来?

解放军缺少空海军力量。

在建国前夕的一九四九年七月,当解放军各主力部队正向这个国家的边缘地域发展战果的时候,一个以中共中央书记刘少奇为首的代表团出发到苏联去了。代表团携带着中共中央给斯大林的一封信，信的内容是请求苏联出动空海军协助中国人民解放军进攻台湾。在苏联，刘少奇向斯大林说明了中国准备一九五〇年解放台湾的设想，要求苏联提供两百架战斗机并代训飞行员。对于刘少奇的具体要求，斯大林很痛快地答应了；但是，对于中共中央在信中的请求，斯大林却没有首肯。苏联不愿意在解放军攻打台湾的时候派出空海军参战，是担心美国一旦无法坐视而介入将可能诱发苏美之间的战争。在第二次世界大战刚刚结束四年之后，斯大林说："苏联人民已经遭受了巨大的战争磨难，他们很难理解为什么这样做。"

毛泽东理解斯大林的顾虑。这个农民出身的政治家和军事家在长期的战争中树立起一个影响了他一生的信念，那就是"自力更生"。依靠自己的力量，去办自己的事情。毛泽东并没把苏联的援助视为解决台湾问题的关键。但是，当他接到福建沿海前线的战斗报告时，这个从来没有出过海的伟人开始有了忧虑：解放金门岛的战斗，由于渡海工具的简陋和渡海作战的难度，解放军伤亡巨大。沿海作战尚且如此，打到台湾去的难度就更可想而知了。毛泽东决定亲自到苏联去。

一九四九年十二月，莫斯科最寒冷的季节，出生于中国温暖的南方的毛泽东乘坐火车横穿西伯利亚覆盖着茫茫冰雪的荒原，来到苏联的克里姆林宫。这是毛泽东一生中第一次离开自己的祖国。

中国共产党从成立的那天起，就决心以苏联共产党为榜样，通过浴血奋战建立一个像苏联一样的社会主义国家。但是，在苏联看来，在中国这块土地上，国民党控制着绝大部分地区，国民政府是中国的合法政府，而共产党还很弱小，居于中国偏僻地区的一些角落。因此，抗日战争期间，苏联把对中国的援助绝大部分给予了国民党。直到一九四八年，共产党的军队奇迹般地在四个多月的时间里消灭了国民党正规军一百四十四个师,加上非正规军二十九个师,总人数在一百五十四万以上,苏联人不禁大吃一惊。苏共中央派米高扬到当时中共中央的驻地西柏坡,来探究中国的事情到底是怎么发生的。米高扬回到苏联后的结论是:中国共产党的领导阶层,是由一群精通马列主义的极其有能力的精英所组成,国民党的失败是一种必然。但即使在这种情况下,苏联还是提出共产党与国民党"划江而治"。苏联的担心是:一旦解放军渡江解放全中国,美国就会参战,从而可能引发第三次世界大战,把苏联也拖进去。结果却是,解放军一直打到了国民党的总统府,美国人没管也没救。

在刘少奇访问苏联的时候,斯大林已经知道不可轻视中国共产党人。他曾这样问刘少奇:"我们是否妨碍了你们?"刘少奇回答:"没有。"斯大林还是说:"妨碍了,妨碍了,我们不大了解中国。"——不大了解中国的斯大林,怎么可能了解毛泽东?

毛泽东率领的代表团是庞大的,名义上是来参加斯大林七十寿辰庆典。但是,毛泽东到达莫斯科后,苏联方面没有马上安排毛泽东与斯大林会面,以至后来见到斯大林的时候,毛泽东说:"我是个长期靠边站的人。"在与斯大林的会谈中,毛泽东主张搞一个中苏"友好条约",拿他的话讲,就是搞出一个"既好吃又好看的东西",但斯大林认为签订这样一个条约会违背《雅尔塔协议》。毛泽东坚持要签订这个条约,表示这件事不做好他就不离开苏联。毛泽东之所以能耐下心来身居异国他乡长达几个月,台湾问题是一个重要原因。毛泽东第一次会见斯大林的时候,便把希望苏联援助解放台湾的事提了出来,但得到的却是斯大林十分含糊的回答:"这样的援助不是没有可能的,本来是应该考虑这样做的,问题是不能给美国一个干涉的借口。如果是指挥和军事人员,我们随时都可以派给你们,但其他的形式还需要考虑。"斯大林甚至还说出这样的话:"是否可以先向台湾空投伞兵,组织起暴动,然后再进攻呢?"斯大林不想也不能破坏苏、美、英三国在雅尔塔会议上对战后远东政治格局划分的共同承诺。也许就是在这个时候,毛泽东对苏联的对立和对美国的蔑视同时产生了,而正是这两点,对未来爆发的朝鲜战争的规模、发展和结局产生了决定性的影响。

当毛泽东还在莫斯科的时候,杜鲁门一月五日的《关于台湾问题的声明》发表了。后来的史学家认为,这是一份让斯大林"解放思想"的声明。因为既然美国人主动放弃了在雅尔塔会议上划定的势力范围,公开声明美国不管那么多"闲事",那么苏联还有什么可需要小心翼翼的? 再说,当初国民党政权在大陆即将崩溃的时候,美国都没有武力干涉,那么现在他们还会在乎那个小小的台湾吗? 斯大林的态度立刻有了转变。于是,原来不想签订的条约签订了,名为《中苏友好同盟互助条约》;援助中国解放台湾的事情也有了着落:斯大林同意"在适当的时候为解放台湾做必要的准备","给予中国三亿美元的贷款",其中的一半用来购买解放台湾用的海军装备。不过,直到最后,斯大林也没有同意苏军的飞机和军舰参加解放台湾的战斗。

解放台湾的军事准备在乐观的气氛中紧锣密鼓地进行着。

就在毛泽东在莫斯科的时候,还有一个异国的年轻人也在莫斯科,他对斯大林提出的问题和毛泽东的问题几乎是同一个性质。斯大林没有告知毛泽东关于这个人提出的问题,仅仅是在一次会谈中,当谈到把现在中国人民解放军中的朝鲜籍干部战士全部移交给北朝鲜时,才算是快要接触到那个年轻人的事了,然而斯大林只与毛泽东谈论着中国的问题。当毛泽东谈到中国的邻国朝鲜时,他强调朝鲜北方应该对南朝鲜随时可能发动的进攻保持高度的警惕,并采取积极防御的态势。但此刻在毛泽东的心中,新中国最迫切和最重要的问题是解放台湾。

与毛泽东同在莫斯科的人是金日成。

金日成来到苏联,是向斯大林表达他渴望统一朝鲜的焦灼心情。

曾在中国东北寒冷的丛林里、在苏联远东部队的军营里饱受战争磨难的金日成英俊而高大,他的游击队曾让朝鲜国土上的日本人胆战心惊,他虽年轻但已位居朝鲜军队的将军,在远东多年的转战让他自信而果敢。

苏、美两国在朝鲜实施"托管"之后,一九四五年十二月,苏、美、英三国外长在莫斯科举行专门讨论朝鲜问题的会议。会后发表的公报十分清楚地阐述了朝鲜的前途:"为使朝鲜成为独立国家,苏美两国政府协商组成临时朝鲜民主政府,并协同这个政府,帮助朝鲜人民在政治、经济、社会上进步,尽快建成统一的独立国家。"至少从理论上看,朝鲜的前途是光明的。根据这份公报的精神,一九四六年三月,由驻扎在朝鲜南部的美军司令部和驻扎在朝鲜北部的苏军司令部代表组成的联合委员会成立。但是,随之而来的东西方两大阵营的对立在朝鲜问题上不可掩饰地暴露出来。于是,一个"统一的独立国家"仅仅成了文件中的一句话,朝鲜实际上仍被一条戒备森严的铁丝网分为南北两个部分。

苏联军队进入北朝鲜后,一九四五年八月十五日,苏联红军宣告:"朝鲜已经成为一个自由的国家。苏军将在和朝鲜的一切反日的民主政党广泛合作的基础上,帮助朝鲜人民建立自己的民主政府。"显然,苏军的这个承诺得到了渴望独立与自主的朝鲜人民的拥护。一九四五年十月,朝鲜共产党北方组织委员会成立。第二年,北朝鲜共产党和朝鲜新民党合并,成立了朝鲜劳动党。一九四六年初,北朝鲜临时人民委员会成立,它是以工人阶级为领导的、工农联盟为基础的人民民主专政的政治机关。人民委员会公布了其政治纲领:肃清一切日本帝国主义统治的残余,镇压反动势力的活动,保证人民的民主和自由权利,对交通、银行、矿山等大企业实行国有化,没收日本人、卖国者、地主的土地无偿分配给农民,发展民族经济和民族文化,为彻底完成民主革命、巩固和加强朝鲜北部民主基地而斗争。这是一个彻底的共产党所领导的、社会主义体系的政权,它的领导者是人民委员会委员长金日成。

一九四六年三月五日,北朝鲜的土地改革开始。日本占领期间的日本企业、日朝合资企业、寺院和教堂的财产、地主占有的面积在五町步(一町步等于一公顷)以上的土地,全部被没收。有七十万以上的农民无偿得到了他们梦寐以求的土地。殖民地和封建制的经济基础被摧毁,农村的生产力得到空前的解放。这是贫苦者的节日,是剥削者的末日。金日成收到的农民的感谢信就有三万多封,其中有几十封信是用血写的。同时,重要的企业全部被国有化,从而保证了社会主义经济在国民经济中的主导地位,为恢复战争创伤和民族经济起到巨大的作用。人民委员会还颁布了一系列社会改革法令,使人民感受到国家的天空阳光空前明媚。

在南朝鲜,从美军"托管"的第一天起,它的经济和政治便陷入混乱之中,其程度远远超出了远东美军最高司令官麦克阿瑟的预料。

美军在朝鲜半岛登陆的第一天,即一九四五年九月八日,麦克阿瑟颁布的第一条通告是:"对朝鲜北纬三十八度以南地区及该地区居民的一切政府权力,目前暂由本人行使。"接着,他制定了一系列让南朝鲜人民愤怒的条款,其中一条是:原日本殖民政府人员继续留职履行公务。可是日本在朝鲜的残酷统治不是结束了吗?还有一条是:在军事管制期间,英语为官方通用的语言。难道解放了的朝鲜连自己的语言都不能通用吗?美军奉麦克阿瑟之命,解散了南朝鲜已经建立起来的人民委员会,恢复了日本殖民统治时期的所有机构,军政各级官员一律由美国军官担任,宣布日本殖民统治时期的一切法律有效,日本殖民统治者的财产全部归美军所有。据当时有关的统计数字披露,美军在"托管"期内把南朝鲜工农业总资产的百分之八十都装入了自己的腰包。

美国人把美国式的民主带给了南朝鲜,南朝鲜一下子冒出各色各样的政党,最多的时候达到一百一十三个。这些政党大多是政治上的老冤家,谁也不愿意与谁有一丝合作,拿麦克阿瑟自己的话讲"这简直就是一场灾难"。麦克阿瑟一生的经历表明,他既是叱咤风云的一代战将,又是国际政治中典型的低能儿。他把美军占领日本的那一套用在了南朝鲜,他甚至从来没有想到,朝鲜无论在历史上还是在二战后都与战败国日本的政治地位完全不同。在战败的结局中惊魂未定的日本人,可以把麦克阿瑟视为社会法制的统治象征,但朝鲜对这位美国将军没有任何可以屈从的理由,朝鲜人民渴望的是结束外国的统治建立自己的国家。于是仅一九四六年间,大规模的示威、抗议、罢工、罢课等活动从年初到年尾此起彼伏,席卷了南朝鲜的七十三个郡。美军出动骑兵和坦克镇压,结果使矛盾更加激化,以致到了十月大丘爆发武装起义并持续两个月之久,成为南朝鲜历史上著名的"十月抗争"。麦克阿瑟的继任者李奇微将军在他的回忆录中承认:"美军的军事占领政策和措施不得人心,失去了朝鲜人民的信任与合作。"

一九四七年十月十七日,苏联在第二届联合国大会上提交了两项议案:一是邀请南、北朝鲜的代表参加联合国讨论朝鲜问题的会议;二是提议苏、美两国于一九四八年初同时自北、南朝鲜撤出军队,让朝鲜人民建立朝鲜的全国政府。结果,两项议案均遭美国否决。

实际上,美国人的真实想法是尽快从南朝鲜脱手。原因不仅仅是南朝鲜已经成为美军的政治泥潭,还因为美国国内的反战呼声日益高涨。美国国会秋季会议开始的时候,议员们收到了成百上千双鞋,大多数是美军家属送来的。"战争不是已经结束了吗?让小伙子们回家吧!"日本投降的那一天,美国尚有一千二百万青年男女仍在军队服役。到了一九四七年,美国国会两院拨款委员会规定,所有军种加在一起,美国军队的总人数不得超过一百六十万。同年,国防开支也从八百二十亿美元锐减至一百三十亿美元。理由很简单:世界大战打完了,美国纳税人没有必要养活那么多穿军装不干活的人。基于这一点，十一月十四日，美国利用它在联合国的特殊地位，强行通过了关于朝鲜问题的决议。决议决定由澳大利亚、加拿大、中国（国民政府）、萨尔瓦多、法国、印度、菲律宾、叙利亚和乌克兰九国的代表，组成"联合国朝鲜临时委员会"，派驻朝鲜"监督进行议会选举"，"成立朝鲜全国政府和建立武装力量"。表决时，苏联、白俄罗斯、波兰、捷克斯洛伐克、南斯拉夫的代表拒绝投票，乌克兰则宣布它不参加这个"委员会"。

当其他国家决定朝鲜命运的时候，北朝鲜领袖金日成建议召开一个由"南、北朝鲜所有民主政党、社会团体代表参加的联席会议，作为实现祖国统一的当前措施之一"。一九四八年，会议召开了，南、北朝鲜五十六个政党共五百四十五人参加会议，其中的二百四十人来自南朝鲜。会议反对南朝鲜单独举行选举，致电美、苏两国撤走军队，让朝鲜人民在没有任何外部势力干涉的情况下决定自己的命运。会议的联合声明称："绝不承认南朝鲜单独选举的结果，也绝不承认和支持这一选举所产生的单独政府。"

美国人很清楚，如果按照金日成的建议去做，统一朝鲜的只能是力量强大的、组织严密的共产党政权，而这是美国人绝对不愿意看见的局面。于是，一九四八年五月，在美国人的操纵下，南朝鲜的选举终于举行。之后，国民议会通过了《大韩民国宪法》。八月十五日，大韩民国政府在汉城成立。麦克阿瑟将军参加了大韩民国总统的就职仪式，这个总统名叫李承晚。

李承晚，一八七五年四月二十六日生于朝鲜黄海道平山郡一个富有家庭，从小受外国教会的教育。二十三岁时因参与革新政治的活动被关押八年。出狱后到了美国，在普林斯顿大学获国际法博士学位后回到朝鲜，当上中学校长，并参加了民族独立运动。一九一九年当上大韩民国临时政府总统。但是，由于他向当时的美国总统威尔逊提出美国"托管"朝鲜的建议，加上他有贪污旅美侨胞捐献的"独立基金"的嫌疑，不久便被赶下台。日本占领朝鲜后,他流亡美国。三十年后,当麦克阿瑟进入南朝鲜时,他还不知道世界上有李承晚这么个人。麦克阿瑟的亚洲问题专家对李承晚的评价是:"一个爱挑剔的老头。"美国《芝加哥太阳报》记者马克·盖恩的说法则更为尖刻:"这是一个阴险狡猾的危险人物,他不合潮流,迷迷瞪瞪地撞进这个时代,运用陈腐观点和民主机制达到荒谬绝伦的专制目的。"李承晚离开朝鲜后自封的各种头衔,让美国人听起来都将信将疑,后来的杜鲁门总统曾明确拒绝承认李承晚的"流亡临时政府",因为他知道承认李承晚就会"背离由朝鲜人民按照自己的意愿选择政体和政府的原则"。

但是随着美军在朝鲜半岛登陆,麦克阿瑟急于寻找一个朝鲜人作为美国利益的代言人。他到处打听有什么合适的人选,最后打听到了蒋介石的头上。蒋介石并不认识李承晚,但是,一个名叫金久的朝鲜人是蒋介石的朋友。金久曾长时间居住在中国,成为蒋介石的座上客,深得蒋介石的友情。金久知道李承晚是"流亡临时政府"的总统,消息经过他的传播,许多在中国的富裕的朝鲜商人特别推荐了李承晚。于是,麦克阿瑟请金久和李承晚来到汉城。当着金久的面,麦克阿瑟这位"亚洲的太上皇"表示,让李承晚担任南朝鲜的统治者。为了把戏演得更真切,麦克阿瑟专门举行了一个"欢迎李承晚回到汉城"的仪式,以便让"全朝鲜人民看看自己的领袖"。两年以后,当朝鲜战争爆发时,麦克阿瑟饱尝了他精心选来的李总统的刁钻古怪。

一九四八年,李承晚七十三岁。

大韩民国成立一个月后,北朝鲜的朝鲜民主主义人民共和国成立,金日成当选为首相。

至此,在远东的朝鲜半岛上,同一个国家和民族,出现了两个意识形态截然对立的政权。

第二次世界大战后,由于社会主义与资本主义两大阵营的对立而导致分裂的国家有两个:一个是德国,一个是朝鲜。德国是二战中侵略国的核心,是美、苏盟军的敌人,它的分裂始发于战争胜利各方对战败国的占领。而朝鲜作为一个德、意、日法西斯统治的受害国,为什么也落得与德国一样被分裂的结局?没有人,包括苏联人和美国人,会认为这样的一个朝鲜半岛将平安无事——"战争是早晚的事。"美国驻南朝鲜大使约翰·穆乔说,"说不定就在哪天早上。"

一九四七年九月,美国陆军副参谋长魏德迈中将曾受杜鲁门总统委托到南朝鲜视察,他回国后提出的报告是:一、美军立即撤出;二、美军无限期地留下去;三、美军与苏军同时撤出。面对魏德迈的报告,参谋长联席会议从全球战略的角度出发认为:"美国所可能希望在亚洲大陆进行的任何进攻,多半会绕过朝鲜半岛。"一旦朝鲜被苏联控制从而对美国在远东的军事行动构成威胁,美国也可以依靠空中打击消除这种威胁。况且空中打击比地面作战要更容易。于是,杜鲁门总统决定,一九四八年十二月从南朝鲜逐次撤军,但同时扩大对南朝鲜的军事援助,以支持李承晚政府的存在。

一九四八年底,为了迫使美国从南朝鲜撤军,苏联首先从北朝鲜撤军。

苏军撤出后,朝鲜半岛的局势骤然紧张起来。

美军在撤离之前,向李承晚政权提供了价值一亿九千万美元的武器装备,其中美制和日制步枪十五万多支,各种火炮两千多门。美军还动用八十五万人,扩宽了仁川到汉城、汉城到釜山以及经过金浦机场和横断三八线的战备公路,扩大了以金浦机场为中心的飞行基地,并花费巨资改造了仁川、浦项、丽水等港口,在木浦、墨湖等地修建了海军基地。在所有重要地区修筑半永久性军事设施的同时,美军还帮助南朝鲜沿着三八线构筑起几百公里的战壕和交通壕。南朝鲜的扩军计划更是随之达到高潮,李承晚声称要在两年内建立一支十五万人的国防军。他颁布的《兵役法》

规定,凡是十七岁到六十岁有劳动能力的南朝鲜男人,都在服兵役的范围之内。为此他向美国既要钱又要物,胃口之大令杜鲁门总统感到了"过分"。

李承晚毫不掩饰他"北进统一"整个朝鲜半岛的企图。他一次次拒绝北朝鲜和平解决朝鲜问题的建议,扬言"南北分裂是必须用战争来解决的"。为了解决战争一旦爆发后的"后院"安全问题,李承晚对南朝鲜人民游击队和爱国人士进行了大规模讨伐。一九四九年,李承晚认为他的军事准备已大致成熟。四月,他在给南朝鲜驻联合国特使赵炳玉的信中说:"我认为,就这种形势,你应该极其秘密地与联合国以及美国高级官员开怀畅谈。为了统一,除了缺乏武器和弹药外,我们在其他方面都已经准备就绪。"七月,李承晚向记者发表谈话,表示"占领北韩就可以实现统一"。十月,他在记者招待会上又说:"要不流血,统一独立是不可能实现的,即使实现了也不会长久。"一九五〇年初,李承晚在新年祝辞中称:"我们应该记住,在新的一年中,我们用自己的力量必须统一南韩和北韩。"二月,他率领军界高级官员前往东京,当面向麦克阿瑟汇报他的军事准备计划。四月,集结在三八线附近的南朝鲜部队得到了直属炮兵和其他技术兵种的加强。同时,为配合南朝鲜的"北进统一",美国的高级军事官员,包括参谋长联席会议主席布莱德雷、海军作战部长谢尔曼、空军参谋长博格等人先后到达日本,以加紧美军在远东地区的军事部署。其中,美军第七舰队增加了两艘航空母舰、两艘巡洋舰和六艘驱逐舰;美军空军的三个 B-26 和 B-29 轰炸机联队、六个歼击机联队、两个运输机联队都集中在了日本的军事基地。

战争的机器在远东已经开始运转。

对于南朝鲜的军事准备,金日成始终处在高度的警觉中。同时他也忧心忡忡,因为这个时候,金日成手上能够作战的部队只有武器装备不足的三个师,而在李承晚的身后是拥有美式枪支的八个师。出于安全考虑，金日成两次向斯大林提出缔结《朝苏友好互助条约》的请求，并要求苏联给予北朝鲜军事援助。斯大林同意给予北朝鲜必要的军事援助，但没有明确具体是哪些援助。

一九四九年五月，金日成的秘密特使在当时北平西山的双清别墅里见到毛泽东。特使向毛泽东介绍了朝鲜半岛一触即发的战争局势，毛泽东表示他同意金日成在信中的看法：朝鲜半岛的冲突在所难免。"对你们来说，持久战是不利的，因为即使美国不干涉，也会唆使日本向南朝鲜提供战争的援助。"毛泽东这样分析，"你们没有必要担心，中国和苏联站在你们一边。一旦情况需要，中国会派军队与你们一起并肩作战。"这是毛泽东第一次向金日成表示，如果朝鲜战争爆发，中国可以出兵参战。为了帮助北朝鲜加强防御，毛泽东把人民解放军中的两个朝鲜师移交给了金日成。但关于目前的朝鲜局势，毛泽东明确表示，不希望看见战争立即爆发。原因一是国际形势不允许；二是中国共产党还不能有效地支持北朝鲜。而"一旦完成了统一中国的任务，情况就不同了"。

毛泽东所说的"统一中国的任务"，就是指台湾岛的解放。

与不甚熟悉甚至一开始就存在隔阂的毛泽东相比，斯大林对包括金日成在内的北朝鲜领导人更加信任，这也许和金日成在苏联远东军中作过战有一定关系。面对南朝鲜的大规模军事准备态势，作为政治家和军事家的金日成更加强烈地意识到：朝鲜共产党人统一祖国，建立一个独立自主的社会主义国家，是自己当然的责任。但是，斯大林依旧对朝鲜半岛一旦爆发战争的后果感到担忧，理由是"美国在中国失败后，可能会更加直接地干预朝鲜事务"。那么一旦北朝鲜置身于战争，不但军力上不占优势，还会在政治上让"美国有了武装干涉朝鲜的借口"。

然而，就在这时候，艾奇逊国务卿把那个将朝鲜和台湾都划在之外的美国远东防线摆在了全世界的面前。金日成立即再次向苏联方面提出自己的统一计划。这一次，斯大林不能不考虑了。应该说,在朝鲜和台湾这两个悬而未决的问题中,更让斯大林关切的是朝鲜。与和苏联的安全没有什么直接关系的台湾相比,朝鲜的地理位置一直是苏联在远东与日本抗衡的重要战略点。况且,金日成要的仅仅是武器装备,而不是苏军士兵。至于美国可能的干涉,既然艾奇逊说得那么明白,担心也许是不必要的。一九五〇年一月八日,斯大林向苏联驻北朝鲜大使发去一封电报,表示他同意向金日成提供援助,并准备随时就此事接见金日成。三月三十日,金日成再次秘密访问莫斯科。苏联对北朝鲜的援助是以有偿方式进行的:北朝鲜以九吨黄金、四十吨白银和一万五千吨其他矿石,换取苏联价值一亿三千八百万卢布的武器装备。这些装备可以武装起三个步兵师。斯大林在听取了北朝鲜完整的作战准备计划后,表示满意。最后,斯大林告诉金日成,应该把这一计划通报给毛泽东。斯大林坚持让金日成征求毛泽东的意见。

一九五〇年五月十三日,在距金日成和毛泽东同在莫斯科会见斯大林近半年后,在距朝鲜战争爆发只有一个月零十二天的时候,金日成到达北京。那时,北朝鲜人民军的数量已经超过南朝鲜军一倍。毛泽东没想到金日成的作战准备计划如此完备。当时,新中国在北朝鲜还没有派驻大使,也没有军事观察人员,毛泽东对金日成所做的一切了解甚少。此刻,毛泽东得知,苏联将给予金日成一定的军事援助。

毛泽东给斯大林发出一封电报。

第二天,斯大林回电。电文如下:

毛泽东同志:

在与朝鲜同志会谈中,菲利波夫(斯大林的化名)提出,鉴于国际形势已经变化,他们同意朝鲜人关于实现统一的建议。

与此同时已商定,问题最终必须由中国同志和朝鲜同志共同解决,在中国同志不同意的情况下问题必须留待下一次讨论解决。会谈详情可由朝鲜同志向您讲述。

毛泽东召开了中共中央政治局会议。然后，他向金日成转达了中共中央关于同意北朝鲜作战准备计划的意见。

而这时，中国军队解放台湾的许多技术问题正在解决，军事准备工作进展十分顺利。即使在朝鲜爆发战争的情况下，最迟到一九五一年，解放台湾的条件也应该基本具备了。但是，毛泽东还是有一个担心，那就是朝鲜战争一旦爆发，美国政府很可能改变对台湾的政策。如果真是这样后果就很难设想了。

一九五〇年六月七日，朝鲜战争爆发前十八天，金日成再次以祖国统一民主主义战线中央委员会的名义发表《关于促进和平统一祖国的方针的呼吁书》，建议召开南、北朝鲜各政党、社会团体代表的协商会议，商谈统一的条件、大选的程序等问题，并建议八月举行全朝鲜的民主大选。

十一日，距离战争爆发还剩十四天，南朝鲜拒绝了金日成和平统一的呼吁。

十七日，距离战争爆发还剩八天，美国总统杜鲁门的顾问杜勒斯来到三八线上的战壕里，他举起望远镜眺望朝鲜北方，然后对南朝鲜军说："没有任何敌人能够挡得住你们，无论他多么强大。可是我希望你们做进一步的努力，因为显示你们巨大力量的时候已经不远了。"

十九日，距离战争爆发还剩六天，金日成再次建议，朝鲜民主主义人民共和国最高人民议会和南朝鲜的国会联合起来，建立单一的全朝鲜的立法机关以便统一祖国。遭到南朝鲜方面再次拒绝。

关于南、北朝鲜到底是"谁打的第一枪"这个问题，至今还在不同国家的战史学家那里争论不休。但是，最终在"谁打的第一枪"的问题上纠缠是没有本质意义的。因为，朝鲜战争爆发的性质，是解决民族内部统一问题的内战；而朝鲜战争爆发的根源是美、苏两个大国在日本战败后对朝鲜的分割占领。没有那个叫迪安的上校在朝鲜版图上画出的三八线,就不会有后来发生在远东的这场战争。

不出毛泽东所料,朝鲜战争爆发的第二天,美国的第一个反应是:武装封锁台湾海峡。

美国为什么在朝鲜战争爆发后对台湾问题如此敏感?杜鲁门为什么从他《关于台湾问题的声明》中如此迅速地转变立场?这一直是历史学家想彻底弄清楚的问题。战后解密的档案资料显示,在战争爆发前十一天,美国国防部长约翰逊和参谋长联席会议主席布莱德雷从远东地区视察回来,带回一份美国驻远东部队最高司令官麦克阿瑟将军的备忘录。这份备忘录在朝鲜战争爆发的那天,由杜鲁门在布莱尔大厦紧急会议上作了宣读。备忘录详细阐述了台湾目前的危机,引用外交人士的说法是:台湾将在七月十五日前被共产党中国占领。麦克阿瑟以远东最高司令官的名义阐明了不让共产党中国占领台湾对美国具有重大的战略利益:如果台湾落入共产党手里并能为苏联所用,那就等于给了我们的对手相当于数十艘航空母舰组成的舰队,也就能给美国在冲绳和菲律宾的基地"将上一军"。无法确定麦克阿瑟的备忘录在布莱尔大厦的会议上对美国的决策者们产生了多大影响,但可以肯定的是,麦克阿瑟的一句话在杜鲁门心中产生了不可低估的分量,麦克阿瑟说:台湾是美国在远东地区的一艘"永不沉没的航空母舰"。

于是,由国务卿艾奇逊提出的一项武装干涉台湾的建议被杜鲁门接受了。当天晚上,杜鲁门要求国防部长约翰逊就美国第七舰队向台湾海峡调动一事向麦克阿瑟发出指示。杜鲁门迅速改变美国对台湾问题政策的理由是,他认为共产党在朝鲜的举动是有计划的全球扩张行动,对台湾海峡的封锁能够让朝鲜问题局部化,并且显示美国的力量,迫使共产党军队退出南朝鲜。特别是,美国安全委员会警告说,由于一九四九年中国国民党政权的垮台,以及苏联爆炸了原子弹,从而导致美国对原子弹垄断地位的结束,美国在世界事务中的威信已经受到严重威胁。自此在世界任何角落的退让都是不可容忍的,"因为现在对自由制度的进攻已经遍布全世界……"

美国的行动引起北京的强烈反应。武装封锁台湾海峡不但使中国人民解放军进攻台湾的计划受挫,而且在政治上产生了一个不是问题的新问题,这就是:"台湾地位未定"。也就是说,台湾是不是中国的领土,要等以后才能再讨论。

作为影响了世界的伟人,毛泽东此时的目光已经从一个小小的台湾岛上移开,他从一开始就没把美国干涉台湾当成单纯的干涉中国内政来考虑,他在言论中提出"帝国主义本质"这一概念,指出了美国在亚洲乃至全球的侵略野心。毛泽东说:"中国人民早已声明,全世界各国的事务应由各国人民自己来管,亚洲的事务应由亚洲人民自己来管,而不应由美国来管。美国对亚洲的侵略,只能引起亚洲人民广泛的和坚决的反抗。杜鲁门在今年一月五日还声明说美国不干涉台湾,现在他自己证明了那是假的,并且同时撕毁了美国关于不干涉中国内政的一切国际协议。美国这样地暴露了自己的帝国主义面目,这对于中国和亚洲人民很有利益。美国对朝鲜、菲律宾、越南等国内政的干涉,是完全没有道理的。全中国人民的同情和全世界广大人民的同情都将站在被侵略者方面,而决不会站在美帝国主义方面。他们将既不受帝国主义的利诱,也不怕帝国主义的威胁。帝国主义是外强中干的,因为他没有人民的支持。全国和全世界的人民团结起来,进行充分的准备,打败美帝国主义的任何挑衅。"

在台湾岛上担心解放军进攻的蒋介石,听到杜鲁门声称"台湾地位未定"这句话时心里也不舒服了一下。在指示"外交部"发表了一个"保证中国主权完整"的声明后,他终究还是掩饰不住对朝鲜爆发战争的欣喜若狂。而当美国第七舰队进入台湾海峡时,蒋介石更感到了他将绝处逢生。因为不但台湾岛暂时安全了,而且,朝鲜战争很可能引发第三次世界大战。如果真是这样,他借助美国的力量"反攻大陆"不是没有可能的。当时台湾驻汉城"大使"邵毓麟把蒋介石的这种兴奋说得十分露骨:"朝鲜对于台湾,更是只有百利而无一弊。我们面临的中共军事威胁、友邦美国抛弃以及承认匪伪的外交危机,已因韩战爆发而局势大变,露出一线转机。中韩休戚与共,今后韩战发展如果有利南韩,也必有利于我国。如果韩战演成美、苏世界大战,不仅南北韩必成统一,我们还可能会由鸭绿江而东北而重返中国大陆。韩战进展不幸而不利南韩,也势必因此而提高美国及自由国家的警觉,加紧援韩必不致任国际共党渡海进攻台湾了。"

蒋介石给麦克阿瑟发去一封电报,内容是:愿意出兵三万三千人,参加朝鲜的战争!

朝鲜战争爆发的第三天,中国总理周恩来发表了一份措辞强烈的政府声明。这个声明立即在全世界传播,想必蒋介石也可以见到,只是不知他见到后是否还能依然异常兴奋。周恩来的声明如下:

> 我现在代表中华人民共和国中央人民政府声明:杜鲁门二十七日的声明和美国海军的行动,乃是对中国领土的武装侵略,对于联合国宪章的彻底破坏。美国政府这种暴力掠夺的行为,并未出乎中国人民的意料,只更增加了中国人民的愤慨,因为中国人民许久以来即不断地揭穿美国帝国主义侵略中国、霸占亚洲的全部阴谋计划,而杜鲁门这次声明不过将其预定计划公开暴露并付诸实施而已。事实上,美国政府指使南朝鲜李承晚傀儡军队对朝鲜民主主义人民共和国的进攻,乃是美国的一个预定步骤,其目的是为美国侵略台湾、朝鲜、越南和菲律宾制造借口,也正是美帝国主义干涉亚洲事务的进一步

行动。

我代表中华人民共和国中央人民政府宣布：不管美国帝国主义者采取任何阻挠行动，台湾属于中国的事实，永远不能改变；这不仅是历史的事实，且已为开罗宣言、波茨坦公告及日本投降后的现状所肯定。我国全体人民，必将万众一心，为从美国侵略者手中解放台湾而奋斗到底。战胜了日本帝国主义和美国帝国主义走狗蒋介石的中国人民，必能胜利地驱逐美国侵略者，收复台湾和一切属于中国的领土。

中华人民共和国中央人民政府号召全世界一切爱好和平正义和自由的人类，尤其是东方各被压迫民族和人民，一致奋起，制止美国帝国主义在东方的新侵略。只要我们不受恫吓，坚决地动员广大人民参加反对战争制造者的斗争，这种侵略是完全可以击败的。中国人民对于同受美国侵略并同样进行反抗斗争的朝鲜、越南、菲律宾和日本人民表示同情和敬意，并坚信全东方被压迫民族和人民，必能把穷凶极恶的美国帝国主义的战争制造者，最后埋葬在伟大的民族独立斗争的怒火中。

汉城大逃难

在朝鲜战争留下的史料中,有一张照片声名显赫,照片上是一个头戴礼帽的美国人,在一群美国军人和南朝鲜军人的簇拥下,举着望远镜向朝鲜北方窥望,地点是三八线前沿南朝鲜一方的战壕中。照片上的美国人叫杜勒斯,是当时美国总统杜鲁门的特使。这位美国共和党著名的外交事务发言人,自从被国务卿艾奇逊邀请为幕僚后,便成为记者追逐的政界人物之一。尽管美国方面,包括杜勒斯本人,对这张照片的背景多次加以解释,声明美国总统特使的南朝鲜之行和对三八线的视察,与几天后爆发的朝鲜战争是"纯属偶然巧合,没有任何内在的联系"。但是,历史本身却使任何解释都无法消除世界舆论对美国大员朝鲜半岛之行的强烈质疑。更何况杜勒斯在南朝鲜议会的演说中,又有这样一番含糊不清的话:"在精神上,联合国把你们当作他们的成员之一,美国欢迎你们成为这个缔造自由世界的大家庭中一个平等的成员。因此,我要对你们说,只要你们继续有效地在创造人类自由的伟大事业中发挥作用,你们永远不是孤立的。"

"美帝国主义及其南朝鲜走狗精心策划了朝鲜战争。"这是朝鲜战争中北朝鲜一方至今坚持的说法,并作为图片说明文字配在了杜勒斯视察三八线这张著名照片的下方,使之成为北朝鲜的历史记录。

东京第一大厦,一座位于日本天皇皇宫护城河边的高大建筑物,二战前是日本一家保险公司的总部,现在是美军驻远东部队司令部。一位在日本和东南亚几乎拥有太上皇地位的美国军人,此刻正陪着杜勒斯看电影。这是一部老式的好莱坞影片,讲的是美国西部牛仔快速从斜在腰间的枪套中拔枪杀人的故事。当然,故事中一定少不了英雄救美人的情节,美人也是美国式的美艳并有野性,可以和一个杀了人或者被杀之前的牛仔在铺着麦草的牛车木轮下抱在一起疯狂地滚来滚去。麦克阿瑟很喜欢这类美国电影,他身边的杜勒斯却有些心神不定,因为十二个小时前,朝鲜战争爆发了。

杜勒斯对麦克阿瑟的冷静感到巨大的惊讶,尤其是他看见麦克阿瑟靠在柔软的皮椅上,叼着那个世界上至少有一半儿人都熟悉的玉米芯烟斗的神情,心里掠过一种无以名状的复杂情绪。杜勒斯知道,这个玉米芯烟斗即使在二战战况最残酷的时候,也没有离开过这位美国将军的嘴唇。二战结束后,美国的报刊舆论曾猛烈地攻击过这个烟斗,说那简直就是战争和死亡的标志,再叼着它会引起战后余生的人们的反感。于是,极力想在日本装扮成和平领袖的麦克阿瑟就很少在公开场合叼着那个烟斗了。今天,这只象征着"战争和死亡"的烟斗又开始当众冒烟了。

朝鲜战争是麦克阿瑟一生中遇到的第三次战争。

"一头让人捉摸不定的、狂妄的、难以驾驭的公牛。"杜勒斯和杜鲁门对麦克阿瑟的评价完全一致。由于解放菲律宾、接受日本投降等一系列战绩而获得最佳感觉的麦克阿瑟从没有意识到,军人在战争结束后终究会成为政客们的掌中之物。杜勒斯看出麦克阿瑟很有点儿欢迎朝鲜战争爆发的感觉。将军的人生是靠战争辉煌的。这不，战争又一次来了！

　　七十岁的美国远东军最高司令官麦克阿瑟已经到达了一个职业军人权力和荣耀的顶峰。这位参加过第一次世界大战，并且在第二次世界大战中战功赫赫的传奇名将，用自己杰出的军事才能和成千上万士兵的生命，换来了在远东至高无上的地位。麦克阿瑟身高一米八〇，腰杆儿永远笔直，军装永远笔挺，说话滔滔不绝，无论什么话题均能绘声绘色，诙谐而又条理分明。他非凡的记忆力和博览群书的吸纳力，令他的崇拜者对他五体投地。麦克阿瑟渴望别人对他的崇拜，渴望出人头地，于是与所有自我感觉极端良好的人物一样，他往往言过其实，不能容忍批评，有时甚至为掩饰自己的过错而大言不惭地撒谎。正是这一点，最让记者们高兴，因为在他们看来，这位将军善于制造新闻，"极具表演才能，像一名电影明星"。美国作家小布莱尔写道："消瘦细长的手指举着烟斗，点了又点，火柴划了一根又一根，专心致志，神采飞扬，让很多来访问者为之感动，无不从内心深处油然升起对他的无限钦佩。"麦克阿瑟似乎有一种感觉，那就是他的每时每刻都将被记入史册，于是，他的举手投足和言谈举止仿佛彩排一样具有舞台的夸张感。他说话时从不喜欢坐着，因为那样会妨碍他的表演，当他口若悬河之际他会踱来踱去，不时地做出让摄影师满意的动作。麦克阿瑟的一个随从参谋估计，他每讲一席话"至少需要踱步五英里"。

　　麦克阿瑟一八八〇年一月十六日出生在美国阿肯色州小石城的一座军营里，是一位棉花商的女儿与一位美国陆军上尉的爱情结晶。他说："在我会走路和说话之前，我就学会了打枪和骑马。"他十三岁进入西德克萨斯州军校，显露出打仗需要的才华。他是学校的网球冠军，是优秀的棒球游击手，他率领的足球队以坚固的防守名噪一时——"任何球队都没有攻破西德克萨斯军校球队的大门"。麦克阿瑟的理想是进入著名的西点军校。在经过第一次考试失败后,一八九九年,他终于成为西点军校公认的最英俊的同时也是最优秀的学员之一。麦克阿瑟在西点军校四年的成绩中,有三年名列全班第一,而他毕业时的成绩是九十八点一四分,据说是西点军校建校以来的最高分数。一九一七年,麦克阿瑟渴望的作战机会来了,他被派往法国,任美国"霓虹第二十四师"参谋长,军衔上校。他很快在战争中出了名,"是战争中最勇敢无畏的军官之一"。他拒绝戴防毒面具,装束从来与众不同:发亮的高领毛衫,一顶俏皮的软帽,手里提着根马鞭。新闻界对他的称呼是:远征军中的花花公子。第一次世界大战结束,麦克阿瑟当上西点军校校长,年仅三十岁的他以整顿军校的教程和纪律而闻名,他将西点军校带入了现代军事时代。一九三〇年,麦克阿瑟就任美国陆军参谋长,是美国历史上就任这一职务最年轻的人。第二次世界大战开始后,他成为盟军太平洋战区最高指挥官。在对日作战中,他指挥的诸多战役令他的军事才能达到出神入化的程度。莱特湾大海战、吕宋登陆、收复巴丹、冲绳战役,麦克阿瑟的陆军软帽、深色墨镜、玉米芯烟斗以及走路时胳膊大幅度摆动的姿势,一时成为举世仰慕的英雄形象。经过大撤退和大反攻的戏剧性战争进程,他和他的参谋们在菲律宾海滩登陆时,为了让记者拍摄,麦克阿瑟在浑浊的海水中来回走了几次,然后他说:"我说过,我一定要回来!"这句"台词"立即登上世界各大报纸的显赫位置,让饱受日军蹂躏的亚洲百姓热泪盈眶。

麦克阿瑟曾回忆最初影响了他军事生涯的父亲对他的教诲:"更为重要的是启发我的责任感,我懂得了,对于该做的正当之事,不管个人做出什么样的牺牲,都要去实现它。我们的国家高于一切。有两件事必须终生为戒:永不说谎,永不惹是生非。"然而,麦克阿瑟终生被人攻击的正是他不断地说谎和不断地惹是生非。

六月二十七日,杜勒斯从东京返回美国,麦克阿瑟坚持要到机场送他,结果飞机出现故障不能按时起飞。于是,麦克阿瑟就和杜勒斯聊天打发时间。参谋人员试图把最高司令官拉回到办公室去,因为美国参谋长联席会议要求立即和麦克阿瑟举行电传打字会议,并告之华盛顿将有重大决定。但是,麦克阿瑟坚持留在机场不走。"告诉他们,我正忙着为杜勒斯先生送行,让我的参谋长跟他们说好了。"至于此刻人人都担心的朝鲜战场的局面,麦克阿瑟对神情紧张的杜勒斯说:"如果华盛顿对我不碍手碍脚的话","我可以把一只手绑在身后,只用一只手就可以对付"。

参谋人员决定想个办法将固执的司令官骗回去。他们让机场广播室播出一条假消息,说飞机准备立刻起飞。麦克阿瑟把杜勒斯送上飞机,进行了亲切得夸张的话别,然后才离开机场。麦克阿瑟走了之后,杜勒斯立即被请下飞机,又在休息室待了好一段时间,飞机才真正起飞。

杜勒斯在日本充分领略了麦克阿瑟的神气活现。当他回到美国向杜鲁门总统汇报远东局势时,其中的一条建议是:让那个狂妄的老家伙下台。

然而,朝鲜半岛的情况确实不妙了。

六月二十五日中午,美军驻南朝鲜顾问团才真正意识到局势的严重性。

战事已经沿着三八线全线展开,激烈的战斗发生在两条直指南朝鲜首都汉城的公路上。

在铁原——议政府一线,北朝鲜人民军由苏制 T-34 坦克开道,在重炮、迫击炮和重机枪火力的支持下,两个师加一个团共两万八千人,迅速突破南朝鲜军仅一个不满员师的战线,然后以惊人的速度向前推进。沿着西海岸的公路向南,北朝鲜人民军和南朝鲜军的兵力对比与铁原——议政府一线一样。这两个方向一东一西,像一只张开的铁钳将在南朝鲜的心脏汉城合口。

北朝鲜人民军在苏联武器装备的援助下,当时已编有七个步兵师、一个坦克旅、一个边界保安旅和一个摩托化团,不仅兵力多于南朝鲜军一倍,而且官兵素质和士气也是南朝鲜军队不能匹敌的。其士兵的来源大部分是参加过抗日战争的老战士,也有参加过中国的抗日战争和解放战争的朝鲜族士兵,即使是新兵也大都是刚刚翻身解放的工人和农民,政治优势使北朝鲜军队在战争初期显示出惊人的力量。

高浪浦方向,南朝鲜军第十三团在第一波次的交战中死伤就达百分之九十,人民军的坦克很快突破了南朝鲜军的阵地。

临津江方向,南朝鲜第一师在美军顾问罗德维尔中校和白善烨师长的指挥下,在临津江南岸部署阵地等待溃败下来的第十二团,试图重新组织抵抗。结果,第十二团溃败的士兵蜂拥而至,后面紧跟着北朝鲜人民军第一师的追兵。南朝鲜军工兵飞快地按下电钮,想炸掉临津江大桥,但电缆已经被切断,人民军潮水般地涌上来,占领了具有重要战略意义的大桥。

议政府方向是军事上极为重要的地理走廊,坦克可以在此展开,这个方向是汉城最后的屏障。驻守在这里的南朝鲜第七师面对的是北朝鲜人民军最精锐的第三、第四师。人民军的两个师同时展开攻击,工兵在坦克和自行火炮的掩护下破坏了公路两边的碉堡,步兵登上公路边陡峭的山崖向敌后渗透,公路上正面进攻的坦克部队坚决地推进,南朝鲜军队的前沿阵地很快瓦解了。

只有春川方向的南朝鲜军队在北朝鲜人民军第二军的进攻面前进行了局部的反击,但由于议政府方向南朝鲜军队的溃败,春川已经成为孤立的突出部,如果不逃命就来不及了,于是唯一的抵抗也被放弃了。

被美军顾问团团长威廉·罗伯特准将称为"亚洲之雄"的南朝鲜陆军在战争爆发时的表现,与其说是让顾问团失望,不如说是让美国人震惊。滂沱的大雨中,到处可见已经不成建制的南朝鲜军队向南溃逃。就在这个时候,美军顾问团又接到了令他们更为震惊的报告:人民军数架苏制雅克螺旋桨飞机飞临汉城和金浦机场上空,金浦机场的控制塔台和一架美制 C-54 运输机被击中,一个油罐起火;汉城附近的另一个小型机场也遭到攻击,机场上的十架教练机被击中七架。最为严重的是,这些机场上的飞机已开始沿着公路北飞,在惊恐万状的南朝鲜军的上空低空射击,使本来的溃败变成了绵延几十公里的恐怖。美军顾问团在发给麦克阿瑟的电报中说:"无论从军事形势上还是从心理上看,韩国陆军已经完全垮了。"

六月二十五日晚上,麦克阿瑟在东京看电影的时候,溃败中的南朝鲜军队真的在汉城北部的弥阿里一带建立起一条阻击阵地,史称"弥阿里防线"。南朝鲜军队企图利用这一带环抱京元公路的丘陵地形,为守住汉城做最后的抵抗。这的确是最后的抵抗,战斗一直进行到二十七日中午,北朝鲜人民军终于突破了弥阿里防线前面的仓洞防线。天一黑,人民军士兵便大规模地渗透到整个防线的后方,弥阿里防线彻底垮了。

麦克阿瑟得到的形势预测是:汉城很快就会失守。

战争最后的受害者永远是平民百姓。

六月二十五日早晨,汉城雨过天晴。星期日的街头,城市风景和昨天一样。十时,街上突然出现军队的吉普车,宪兵通过车上的喇叭喊:"国军官兵立即归队!"吉普车消失后,载着士兵的卡车和牵引火炮从街上疾驶而过。汉城的市民开始猜测:也许边境上又发生了什么事?汉城报纸的号外开始满街散发:北朝鲜军队今日拂晓从三八线开始南侵,我军立即与敌交战,现正在将敌击退中。

汉城市民开始向往北开进的军车和被征用的运兵公共汽车欢呼。他们绝对相信政府平时反复说过的话:战争一旦爆发,立即占领平壤,在短时间内就能统一北方全境。但是,当市民们听见头顶上有飞机的声音时,他们抬头看见了机身上的北朝鲜人民军标志。飞机撒下的传单上写着:南朝鲜军队在美帝国主义的支持下向北方进攻,北方军队将给予坚决的反击。

到了十一时,汉城广播电台的广播词是:"瓮津地区,摧毁敌人坦克七辆,缴获冲锋枪七十二支、步枪一百三十二支、机枪七挺、火炮五门,全歼敌人一个营……一个共军团长同他的共产军一起投诚……"也是十一时,平壤广播电台这样广播:"无赖叛逆李承晚命令李伪军侵略北方,人民军开始自卫,并开始进攻南方。李承晚匪帮将被逮捕、被判刑……"

入夜,汉城市民彻夜未眠。

最可靠的消息,来自那些从前方下来的伤兵,伤兵们说不清楚战局的全貌,但都异口同声地说:坦克! 北方的坦克厉害! 我们没有坦克!

六月二十六日拂晓,汉城市民听见了炮声,看见了从北边议政府方向逃来的大批难民。北朝鲜人民军的飞机再次飞临汉城,扫射了总统府。一位南朝鲜空军飞行员驾驶教练机升空,在全城市民的注视下,用没有武装的机体与北朝鲜的飞机撞在了一起。

可是,军方的公告却这样写着:国军一部已经从三八线北进二十公里!

到底是南朝鲜军队离平壤不远了? 还是北朝鲜军队离汉城不远了?

汉城到处是不知所措的神情,整座城市有了一种怪异的气氛。

此时,在汉城,只有一个人对战局状况十分清楚,他就是南朝鲜总统李承晚。

当北朝鲜的飞机扫射到号称"蓝宫"的总统官邸时,惊慌失措的李承晚脑子里唯一的念头就是逃跑。

他找来了美国驻南朝鲜大使约翰·穆乔。

约翰·穆乔时年四十七岁,是个老资格的外交家,而且他外交生涯的大部分时间是在拉美和远东度过的。美国职业军人最看不上的就是这些温文尔雅的外交官,军方称他们是一群"光屁股的甜饼贩子"。但是,穆乔和大多数甜饼贩子不同,他和军方的关系不错,这倒不在于他经常和一些下级军官们喝酒,而是他身上的确有一股一般外交官没有的"男子汉气质"。他一到南朝鲜任职,就与李承晚发生了矛盾,原因是穆乔坚决站在美国军方的立场上,企图掌握李承晚手中的一些权力,以便更有利于美军顾问团对南朝鲜军队的控制。穆乔对李承晚的评价是"吹毛求疵,喜怒无常"。

穆乔在南朝鲜代理国防部长申善模的陪同下会见了李承晚。这次会见,令穆乔终生难忘,因为他无论如何都没想到,一个国家的总统在国家危难的时刻竟然表现得如此贪生怕死。李承晚见到穆乔后的第一句话是:如果我落入共产党之手,对于朝鲜的事业将是一场灾难。还是撤离汉城的好。

穆乔为了让这位总统留下来,明知南朝鲜军队正在逃命的路上,有的甚至已经全军覆灭,但他还是信口开河地说,南朝鲜军队打得很好,没有哪支部队完全溃败。总统要是留在汉城,能够激励部队的斗志;如果总统逃跑,消息传开,"就不会有一个南朝鲜士兵去抵抗北朝鲜的进攻"了,"整个南朝鲜陆军就会不战而垮"。可是李承晚坚持要走。穆乔的厌恶到了极点,他说:"好吧,总统先生,要走你就走,你自己拿主意,反正我不走!"

李承晚被穆乔的强硬态度震慑住了,可怜地表示他今天晚上可以不走。

穆乔一离开,李承晚立即命令交通部长准备专列待命。

总统要撤离的消息,首先传到国民议会的议员们中间。议员们指责李承晚抛弃了朝鲜人民;但也有的议员认为,如果总统被俘虏,那么南朝鲜就不存在了。为此,国民议会在争论几个小时后进行了表决,大多数议员主张总统留在汉城——"和人民在一起"。

但是,二十七日凌晨,李承晚和他的家眷以及几个贴身幕僚在战争爆发不到五十个小时后,在黑色的夜幕中乘上专列从汉城逃跑了。临走他终于没敢通知穆乔大使。"他离开以后我才知道他已经逃跑了。"穆乔后来说，"他这么做使我在以后的几个月一直处于有利的地位，因为他先于我离开汉城。"

从为杜勒斯送行的东京机场回来，麦克阿瑟看到的是一份紧急电报，内容是华盛顿批准他使用海空军力量支援撤退中的南朝鲜军队。因为美国远东空军司令乔治·斯特梅莱耶中将正在美国本土开会，于是麦克阿瑟向美国远东空军副司令厄尔·帕特里奇下达了一连串的口头命令——帕特里奇的感觉是，麦克阿瑟在下命令的时候"眉飞色舞，得意洋洋"——他命令美国远东空军在三十六小时内出动，"运用一切可供支配的手段，狠狠揍北朝鲜人，让他们尝尝美国空军的厉害"。麦克阿瑟批准了帕特里奇要求从关岛美军基地抽调一个轰炸机大队到日本空军基地的请求。最后，麦克阿瑟提醒了帕特里奇一句，这句话表示出这场战争的微妙之处："远东空军全面戒备，谨防苏联对日本的进攻。"

黄昏到来之前，远东空军基地处在一片忙乱之中。侦察机出发去战场照相，机场上的地勤人员在给 B-26 装炸弹，加油车穿梭往返，飞行员聚集在一起研究朝鲜半岛狭长的地域上每一处应该攻击的目标。六月二十七日，夜幕降临后，当南朝鲜总统李承晚打算逃离汉城时，十架满载炸弹的美军 B-26 轰炸机升空了。机群穿过笼罩在日本海上空厚厚的云层，向着朝鲜半岛飞去。

美国远东空军只有六年的历史。这支部队的肩章十分特别：除有与美国其他空军部队一样的机翼外，上面还有一个据说是菲律宾的太阳，还有代表南十字星座的五颗星。南十字星座表示远东空军一九四四年诞生在地球的南半球——澳大利亚的布里斯本；而关于菲律宾的太阳，美国人的解释是——一九四一年美国空军被日本人赶出过菲律宾，远东空军将不忘耻辱。这支年轻的部队在太平洋战争中赢得了值得骄傲的荣耀。战后，远东空军司令部设在日本东京市中心的一幢大楼里，空军的参谋们可以透过窗户俯视裕仁天皇的皇家花园，那种感觉就像在俯视整个日本。

可是这一次，远东空军从一开始就遇上了麻烦。先是起飞的轰炸机因为天气的恶劣和夜色太黑，在汉城以北根本寻找不到北朝鲜人民军的坦克纵队，于是载着炸弹穿过日本海上空厚厚的云层又飞了回来。接着，当远东空军的飞机再次起飞飞抵朝鲜时，半岛上空浓云密布，轰炸机第二次无功而返。

麦克阿瑟对空军的表现怒火万丈。他在电话里对帕特里奇说，必须尽快使用空军，不然南朝鲜陆军就完了！麦克阿瑟的参谋长爱德华·阿尔蒙德少将对帕特里奇说得更明确：要不惜一切代价把美国的炸弹从朝鲜上空扔下去，不管准确与否。换句话说，不管炸弹是扔在北朝鲜士兵头上还是南朝鲜士兵头上，只要把炸弹扔下去！

第二天，侦察机飞行员布赖斯·波驾驶 RF-80A 侦察机首先起飞，他终于看见朝鲜半岛上空天晴了。于是，远东空军的大批飞机开始升空。这是 B-26 轰炸机最倒霉的一天。当它们向三八线附近的铁路和公路扔炸弹的时候，北朝鲜军队的地面防空火力出乎意料地猛烈，几乎每一架 B-26 都被打中。其中的一架迫降在汉城附近的水原机场上，另外一架虽然返回了日本基地，但因受损严重已经彻底报废了。最悲惨的是，一架被打得千疮百孔的 B-26 在日本芦屋机场迫降时一头栽到地面上，机上所有人员全部丧命。F-80 战斗机的损伤比轰炸机轻一些，但是由于从日本机场到朝鲜战场的距离，几乎是这种飞机活动半径的极限，所以飞行员都在提心吊胆地作战，以免稍不留神就回不了家了。他们在汉城以北的公路上，发现了长龙般的坦克和卡车队伍，他们真的"不管准确与否"就开始了攻击——"长达八十公里的公路上火光冲天"。遭到南朝鲜第一师师长白善烨咒骂的是 B-29 轰炸机。这种被称为"空中堡垒"的战略轰炸机，本来在纯粹的战术支援行动中不该出动，但在麦克阿瑟的坚持下还是出动了四架。四架巨大的轰炸机上的机组人员，采取的是一种极端的方式——只要发现地面上有目标,不管是一堆士兵还是一队坦克,也不管是敌方还是友方,拿他们的话讲:"只要看上去值得轰炸,就扔炸弹。"结果,沿着汉城北边的公路和与公路平行的铁路飞行的 B-29 轰炸机,把携带的绝大部分炸弹扔在了向南撤退的南朝鲜军士兵头上。连远东空军的参谋人员都觉得这样使用战略轰炸机"很奇怪",但无奈"麦克阿瑟将军要求最大限度地显示美国空军的力量"。

就在李承晚逃跑的那天夜里,北朝鲜人民军的一支先锋部队第三师九团已经连同坦克一起突入汉城的东北角。南朝鲜军依据城市边缘的一个个小山包还在抵抗。北朝鲜人民军的飞机向汉城撒下传单要求南朝鲜方面立即投降。

一九五〇年六月二十七日晚,对于居住在汉城的人们来说是个地狱之夜。

惊慌失措的市民在广播中听见"政府和国会临时迁往水原"的消息后,终于知道大难临头了。汉城市民扛着行李拥向火车站,所有往南开的火车都挤满了逃难的人。挤不上去火车的,动用了自行车、牛车,有的干脆步行,百姓混杂在溃败的军队中间向南逃散。据史料记载,那一天从汉城逃离的难民有四十万之众。

这一天,美国使馆里也乱成一团。穆乔大使本来抱着一线希望,认为"即使共产党占领汉城,也能宣布使馆人员有外交豁免权",因此决心坚持到最后。但经过向国内请示,国务卿艾奇逊坚决反对,理由是"美国使馆人员很可能会成为共产党的人质"。于是,穆乔决定撤离。枪炮声越来越近,不时有南朝鲜士兵来报告说,北朝鲜军队随时可能冲进汉城市区。使馆人员慌忙把保险柜抬出来,开始在黑夜中烧掉他们认为所有不能落入共产党之手的文件。烧文件的火光看上去好像是整个使馆开始燃烧,这更增加了汉城市民的恐惧。使馆的安全人员开始炸毁密码机。穆乔大使在与麦克阿瑟通电话,没说几句电话就断了,原来使馆人员用大铁锤把电话交换机给砸了。最后,使馆人员的家眷被送上一艘名为

"伦霍尔特"号的临时征用船离开了南朝鲜海岸,而工作人员则登上飞机飞往东京。穆乔又返回大使馆,他开出吉普车,想去寻找现在已不知在何方的南朝鲜政府。当吉普车驶离大使馆时,穆乔回头看了一眼,美国的国徽还挂在使馆上。穆乔想到应该摘下美国国徽,但已经没有时间了。令他想不到的是,北朝鲜军队占领汉城后,竟然对美国的国徽没怎么在意。几个星期后,当穆乔随着美国军队的进攻再次回到汉城时,国徽居然还在那里完好无损地悬挂着。

按照周密制定的汉城防御应急计划,汉城以北的每个重要桥梁和公路都应在危急时刻被炸毁。但是,在南朝鲜军队一泻千里的溃败中,计划上的任何一个字都没有被执行,防御应急计划等同了一张废纸。只是,有一座大桥的炸毁计划被执行得异常坚决,这就是汉城以南汉江上唯一的大桥,即汉江大桥。这座大桥是汉城通往南方的唯一通路,在大量的难民和溃败的军队向南撤退时,这座大桥等同于生命线。因此,当得知南朝鲜军队要炸毁这座大桥时,美军顾问团参谋长赖特几乎不敢相信自己的耳朵。他向南朝鲜作战局长金白一说,在部队、补给、装备等还没有撤过汉江的时候,绝对不能炸毁大桥。金白一不听。赖特恼羞成怒地再次解释说,即使南朝鲜军队的撤退,也要完全指望这座大桥,何况还有成千上万的难民正在通过这座大桥。最后,赖特找到南朝鲜陆军参谋长蔡秉德,才商定出一个原则:确认敌人的坦克接近桥畔时再爆破。

但是,在南朝鲜国防部更高官员的命令下,南朝鲜军还是决定立即炸毁大桥。理由是,重要的不是成千上万南朝鲜士兵和难民的生命,而是决不能让北朝鲜人民军的坦克渡过汉江。守卫汉城的南朝鲜第二师师长提出抗议,说他的部队还在市区,装备也还没有撤出,汉江大桥不能现在就炸毁。在参谋长蔡秉德已经过江的情况下,南朝鲜作战局副局长立即奔向大桥,企图命令暂缓引爆。

但是他的军用吉普车在难民的人流中根本走不动,等他好容易到达距离大桥还有一百五十米的地方时,他看见一个巨大的橙色火球从汉江大桥上冲天而起,接着就是一声惊天动地的大爆炸。在骇人的火光中,南朝鲜作战局副局长眼见着汉江大桥上的车辆、难民、士兵,连同桥梁的碎片一起飞向火红色的夜空……

汉江大桥被炸毁的时间是:二十八日凌晨二时十五分。

这时,南朝鲜的陆军主力第二、第三、第五、第七师和首都师还在汉城的外围阻击,拥挤在汉江北岸等待过桥的军队车辆在公路上排成八列,士兵和难民拥挤在一起"连身体都无法转动"。这一切都随着汉江大桥的炸毁被留给了北朝鲜人民军。

美国《时代》周刊记者弗兰克·吉布尼目睹了汉城的这个地狱般的夜晚。他后来记叙道:我和我的同事坐在一辆吉普车上,用了很长的时间才从被难民和车辆塞满的汉城街道上挣脱出来。然后在公路上和头上顶着包裹的难民艰难地往南走,最后我们的吉普车终于上了大桥。在大桥上,吉普车寸步难行,前边是一队由六轮卡车组成的车队。我下了车,想看看到底是什么原因走不动,但我发现桥面上被难民挤得水泄不通,根本没有我下脚的地方。我回到车上等候。猛然间,天空被一大片病态似的橘黄色火团照得通亮,前边不远的地方传来一声巨大的爆炸声,我们的吉普车被气浪掀起有十五英尺高。当时,吉布尼的眼镜被炸飞,他满脸都是血,什么也看不见。等他能看到周围的物体时,他看见在断裂的桥面上到处都是尸体。

过早地炸毁汉江大桥,把美军顾问团也扔给了北朝鲜人民军。赖特参谋长好容易找来几条运送难民的木船,但难民根本不理会他们是什么美国人。结果,美国人开枪了,意思是要么给船,要么吃枪子儿。南朝鲜船工在美国人的枪口下把惊恐万状的美军顾问们送过了汉江。

过早地炸毁汉江大桥也给南朝鲜军队带来"灾难性后果"。

往南溃败的南朝鲜士兵有的用木筏、有的干脆游泳向南逃命,不少士兵被江水吞没,武器装备全部丢失。后来的事实证实,炸毁大桥十个小时后,北朝鲜人民军才进入汉城市区,十二个小时后才到达汉江。如果炸桥时间推迟几个小时,南朝鲜军的两个整师和大部分物资都可以过江。据史料统计,战争爆发时,南朝鲜陆军共有九万八千多人;二十八日汉江大桥被炸毁后,逃过汉江的南朝鲜军队仅剩下两万多人。虽然后来南朝鲜军事法庭以"炸桥方式不当"为罪名,枪毙了负责炸毁汉江大桥的工兵处长,但这次事件给南朝鲜军队心理上造成的影响却长时间难以消失。正如《美国陆军史》中所言:"韩国部队从此便以惊人的速度崩溃了。"

很明显,靠南朝鲜军队来扭转战争的局势已是绝对不可能了。

当南朝鲜军队争先恐后地往南逃命的时候,在朝鲜半岛之外,却有一个人要佩戴一把手枪迎着北朝鲜军队的进攻北上,这个人就是七十岁的麦克阿瑟。

麦克阿瑟决定的事没有人能够更改。

朝鲜战争爆发以来,麦克阿瑟就对美国政府甚至是联合国产生了强烈的不满。汉江大桥被炸毁的那个晚上,他给华盛顿打电报,用强硬的口气表示,美国的行动太迟缓,南朝鲜已经危在旦夕。半夜,他又在给华盛顿的电传中表示,除非给南朝鲜部队注入一针兴奋剂,否则用不了几个小时战争就结束了。麦克阿瑟让美国迅速行动的意思很明显,那就是直接派出地面部队参战。

从《联合国宪章》上讲,杜鲁门批准美国空军飞到朝鲜半岛去轰炸,已经是一种违宪行为了,这一点杜鲁门很清楚。美国政府现在需要的是:联合国通过一个认可武装干涉朝鲜战争的提案。在美国的操纵下,同时也是在苏联代表缺席的情况下,一九五〇年六月二十七日下午十五时,联合国安理会举行会议,激烈的辩论长达几个小时,中间宣布休会几个小时,直到半夜,一个以联合国名义公然干涉一个国家内战的提案通过了:"联合国成员国向大韩民国提供此类必要的援助,以制止武装进攻,恢复该地区的和平和安全。"现在,美国已经开始的军事行动不但合法了,而且还有了进一步升级的权力。

当麦克阿瑟把要去朝鲜的命令告诉他的座机驾驶员安东尼·斯托里中校时,中校认为这个老头儿只是在开个玩笑。麦克阿瑟把四名记者叫到办公室宣布他的决定,并说可以带他们一同前往,只要他们不怕死。麦克阿瑟故意把这次行动说得恐怖而刺激:"这架飞机没有武装,同时没有战斗机护航,也没有把握说出它能在哪里降落。如果明天出发前见不到你们,我会认为你们去执行别的任务去了。"记者们被这几乎像冒险电影一样的气氛迷住了,表示他们都想去。其实,这只是麦克阿瑟的又一次表演。别说这是飞往战场,就是麦克阿瑟乘机出去游玩,远东空军也不可能让最高司令官的专机单独飞行。

麦克阿瑟的座机叫"巴丹"号。巴丹是菲律宾吕宋岛中部一个省的名字。二战时,麦克阿瑟的部队在这里战败,七万名美军向日军投降,战俘中后来被日军虐待而死的达一万人。"巴丹"号在日本羽田机场即将起飞的时候,天气极其恶劣。斯托里中校得知的天气预报是风暴、有雨和低云。当他向麦克阿瑟主张推迟一天起程时,麦克阿瑟正在刮脸。斯托里中校听到的是一句阴沉的回答:"立即起飞!"在四架战斗机的护航下,"巴丹"号载着麦克阿瑟、他的五名参谋还有四名记者向朝鲜半岛飞去。在飞机到达巡航高度时,麦克阿瑟开始抽他的烟斗。美国《生活》杂志随行记者戴维·道格拉斯后来写道:"麦克阿瑟精神抖擞,两眼闪闪发光,就像我看见过的高烧病人的面孔。"

当着记者们的面,麦克阿瑟口述了一份给远东空军副司令帕特里奇的电报,内容是:立即除掉北朝鲜机场。不做宣传报道。麦克阿瑟批准。这个电报意味着:美军飞机可以越过三八线进行攻击。记者们知道,美军的攻击范围被严格控制在三八线以南,这是华盛顿特别强调的,原因是担心苏联介入朝鲜战事。公开违背华盛顿的命令,对麦克阿瑟来讲是个乐趣。这是朝鲜战争爆发以来,麦克阿瑟第一次在重大问题上越过总统权限自作主张,如此的狂妄是导致他日后悲剧命运的诸多因素之一。

麦克阿瑟的专机降落在水原机场,这是位于汉城以南的一个美军机场。在"巴丹"号还没有起飞的时候,水原机场就遭到北朝鲜人民军的攻击,跑道顶端的一架 C–54 型飞机着火了。跑道本来就很短,起火的飞机又使跑道缩短了二十米。更为严重的是,当"巴丹"号向水原机场的跑道下滑的时候,不知从哪儿钻出一架北朝鲜人民军的雅克式飞机,飞机直冲"巴丹"号而来。机舱内所有的人都惊叫起来,只有麦克阿瑟兴奋地说:"看,我们会把它好好收拾一顿的!"靠着斯托里灵巧的规避动作,"巴丹"号安全地降落在水原机场。这时,跑道顶端的那架 C–54 飞机还冒着浓烟。

麦克阿瑟穿着一件咔叽布衬衫和一件皮夹克,软帽皱着,胸前挂着架望远镜,戴着在这个阴沉的天气中显然没有什么实用价值的墨镜,走下了他的"巴丹"号。迎接他的是美国高级官员丘奇将军、穆乔大使,南朝鲜方面是陆军参谋长蔡秉德,还有李承晚。李承晚看上去失魂落魄,要不是穆乔的坚持,丘奇将军根本不会让任何一个南朝鲜方面的人到机场来。麦克阿瑟还是拥抱了李承晚,并在穆乔的带领下,走进机场边上的一所破烂的校舍,这是美军顾问团现在的所在地。

麦克阿瑟问起战局,李承晚描绘了险恶的局面。当问到蔡秉德时,这位看上去不怎么像军人的胖子参谋长回答说,他要招募一百万青年入伍。这显然是不切实际的信口胡诌。四十八小时后,蔡秉德参谋长就被解职了。麦克阿瑟站起来说:"到前沿去看看。"丘奇将军马上反对,因为距离这里只有二十公里的前沿的战况谁也说不清楚。麦克阿瑟不容反驳,又说了一遍:"判断战局的唯一办法就是去看实战部队。"

参谋人员找来一辆几乎快散架的老式黑色道奇轿车让麦克阿瑟坐，记者们坐吉普车。这个小小的车队逆着溃逃士兵的洪流往北，来到汉江边。麦克阿瑟向汉城方向看去，他看到的是一座燃烧的城市。他从嘴上取下烟斗，说："我们上那座山上去看看。"

所有的人跟着这个七十岁的美国将军往山上爬。

随行的惠特尼将军后来回忆道：

> 天空中，回荡着跳弹的尖啸声，到处散发着恶臭，呈现着劫后战场的一片凄凉。所有的道路上挤满了一群群备受折磨、满身尘土的难民。这一场面足以使麦克阿瑟相信，南朝鲜的防卫潜力已经耗尽。没有什么东西能阻挡共产党的坦克纵队从汉城沿着少数几条完好的公路直取半岛南端的釜山了。那时，整个朝鲜就是他们的了。

麦克阿瑟自己在回忆录中这样写道：

> 被击败的、溃散的军队形成一股可怕的逆流。南朝鲜军队完全是在狼狈溃逃……溃不成军……气喘吁吁的军队……被满身尘土、挤来挤去的逃难人群拥塞得不能举步。

麦克阿瑟在山上待了一个小时。

除了指着汉江上那座被炸的大桥残留的桥身说了句"炸掉它"之外，麦克阿瑟一直没有说话。

回到水原机场边那所破烂的校舍，麦克阿瑟和李承晚又谈了一个小时。之后，他飞回东京。麦克阿瑟向李承晚许诺会提供一切可能的援助。同时，据他后来在回忆录中的说法，当时，一个完整的作战方案已经在他的脑海里形成，包括建立美军的立足点和策划几个月之后震惊世界的仁川登陆。麦克阿瑟说："这将是背水一战，却也是我唯一的机会。"

现在的问题是，美国必须出动地面部队。

否则只能"接受在朝鲜乃至整个亚洲大陆的失败"。

麦克阿瑟回到东京,对记者们明确表示:"给我两个美军师,就能守住朝鲜。"

麦克阿瑟又犯了个惹是生非的错误。美军出动地面部队,必须经过美国参谋长联席会议的讨论,并且只有总统才有权发布命令。为了让自己和总统较劲儿的游戏更加明确,他对记者们说:"我会向总统建议出动几个美军师,但不知道总统是否会采纳我的建议。"

紧接着,麦克阿瑟在没有华盛顿授权的情况下,于三十日访问了台湾。"巴丹"号因故比预定的时间晚到了,可蒋介石还是兴奋地等待着。麦克阿瑟于朝鲜战争爆发后的此次台湾之行,到底与蒋介石达成了什么政治交易,至今还是一个谜。但蒋介石坚决要求出动三万三千名士兵参战的事很快就见了报。麦克阿瑟擅自对台湾的访问,引起杜鲁门极大的反感,而对此最敏感的莫过于中国共产党人。麦克阿瑟的台湾之行,彻底地把自己与新中国对立起来,这对日后朝鲜战争的发展和结局起到了微妙但却又是重要的影响。

六月二十七日这天,美国三军参谋长经过彻夜研究,终于得出结论:光靠美国空军的介入无法挽救南朝鲜的局势,可动用地面部队就意味着美国在朝鲜全面参战,这是一个有关国家利益的万分敏感的问题。在很长的时间里,美国的全球战略重点始终在欧洲,对于远东美国没有大规模介入的计划。而且,美国人心理上的大患是苏联,朝鲜战争如果升级,一旦苏联介入,对美国来讲是绝对的麻烦。所以,没有人敢向总统提出这个建议。但是,到了二十八日,关于朝鲜战局的危急情况不断地报来,尤其震惊了华盛顿的是汉城已经被北朝鲜军队占领。于是,三军参谋长坚定地认为,除了出动美国地面部队之外,绝对没有其他办法了。上午,参谋委员会提出一个谨慎的战争升级计划。

二十八日深夜，麦克阿瑟向华盛顿发出一个长达两千字的电报，详细阐述了南朝鲜军队的处境，说这支军队"完全丧失了反击的能力"，现在唯一的希望是"在朝鲜作战区域投入美国地面部队"。他希望"从日本抽调两个师的兵力，供初期的反攻使用"。在电报的最后，麦克阿瑟又使用了那种"要么听我的，要么就拉倒"的狂妄口气："除非明文规定在这一饱受战火蹂躏的地域充分使用陆海空战斗部队，否则我们的任务将是无谓地付出大量生命、金钱和荣誉的代价，最糟糕的甚至可能会在劫难逃。"

麦克阿瑟半夜发来的电报，把美国陆军参谋长柯林斯弄得焦灼不安，只有连夜召集五角大楼的高级会议。凌晨三时四十分，五角大楼与麦克阿瑟通过电传开始了辩论式的探讨。

华盛顿发出的电文如下：

陆军部一号

你的 C56924 电报提议的授权一事，将由总统作出决定，这需要几个小时的时间供他考虑。同时，根据参谋长联席会议当晚早些时候发给你的指示，授权你向釜山基地派遣一个团的战斗队。这一点将在上午八时举行的电传打字会议上详细阐述。

麦克阿瑟的回电显得很不耐烦：

远东司令部一号

现在你们的授权确立了可以在朝鲜使用地面作战部队的基本原则，但并未对在目前形势下采取有效的行动给予足够的自由。我的电报提出的起码要求仍未得到满足。时间紧迫，要求刻不容缓地作出一项明确的决定。

柯林斯认为麦克阿瑟不应该催促总统，因为事关重大：

陆军部二号

我出席了白宫六月二十九日下午的会议,当时总统作出决定,授权按照参谋长联席会议第84681号文件所确定的权限采取行动。我认为,决定的精神表明,总统希望与他的高级顾问们经过慎重考虑后再授权美国作战部队进入战区。

　　柯林斯等了一会儿,不见麦克阿瑟回话,于是接着说:在你派遣一个团的行动完成时,总统会对是否派遣两个师的问题作出决定。然后是一句问话:"这样是否满足了你的要求?"电传过去之后,麦克阿瑟仍然没有回答。柯林斯看着沉默的电传机既尴尬又难以忍受,他知道,这是麦克阿瑟惯用的一种傲慢的沉默——因为他已经要求派遣为避免局势最后崩溃而需要的部队,如果遭到拒绝,那么五角大楼将为一切不可预料的后果承担责任。柯林斯只好说:"我们把这种沉默看成是麦克阿瑟将军要我们'刻不容缓'地作出决定的强烈要求。"他离开会议室,打电话向国防部长佩斯说了麦克阿瑟的请求。

　　凌晨四时五十七分,佩斯打电话向杜鲁门总统报告了麦克阿瑟的请求。

　　上午九时三十分,杜鲁门在白宫召开战争委员会会议。经过研究,会议否决了蒋介石参战的请求,但决定派两个美国师进入朝鲜战区。

　　决定的作出是艰难的。派遣美国地面部队参战,意味着美国在战争的门槛上已经把脚迈了出去,而且一步迈到了遥远的远东。对于麦克阿瑟的傲慢口气,杜鲁门现在只能忍下去了。在回答共和党反对派的质问时,杜鲁门说:"我不想到处扬言是我要麦克阿瑟如何行事的,他现在不是美国将军了,他是在为联合国办事。"

　　杜鲁门和他的高级官员们没有想到,战争这只脚只要迈出去,就只剩下一条路了,那就是一直打下去。美国出兵参战的决定,使成千上万的美国青年陷入朝鲜战争达三年之久。三年后,躺在裹尸袋里回到美国的年轻士兵达数万人。同时,杜鲁门和他的高级官员们更没有想到,他们在朝鲜战场上的对手不是他们一直担心的苏联,也不仅仅是北朝鲜人民军,而是一个对于美国人来讲十分神秘的国家——中国。

美国将军的逃亡和中国的保卫国防会议

一九五〇年六月三十日,麦克阿瑟在东京指示第八集团军司令沃克将军,让他命令美军第二十四步兵师立即进入朝鲜。沃克向第二十四师师长威廉·F.迪安将军下达的命令是:

一、由两个步兵连,配属两个迫击炮排和一个七十五毫米无后坐力炮排,组成特遣阻滞分队,由一名营长指挥,立即空运到釜山,向丘奇将军报到;

二、师司令部和一个步兵营立即空运到釜山;

三、师其余人员依靠海上运输航渡;

四、尽快建立可以进行攻势的作战基地;

五、特遣队的任务是:在南朝鲜着陆后立即开始前进,与从汉城向水原南进的北朝鲜部队接触,并阻止其前进;

六、师长到达朝鲜后,出任美国驻朝鲜陆军部队指挥官。

美军第二十四师,在二战太平洋战区曾由新几内亚转战到莱特湾、吕宋岛,因在莱特登陆时的英勇作战而闻名于世。战后,该师进驻日本九州山口县。全师满编一万二千一百九十七人,现缺额约五千人。

第二十四师的行动是美国地面部队介入朝鲜战争的第一步。在这个最初的军事行动中出现了两个美国将军:一个是第八集团军司令沃克,另一个是第二十四师师长迪安。他们两人在以后战争中的命运是:一个死于中国军队的进攻中;而另一个被俘虏,在中朝战俘营中待了三年。同时,最初的军事行动还涉及一个下级军官,他就是第二十四师二十一团一营营长史密斯。当迪安把带领特遣队的任务交给史密斯时,他的第一个反应是他的营缺少军官。在师长答应从三营给他补充军官后,二十一团团长理查德·史蒂文森上校能提供给他的关于朝鲜战场的情报仅仅是一句话:"去干吧,伙计,那里开锅了。"

一九五〇年七月一日凌晨三时,大雨。

史密斯带领他的四百四十名士兵从熊本乘卡车向板付机场出发。他所指挥的兵力和武器的清单是:两个缺额的步兵连(B 连和 C 连),半个直属连,半个通信排,一个混编炮排,四门无后坐力炮和四门迫击炮。B 连和 C 连各拥有六个反坦克火箭组和一个小口径六十毫米迫击炮组。士兵们每人配备一支步枪和一百二十发子弹,另外还有两日份额的干粮。在史密斯的这支队伍中,约有三分之一的官兵参加过太平洋战役,大多数则是没有任何战斗经验的美国青年。

无论从沃克给第二十四师命令的措辞上,还是从派遣一支阻击部队的规模上看,美军都不像是去参加一场战争。也许包括麦克阿瑟在内的美国军官们在最初的时候就是这样理解朝鲜战争的。而这一切给史密斯营长一个错觉:这是一个用不着费劲儿的任务。但他还是在板付机场认真地问迪安师长,他此刻特别想知道,他和他的士兵在漆黑的雨夜中急忙奔赴的那个叫朝鲜的地方,现在到底是个什么情况。迪安师长的回答是:到达釜山后,向大田方向前进。第二十四师要尽可能在离釜山远点儿的地方阻击北朝鲜军队。所以你的营要沿京釜公路尽可能往北,同丘奇将军取得联络。如果不知道他在哪里,就上大田去。很遗憾,我无法再提供更多的情报了。祝你一路平安,上帝会保佑你和你的士兵们。

史密斯,这位来自著名的西点军校的军官心里更加茫然了,可他还是对他的士兵们说:"北朝鲜军队看见我们会掉头就跑的。"

用来运送史密斯特遣队的六架 C-54 运输机飞到朝鲜上空,却因为大雾无法降落又飞回日本。直到七月一日上午十一时,他们才降落在釜山附近的一条飞机跑道上。被颠簸的飞行弄得脸色苍白的士兵在釜山受到夹道欢迎,南朝鲜人对于美军的到来感到欢欣鼓舞。从火车站上车的时候,甚至还有一支朝鲜乐队为他们奏乐。到达大田后,史密斯找到了丘奇将军。丘奇将军展开地图对他说:"我们要在这里展开一个小小的行动,你们上去给南朝鲜军队打打气。"

于是,史密斯到预定战场去看地形。一路上,他们看见数以千计的南朝鲜士兵和难民一起往南跑。小菲利普·戴中尉回忆道:到处"挤满了人——士兵、军官、老人、妇女、儿童,更重要的是他们都受了伤。上帝啊,我想,这里正在进行一场真正的战争"。在乌山附近的一个阻击阵地上,史密斯命令士兵修筑工事。这时,他的头顶上飞过一群战斗机,飞机飞得很低,上面的红五星清清楚楚。但这些北朝鲜的飞机并没有向他们开火就飞走了。直到这时,史密斯都没想到,几天后,当北朝鲜军队的坦克扑上来的时候,"掉头就跑"的不是北朝鲜的士兵而是他自己的一营。

不过,这一天,史密斯有幸看见了联合国军空军的轰炸表演:四架澳大利亚空军的"野马"式轰炸机,用火箭和机枪向一列有九节车皮的列车猛烈开火,结果火车爆炸,把半个小镇都炸飞了。列车是南朝鲜军队向前线运送弹药的,正停在一个叫平泽的小站等着调度铁轨。其实,在这一天,整个联合国军空军"战果辉煌":美国空军袭击了水原方向的南朝鲜军车队,气坏了的南朝鲜士兵居然用步枪把一架美军飞机打了下来,美军飞行员跳伞落地后,立即遭到南朝鲜军队的逮捕。下午,四架美军飞机空袭了乌山公路一带,炸毁三百辆南朝鲜军车,毙伤两百多名南朝鲜士兵。就连美军顾问团在这一天也五次遭到自己空军的袭击。一位顾问在给家人的信中自嘲地这样写道:"美国飞行员战果辉煌!他们袭击了弹药库、火车、汽车队和南朝鲜陆军司令部!"为了这混乱的一天,丘奇将军向远东空军指挥部提出"强烈抗议",要求把空中打击行动控制在汉江大桥以北的地区。

美军第二十四师大部队陆续到达朝鲜。

七月五日,史密斯的部队乘坐征用的南朝鲜卡车进入乌山阵地。一路上除了难民和败兵堵塞道路外,开车的南朝鲜人因为害怕而磨磨蹭蹭。凌晨,史密斯按照典型的阵地防御方式布置了他的兵力和火力:阵地右翼部署 B 连的一个排,公路东边是其他两个排,B 连的三排置后,在一个小山上。在公路和铁路并行的两侧部署了反坦克炮,而迫击炮被部署在山脊的另一面。天气又像是要下雨的样子,看来无法指望空军的支援了。五时,太阳露头,步兵和炮兵开始试射。除了试射的声音外,四周似乎很安静。史密斯在反坦克障碍后面紧张地望着北边的公路,尽管天气阴沉,他还是可以看见水原城。试射后,官兵们蹲在挖好的散兵坑里开始吃定量的早餐。早上七时,史密斯的视野里出现了好像是车辆移动的黑点。半个小时后,可以清楚地看出这是向南而来的坦克纵队。没容史密斯反应,坦克就到了只有两千米的距离了。

八时十六分,美军第二十四师二十一团一营的一发榴弹炮弹出膛了,这是美国地面部队在朝鲜战争中发射的第一发炮弹。

炮弹在坦克群中爆炸,一辆坦克被击中。

但是,北朝鲜军队的坦克没有丝毫的犹豫,它既没有拐下公路,更没有迟缓下来的意思,仍在轰隆隆地向前推进。

接近四百米的时候,美军的反坦克火箭开始射击。T-34苏制坦克依旧若无其事地前进,沿着坡度很陡的公路爬上来。美军的七十五毫米反坦克火箭对T-34坦克似乎不起什么作用。在发射了二十多枚火箭弹后,一辆T-34坦克终于停下来,堵塞了公路。坦克中跳出三个北朝鲜士兵,跳出来的时候是举着手的,但是一落地手中的枪立即开了火。由于距离很近,美军阵地上的一个机枪手中弹死亡。这个没能在史料中留下姓名的美国青年,是美军地面部队在朝鲜战争中第一个阵亡的士兵。

T-34坦克的火力十分猛烈。戴中尉手中的七十五毫米无后坐力炮被击毁,巨大的炸裂声震坏了他的耳膜,鲜血顺着他的脸颊流下来。一个小时之内,史密斯的部队已伤亡二十多人。北朝鲜的坦克开始冲下山口,有的坦克已经开到炮兵阵地的后面去了。一些年轻的士兵开始逃跑。炮兵军官亲自装填弹药,但仍然阻止不了人民军坦克的进攻。上午十一时,北朝鲜的坦克纵队冲过了美军的炮兵阵地。接着,北朝鲜的步兵蜂拥而至。

美国兵没想到北朝鲜士兵会在瞬间成片成片地向他们冲来。坦克的炮弹开始落在美军阵地上,有人在伤痛中尖叫着从阵地上滚下去。史密斯大声地命令:"向那个纵队射击!"但在胡乱的一阵射击后,他突然发现阵地左右两翼的山包上已经飘起北朝鲜的旗帜。C连和B连开始压缩,到中午十二时,史密斯原有的一千二百米的阵地已经被迫压缩到不足七百米了。史密斯呼喊自己的炮兵,但被报告说车载电台已被打坏,通讯的中断使炮兵无法射击了。

下午十三时,北朝鲜军队开始压缩包围圈。史密斯本能地意识到,如果再固守阵地,等待他的特遣队的只能是死亡。他后来回忆说:"当时已经毫无希望,伤亡惨重,联络中断,缺乏交通工具,弹药耗尽,北朝鲜人的坦克就在背后。在这种情况下,我面临的抉择是:与阵地共存亡？还是设法带领士兵突围？我们至多还能坚持一个小时,然后就会全军覆没。我选择了突围……"史密斯下达了撤退的命令,并宣布了撤退的顺序。但是,一营的撤退根本没按顺序进行,完全是一场只管自己的逃命。北朝鲜的马克沁重机枪横扫溃散的美军,美军士兵成片地倒下。史密斯最后撤出阵地,他在路过炮兵阵地时,发现那些炮完好无损地排列在阵地上,像是在展览美军的装备,只是阵地上连炮兵的影子都没有了。

这是朝鲜战争中美军地面部队的第一场战斗。

这场战斗在后来的各种战史中一次次地被记载。二十五年后,一九七五年在日本出版的《时代》周刊曾对史密斯的乌山之役给予了这样的描述:"美军在撤退时,只带走了伤员,给战死者盖上星条旗就不管了。有不少伤残士兵,恐怖之余,扔掉钢盔和上衣,甚至脱掉了鞋子。关于史密斯支队的全军覆没,美军总部没有如实公布,仅说在近五百名士兵中有一百五十名战死、七十二名被俘,轻重伤员没有计算在内。"

麦克阿瑟原以为,只要强大的美军象征性地一出现,北朝鲜人民军就会惊慌失措地逃回北方去。然而,从美军公布的保守的数字上看,史密斯特遣队在两个小时的战斗中至少损失了一半以上。被俘的人数是准确的。北朝鲜的有关公告说:共有七十二名美国人被俘。其中有一位没有负伤并且放弃逃跑机会自愿留下来照顾伤员的美军卫生员。

在第二次世界大战的胜利中树立起来的美军不可战胜的神话,在远东一个叫乌山的角落被迅速地粉碎了。被打散的美军士兵很长一段时间内还在陆续归队,有的士兵甚至步行到黄海或日本海岸然后乘小船回到釜山。

北朝鲜史料在记载这场战斗时写道:

七月五日,我军尖兵在乌山以北同美第二十四师的先遣队遭遇。

第一次与美军地面部队遭遇的我人民军官兵,内心燃烧着对美帝国主义侵略者愤怒和憎恶的火焰。尖兵不待主力到达,立即转入突击战。坦克部队在行进间即以纵队突入敌人阵地,一举摧毁敌人的防御阵地,压制并消灭了敌人的炮兵阵地。继坦克突进之后,转入突击的步兵在正面进攻的同时,迅速迂回到敌人的侧面打击敌人。

这样,我军在不到两个小时的战斗中,几乎全歼美军步兵和炮兵各一个营,使其陷入了瘫痪状态。

面对与中国毗邻的朝鲜发生的战争,特别是联合国军的武装介入,中国领导人感到深深的关切。

一九五〇年七月七日,在中央人民政府人民革命军事委员会副主席周恩来的主持下,保卫国防第一次会议紧急召开。

"保卫国防",对于一个新生的国家来讲,是再自然不过的事情了。

刚刚成立的新中国,当时面对的不仅有国内战后恢复的巨大的压力以及解放全境的复杂的军事形势,更为重要的是,新中国在这个世界上还没有得到大多数国家的承认,还面对着强大的敌对势力的拒绝甚至是仇视。国际形势的任何一点儿风吹草动,都会引起新中国领导人的密切注视,何况战争就发生在与自己存在着上千公里边境线的邻国。对刚刚迎来新生的中国人民来讲,解放了的日子与和平建设的生活是他们盼望已久的,因此,没有比"保卫国防"更能准确地体现那时中国人情感的词汇了。

朝鲜战争结束四十年后出版的《美国海军史》对当年中国调动部队的行动有这样的评论:"中国是不能容忍敌对的军队靠近鸭绿江的,正如美国不会容忍在它与墨西哥边界的格兰德河上出现敌对军队一样。"

对于中国领导人来讲,所谓"敌对的军队"就是美国军队。虽然参战的美军刚刚在朝鲜登陆,在初战中并没有显示出强大的战斗力,并且距离中朝边界还有一千多公里。但是,终究是世界上国力最强大的国家在远东真枪实弹地参战了,对此,新中国领导人不能不产生极大的警惕。应该说,从联合国宣布介入朝鲜战争之日起,毛泽东就预感到了未来战争进程的复杂趋势,尽管当时北朝鲜人民军正风扫残云般地向朝鲜半岛的南端推进着。

参加保卫国防第一次会议的有中央军委负责人和在京的解放军各兵种负责人,包括总司令朱德、代总参谋长聂荣臻、第四野战军兼中南军区司令员林彪、总政治部主任罗荣桓、总后勤部部长杨立三、总政治部副主任萧华、军委铁道部部长滕代远、军委作战部部长李涛、海军司令员萧劲光、空军司令员刘亚楼、摩托装甲兵司令员许光达、炮兵副司令员苏进。而彭德怀,这个将在朝鲜战争中起决定性作用的著名将领当时并没有参加会议。

两天后,七月十日,由周恩来主持的保卫国防第二次会议召开。十三日,中共中央、中央军委作出《关于保卫东北边防的决定》。同时,还作出一个日后看来极其重要、极有远见的部署:动用最精锐的战略预备队,即第三十八、第三十九、第四十、第四十二军,即刻集结东北地区,组成东北边防军,布防在中朝边境以防不测。

从毛泽东为东北边防军配备的领导班子名单中,就可以看出新中国领导人对朝鲜战争的极大关注。中央军委任命粟裕为司令员兼政治委员,萧劲光为副司令员,萧华为副政治委员,李聚奎为后勤司令员。但是,由于种种原因,比如粟裕身患重病,萧劲光正在组建新中国海军,萧华需要主持总政治部的日常工作,毛泽东最初任命的东北边防军的主要领导都没能到位。十天以后,经毛泽东批准,中央军委决定东北边防军归东北军区司令员兼政治委员高岗指挥。

东北边防军中的第三十八、第三十九、第四十军,隶属中国人民解放军第十三兵团,是几个月前才明确作为国家军队战略预备队的,它们部署在中国腹部可随时四方调动的河南地区。其中第三十八军驻信阳,军长梁兴初,政治委员刘西元;第三十九军驻漯河,军长吴信泉,政治委员徐斌洲;第四十军正在参加解放海南岛的渡海作战,军长温玉成,政治委员袁升平,虽然当时尚未归建,但驻地已经选定在洛阳。第四十二军正在东北齐齐哈尔地区从事农垦生产。这样,四个军,加上配属的炮兵第一、第二、第八师等部队,共二十五万余人。之所以选中第十三兵团,重要的原因是,在这支以原第四野战军为主力的部队中,官兵东北人居多,能够适应寒冷地区的作战,且对东北地区的地形也很熟悉。

有关第十三兵团的领导班子配备,也让毛泽东颇费心思。当时,第十三兵团的司令员是黄永胜。毛泽东,包括林彪、罗荣桓和刘亚楼都认为,第十五兵团司令员邓华各方面的素质比黄永胜更强。于是,出现了一个似乎是"临阵换将"的不大符合军事常规的现象,即以第十五兵团指挥机关为基础,组成第十三兵团的统帅部。调第十三兵团原司令员黄永胜改任广东军区副司令员,调第十三兵团原参谋长曾国华改任广东军区参谋长。任命邓华为第十三兵团司令员兼政治委员,洪学智为第一副司令员,韩先楚为副司令员,解沛然(解方)为参谋长,杜平为政治部主任。

在中国军队接到向北开赴的命令时,拿政治部主任杜平的话说,"有一个转弯子的过程"。

首先,必须动员已经决定复员的士兵留下来。在朝鲜战争爆发前的六月六日,中央军委根据毛泽东的指示,为减轻国家的经济困难,加强建设力量,决定在解放军中开展复员工作。解放军中的一些士兵,特别是一些老兵,已经习惯以部队为家,让他们复员回老家的工作很难做,其中有相当一部分老兵表示坚决不走,说是走也要等全中国解放以后。政治部门为此花费了极大的耐心和精力,才使部队的复员工作开展起来。当然,还有一部分士兵对复员是高兴的，因为终于可以回家过小日子了，"三十亩地一头牛，老婆孩子热炕头"，这是农民出身的士兵的美好生活理想。现在，刚刚开展的工作必须立即停止，并且还要再做相反的工作，一遍遍地说明留队是多么的重要，而留队就意味着可能再次投入战争，工作的难度可想而知。于是，第三十八军当时有一条不成文的规定：谁动员复员的，谁再负责动员不复员。

当时，驻扎在河南的第三十八、第三十九军的中心任务已不是打仗而是生产。在部队从作战转到生产的过程中，政治部门反复向官兵讲述人民解放军从事生产的光荣传统，毛泽东和朱德甚至还为部队开展生产题词鼓励。毛泽东的题词是："团结人民，发展生产。"朱德的题词是："拥政爱民，帮助生产。"正是开春季节，本来就是农民的官兵们被渴望已久的和平的到来和对土地本能的热爱鼓动着，喊出"毛主席、朱总司令指到哪里我们就打到哪里"的口号，立即开始了大规模的农业生产运动。这支在其发展壮大的历史上举世无双的亦兵亦农的部队，把作战武器收藏起来，在成片荒凉的土地上播下种子。到了初夏的六月，官兵们脚下的大地上已经有了一望无际的好庄稼。部队为减轻国家的负担，承担起运输粮食的任务。在中原几百公里的运输线上，上至军、师、团的军官，下至士兵、卫生员，人人推着独轮车载着粮食上路。中国军队特有的走到哪里唱到哪里的歌声让百姓们纷纷跑到路旁热闹地欢呼。第三十八军的一个师甚至还开了榨油的作坊，并且自己发电，给驻地的县城也装上了当时中国百姓很稀罕的电灯——军队的举动给予百姓的是一个强烈而温暖的信息：天下果真太平了。

更为浪漫的是，在长期的战争中成长起来的三四十岁但还没有顾得上寻找对象的军官们，当和平到来时，他们便急切地开始解决人生中这个特别重大的问题。当时，军队驻地附近的和家乡的姑娘是一种选择，而被分配到部队的由知识分子组成的南下工作团中漂亮的女同志成为最抢手的目标。对一些"老大难"的军官，组织也出面搞点儿"包办","红娘"工作成为当时第十三兵团政治思想工作的重要内容。当兵团开始在郑州郊区大规模地建营房时,官兵们的和平思想里有了具体的内容:"该住上自己的房子,呼吸一下不带火药味的空气,让老婆孩子有个安身的地方了。"

就在这时候,第十三兵团接到了北上的命令。命令中还写明:将房子、庄稼、生产工具等一切与作战无关的生活设施向地方政府完整地移交。政治部主任杜平后来回忆道:"正是西瓜丰收的季节,我们坐上了北去的列车。临行前,我围着刚打起地基的营房默默地转了一圈,又驱车去郊外农场看了我们一锹一镐开出的土地,谷子正在抽穗,玉米正在吐缨,高粱正在灌浆……"力图使官兵们在丰收的土地面前摆脱缠绵的感情,确实需要费极大的口舌;但是,战争将使他们丢掉丰收果实这个很伤感情的事,同时又起到了对敌仇恨的效果。问题是,部队确实已"刀枪入库,马放南山"了。——"不少兵器生了锈,甚至一门炮的炮筒里,麻雀在里面做了窝。"也许就是从这个时候起,中国领导人意识到:对于这个世界而言,和平永远是十分遥远的事情。为此,有必要在任何时候都保有一支纯军事意义上的高素质的军队。

解放军兵团级别的大规模兵员运输开始了。

自从解放战争以来,解放军的大兵团移动都是向南、向南,而这一次是向北,再向北。

七月二十四日,第三十八军抵达凤城,后移驻开原、铁岭一带。

七月二十五日,第三十九军抵达辽阳、海城一线。

七月二十六日,第四十军抵达鸭绿江边的战略重镇安东(丹东)。

第四十二军本来就在东北地区进行农业生产,但他们的位置在中国东北的西部,必须向东移动。据军长吴瑞林的回忆,他接到结束生产的命令时间更早一些,六月二十九日,他就登上一列专列从齐齐哈尔出发了。吴军长从来没有坐过如此豪华的列车,车上为他准备的饭菜中有他从未见过的山珍海味，而且这列专列还是一路绿灯，身经百战的吴军长知道不寻常的事情肯定发生了。列车到达沈阳后，东北军区司令员兼政治委员高岗简明地向他传达了第四十二军七天之内集结于通化、梅河口一线的命令。

当天晚上，第四十二军党委会作出决定：

一、我四十二军军部移往通化；一二四师为第一梯队，集结于通化；一二六师集结于通化以东临江大理寺；一二五师集结于梅河口。要求各师必须在六天之内做好一切乘车准备，待命。

二、将我军的生产任务移交给地方，抽调我军各师的解放战士组成一个留守团暂时管理，待地方派人来后，办理交接手续。

三、军所属机关、部队，立即通知各单位外出执行任务的分散人员，赶到指定地点集合归队。

四、常委会决定，一定要把生产任务向地方移交好。把所开垦之土地全部交地方，把所喂养之牲畜牛、马、羊、猪及家禽等，全部移交给地方。不准随便杀猪宰羊搞会餐，不允许损坏庄稼，破坏生产。对所借群众和地方的生产工具，一律要归还。损坏的要进行赔偿，搞好群众纪律。

就在中国人民解放军大规模地调兵遣将时，美军第八集团军主力部队投入朝鲜战场后迅速建立起阻击防线。

七月七日，北朝鲜人民军打响了著名的第三战役。

北朝鲜人民军第三战役的方针是：不许敌人有占据新防线的时间，以迅速的行动猛烈打击敌人，突破锦江和小白山脉一线，在大田地区和小白山脉一线围歼敌人的基本主力，解放全州、论山、闻庆地区和蔚珍以南地区。北朝鲜人民军最高司令官金日成把自己的指挥部前移至汉城,直接指挥第三战役。第三战役的目标很明确:打到釜山去,把联合国军队赶下海,把南朝鲜军队彻底歼灭,实现全朝鲜的统一。

就当时战争形势的进展而言,金日成统一朝鲜的目标的实现只剩下了时间问题。

但是,就在这一天,联合国安理会召开正式会议,在苏联代表缺席的情况下,通过了由英国和法国提出、由美国拟定的"关于设立联合司令部以统一指挥联合国各国参战部队"的提案:"建议所有按照前述决议提供军事部队和其他援助的国家将该项部队和其他援助交由美国指挥下的统一司令部使用"。同时"请求美国派该项部队的司令官"。

第二天,杜鲁门总统任命麦克阿瑟为联合国军总司令。

至此,自联合国成立以来,第一支打着"联合国军"旗号的部队诞生了。

面对有十几个国家声明参战的联合国军,金日成表示出的是极大的蔑视。金日成的法宝是时间。因为他知道,北朝鲜人民军不可能持续保持强大的攻势,如果不能一鼓作气战斗到全朝鲜迅速统一,很可能会出现预想不到的问题。尤其是目前联合国军队还没有在朝鲜站住脚,这是人民军击敌制胜的最好时机。在第三战役发动前,金日成坚决地撤换了一些指挥部队前进不迅速的高级将领。并决心在一个名叫大田的地方,给予美军毁灭性的歼灭。

而此时,麦克阿瑟终于明白,他原来夸口说的"给我两个师就可以解决朝鲜问题"是多么的不切实际。麦克阿瑟是不会承认自己判断失误的。在史密斯特遣队惨遭失败的当天,麦克阿瑟要求美国参谋长联席会议增派四个师给他,以"供他在七月至八月间扭转战局使用",因为"情况正在发展成为大规模作战"。在华盛顿的杜鲁门听到的还是那个傲慢的口吻:要么增兵,要么失败了我不负责。

再向朝鲜战场增兵,对美国来讲是一个极端困难和极端矛盾的事情。

朝鲜战争爆发时,美国全国陆军总兵力约为五十九万一千人,共十个作战师。其中,三十六万在美国本土,二十三万一千人分布在海外。美国战略安全的重点在欧洲,其海外驻军分布为:西德八万人,奥地利九千五百人,意大利七千八百人;而在太平洋地区分散驻扎着七千人,与苏联仅隔一道海峡的阿拉斯加七千五百人,南美的加勒比地区一万二千二百人。另外,数千名担任武官、观察员、援助人员的军人也在现役内。虽然美国在远东的兵力多达十万一千人,但承担着南亚广大地区的占领任务。小小的朝鲜战场,美国究竟要提供多少兵力才够用? 朝鲜战场是不是一个无底洞呢?

麦克阿瑟的请求不是没有道理的。

尽管美国在朝鲜前线使用了大批的空军,美国海军也直接游弋在朝鲜近海参战,但南朝鲜军队的节节溃败趋势却没有丝毫减缓。南朝鲜前线司令官甚至下达了"只要看见南朝鲜的散兵游勇,如果不立即上前线,就格杀勿论"的命令,但是美军和南朝鲜军建立的防线还是接二连三地垮了。

为拯救败局,美军开始增兵。

七月十三日,美军第八集团军司令官沃克在大丘正式成立美军司令部。第二十四师在二十一团一营遭受失败后,师主力在迪安师长的率领下已经前进到大田。第二十五师于十日到达釜山,美军精锐的骑兵第一师也于十八日在浦项登陆。在麦克阿瑟的命令下,南朝鲜军队全部归美军指挥。

从朝鲜战场双方的态势上看,一场大战已经在所难免。

对于美军一线指挥官第二十四师师长迪安来讲,在决心以锦江为天然屏障阻击北朝鲜人民军的时候,他的心情肯定是不安的。这不仅仅是因为他的史密斯遣队遭受重创,连续的阻击失利也使部队减员严重。更重要的是,美军士兵自从踏上朝鲜的领土起,就没有看到过一丝"胜利的希望",伤亡和失踪人数同时增加就说明了这一可怕的现实。在把锦江上所有的桥梁都炸掉、所有可以渡江的船只都烧毁后,迪安师长对部下的暗示是:保持与友邻部队的联系,在情况危急的时候撤退,并尽可能争取时间等待骑兵第一师的增援——尽管沃克将军的书面命令是:第二十四师在任何时候都不准从锦江一线撤退。

七月十四日拂晓,北朝鲜人民军前锋部队推进至锦江北岸。在南岸防御的美军第二十四师三十四团的 L 连和一个炮兵营看见只有两只驳船在渡江,就没把人民军士兵的进攻当回事。但是,当大批的人民军渡江行动出奇的迅速起来时,他们还没弄清楚是怎么回事,后路顷刻间就被切断了。惊慌的 L 连连长没打几枪就擅自命令撤退,把炮兵营和侧翼的连队完全暴露给了人民军。结果,一个小时内,六十三野战炮兵营营长和他的一百多名士兵,连同十门火炮、八十六台车辆全部被人民军歼灭或缴获。

美国军队又一次尝到了共产党军队特殊的战术。

美国兵说这是"类似西部电影中的印第安人的袭击行动"。

由于三十四团的防线被突破,它与十九团之间的联系被撕开了缝隙。迪安师长急忙命令十九团坚决阻击。十九团组建于美国南北战争期间,迪安在当上尉的时候曾在这个团任职。十九团的团长是后来成为驻韩美军上将司令的梅尔上校。十五日夜,人民军士兵利用可以利用的一切渡江手段,冒着美军空中的轰炸和地面的炮火强行渡过锦江,顽强地向十九团的阵地冲上来。战斗一直打到十六日早上,十九团的阵地多处被突破。美军发起几次反冲击但效果不大。到上午十时,人民军终于把十九团唯一的退路封锁。白热化的交战持续了整整一天。黄昏的时候,在十九团大部分部队被歼灭、打散的情况下,一名参谋开着最后一辆坦克载着受了重伤的梅尔团长突围。在坦克中,梅尔得知,他负伤后任命的代理团长温斯泰德战死,副团长乘吉普车自行突围去了,部队现在已经没有了指挥官。透过坦克的观察窗口,梅尔团长看见公路上至少有一百多辆美军的车辆在燃烧,成群的美军士兵争相逃命。他命令作战参谋休斯塔马哈上尉把逃兵组织起来,谁知这个上尉没过一会儿就死在了乱枪中,美国兵开始大面积地四处逃散。十九团在这次战斗中的损失是:C连的一百七十一人中一百二十二人没有归队,团部、一营、迫击炮连的装备全部丢失。而团长梅尔在总结报告中说,错误在于自己过早地使用了预备队。

至此,美军第二十四师的三个主力团均受到严重损失。师长迪安意识到,阻止北朝鲜军队的进攻犹如"企图防止水从渔网中漏出来"。他被迫命令他的部队全线撤退。然而,就在这时,沃克将军却对他下达了一个几乎没有办法完成的任务:在大田坚守到二十日,等待美军骑兵第一师接防。大田,扼守在通往朝鲜半岛最南端的咽喉要道上。"当然,如果您认为已经到了万不得已的时候,可以在二十日前放弃大田。"沃克最后这么说。可是,迪安是职业军人,他知道这只是客气而已,他和他的第二十四师必须坚持到二十日那一天。

一九五〇年七月二十日,对迪安来讲,是一个终生不堪回首的日子。

人民军从十九日夜晚发起了新一轮的进攻,采取的还是正面进攻和两翼渗透的战术,第二十四师的各个阵地一次次出现告急。下级军官们多次请求撤退,迪安没有答应。凌晨三时,人民军突破大田防御的前沿阵地,T-34坦克甚至从美军一个营的营部帐篷上碾压过去。这时,发生了一件有趣的事情:在大田的美第二十四师部队装备了一种专门对付北朝鲜坦克的口径为八十九毫米的反坦克火箭筒,它们是在麦克阿瑟的命令下于七月八日在美国本土的加利福尼亚装上飞机的,十日新式武器到达大田,十二日下发到第二十四师。锦江战斗开始前,美军士兵把这种火箭筒部署在公路边,然而当北朝鲜的坦克出现时,经过训练的八十九毫米火箭筒手却人影全无。结果不但北朝鲜的坦克没被阻止,前沿美军的一个营瞬间就被打散了。

二十日天亮的时候,北朝鲜人民军突进大田市区。人民军与美军"在这座燃烧的城市里展开了一场艰难而又血腥的巷战"。师长迪安仍然相信八十九毫米火箭筒的效果,他亲自带领一个火箭筒小分队去打人民军的坦克。效果是有,但绝不像说明书上说的那么神奇,火箭弹打在 T-34 坦克的正面当当作响,只要射中的角度稍微偏一点就根本不起作用。不过,还是有一辆北朝鲜的坦克被迪安带领的反坦克小分队击毁了。如今在南朝鲜的大田市,这辆坦克被当作展览品陈列着,说明牌上写道:一九五〇年七月二十日,在 W. F. 迪安将军的监督下将其击毁。然而,正是在一九五〇年七月的这一天,迪安的悲剧很快就来临了。人民军已经把大田严密地包围,迪安指望的外围部队始终没来解救,他甚至说不清大田周围的阵地是否还在美军手中。到下午十七时,迪安得到的报告是:"三十四团团长不知去向。"迪安疲惫到了极点,于是离开指挥所,躺在一间充满腐土和粪便味道的破屋里倒下就睡着了。天大亮的时候,迪安醒来,看见美国兵仍在到处乱窜。迪安在发出要求增援的密码电报后开始突围。他在大田的街头拉着一门七十五毫米无后坐力炮向北朝鲜的坦克射击,但是炮弹打光了也毫无所获,极端冲动之下他甚至拔出手枪向坦克射击。到第二天早晨六时,掩护撤退的三十四团代理团长在市区内走错了路,进入一个死胡同。后续部队好容易到达由二十一团坚守的一个隧道,结果那个隧道早已被人民军占领,突围的美军落入了人民军布置好的圈套中。迪安一行人在弹雨中上了向南的公路,但他立即意识到他们把方向弄错了,因为前边出现了人民军的部队,密集的射击瞬间就把他们打散了。迪安逃离公路上了山。从这时直到朝鲜战争停战,美军始终没能得到有关这位美国将军的任何消息。

大田一战,最早到达朝鲜的美军第二十四师损失了百分之四十五的人员和百分之六十的装备。

大田阻击战结束后,美军认定迪安已经死亡,立即为第二十四师任命了新任师长。

迪安没有死。他带领一行随从进入大山中,因为不顾副官的反对自己去找水喝,迪安掉下山涧,与随从人员分开了。这位美国将军独自一人开始了长达三十六天的野人般的逃亡生活。他得了痢疾,肩部和肋骨骨折,头部也有伤。他到处躲避北朝鲜军队的巡逻,吃了他认为可以充饥的一切东西。中间,还被南朝鲜老百姓发现过一次,尽管他给了老百姓一百美元,老百姓还是向人民军巡逻队报告了,但是他却奇迹般地得以逃脱。第三十六天,他又一次被老百姓发现,这次他没能逃脱。他被抓住时原来八十八公斤的体重已经降至五十八公斤。

美军第二十四师师长迪安在战俘营中度过了三个年头,于一九五三年九月四日在板门店交换战争俘虏后回国。当他回到美国自己的家时,看见家中悬挂着一枚美国政府于一九五一年二月十六日颁发给他的荣誉勋章,勋章颁发的理由是他为美国的利益"光荣战死"。

仁川登陆

美国军队在朝鲜战争初期溃不成军的情形,让人怀疑这是不是那支在第二次世界大战中英勇善战的部队。二战中美军高级将领组织大规模战役的超凡能力和美军士兵在极端残酷的境遇中勇敢顽强的战斗意志,难道在朝鲜战场上丧失殆尽了吗?

一位美国记者和一名美国士兵有过如下的谈话:

士兵:他们说这是警察行动,只是警察行动! 有警察? 有强盗? 这是什么警察行动?

记者:军官们没有对你们解释吗?

士兵:没有。咱不和鲍比谈这个。

记者:鲍比是谁?

士兵:鲍比,你不知道? 我们的排长。

记者:那么,鲍比没有对你们说吗?

士兵:没有。恐怕他也说不清楚。

大田战役后,北朝鲜人民军乘胜前进,于一九五〇年七月二十一日发起第四战役。

人民军第四战役的主攻方向是金泉和大丘。其战役方针将金日成的最终理想阐述得十分明白,就是要彻底地消灭敌人并且创造总攻的条件:"击溃永同、咸昌、安东地区的敌军防御部队,解放洛东江以北和以西的广大地区,并且迅速抢渡洛东江,为最后消灭敌人创造有利的条件。"

金日成的指挥部再次前移,他亲自到达位于忠州南部的前线司令部坐镇指挥。他特别强调除加强主力部队沿公路前进以外的迂回和渗透战术,目的只有一个,就是必须进一步地加快速度,不给敌人以任何喘息的机会。金日成知道,北朝鲜人民军的时间已经极为宝贵了。因为"时间每过去一天,就会有更多的美国士兵、枪支、坦克和飞机"到达朝鲜战场。

二十九日,人民军突破秋风岭,摧毁了美军和南朝鲜军队的一道道防线,相继占领金泉、晋州、安东等重镇,长驱直入到达洛东江北岸。

洛东江防线,是指南北约一百六十公里、东西约八十公里的一条外围线,它的背后就是釜山,釜山是南朝鲜军队和联合国军队在朝鲜半岛南端海岸边的最后一个立脚点。所以,洛东江防线在美军的眼里是"最后一道防线",再后退就要退到大海里了。

二十九日,第八集团军司令沃克将军亲自赶到撤退中的美第二十五师师部,向全师官兵发表了"誓死坚守阵地"的讲话。他说:"我们现在是为了争取时间而战斗,不允许以战场准备和其他任何理由再后退。我们的后方再也没有可退的防线了……向釜山撤退,将意味着历史上最大的杀戮。因此,我们必须战斗到底。"

沃克所说的"为了争取时间而战斗",是指争取联合国进一步增兵的时间。

而北朝鲜人民军在完成第四战役的预定目标后,为把敌人彻底消灭在釜山前面的狭长地域内,于八月八日强渡洛东江,美军骑兵第一师、第二十五师和新参战的第二师再次溃败后退,人民军逼近了釜山的门户马山。

北朝鲜人民军的第四战役于八月二十日结束。

这时,人民军已经把敌人压缩在了一个极有限的空间内。虽然由于美军和南朝鲜军的抵抗越来越顽强,人民军第四战役的预定目标没有完全实现,但是在第四战役中,北朝鲜人民军共歼敌三万多,占领了南朝鲜百分之九十的土地。

八月十五日,是北朝鲜"祖国解放五周年"纪念日。北朝鲜首都平壤举行了大规模的群众集会,金日成发表长篇讲话,命令把八月变成"完全解放朝鲜的月份"。

三十一日,北朝鲜人民军第五战役打响,它被称为"釜山战役"。

釜山战役是最后的战役。

决战来临了。

但是,战争的进程从来会受到各方面因素的制约。

美军布防的"釜山环形防御圈"位于朝鲜半岛的东南角,南面和东面背靠大海,西边是纵贯南北的洛东江,北面则是连绵的山脉。战役开始后,在这块易守难攻的狭窄区域内,增援的美军源源不断地抵达,其他参战国家的部队也陆续到来。而此时,北朝鲜人民军在两个月连续不断的强度进攻中已经消耗巨大,其兵力损失达六万多人。到八月上旬,北朝鲜人民军与联合国军的兵力比例已经变为一比二。在空中力量上,联合国军也占据着绝对优势。随着战线的不断向南推移,人民军的后勤补给线越来越长,联合国军空军开始派出大量的战机对长达几百公里的补给线连续不断地狂轰滥炸,而当初计划的海上运输也由于美国海军舰队的严密封锁无法实施。朝鲜国土的中间很窄,美军对卡在运输线上的汉江大桥地域进行反复轰炸,北朝鲜人民军的战争补给越来越困难,直至陷入绝境。与此同时,美军开始动用先进的反坦克武器,它的一百三十毫米火箭弹对人民军坦克的击毁率很高。更大的威胁来自凝固汽油弹,装载着一百一十加仑凝固汽油的汽油弹,燃烧时间仅为二十秒,却足以使五十平方米的区域成为一片火海。T-34坦克的引导轮是橡胶制的,加上坦克自身装载的弹药和油料,使它被凝固汽油弹烧毁的数量是被火箭弹击毁的十倍以上,北朝鲜的坦克数量因此急剧减少。第五战役开始时,人民军的坦克数量只剩下战争爆发时的三分之一。美军还对北朝鲜军队的后方进行了大规模的战略轰炸。从平壤到元山、兴南等工业城市都遭到毁灭性破坏,北朝鲜的军工生产基本瘫痪。

这时,联合国军在狭窄的釜山防御圈内集中了五个师的兵力,再加上南朝鲜军的八个师,其兵力密集程度是人类战争史上前所未有的——每一寸战壕里都布满了士兵。天空中,联合国军空军开始了二十四小时"不间断轰炸"。尽管人民军先头部队在第五战役中曾经打到北纬三十五度线,但是,当九月十日联合国军强大的兵力开始发起反攻时,自战争爆发以来一直处于强势进攻状态的人民军被迫转入全线防御,整个洛东江战线进入了艰苦的胶着状态。

金日成速战速决的战略开始承受严峻的考验。

金日成有限的宝贵时间在一天天的防守中消失。

同时,金日成不知道,一个令北朝鲜军队遭受毁灭性打击的行动此刻正在策划之中。

一九五〇年九月十五日,麦克阿瑟酝酿已久的一个震惊世界的军事行动开始了,这就是仁川登陆。

仁川是朝鲜中部西海岸的一个港口,距离汉城仅四十公里,位于朝鲜国土东西最狭窄的"蜂腰部位"。美军如果在这里登陆成功并且展开部队,就等于在北朝鲜人民军的后方把朝鲜国土拦腰截断,从而使在南朝鲜土地上的北朝鲜军队陷入包围之中,北朝鲜军队将会在由釜山展开的扇形战场上两面受敌。那么,连最不具备军事常识的人都知道后果将是怎样的。

但是,如果美军从仁川登陆,在理论上又恰恰违反了基本的军事常识,因为仁川港有着由巨大的海潮落差形成的宽达二十四公里的淤泥,是"世界上最不宜进行登陆作战的港口之一"。也许正是这一点,使金日成忽视了使他的军队不久以后遭受重创的仁川港。

麦克阿瑟早就想到了仁川。

仁川登陆成功后,他说自己的这个想法产生于战争爆发后的第四天。

六月二十九日,当麦克阿瑟到南朝鲜视察时,他曾登上汉城南边的一座小山,举起望远镜向北方眺望。他说:"在这座小山上,我脑子里描绘着能够对付现在绝望情况的唯一方法,就是投入美国陆军和转败为胜的唯一的战略机动——仁川登陆方案,并且分析了具体实施的可能性。"没有人知道这是否是事实。但是,仁川登陆的作战方案确实是这位美国将军晚年创造的一个能够永载世界军事史的作品。

麦克阿瑟关于仁川登陆的作战设想,来自于二战中他在太平洋地区指挥作战的经验。美军曾在太平洋战区创造过"蛙跳战法",即向日本军队防守薄弱甚至没有防守的后方要地实施机动作战,这是太平洋战争初期被掌握了制空权和制海权的日本人逼出来的战法。麦克阿瑟曾多次指挥美军在太平洋诸岛屿实施登陆作战,战法几乎是一样的:迂回到敌人侧翼,从敌人背后登陆。美军就是利用这样的"蛙跳战法"艰苦却成功地开辟了通往吕宋岛的胜利之路。

尽管如此,当麦克阿瑟在东京宽敞的办公室里说出仁川登陆作战的计划时,所有在场的军事将领们几乎没有一个人不认为这位七十岁的将军"是不是脑子出了什么问题"。

八月二十三日下午。

东京第一大厦会议室。

这是朝鲜战争爆发以来美国军方召集的最高级别的军事会议。到会的有从美国本土赶来的包括谢尔曼海军上将、柯林斯陆军参谋长和爱德华兹空军副参谋长在内的三军高级将领。他们将要讨论的是麦克阿瑟提出的仁川登陆作战计划。

海军方面首先发言,说的全是在那个叫仁川的地方进行大规模登陆作战是多么的不切实际:那里有世界上最大落差的潮汐,落差达几十英尺,从而使几百上千万年淤积的烂泥形成了几十公里的滩涂——"烂泥恰如巧克力软糖,但味道却大相径庭。"步兵在这样的滩涂上登陆,无异于成为敌军的活靶子。仁川港可供船只进入的水道只有一条,而且非常狭窄,潮水在狭窄的水道中水流汹涌。因此,任何一艘船,哪怕只出一点儿事故,就会将整个水道完全堵塞,这时其余的舰船就连掉头的余地都没有了。一旦行动被耽误到落潮的时候,水道上的船只就会搁浅,要想重新浮起来就得等到下次涨潮。在这样的情景下,敌军的海岸炮火怎么会闲着呢?海军的结论是:"如果在这样的地方登陆成功,海军就不得不改写教科书。"

陆军方面的忧虑是:一旦在仁川登陆的美军上岸,要想达到作战的目的,就必须指望沃克部署在釜山防御圈里的第八集团军向北实施反击,与登陆的美军形成南北夹击的态势。可是,目前沃克没有把握能够率第八集团军冲出釜山防御圈,他"为堵住他的防线上的漏洞正忙得焦头烂额,无从考虑今后突围的事"。而如果沃克不能在同一时间向北进攻,对于仁川登陆的美军来讲"将是灾难性的"。

是否登陆作战?

在什么地方进行登陆作战?

海军和陆军一片悲观。

麦克阿瑟最后发言。他的架势与其说是在发言,不如说是在演说。会议室中长时间的沉默使他的演说给人留下强烈的效果和深刻的印象。麦克阿瑟欣赏所有人的悲观调子,甚至欣赏他们在争论时焦灼的神色,因为所有这些都成了他演说前的铺垫。正如柯林斯后来的回忆:"即便排除明显的戏剧性效果,这也是一次为他决心在仁川登陆而孤注一掷论点的绝妙陈述。"麦克阿瑟坚定地认为,敌人对仁川还没有防御准备。他举了一七五九年英国人在加拿大魁北克突袭的例子,正是英国士兵爬上了别人认为根本不可能爬上去的高岸,才使法国人的守卫猝不及防。仁川是一个可以出奇制胜的地方。他说他相信海军胜过海军相信自己,因为美国海军在二战的多次两栖作战中曾经克服了很多困难,海军肯定可以在仁川登陆中胜任。别的地方虽然登陆的危险性小,但价值也小。而仁川登陆可以把敌人的腰部斩断,敌人漫长的战线就会因此瘫痪。至于第八集团军能否冲出釜山防御圈,麦克阿瑟更认为不是个问题,他认为美国士兵的顽强斗志会很快证明这一点。最后麦克阿瑟说:不登陆就只剩下一条路,就是在釜山继续进行消耗战。"你们愿意让我们的部队像牛羊一样在屠宰场似的那个环形防御圈里束手待毙吗?谁愿意为这样的悲剧负责? 当然,我决不愿意!""假如我的估计不准确,而且万一我陷入无力应付的防守局面,那我将亲自把我们的部队在惨遭挫败以前撤退下来。那时唯一的损失将只是我个人职业上的名誉而已。但仁川之战绝不会失败,并且必将取得胜利,它将挽救十万人的生命。"

在场的所有的人都被他的演说打动了。

麦克阿瑟以他的坚强固执和他作为军事将领的威望,不但说服了参谋长联席会议中难以对付的三军部长们,而且经过反复的陈述、愤怒、要挟,最终杜鲁门总统也不得不同意仁川登陆作战的计划了。杜鲁门因为麦克阿瑟早有这一重大计划却一直不向他请示,心里很不舒服,他曾在七月间多次问到麦克阿瑟是否存在这样一个作战企图,可傲慢的麦克阿瑟一直冲总统打哈哈,仿佛美国的事务是可以由一个远东司令随意支配的。但是,朝鲜战争目前的难堪僵局该怎么打开,杜鲁门除了同意他所任命的联合国军总司令的意见外,似乎也没有别的更好的办法。但就是在此时,包括杜鲁门在内的所有的人,内心都对仁川登陆存在着巨大的忧虑。就像麦克阿瑟自己所说的那样,这与其说是一次登陆作战不如说是一场赌博。

赌场上的规律人人皆知:靠一个筹码就能发横财的机会几乎微乎其微。

朝鲜战争爆发的时候,中国在北朝鲜还没有建立大使馆,因此,中国领导人对朝鲜战争进程的了解并不是很及时。战争爆发后不久,中国驻北朝鲜大使馆匆匆建立起来。九月初,中国大使馆政务参赞柴成文从平壤回国汇报有关朝鲜战争的情况。时值釜山前线战局僵持的阶段,也正是美军秘密准备仁川登陆的时候,柴成文向聂荣臻汇报情况时,特别提出了一个观点,就是美军正在积极准备反攻,很可能会在北朝鲜人民军的侧后实施登陆作战,而地点很可能在仁川。柴成文这个推断的理由是:仁川是汉城的门户,占领仁川可以直捣汉城,一举切断人民军的后勤补给线。同时,又可以与釜山防御圈里的美军相互呼应。情报显示,美军最近在仁川沿海的活动十分频繁。

这是一个事关全局成败的判断。聂荣臻当天就把柴成文的汇报提纲呈报给了毛泽东,毛泽东阅后当即批示:"周阅后,刘、朱、任阅,退聂。请周约柴成文一谈,指示任务和方法。第十三兵团同柴去的军事人员是否要来京与柴一道面授机宜,请周酌定。"

周恩来在与柴成文谈话时,明确地问道:"如果我们出兵,将遇到什么样的困难?"

林彪也问柴成文:"他们(指金日成)有无上山打游击的准备?"

应该说,有着丰富战争经验的中国领导人对美军将要采取的行动是有预料的。因为目前战局的僵持对北朝鲜越来越不利。为了应对战局的逆转,在聂荣臻的建议下,中央军委决定,调在中国华东地区准备用于解放台湾的宋时轮的第九兵团(辖第二十、第二十六、第二十七军)和在西北地区刚刚结束剿匪作战的杨得志的第十九兵团(辖第六十三、第六十四、第六十五军),分别集结于津浦、陇海两条铁路线上,作为东北边防军的第二梯队。同时,在中国东南沿海地区,加强对国民党军队可能发动袭击的戒备。

八月二十六日,周恩来再次主持召开国防会议,决定加速中国军队炮兵、空军和装甲兵的建设,加紧向苏联订购必需的武器装备。

对美军将在仁川登陆的事先预测,中国是否向北朝鲜方面打了招呼,没有确切的记载。

一九五〇年九月十五日凌晨。

麦克阿瑟坐在他的"麦金莱山"号旗舰上,嘴里叼着他的玉米芯烟斗,注视着波涛汹涌的海浪和在海浪中前进的登陆舰队。麦克阿瑟此时的心情难以形容,这位身经百战的职业军人,面对黑暗中的朝鲜海岸和已经不可中止的军事行动,或许会感到一些心神不定。登陆作战的关键是奇袭,但是,美军登陆的时间和企图可以说不是什么秘密,秘密只是登陆的地点。为此,麦克阿瑟令所有的电台和报刊进行迷惑性的报道,大肆宣扬联合国军要在釜山进行反攻,希望混淆人们对仁川登陆作战的戒备。同时,在朝鲜东海岸的三陟附近,麦克阿瑟命令出动以接受日本投降签字而闻名的"密苏里"号战列舰,舰上口径巨大的舰炮对三陟海岸上所有目标都进行了猛烈炮击,几乎摧毁了海岸上所有的炮台和阵地。"特里姆盖"号航空母舰和"海伦娜"号巡洋舰也在平壤外港和南浦一带炮击。特别是在人们最容易预想实施登陆所进行的群山港附近,美国空军对群山港五十公里范围内的公路、铁路等目标进行了酷似真正登陆作战前的猛烈轰炸，而且，美、英两国军队组成的联合袭击队还对群山海岸进行了战斗侦察。为隐蔽仁川登陆所进行的一系列佯动，事后证明确实起到了作用。但是，仁川登陆点毕竟需要登陆前的侦察。于是，一个绰号"夜盗贼"的美军上尉克拉克多次潜入仁川地区，一一侦察潮汐、泥滩、海堤、防守等情况，因此产生的传奇故事在美国海军陆战队的战史上留下了文字记录："克拉克在执行任务中也担心自己的安全，因为他知道很多详细的情况，一旦被俘，对北朝鲜人来说将是无价之宝。所以，克拉克上尉行动时总是带着一枚手榴弹，他认为一枚手榴弹比用手枪自杀保险得多。"九月十四日，必要的火力准备开始了。美军的"海盗"式飞机在仁川港外的那个曾是美丽公园的月尾岛上扔下大量的凝固汽油弹，小岛立即成为一片废墟。

那么，麦克阿瑟还担心什么呢？

根据情报显示，仁川港附近的北朝鲜防御兵力不超过一千人，火力仅仅是不超过十门的火炮和一些机枪。

也许在这个时候，麦克阿瑟才真正意识到，仁川登陆作战的成败将影响他一生军事生涯的声誉。他已经到了退休的年龄，最后一战如果以失败告终，对于一名职业军人来讲，将是莫大的遗憾，甚至是耻辱。

麦克阿瑟在"麦金莱山"号上尽量地克制着自己。在他身边是他特意邀请来的记者们，麦克阿瑟在向他们发出的请柬上写道：请参观一次小小的战斗。记者们来到破浪前进的战舰上，不失时机地向麦克阿瑟问询"中国是否干涉"的问题，麦克阿瑟的回答是："那样的话，我们的空军就会使鸭绿江史无前例地血流成河！"

凌晨二时，仁川登陆作战命令下达。

麦克阿瑟登上旗舰的舰桥。

这时，整个舰队已经进入仁川港狭窄的水道，所有舰船的舰炮都对准了黑暗中的仁川港。

随着一团火光和一声巨响,登陆的火力准备开始了,其空前猛烈的规模让记者们目瞪口呆。四艘巡洋舰和八艘驱逐舰在距离岸边很近的地方,在不足四十五分钟的时间内,就把两千八百四十五发炮弹倾泻在月尾岛上,舰炮火力之巨大令空中的海军飞行员根本无法看清地面的任何目标。结果,"整个岛子好像从头到尾被犁了一遍","月尾岛上所有的生物荡然无存"。与此同时,空军开始向整个仁川倾泻炸弹,其数量"恰恰等于诺曼底登陆前倾泻在奥马哈海滩上的炮弹数量"。

但是,当美军登陆作战部队开始在仁川泥泞的海岸上爬行的时候,还是受到了北朝鲜军队的顽强阻击。有关战史资料记载:"李大勋上尉指挥的人民军海防炮兵连的指战员们,直到炮身烧热弯曲或被敌人的炮弹炸断为止,坚持进行火力战斗,击沉和击毁敌人四艘舰艇。炮打坏之后,炮兵指战员们和步兵一起,同开始登陆的敌人展开激烈的白刃战。九月十五日上午十时,月尾岛上响起英雄的月尾岛守卫者们最后一次冲锋的万岁声……"

美军顺利占领月尾岛后,工兵开始作业。此时海水退潮了,舰队因此退到外海。这是一个关键的时刻,因为登陆的行动已经公开,如果北朝鲜军队这时候大举反击,局面如何就很难说了。为此,美军所有的舰载飞机倾巢出动,对以仁川为半径的四十公里以内的目标,尤其是公路,进行了不间断的封锁轰炸。事后得知,北朝鲜人民军确实向仁川方向增援了部队,但是在公路上因遭到美军猛烈的空中打击而阻滞,整整一个白天都无法前进。

仁川港已经成为一片火海,尤其是港内的储油罐被击中,冲天的大火仿佛整座城市都在燃烧。美国海军陆战队乘登陆艇开始向海滩冲击——"他们使用木制或铝制的梯子,从登陆舰艇上爬下来,再攀上围绕着仁川城的由混凝土构筑的海堤。"一名美国《时代》周刊记者跟随着陆战队员前进,他后来描述道:"一千英尺长的红海滩的海堤看上去像美国无线电公司的大楼一样高。"

下午十七时三十分,第一名美军陆战队员登上仁川的土地。

海军陆战队上尉 B. 洛佩斯登陆后突入仁川市区,在向北朝鲜人民军的一个阻击阵地发起进攻时,他的手臂中弹,"握在他手里的手榴弹掉到了地上"。为了身边同一个排的战友,洛佩斯上尉"扑倒在即将爆炸的手榴弹上"。

美军很快占领了仁川城。

紧接着,整整一夜的时间,一万八千多名美军陆战队员和大量的补给、几十辆坦克,全部在仁川上岸。

在随后的四天里,又有五万多名联合国军的士兵从仁川登陆。

仁川登陆成功后,美军立即向汉城方向突进。

一九五〇年九月十六日,仁川登陆作战的第二天,麦克阿瑟登上仁川海岸。这位将军在记者们的照相机前得意洋洋。在布满烧毁的坦克和士兵尸体的阵地上,他自己又导演了一出小小的戏剧。麦克阿瑟的第一句台词是:我想寻找一个叫刘易斯·普勒的上校,他是陆战队的一名团长,我要亲自为这位团长授一枚勋章。正在进攻一个山头的刘易斯接到通知后,这位麦克阿瑟的崇拜者对前来请他去接受勋章的军官说:"我们正在战斗!如果他打算授勋,就让他来这里好了!"麦克阿瑟不但没有因为这个团长的傲慢发怒,相反对他如此配合自己的表演十分欣赏。麦克阿瑟立即乘吉普车向枪声不断的方向前进,不管部下如何劝阻他都不听。直到在一个四周炮声呼啸的草棚子里,麦克阿瑟见到了满身硝烟的刘易斯,"他们愉快地互相敬礼"。记者们高兴得发疯了,因为世上没有比这更能激起读者兴趣的英雄故事了。

麦克阿瑟的赌博和表演都成功了。

整个仁川登陆,美军伤亡两百零三人,北朝鲜人民军伤亡或被俘一千五百九十四人。

接下来,更大的重创还在等着已经突进到朝鲜半岛南端的北朝鲜人民军。

艰难的抉择

美军在仁川登陆后，腹背受敌的北朝鲜人民军立即调整部署：一方面，在洛东江防线上顽强地阻击向北突破的美第八集团军的进攻；另一方面，调动兵力向汉城增援，试图"把敌人消灭在京仁地区"。

但是，除了在后勤补给上人民军已与联合国军相差悬殊外，在兵力上人民军也处于绝对的劣势。九月中旬，联合国军的兵力已经达到十五万一千人，坦克五百辆，各种火炮一千门以上，还有美国空军第五航空队的一千二百架战机的支援。而人民军这时只有七万左右的兵力，其中约一半还是为补充战争损耗而征来的新兵，其装备也在战斗中损失严重，装备率仅仅是编制的一半。

人民军在北朝鲜前线指挥官金策大将的指挥下，在洛东江对峙线上顽强地坚持了整整六天。随着洛东江各条防线阻击的不断受挫，人民军全线崩溃的征兆已经显露。九月十八日晚，人民军第一军右翼开始按秩序后退。二十二日，在釜山狭窄的防御圈内苦苦坚守两个月之久、差点被赶下大海的美第八集团军终于突破人民军的防线,大举渡过洛东江。在重新构成防线已经没有任何希望的形势下,二十三日,金日成下达了全线向三八线附近撤退的命令。

金日成下达这一命令时的痛苦心情可想而知,因为仅仅在一个月前,全朝鲜统一的前景似乎已经很明朗。当时没有人相信丧失斗志的南朝鲜军队会死里逃生,即使有美军连续不断的支持。而那个狭窄的釜山防御圈,在一个月前还犹如汪洋大海中一个仅供苟延残喘的小小的救生圈。

战后披露的资料显示,八月,麦克阿瑟曾经制定过一份从朝鲜半岛撤退的详尽计划,为此美国海军已经做了大规模的准备。

可是现在,北朝鲜人民军的撤退还是晚了。

二十七日,沿着京釜公路向北突进的美军与从仁川登陆的海军陆战队会师,人民军的退路被全线封锁。被包围的人民军部队顽强突围,很多部队被打散,士兵们进入山区成为游击队员。

到了二十八日,美联社以《北朝鲜军队行踪之谜,南部战线一夜之间销声匿迹》为题报道说:"北朝鲜军队如何摆脱了联合国军的追击,是战局中的一个谜。"当时的日本报纸也报道说:"北朝鲜军队烟消云散,一兵一卒也没抓到。"

实际上,人民军遭受的损失是巨大而致命的。根据战后资料的统计,七万多人民军撤退回三八线以北的不到三万人。在损失的兵员中,一万人伤亡,一万两千多人被俘,成为游击队员的有近两万人。而且,人民军的重装备几乎全部丢失。

北朝鲜公开资料记述的人民军的撤退如下:

> 西部战线的人民军部队,在咸安地区和洛东江左岸,一面展开英勇的反击和果敢的袭击战,一面逐渐撤退到洛东江右岸有利的地点。于是,敌人在九月十八日至十九日付出莫大损失后渡过洛东江。九月十九日,敌人在

我军各联合部队的接合部突破了我军的防线，攻入到我军的背后，使我军处于不利形势。

东部战线的人民军各联合部队在庆州、浦项地区不分昼夜地进行了激烈的战斗。九月二十一日，敌人在这个地区突破我军防线。当时敌人从北方威胁着汉城，洛东江战线地区又被敌人突破，因此整个战线的情况是紧张的。

美第九军、第一军和李伪第二军、第一军部队在大批飞机的掩护下，二十二日突破我军防御……九月二十四日到三十日拂晓，历时六天，我军联合部队在咸昌、梨花岭坚守阵地……安东、竹岭地区展开顽强防御，把敌人的进攻推迟了好几天，有效地掩护了后方部队的撤退。

但是，当时窃取在西部战线地区我军部队负责地位的以金雄（北朝鲜人民军第一军团中将军团长）为首的反革命反党宗派主义分子们，对最高司令部的作战方针蓄意采取了消极怠工的态度，这些恶徒们没有认真执行最高司令部鉴于敌人要在仁川登陆的企图越来越露骨、为加强仁川——汉城地区的防御而下达的关于把洛东江地区的部队转移到仁川——汉城地区的命令，又没有执行鉴于其后战线已经紧张的情况下而下达的关于把西线部队迅速转移到锦江以北的有利地区的命令。这些反革命反党宗派分子阻挠了最高司令部作战方针的实现，从而帮助了敌人，给我军带来了更大的困难。

这样，我军一部分主力部队还没有从南半部地区撤完，敌人就抢占了南半部的大部分地区。因此，前线处于严重状态……我军被切成两段，主力部队的大部分陷于敌人的包围之中。

人民军统帅金日成后来是这样总结失败原因的：

一、美国动员陆、海、空的大兵力,发动了大规模进攻,敌我兵力对比上敌人占优势。

二、潜入到人民军内部的金雄等反革命反党宗派分子和部分指挥人员,没有及时贯彻党和最高司令部的正确的战略和作战方针。

三、美李匪帮的屠杀政策和朴宪永(当时北朝鲜的外交部长,生于南朝鲜)、李承烨(当时北朝鲜的司法部长,生于南朝鲜)间谍集团的破坏。

除去政治上的说辞之外,金日成的总结中至少有两点是值得军事家们研究的:一、人民军向南前进的时候,其推进速度和兵力投入都不理想,没有达到当美军尚未在釜山形成坚固防御时一鼓作气地把敌人赶下海去的目标。而如果人民军一旦实现这个目标,占领了朝鲜全境,联合国的任何武装干涉都将失去政治和军事的依据。二、仁川登陆前的预测失误和登陆后釜山防线的被突破,以及没能对仁川方向组织有效的阻击,从而使南北美军顺利会合形成了强大的夹击攻势。

从美军的角度上看,仁川登陆的奇袭效果、空中力量和地面兵力上的绝对优势,这些都是扭转战局的关键。

仁川登陆后的第二周,即九月二十八日,联合国军占领汉城。

美军战史中记载:"在汉城抵抗宣告结束时,敌人向议政府方向退却了。北朝鲜军队想入侵南朝鲜是一场大赌博,并且边唱凯歌边进入汉城,至今恰恰是第九十天。"

九月二十九日上午十时,麦克阿瑟飞抵金浦机场,然后在已经成为一片废墟的汉城街道上穿过欢迎的人流,到达南朝鲜中央政府大楼国会议事堂。麦克阿瑟和李承晚夫妇一起进入会场,沃克和美国海军军官们坐在主席台上,"还都仪式"开始了。这个仪式没有仪仗队,原来指望的是美军陆战一师的乐队,可他们的乐器留在了日本没带来,况且作为步兵参加战斗的陆战一师很多乐手都

受了伤。此时,还能听到汉城市区内零星战斗的枪声。麦克阿瑟的祝词是事先准备好的:

> 总统阁下,以人类最伟大希望和寄托为象征而战斗的我们联合国军,在怜悯之神的保佑下,在此解放了朝鲜的这座古都。现在,我把汉城交给你。

在麦克阿瑟说这番话的时候,大厅北边残破的玻璃在炮声的震荡中掉落下来,引起在场的所有人的一片惊慌。大家都以为是炸弹爆炸,只有麦克阿瑟一动未动,在他薄而固执的嘴唇上,玉米芯烟斗冒出的烟草味发出淡淡的香气。他在碎裂声和惊呼声中抬头看了看他的头顶,那里飘扬着一面美国的星条旗。

尽管美国国内舆论说,那面星条旗在整个仪式中"位置太显眼",会让人产生"美国占领了朝鲜"的联想,但是麦克阿瑟在整个朝鲜战争中的个人威望在这一刻毫无疑问地到达了顶点——后来的历史说明,朝鲜战争发展到现在,仅仅是序幕的序幕,但麦克阿瑟却在序幕中走到了顶点。

顶点,意味着再往后走就是下坡路了。

接着是李承晚的感谢词。全世界的人都从那一天的报纸上看到了这个老头子"泣不成声",他说:"我本人的永远感谢和南朝鲜国民的感谢心情,不知用什么语言来表达才好……"应该说,李承晚当时确实是"百感交集"。战局的发展趋势以及他个人政治前途的转变竟然如此迅速,仿佛命运在故意折腾这个老头子一样,让他在短短的几个月中恍惚如梦。

当天,联合国军的先头部队到达三八线。

一九五〇年十月一日,中华人民共和国成立一周年国庆日。

这是新中国的第一个国庆日,全国各地都举行了庆祝活动。北京的大街小巷到处红旗招展。从清晨起,穿上节日服装的工人、市民和学生就相继聚集在天安门广场上。上午十时,毛泽东和新中国的其他领导人登上天安门城楼，与几十万群众一起观看了盛大的阅兵式，接着就是沸腾的群众游行。入夜，五彩的焰火腾空而起，广场上的人们载歌载舞，欢乐的场面延续到深夜。

但是，在这一天，欢乐的中国人还不知道，巨大的战争阴影正向他们笼罩而来。关于朝鲜战争的消息虽然已可以在报纸上看到，但大多是北朝鲜人民军胜利的消息。即使有一些不妙的迹象，普通的中国人也不会关心，百姓们认为战争离他们很遥远。

只有中国的领导人面对欢乐的场面心中暗存忧虑。随着仁川登陆作战的成功和联合国军进至三八线，随之而来的令世界关注的问题产生了：以美国为首的联合国军是否会越过三八线继续北进？

朝鲜战争爆发以来，如果把六月二十五日战争爆发当作一个焦点的话，联合国军的介入是第二个焦点，九月十五日的仁川登陆是第三个焦点，第四个焦点就是"越线"问题。

如果说联合国军介入朝鲜战争，是外来势力介入朝鲜内战，那么，一旦联合国军越过三八线向北进攻，朝鲜战争的"内战"性质就不存在了，联合国军武装进入并且明确要征服的是北朝鲜这个国家，朝鲜战争将完全国际化。关于这一点，东西方两大阵营都十分明白。

在最能体现各国政治立场的联合国安理会上，反对"越线"和赞成"越线"的国家唇枪舌剑。

南朝鲜的立场不言而喻。李承晚在九月十九日就曾说过："万一联合国军停下来，南朝鲜军队也要前进。"南朝鲜的外交部长到处散布他们"有进攻到鸭绿江的决心"。南朝鲜国会甚至在九月三十日通过了南朝鲜军队北进的"决议"。南朝鲜军方高级将领们的情绪更加激动，在两个多月的连续溃败中一直受到舆论抨击而备感屈辱的南朝鲜军队，在"复仇"时刻到来时所表现出的"不杀到鸭绿江边不罢休"的情绪，甚至令美国人都感到了不安。

美国的态度是矛盾的。在朝鲜战争爆发后的联合国安理会上，美国曾解释他介入朝鲜战争的目的，是"把北朝鲜军队从韩国赶出去"，现在这个目的已经达到了。可是，谁都知道，美国大规模介入朝鲜战争的真实目的并不在于一个遥远的南朝鲜，而是在于美国在整个远东的利益和与苏联冷战对峙的需要——美国不希望有北朝鲜这个政权存在。本着利益与时局这两种需要，在"越线"问题上美国国内分成了"鹰派"和"鸽派"两种态度。"鹰派"坚决主张联合国军一举越过三八线，理由是：北朝鲜军队虽已溃败，但是具备卷土重来的条件，如果不彻底消灭北朝鲜军队，朝鲜问题将永远存在。而联合国军长期在朝鲜待下去是不可能的，不越过三八线，就意味着这条线将成为永久的国境线。既然联合国军介入朝鲜战争是"为了朝鲜的统一"，那么三八线实际上已经不存在了，战争中联合国军的空军已经"越线"攻击，于是没有地面部队不得"越线"的理由。因为有联合国六月二十七日安理会决议的限制，"鹰派"抓住菲律宾代表的一个观点，那就是在解释联合国决议中"那个地域"这个词时，将英文"THE AREA"中的"THE"解释为代表着"全韩国"的意思。在这样的解释下，如果联合国军突破三八线，继而占领整个朝鲜半岛，就成为联合国决议授权的了。美国"鸽派"在"消灭北朝鲜政权"这个根本问题上与"鹰派"没有分歧，分歧是对战争一旦进入北朝鲜领土苏联和中国是否干涉的后果存在异议。当时的舆论普遍认为，一旦苏联和中国干涉，第三次世界大战实际上就算是爆发了。杜鲁门政府的最大顾虑也正在于此。

西欧各国本来是不赞成"越线"的，他们关心的是欧洲的安全，尤其是怕新的世界大战爆发，希望朝鲜战争赶快结束。但是，由于英国的"如果不越过三八线，就不可能在联合国的管理下在全朝鲜实行选举和统一"这个立场的影响，加上美国在二战中是欧洲的"救星"，现在欧洲的安全还指望着美国，因此西欧的立场最后形成一边倒的局面。加拿大和澳大利亚等泛太平洋国家，站在美国"鹰派"的立场上。

只有苏联的立场一直令人捉摸不定。苏联从朝鲜战争一爆发就始终处在一种"犹抱琵琶半遮面"的状态中。当六月二十七日联合国就出兵决议表决时，苏联代表出人意料地"缺席"了，这使批准联合国武装干涉朝鲜战争的决议顺利通过。当美国开始出兵进入朝鲜时，杜鲁门依旧担心苏联会反对，甚至是同样采取出兵的态度。但是，苏联外长的一个"外国势力不得干涉朝鲜"的表态式声明，给了杜鲁门"苏联不打算介入朝鲜事务"的信号，杜鲁门这才放心地让麦克阿瑟指挥美国军队进入朝鲜半岛。那么，历史的真实又是什么呢？连杜鲁门都没有想到，在西方世界看来具有强大军事能力的苏联对美国竟然存在着从不曾流露过的恐惧。这一点，在不久以后中国领导人艰难抉择的时刻里将显露出来。

九月十九日，联合国大会开幕。苏联外长维辛斯基提出了以三八线停战为内容的"和平宣言"，但没有获得通过。安理会提出一个"八国提案"，这次苏联使用了否决权。为躲开苏联的否决，二十九日，"八国提案"被直接交到联合国大会。

"八国提案"，是由英国、澳大利亚、菲律宾、荷兰、挪威、巴西、古巴、巴基斯坦八国联合署名提出的，主要内容是：

一、联合国为确保全朝鲜的稳定，采取一切的适当措施。

二、为建立统一的民主政府，在联合国的管理下实施普选。

三、实现韩国的迅速复兴。

四、除完成第二项工作外，联合国军不得在韩国驻扎。

五、为了韩国的统一复兴，任命新的联合国韩国委员会。

显然，这是一个默许联合国军进入北朝鲜的文件。

整个联合国就此陷入前所未有的辩论漩涡中。中国人对联合国军一旦越过三八线将有的反应是辩论的焦点：也许中国会以公开的或"志愿者"的方式出兵朝鲜？也许中国只会最大限度地向联合国特别是亚洲国家施加压力以确保北朝鲜的"独立"或"使之成为缓冲地带"？也许中国会大规模地陈兵中朝边界但并不出兵？而英国的结论是："中国目前内部尚未'巩固'。正在全力进行'恢复经济'，且'军事实力不足以应付大战'的需要……所以出兵朝鲜的可能性很小。"尽管对中国是否武装干预的各种情报通过各种渠道不断传来，尽管与中国有着密切联系的印度不断把中国的警告明确地提到联合国大会上，历史的不幸却是：中国的警告没有起到任何作用。

九月二十七日，麦克阿瑟在汉城接到来自美国参谋长联席会议的训令：

> ……你的军事目的是摧毁北朝鲜的武装力量。为达此目的，授权你在朝鲜的三八线以北进行军事行动，包括两栖登陆和空降或地面行动……

因为还是担心战争演变成世界大战，训令的最后提醒麦克阿瑟：

> ……无论在何种情况下，你的部队都不准越过满洲或苏联与朝鲜交界的地域。出于政策上的需要，在与苏联接壤的东北各道或在沿满洲边境地区，不得使用非朝鲜人的地面部队。对于你们在三八线南北作战的支持，不包括对满洲或对苏联领土的空军和海军行动。

在这种背景下，正在朝鲜半岛上作战的美第八集团军声称，他们将要停止在三八线上以"等候追击撤退的北朝鲜军队的许可"。

一时间，共和党的议员们纷纷指责杜鲁门政府是在"姑息共产主义分子"，是在让"共产党的卫星国"得以喘息，而一旦共产党军队卷土重来，那就等于是纵容战争"再度爆发"。

九月二十九日，刚刚接任国防部长的马歇尔将军给麦克阿瑟发去一封仅供他个人阅读的密电：

日前有报道根据第八集团军的声明推测,南朝鲜师将在三八线停止前进重新集结。我们希望你向三八线以北推进时,在战术上和战略上都感到不受限制。前面提到的声明,需要联合国就越过三八线一事投票同意,这很可能会使联合国限于进退维谷的境地,还不如由你选择是否在军事上有必要这样做。

美国参谋长联席会议的真实想法是:在完成"打败北朝鲜军队的使命之前",尽量避免让"三八线成为一个有争议的问题"。

麦克阿瑟立即提出了北进的具体计划:

一、第八集团军以现在的编成北进,向平壤进攻。在攻占平壤时,第十军在元山登陆,同第八集团军一起实施夹击。

二、第三步兵师为总司令部的预备队,控制在日本。

三、在安州——宁远——兴南相连之线作战,只限于南朝鲜军队。

四、第八集团军发起攻势的时间,最早不超过十月十五日,最迟不晚于三十日。

美军的这个决定,是在"八国提案"还没有在联合国通过的情况下作出的。尽管这样,麦克阿瑟还是非常不满意,原因是他的北进计划受到诸多限制。按照他的想法,即使苏联和中国参战,也要把战争打下去,以"把亚洲处在萌芽状态的共产党政权通通消灭掉"。

第二天,也就是十月一日,麦克阿瑟在东京通过广播电台向北朝鲜军队的总指挥官金日成发出了要求人民军投降的敦促书。

艰难的历史抉择终于摆在了十月一日站在天安门城楼上的新中国领导人面前。

早在美军实施仁川登陆的第二天,金日成就派内务相朴一禹火速赶到中国境内的安东,向已经集结在那里的中国第十三兵团的指挥员们通报了人民军面临的严重形势。对于仁川登陆后人民军到底面临着什么局面、各部队的位置、战斗力和应变措施等等，朴一禹已经无法说清楚。他只知道现在部队正在北撤，公路和铁路都已被破坏，而敌人正在急速向北推进。

朴一禹向中国转达了金日成的请求：请求中国出兵援助。

这是北朝鲜方面第一次正式提出这个请求。

金日成在接到麦克阿瑟发出投降敦促书的当天，紧急召见中国驻北朝鲜大使，坚定地表示了北朝鲜人民军决不投降的态度。这个态度在金日成发表的回答麦克阿瑟通牒的讲话中阐述得更明确，他号召北朝鲜人民用鲜血"捍卫祖国的每一寸土地"，如果不得已必须后退的时候，要把一切物资和运输工具全部运走，哪怕是"一台机床、一节车皮、一粒粮食"都不能留给敌人。

十月三日，带着金日成的急信，朴一禹到达北京：

......

在美国侵略军上陆仁川以前，我们的战况不能说不利于我们，敌人在连战连败的情况下，被我们挤入于朝鲜南端狭小的地区里，我们有可能争取最后的决战的胜利，美帝军事威信极度地降低了。于是美帝国主义为挽回其威信，为实现其将朝鲜殖民地化与军事基地化之目的，即调动了驻太平洋方面陆海空军的差不多全部兵力，遂于九月十六日以优势兵力，在仁川登陆后继续占领了京城。

目前战况是极端严重的了，我们人民军虽然对于上陆的敌人，进行了极顽强的抵抗，但对于前线的人民军已经造成了很不利的情况。

战争以来，敌人利用约千架的各种航空机，每天不分昼夜任意地轰炸我们的前方与后方。在对敌空军毫无抵抗的我们的面前，敌人则充分发挥其空军威力了。各条战线上敌人在其空军掩护下，活动大量机械化部队，我们受到的兵力与物资方面的损失是非常严重的，后方的交通运输通信与其他设施大量的被破坏,同时,我们的机动力,则更加减弱了。

敌人登陆部队与南线的部队已经连接一起,切断了我们的南北部队,结果使我们在南部战线的人民军处于被敌切断分割的不利情况里,得不到武器弹药,失掉联系,甚至于有一部分部队,则已被敌人分散包围着。如果京城完全被占领,则我们估计敌人可能继续向三八线以北地区进攻。如果不能急速改善我们的各种不利条件,则敌人的企图是很可能会实现的。要保障我们的运输、供给以及部队之机动力,则必须具备必要的空军,但是我们又没有准备好的飞机师。

敬爱的毛泽东同志! 我们一定要决心克服一切的困难,不让敌人把朝鲜殖民地化与军事基地化! 我们一定要决心不惜流尽最后一滴血,为争取朝鲜人民的独立解放民主而斗争到底!

我们正在集中全力编训新的师团,集结在南部的十余万部队于作战上有利的地区,动员全体人民,准备长期作战。

在目前敌人趁着我们的严重危急,不予我们时间。如要继续进攻三八线以北地区,则只靠我们自己的力量,是难以克服此危急的。因此我们不得不请求您给予我们以特别的援助,即在敌人进攻三八线以北地区的情况下,急盼中国人民解放军直接出动援助我军作战!

……

天安门夜空的焰火还没有熄灭,中南海颐年堂里的气氛严肃而紧张。毛泽东亲自主持中央书记处会议,对朝鲜目前的局势和金日成的请求进行了认真的分析讨论。

中国政府一直密切关注着朝鲜战争的局势。至于"联合国军队如果'越线'进攻北朝鲜,中国将不能不管"这样的警告,中国政府已经通过各种渠道向国际社会作了明确的表态。美军在仁川登陆后不久,中国军队代总参谋长聂荣臻召见印度大使潘尼迦时,印度大使曾隐晦地用麦克阿瑟在一九四九年中国人民解放军逼近南京时的那句"给我五百架飞机就可以摧毁他们"提醒中国领导人,如果介入朝鲜战争,"中国的工业将遭受破坏","中国的建设将拖后十年"。而聂荣臻的回答是:"一旦战争起来了,我们除了起而抵抗之外,是别无他途可寻的。当然,这只是问题的一个方面,帝国主义有他自己的弱点,因此我们今天的任务是争取和平,制止战争的发生和发展。"

九月三十日,周恩来发表重要演说,这个在后来的岁月里被反复引用的演说,被称为中国方面发表的阐述中国原则立场的重要文件。

周恩来总理说:

> 中国人民热爱和平,但是为了保卫和平,从不也永不害怕反抗侵略战争。中国人民决不能容忍外国的侵略,也不能听任帝国主义者对自己的邻人肆行侵略而置之不理。谁要是企图把中国近五万万人口排除在联合国之外,谁要是抹煞和破坏这四分之一人类的利益而妄想独断地解决与中国有直接关系的任何东方问题,那么,谁就一定要碰得头破血流。

决不能"置之不理",这就是在明确地告诉联合国,中国不会任局势发展而没有动作。

但是,中国领导层一开始在是否出兵朝鲜的问题上也存在分歧,虽然会议根据毛泽东的意见初步提出了出兵的意向。鉴于当时林彪有病无法出任东北边防军总指挥,会议达成立即让彭德怀进京商议的决定。而最后是否出兵参战,会议决定于十月四日召开政治局扩大会议再进行讨论。

就在这天晚上,南朝鲜军队越过了三八线。

十月三日凌晨一时,周恩来再次召见印度大使潘尼迦,通过正式的外交途径对美国政府明确表示:"美国军队正企图越过三八线,扩大战争。美国军队果真如此做的话,我们不能坐视不管,我们要管。"

应该说,中国在未来的朝鲜战争中出兵参战,事先是没有保密的。可惜对于中国方面的一再警告,美国方面竟然当作是一种"口头上的威胁",是一种外交上的"姿态"。拿被称为"中国通"的麦克阿瑟的情报处长查尔斯·威洛比的话说:"最近中共领袖声称,如果联合国军越过三八线,他们将进入北朝鲜,这不过是外交上的一种勒索。"

中国的出兵就在美国人以为的"姿态"中开始了。

一九五〇年十月四日,一位在未来的朝鲜战争中令世界瞩目的中国军队高级将领出现在北京,他是彭德怀。

彭德怀,这个八岁时就失去母亲的贫寒农民的儿子,现在是中国人民解放军副总司令。他个人的历史几乎就是中国共产党从建立自己的武装直至取得全国政权的历史。红军初创时,他任红军第三军团军团长,在艰苦的反击蒋介石的"围剿"中战功卓著。红军长征时,他的军团血染湘江,突破乌江,攻下娄山关天堑,使几乎身处绝境的中国工农红军得以转危为安。走出没有人烟的草地后,在红军的陕甘支队中,他和毛泽东一个是司令员,一个是政治委员。抗日战争时,他指挥的百团大战震惊世界。在与蒋介石军队的最后较量中,他率领的野战军所向披靡,收复了中国西北部的广大地域。毛泽东有专门为他写下的诗句:

谁能横刀立马

唯我彭大将军

时任中国西北军政委员会主席的彭德怀,正致力于发展西北地区经济的工作。虽然他的办公室里自朝鲜战争爆发后就挂上了朝鲜地图,但是,他更为关心的还是中国西北地区国民经济的恢复和发展。他那通过血肉的拼杀建立新中国的理想已经实现,现在,他梦想的是让脚下的土地多产粮食,让人民过上丰衣足食的好日子。为此,他亲自主持制定了发展大西北的经济计划,包括石油开采、农业灌溉以及在交通不发达的地区建立起交通网。但是,他接到了立即去北京开会的通知,中央的专机此刻已经停在他所在的城市西安。彭德怀上飞机的时候,还不知道中央会议要讨论的是什么,他嘱咐秘书把大西北建设计划带上。他说,说不定中央要听他关于迅速恢复经济的汇报。至于朝鲜战争,还是在八月的时候,那时朝鲜人民军进攻顺利,彭德怀曾接到毛泽东的电报,电报说:"为了应付局势,现须集中十二个军以便机动(已经集中了四个军),但此事可于九月底再作决定,那时请你来京面商。"如果此次进京是为战争的事,彭德怀也没有料到会让他率领军队上前线。第十三兵团赶赴东北集结以及东北边防军的人事任命他是知道的,但即使真的因为战争需要,第十三兵团,这支由第四野战军部队组成的兵团一旦出动,统帅理所当然应该是林彪。

　　彭德怀把没有的事都想到了,真正出现在他面前的事是他没有想到的。

　　彭德怀到达中南海时,讨论是否出兵朝鲜的会议正在进行,他立即感受到了气氛的沉闷。中国领导层在是否出兵朝鲜的问题上分歧明显。反对出兵的理由是:新中国急切需要的是医治战争留下的创伤,恢复遭到严重破坏的国民经济,缓和严重的经济困难给这个新生政权带来的巨大压力。同时,中国的全境还没有完全解放,一些边远地区和岛屿上还残留着人数众多的国民党部队,一些地方的社会远没有安定,新政权正艰难地建立着。由于还有很多地区没有完成土地改革,建立起来的新政权还不巩固。更重要的是,如果出兵参战,对手是强大的美国,战争最终打的是国家的经济实力,特别是工业实力。目前,至少从工业力量和军队装备上讲,我们与对手相差很远。另外,中国军队中因为和平的到来对战争的厌倦思想不能不予以重视。赞成出兵的意见主要认为:一旦联合国军队打到鸭绿江边,对新中国将形成巨大的威胁。这是一个极其现实的问题——"唇亡齿寒"这个中国妇孺皆知的古老故事,在中国人心中根深蒂固地成为一条维护自身安全的基本原理和处理国际事务的充满务实精神的安全准则。毛泽东在这次会议上的讲话证明了这一点:"你们说的都有理由。但是,别人处于国家危急的时刻,我们站在旁边看,不论怎么说,心里也难过。"

彭德怀在会上没有发言。

会后,毛泽东给了这位性格耿直的将军一夜的考虑时间。

当夜,彭德怀未睡。

美国无疑是世界第一强国。国力不支怎么打仗?但是,不打结果又会怎样?

十月五日上午,毛泽东派邓小平把彭德怀接到中南海,毛泽东现在迫切需要知道彭德怀在这个问题上的见解。

彭德怀毫不犹豫地说出了自己经过一夜深思的意见:立即出兵到朝鲜作战。

在下午继续召开的政治局扩大会议上,争论仍然很激烈。高岗是中华人民共和国副主席、中共东北局书记、东北军政委员会主席,还是东北军区司令员兼政治委员,他的态度极为重要。高岗认为:中国刚刚打完战争,再打仗经济上负担不起。军队的装备也落后,与美国人打仗,一旦顶不住退下来,后果不堪设想,还是在东北地区防守为好。周恩来对高岗的"防守"立即算了一笔账:鸭绿江一千多公里的边防线,如果防守得需要多少部队?年复一年地防守将是多么被动的事?彭德怀接着陈述了自己主张出兵的理由。彭德怀后来在含冤时写的"交待材料"中记述道:第二天下午,又在颐年堂开会,在其他同志发言后,我讲了几句:"出兵援朝是必要的,打烂了,等于解放战争晚胜利几年。如美军摆在鸭绿江岸和台湾,他要发动侵略战争,随时都可以找到借口。""老虎是要吃人的,什么时候吃,决定于它的肠胃,向它让步是不行的。它既要来侵略,我就要反侵略。不同美帝国主义见过高低,我们要建设社会主义是困难的。"

毛泽东对彭德怀的观点极其赞赏。

毛泽东认为中国当前存在着一些困难,这是事实。但是现在美国在逼着中国打这一仗。中国只有一条路,就是在敌人进占平壤前,不管有多大的困难,立即出兵朝鲜。毛泽东提议由彭德怀同志率领部队入朝,协助人民军抗击敌人。

与会的人相继走到彭德怀面前与他握手。

彭德怀出兵朝鲜的使命就这样确定了。

彭德怀时年五十二岁,长期的战争生涯令他的身体已经患上不少疾病,更重要的是,他将面临的是一场极其艰难甚至是极其危险的战争。后来在"文化大革命"中面对非难时彭德怀写道:"主席决定我去朝鲜,我也没有推诿。"

中国出兵朝鲜已成定局。

联合国对此完全不知。

十月七日,联合国大会以四十七票同意、五票反对和七票弃权的表决结果通过了"八国提案"。麦克阿瑟立即向金日成发出敦促投降的最后通牒:"为了以最少的生命和财产的损失贯彻联合国决议,我作为联合国军总司令最后一次要求你们及你们指挥的军队,不管位于朝鲜的什么地方,都放下武器,停止敌对行动。"同时,由美军骑兵第一师和第二十四师、英军第二十七旅、南朝鲜第一师所组成的部队越过三八线,开始向北朝鲜进攻。

显然,中国希望在三八线停火并和平解决战争的设想已经不可能实现。

"八国提案"在联合国通过的第二天,也就是联合国军正式越过三八线的第二天,十月八日,毛泽东以中国人民革命军事委员会主席的名义发布组成中国人民志愿军令:

彭高贺、邓洪解及中国人民志愿军各级领导同志们:

(一)为了援助朝鲜人民解放战争,反对美帝国主义及其走狗们的进攻,借以保卫朝鲜人民、中国人民及东方各国人民的利益,着将东北边防军改为中国人民志愿军,迅即向朝鲜境内出动,协同朝鲜同志向侵略者作战并争取光荣的胜利。

(二)中国人民志愿军辖十三兵团及所属之三十八军、三十九军、四十军、四十二军,及边防炮兵司令部与所属之炮兵一师、二师、八师。上述各部须立即准备完毕,待令出动。

(三)任命彭德怀同志为中国人民志愿军司令员兼政治委员。

(四)中国人民志愿军以东北行政区为总后方基地,所有一切后方工作供应事宜,以及有关援助朝鲜同志的事务,统由东北军区司令员兼政治委员高岗同志调度指挥并负责保证之。

(五)我中国人民志愿军进入朝鲜境内,必须对朝鲜人民、朝鲜人民军、朝鲜民主政府、朝鲜劳动党(即共产党)、其他民主党派及朝鲜人民的领袖金日成同志表示友爱和尊重,严格地遵守军事纪律和政治纪律,这是保证完成军事任务的一个极重要的政治基础。

(六)必须深刻地估计到各种可能遇到和必然会遇到的困难情况,并准备用高度的热情、勇气、细心和刻苦耐劳的精神去克服这些困难。目前总的国际形势和国内形势于我们有利,于侵略者不利,只要同志们坚决勇敢,善于团结当地人民,善于和侵略者作战,最后胜利就是我们的。

中国人民革命军事委员会主席　毛泽东

一九五○年十月八日于北京

一九五○年十月八日,一个在新中国历史中极其特殊的军事名词——"中国人民志愿军"诞生了,在以后的日子里它将被全世界所关注,并最终成为坚强、不屈、勇敢的代名词,永远铭刻在世界战争史中。

威克岛——美国式的政治游戏

中国人民志愿军成立的那天,在地球的另一边,杜鲁门正派人到市场上寻找一种名叫"布隆"的糖果。为了这种小小的糖果,他甚至征求了过去在麦克阿瑟将军身边工作过的人的意见,得知这种糖果确实是麦克阿瑟和夫人最喜欢吃的,并且这种糖果在东京街头根本买不到的时候,杜鲁门才放下心来。这包重达一磅的糖果,成了包括美国参谋长联席会议主席奥马尔·布莱德雷、陆军部部长弗兰克·佩斯、助理国务卿菲利普·杰塞普和迪安·里斯克、巡回大使艾夫里尔·哈里曼等高级官员以及三十多名记者在内的总统随行清单中的一部分。

在朝鲜战争进入最微妙阶段的时刻,杜鲁门与麦克阿瑟在太平洋中的一个小岛上见面了。

威克岛,这个在地图上几乎找不到的小岛,隶属于波利尼西亚群岛,由三个海堤相连的珊瑚小岛组成,地势平坦,海拔仅六米,岛上居民只有几百人。在碧蓝浩瀚的大洋中,威克岛和其他太平洋中的岛屿一样，除了出产椰子、香蕉和热带水果外，没有什么特别的地方。它于一八九九年被美国占领，遥远地距华盛顿四千七百英里，而距东京却只有一千九百英里。威克岛在二战中出了名，因为作为美国在东太平洋上的军事基地，在日军袭击珍珠港的时候，它被连带着一起遭到日军的轰炸，并且在日军的强行登陆下，该岛美国守军司令德弗罗少校投降。三年后，威克岛才被美军重新夺回。岛上最重要的建筑物是机场楼，还有作为机场办事处的一幢木板房。

随着联合国军突入北朝鲜，朝鲜战争进入一个不可捉摸的危险阶段，这是当时美国朝野的普遍看法。杜鲁门的政敌们强烈地攻击他正把美国带入一个极大的风险中，因为他们固执地认为苏联和中国绝不会看着麦克阿瑟的军队如此顺利地向北推进而不管，这些自称把共产党"看透了"的美国政客对一场大规模的军事冲突即将爆发深信不疑。如果战争真的向这个方向发展，那么"任何虔诚的行为都不能让装在棺材里运回美国的小伙子们起死回生"。而政敌们所指责的，恰恰是一个让杜鲁门最没有把握的问题，即：苏联和中国对这场战争的真实态度以及究竟是否会介入这场战争。对于这个问题，即使像艾奇逊这样的老谋深算的总统心腹都无法说清楚。中央情报局提供的关于苏联和中国是否介入的情报更是五花八门。在与麦克阿瑟相互往来的电报中，麦克阿瑟在战争是否会扩大这一敏感问题上总是含糊其辞。这让杜鲁门强烈地感觉到，麦克阿瑟是希望战争扩大的。而杜鲁门自己对朝鲜战争的本能判断是：局势有可能恶化。所以，彻底消除疑惑的最好的办法，就是当面与麦克阿瑟会谈。

按照一般的常规，国家总统要召见其下属军官，不管这个军官的职务多高，也不管这个军官此刻驻扎在何地，这个军官都要分秒不差地来到总统办公室向总统敬礼。但是，麦克阿瑟不是一个普通的美国军官，他是不会回美国见总统的，他已经六年没有回美国了,杜鲁门知道他会以"战争正在进行当中"为借口拒绝回来。拿艾奇逊咬牙切齿的话来讲,"此时此刻麦克阿瑟实际上就是一个国家元首,他是日本的天皇和朝鲜的天皇"。当把麦克阿瑟召回华盛顿的建议被否定后,又决定麦克阿瑟和杜鲁门同时起飞,在夏威夷会见,因为这样两个人的飞行距离几乎相等。对于这个建议,麦克阿瑟没有应答。最后,让总统飞行四千七百英里、而麦克阿瑟仅仅飞行一千九百英里的威克岛被作为会见地点提出了,这回麦克阿瑟的回答十分简单:"我将十分愉快地于十五日上午在威克岛与总统会面。"这个决定让包括艾奇逊在内的很多官员们大为不满,因为总统作出的让步太大了,这将给麦克阿瑟"以心理上的更大优势"。艾奇逊极其愤怒地说:"这简直就是谋杀! 就是对一条狗也不能这样!"

但是,杜鲁门这样决定了。不是因为他软弱,而是他太需要这次会见了。杜鲁门后来回忆道:"我想会见麦克阿瑟将军的主要原因很简单,我们始终没有过任何个人的接触,而我认为他应该认识他的统帅,而我也应该认识在远东战区的高级指挥官……从北平传来的中国共产党扬言要在朝鲜进行干涉的报告,是我要和麦克阿瑟将军会面的另一个原因。我希望从他那里得到第一手的情报和判断……经过一段短时间的考虑,我放弃了在华盛顿会晤的念头。我理解到麦克阿瑟一定会认为,在这些危险的日子里他不应该远离他的部队,他一定会为远涉重洋仅仅为几个钟头的谈话而感到踌躇。因此我提议我们在太平洋的什么地方会见,结果认为在威克岛最为合适。"杜鲁门接下来的话对麦克阿瑟后来命运的影响甚是关键:"从六月以来的多次事件可以看出,麦克阿瑟在他出国的多年中,他和国家、人民在某种程度上失去了联系。"

自朝鲜战争爆发以来,杜鲁门和麦克阿瑟在许多问题上的不愉快甚至是矛盾让杜鲁门十分恼火。然而,最让杜鲁门难堪的还不是麦克阿瑟与他的钩心斗角,而是绝对敏感的台湾问题。联合国在朝鲜战争爆发后作出的"台湾问题中立化"决议和美国第七舰队进入台湾海峡武装封锁海峡,借口是防止共产党利用朝鲜战争的时机在亚洲进行扩张行动,但却使台湾问题成为中美关系中的一根连接着炸药的导火索。随着朝鲜战争局势的突变,台湾问题必定成为中美冲突的内在焦点。麦克阿瑟擅自访问台湾,与蒋介石的国民党当局进行了"会谈"并达成"协议":由麦克阿瑟统一指挥台湾军队,"共同防守台湾"。此后,蒋介石的讲话令杜鲁门忐忑不安:"吾人与麦帅举行历次会议中,对于各项问题,已获得一致之意见。其间,关于共同保卫台湾与中美军事合作之基础,已告奠定。"

麦克阿瑟访问台湾之后,美军第十三航空队连同一批 F-20 战机进入台湾。拿麦克阿瑟的话来讲,用武力控制台湾是他的"责任与坚决的义务"。身为政治家的杜鲁门懂得,在朝鲜战争开始的时候,这无异于向中国发出出兵参战的邀请信。为此,杜鲁门向麦克阿瑟提出严重警告:"只有作为统帅的总统,才有权命令或批准采取预防措施抗御大陆的军事集结行动。国家利益至关重要,要求我们不要做出任何导致全面战争爆发的行动,或是给别人发动全面战争以口实。"就在杜鲁门的警告发出后不久,麦克阿瑟寄给"芝加哥第五十一届海外战争退伍军人大会"一封信,信中说:"台湾落在这样一个敌对国家的手中,就好比成了一艘位置理想、可以实施进攻战略的不沉的航空母舰和潜艇支援舰……"杜鲁门见报后立即命令麦克阿瑟撤回这封措辞露骨的信。他说:"麦克阿瑟在热衷于一个更冒风险的政策。"

应该说,在对待共产党国家和台湾的问题上,杜鲁门与麦克阿瑟没有根本的原则冲突。问题在于,麦克阿瑟如此无视美国总统的权威,这简直是在向美国的政体进行挑战。况且,一旦中国军队参战,美国面临的肯定是一个无法自拔的泥坑——对于战争扩大后果的估计,杜鲁门和麦克阿瑟存在着巨大差异。

杜鲁门怀着复杂的心情开始了他越洋跨海的长途飞行。

麦克阿瑟对于威克岛会面，一开始就持不感兴趣的态度。他对杜鲁门插手"他的战争"极其反感。自朝鲜战争爆发以后，麦克阿瑟最不能容忍的，就是华盛顿方面千方百计地"束缚他的手脚"。用他的话说，"那些坐在办公室里的家伙们在闲极无聊的时候最大的乐趣就是发号施令"。尽管此次总统不远万里前来会见确实给了他很大的面子，但这根本不足以使这位亚洲的"太上皇"受宠若惊；相反，他对杜鲁门将要和他谈的一切方面的问题均感到"毫无意义"，他甚至认为杜鲁门此行是要在仁川登陆的胜利成果上捞取政治资本。更让这位将军不满的是，在华盛顿发来的一封电报中，特别强调有关这次会见的一切新闻报道都由白宫新闻秘书查尔斯·罗斯掌握。换句话说，关于麦克阿瑟在威克岛会见中的新闻必须经过白宫的审查。杜鲁门亲自带来一个记者团，但这些记者在麦克阿瑟看来都靠不住，他们绝对不会发布对自己有利的新闻，他要求带常年跟随采访他的几乎"是麦克阿瑟家族正式成员"的"自己的记者"，白宫拒绝了，这使麦克阿瑟对杜鲁门的这次会见更增添了一种怀疑——对杜鲁门政治投机目的的怀疑。因此，在东京飞往威克岛的八个小时的飞行中，麦克阿瑟心绪不佳地在这架杜鲁门送给他的新专机"盟军最高司令"号的过道上来回踱步。旅程刚刚开始，他就已经感到整个旅程"令人厌恶"。麦克阿瑟的参谋长惠特尼将军明白，这是六年来麦克阿瑟第一次必须面对一个是自己上司的人。

麦克阿瑟早杜鲁门一天到达威克岛，并在机场的木板房里度过了失眠的几个小时。而杜鲁门把整个行程分成了三段，安排得很有节奏：先飞到他的家乡密苏里州的独立城过夜；然后，再飞往夏威夷，在那里，"海军为总统安排了轻松的活动"；最后，再从夏威夷起飞，飞往威克岛。

总统的随行人员和记者足足装了三架飞机，随行的美国《时代》周刊记者罗伯特·谢罗德当时的感觉是:杜鲁门和麦克阿瑟好比是"两个不同国家的最高统治者,带着全副武装的随从前往一块中立地区,进行会谈和察言观色"。

十五日拂晓,麦克阿瑟在威克岛上那间潮湿的木板房中刮胡子的时候,杜鲁门的"独立"号专机飞临威克岛上空。"独立"号没有马上降落,而是在威克岛上空盘旋足有三圈。后来人们说,这是总统在证实一个问题:麦克阿瑟是否已经在这个小岛上等候他了——如果总统早于麦克阿瑟在这个机场降落,其结果不是让总统迎接一个下属吗?还好,透过飞机的舷窗,杜鲁门除了看见当年日本人强攻该岛时在海滩上留下的几辆破烂坦克外,还看见了机场上已经准备好的欢迎仪式。"独立"号降落了,麦克阿瑟迎上去,杜鲁门看见这位老将军的那顶陆军软帽"脏兮兮的"。

"好久没看见你了。"这是杜鲁门握住麦克阿瑟的手时说的第一句话。

记者们敏感地注意到,麦克阿瑟将军没有向总统敬礼。

威克岛上唯一体面的汽车,是一辆后门打不开的"雪佛莱",杜鲁门和麦克阿瑟只好从前门进去,再从前座爬到后座上。在一辆上面有四名士兵的吉普车的带领下,他们来到跑道尽头的一间活动房子里。记者们除了在杜鲁门和麦克阿瑟闲谈的时候在场,正式会议开始后均被挡在门外。天气酷热,总统和将军都脱了外套。麦克阿瑟拿出他的烟斗说:"总统先生,您不介意我吸烟吧?"杜鲁门说:"将军请便,我是世界上被烟雾喷在脸上最多的人。"会议就这样开始了。

由于参加会议的人禁止记录,威克岛会谈的具体内容至今没有详细的文字记载。参加过会议的人对会谈的回忆出入很大。而且,麦克阿瑟在他日后的回忆录中几乎没有提到这次会见,因为他认为这次会面"相对来说不很重要"。杜鲁门在其回忆录中对这次会见的记述也不多。所幸的是,维尔尼斯·安德逊的小姐,一位随军的临时速记员，在门外仅仅隔着一条门缝把会谈的内容速记了下来。她说她这样做完全是因为"职业上的习惯"。撇开她的记录在日后引起的麻烦不说，从她对麦克阿瑟发言的较为完整的记录中，可以令人想见到当时麦克阿瑟的固执、倔强和坚定不移。

杜鲁门和麦克阿瑟除了谈到对日缔结和约、亚洲防御联盟等问题外，朝鲜问题是谈话的重要内容。麦克阿瑟对朝鲜战争前景的乐观估计令杜鲁门感到吃惊。麦克阿瑟用他特有的演说才能振振有词地侃侃而谈，令在场的军官们几分钟之后就认为"他确实是位军事天才"。麦克阿瑟认为，目前发生在朝鲜的战争，"所剩下的仅仅是一些必须加以钳制的游散目标而已"，战争实际上已经取得胜利。"在整个南北朝鲜，正规的抵抗都会在感恩节以前结束"。"枪声一停，军人就要离开朝鲜，要由文职人员取而代之"。此刻，麦克阿瑟想到的并不是战争怎么打的问题，而是胜利后美军部队的调度和战后朝鲜的体制问题："希望能够在圣诞节把第八集团军撤回日本"，然后"尽力在明年年初在全朝鲜进行选举"。

当然，面对总统，麦克阿瑟还是对自己给华盛顿惹下的麻烦作出了象征性的解释，对此杜鲁门在回忆录中记载道："我们泛泛地谈论了台湾。将军提起他向'海外战争退伍军人大会'的致信……将军说对给政府造成的任何为难感到抱歉。他当时不是在搞政治，他在一九四八年上了政客们的一次当，这种事再也不会发生了。他对总统保证，他毫无政治野心。"

会议的铺垫全部完成以后，杜鲁门问到一个关键的问题："您认为苏联和中国干涉的可能性如何？"

麦克阿瑟不容置疑的态度，让在场的人事后多年依然印象深刻："可能性很小。如果他们在头一两个月进行干涉的话，那将是决定性的。我们已不再担心他们参战。我们已不再卑躬屈膝。中国人在满洲有三十万部队，其中部署在鸭绿江沿岸的大概不会超过十至十二万人,只有五至六万人可以越过鸭绿江。他们没有空军。现在我们的空军在朝鲜有基地,如果中国南下到平壤,那一定会遭受极为惨重的伤亡。"对于中国军队战斗力的评价,麦克阿瑟用带着一点血腥味的话说:"面对联合国军的强大攻势,他们会血流成河,如果他们干涉的话。"关于苏联出动空军支援中国地面部队的可能性,麦克阿瑟的语气中则充满了对苏联军事力量的蔑视:"他们之间的配合会十分差劲儿。我相信苏联空军轰炸中国人的机会不会少于轰炸我们的机会。"

杜鲁门在将信将疑中脸上有了点笑容。

麦克阿瑟对中国军队参战可能性的判断,并不完全是源于凭空的傲慢。作为一个具有长期作战经验的高级指挥官,他的结论是建立在对大量情报分析的基础上的。可惜的是,美国中央情报局,特别是美国远东情报局,在中国是否会参战这件事上犯了历史性的错误。

开始,情报部门的注意力全部对准苏联,因为作为冷战的对手,苏联参战的可能性最大。情报部门吸取了二战期间日本向美国宣战前烧毁其驻美使馆文件的教训,对苏联驻西方国家的使馆给予了密切关注,也确实发现过不少"异常动态",比如苏联驻美大使馆里某天冒出烟雾等等,甚至连罗马尼亚宣布延长士兵的服役期、苏联在捷克军队中开始教授俄语、阿尔巴尼亚游击队正在返回希腊等,都被他们认为是"苏联的战争准备"情报。但是,随着战争局势的发展和苏联在联合国的表现,苏联直接参战的可能性越来越小。于是,中国在其东北地区大规模集结兵力令美国人紧张起来,风声鹤唳的情报对象迅速转移到中国方面。"中国部队的大规模的铁路运输开始了"、"中国正在向中立国家大量购买麻醉品和药品"、"美国空军在满洲边境发现大量战斗机"、"中国人在鸭绿江上修渡口"等等。但是,来自情报部门关于中国动向的情报常常互相矛盾,很可能在一份声称"中国的介入迫在眉睫"的情报之后,立即会有另一份"中国介入的迹象不明显"的情报送到麦克阿瑟的案头。

就在威克岛会见的前几天,麦克阿瑟看到的是一份得到美国中央情报局赞赏的结论性报告:

> 虽然应该认为中国共产党仍然有可能在朝鲜进行大规模干涉,但考虑到所有的已知因素,可以得出这样的结论,即,除非苏联决定发动全球战争,中国大概不可能在一九五〇年进行干预。在这一时期,干预行动大概会局限于继续对北朝鲜人进行秘密支援。

虽然这份报告中使用了情报文件绝对禁止的"可能"、"大概"这类词汇,但类似报告无疑会对麦克阿瑟的判断产生严重误导。

而美国中央情报局在为杜鲁门的威克岛会见准备的分析材料中有这样的结论:

> 尽管周恩来讲过那样的话,中国军队在向满洲运动,宣传上措辞激烈以及发生边境侵犯事件,但没有令人信服的迹象表明中国共产党的确打算全面干涉朝鲜……中国共产党人毫无疑问害怕与美国交战的后果。他们的国内计划规模如此之大,以致该政权的整个计划和经济将由于战争的巨大消耗而受到危害。

当然,美国情报局内部并不是人人都这么乐观。他们确实收到过有相当可信度的情报。比如,一个在中国大陆解放后潜伏下来的原国民党军官,在他向美国提供的情报中,不但把中国军队在东北地区的详尽部署在地图上标出,还明确地指出中国军队即将跨过鸭绿江。这个原国民党军官有不少同事在中国共产党的军队中服役,这使他得以知道哪支部队现在位于哪里。另外,美国中央情报局还收到过中国领导层九月在北京的会议上关于参战问题"激烈辩论"的情报。但这份情报却被中央情报局判定为 C-3 级。

美国情报部门根据情报的来源和可靠性将情报分为 A、B、C、D 不同的等级,每一个等级内又有四个级别,表示情报的准确程度。那么,C-3 级别的情报基本上就等于一张废纸了。

美国方面对中国参战问题判断的失误,有极其复杂的原因,但是基本的一点是毫无疑问的,那就是美国人"世界无敌"的感觉。敢于和美军打仗,特别是经济落后的中国人敢于和美军打仗,在绝大多数美国人看来是一件绝对不可思议的事情。

到了十月,就朝鲜战争的局势看,联合国军的总兵力已经超过三十三万人,如果加上美国在远东的空军和海军,兵力可达四十万人以上。这确实是一支庞大的军队,而他们的对手是已经溃散的只剩区区三万人的北朝鲜人民军。单从这一点上看,麦克阿瑟认为战争已经取得"胜利"似乎不是没有道理。

威克岛会谈在上午九时十二分结束。杜鲁门和麦克阿瑟会谈的全部时间一共是九十六分钟。麦克阿瑟不想在这个让他厌恶的小岛上多停一秒钟,他表示不能与总统"共进午餐"了——"我需要尽快赶回去。如果方便的话,我想在午餐前离开。"杜鲁门表示遗憾,但没有表示反对。他们临分手的时候,出乎记者们预料的是,杜鲁门拿出特意从美国带来的一枚"优异服务勋章"亲自授给了麦克阿瑟。这种勋章麦克阿瑟已经有五枚了。

在目送总统的"独立"号升空之后,麦克阿瑟迫不及待地登上他的"盟军最高司令"号,急匆匆地起飞了。

威克岛会面,杜鲁门在暂短的时间内收到了他想要的政治效果,即,他对朝鲜问题的慎重形象以及由麦克阿瑟传达给他的"很快就要结束战争"的令美国人民高兴的好消息。在从威克岛回来后的外交政策演说中,杜鲁门用这样的语言称赞了麦克阿瑟:

> 麦克阿瑟将军告诉我朝鲜战斗的情况。他描述了在他指挥下的联合国部队的光辉成就。和大韩民国的部队一起,他们打退了侵略的浪潮。越来越多的战斗人员正

从全世界的自由国家里赶来，我坚信这些部队不久将恢复全朝鲜的和平。

我们在美国国内的人们，自然对我们的陆海空和陆战队员的卓越成就感到自豪。他们在军事史上写下了光辉的新的一页。我们所有的人为他们感到骄傲。

联合国要求我国为联合国军提供第一位司令官，也是我们莫大的光荣。我们有这么一个适合的人选来完成这个使命真是世界的幸运。这个人就是道格拉斯·麦克阿瑟将军——一位非常伟大的战士。

仅仅六个月后，当杜鲁门撤掉麦克阿瑟的职务，同时大骂麦克阿瑟是个"混蛋"的时候，美国有人曾用"非常伟大的战士"这句话来提醒杜鲁门，并问他对于撤掉麦克阿瑟的职务有什么遗憾，杜鲁门说："我唯一感到后悔的是没有在几个月前解除他的职务！"

如今，威克岛会面已经成为朝鲜战争中一个历史性的玩笑。

就在杜鲁门和麦克阿瑟在威克岛上展望美军士兵怎样在他们从没有见过的一条名叫鸭绿江的江边庆祝胜利的时候，几十万中国士兵连同他们的统帅在内，已经在鸭绿江的江边卷起厚厚的棉裤裤腿，准备涉过冰冷的江水向朝鲜开进了。

打败美帝野心狼

一九五〇年十月七日,彭德怀与毛泽东研究完志愿军出国后第一步的作战部署、志愿军的后勤供应以及一旦出兵朝鲜新闻媒体的报道分寸等问题后,回到下榻的饭店。他交代秘书,把从西安带来的所有文件都上交给中央办公厅,然后去行政处领取出发用的东西。

秘书按照彭德怀的指示把事办完,然后把孩子们接来。将军把为孩子们准备的糖果拿出来,然后把他们一一揽在怀里,询问他们的学习和生活情况。这是这位多年来南征北战的将军从没有过的温情时刻。幼小的孩子问将军:"明天你到哪里去?"将军回答:"你们长大了就会知道。"中国军队准备出兵朝鲜参战此时还是绝对机密。这天晚上见到彭德怀的一个孩子后来回忆说:"我们看见伯伯那两天一直很忙,情绪也不怎么稳定。他和我们在一起的时间很短,除询问了我们的学习和生活外,他一再反复问我们谁要买衣服、日用品和学习书本等。他还特意让警卫员给我们每个人都买了几件衣服、鞋袜和日用品。那时我们年龄小,不懂得伯伯为什么这样慷慨地给我们买这么多东西留着用。后来才知道他是奉命去朝鲜指挥志愿军与美国军队作战。以后又听说朝鲜战场打得十分激烈,大批的美国飞机天天轰炸扫射,曾经两次把伯伯的住房炸得稀烂,伯伯两次险些遇难。回忆起当时伯伯对我们那种难以控制的感情,他在思想上是已充分做了牺牲准备的。"

彭德怀不让秘书为孩子们安排房间,说是不能给饭店添麻烦。于是,这天晚上,一家老小六七个人一起睡在将军房内的地毯上。

夜深的时候,秘书来报告,从西安带来的文件已经上交,片纸未留。

彭德怀说:"把东西准备好,明晨出发。"

秘书在他的日记里这样记述道:"十月七日,根据彭总吩咐,晚上收拾行李,准备明晨出发。去向不明。"

毛泽东为了彭德怀的安全曾主张把志愿军指挥部设在中国边境一边,但彭德怀表示他要过境和金日成一起指挥作战。

十月八日晨,北京细雨。

中央军委代总参谋长聂荣臻亲自将彭德怀送上飞机。飞机在气象条件不好的情况下强行起飞,向北。飞机上同行的有中共中央东北局书记、东北军区司令员兼政治委员高岗、彭德怀的作战参谋成普以及秘书人员。同时,这架飞机上还有一个身份特殊的年轻人,他是彭德怀的俄文翻译。

彭德怀到达沈阳,召开了高级干部会议,并且接见了金日成派来的特使北朝鲜内务相朴一禹,以了解当前朝鲜战局的形势。

十月九日,中国人民志愿军第一次军以上干部会议在沈阳召开。这次重要的会议第一次明确中国军队将要出兵朝鲜作战。

彭德怀在会议上说:

> 根据朝鲜战场的形势和金日成首相的要求,中央已经决定出兵援朝,这不是我们好战,完全是美帝国主义逼

我们走这条路的。当美军和南朝鲜军队到达三八线时，周总理曾一再对美军发出警告，倘若越过三八线北犯，中国将出兵援朝。但美、英军和南朝鲜军打着联合国军的旗号，无视我国政府的警告，已开始越过三八线北犯，现正逼近平壤。其目的是向中朝两国边境鸭绿江边进攻，企图完全占领北朝鲜。我们的敌人不是"宋襄公"，他不会愚蠢到等我们摆好阵势才来。敌人是机械化部队，有空军和海军的援助，进攻速度很快，我们要和敌人抢时间。中央派我到这里来，也是三天前才决定的。

这次出兵援朝，我们要决心打赢，但也要有不怕打烂的精神准备，万一美国人打进我国来，那我们就打烂了再建。

各军要加强政治思想工作，教育干部、战士树立必胜观念，要坚信在党中央和毛主席的领导下，一定能够打败美帝国主义者。各军要日夜加紧准备，在十天之内克服困难，连夜突击，努力完成出国作战的准备工作。

这次入朝与美军作战，和国内战争不一样。美国在朝鲜有一千多架各型飞机，这将严重影响我军行动。现在干部战士对美机的威胁和恐惧心理是有道理的，因我军装备太差，只有极少防空火器。因此，今天周总理已飞往莫斯科，和斯大林商谈空军掩护和武器装备问题。

在即将与美军作战的时候，中国官兵的心理是复杂的。这在彭德怀和高岗联名向中央打的一封电报中就可以看出来。电报问中央一个问题：当我军出国作战时，军委能派出多少轰炸机和战斗机掩护？何时能出动并由何人指挥？陆空联络信号如何确定？而当时，新中国的军队还没有严格意义上的空军。面对即将走上的战场，中国军队官兵的思想情绪大约分为三种类型。据志愿军政治部主任杜平的估计，第一种是义愤填膺，要求上前线与美军作战,这部分人占绝大多数,他们大多是解放军老兵,经过国内战争的考验,阶级基础好,政治觉悟高,作战勇敢,不怕牺牲,是部队战斗力的中坚;第二种是叫打就打,不打也行,服从命令,听从指挥,这部分人比第一部分的人少;第三种人则怕苦怕战,特别是害怕美军,害怕原子弹,认为到朝鲜去打仗是"多管闲事",是"引火烧身",这部分人大多数是新兵,或是原国民党军队的投诚人员。于是,"该不该打"和"能不能打",成为志愿军入朝作战前必须向官兵们解释清楚的问题。

对于普通的解放军官兵来讲,最令他们关切的问题是:新中国建立后,特别是经过土地改革获得土地后,和平的日子能不能真正到来?"家"的概念是中国士兵生命中最牢固的根基。历史上帝国主义对中国肆意侵略的事实是最好的教材。美帝国主义占领朝鲜后,下一个目标就是中国本土。对占中国军队成分绝大多数的翻身农民来讲,没有比在外国的统治下更为痛苦的生活了。准备参战的第十三兵团中,东北人居多,东北地区在日本统治时期百姓寄人篱下的生活曾在士兵们心头留下巨大创伤,在创伤已经平复的时候"再受二茬罪"成为不能容忍的事。关于援助朝鲜的问题,官兵们接触到一个崭新的概念:国际主义义务。对于这个问题,官兵们最容易领会的方式是想想中国千百年流传的古语:唇亡齿寒。至于能不能打的问题,"一切帝国主义都是纸老虎"这个由毛泽东提出的论断,对中国军队不怕一切困难敢于胜利的精神起到过巨大作用。中国文化的精髓从根本上讲是对精神力量的崇拜,精神力量永远在物质力量之上的观点在中国人心中根深蒂固。同时,在承认美军的装备比中国军队强之外,还必须认真分析与美军相比中国军队的优势:

一、中国军队在政治上占优势。因为是为保家卫国而战,师出有名,得到国内人民和世界爱好和平人民的支持。美军登陆朝鲜半岛打仗,是非正义的,遭到包括美国人民在内的世界人民的反对。

二、中国军队有用劣势装备打败优势装备的传统,而且善于近战、夜战、山地战和白刃战,这是美军不擅长的。

三、美军的打法死板,而中国军队善于隐蔽接敌和迂回包围作战。

四、美军不能吃苦,作战主要依靠火力。而中国军队吃苦耐劳,不怕牺牲。在近战中美军的火力发挥不出作用。

五、中国军队距离后方近,而美军后勤供应路线漫长。他们的坦克飞机多,消耗的油料、弹药也多;相反,中国军队消耗少。

政治上抗美援朝,保家卫国;军事上以己之长,制敌之短。中国军队的战斗热情被调动起来了,有的官兵甚至把自己的名字改成"釜山",意为要把联合国军打到釜山赶下海去。中国人民志愿军在作战前夕和北朝鲜人民军在战争初期的乐观情绪惊人的相似。

第四十军的一名战士写了一首"诗",很能说明士兵们对战争实质的认识程度和广泛政治教育的成果:

> 美帝好比一把火
> 烧了朝鲜烧中国
> 中国邻居快救火
> 救朝鲜就是救中国

十月十日晚,彭德怀一行乘火车前往中朝边境重镇安东。

在火车上,彭德怀成立了自己的指挥机构。

此时,朝鲜战场的局势已令人焦灼。

从威克岛回到东京的麦克阿瑟命令越过三八线的联合国军全面向北推进,并命令美第十军在朝鲜东海岸的元山实施登陆。联合国军北进的部队有:美第八集团军第一军(辖步兵第二十四师),第九军(辖步兵第二、第二十五师,骑兵第一师),第十军(辖陆战一师,步兵第三、第七师)和空降兵一八七团;另有英军第二十七、第二十九旅,加拿大旅,土耳其旅;南朝鲜军有第一军团(辖步兵第三师、首都师),第二军团(辖步兵第六、第七、第八师),第三军团(辖步兵第二、第五、第九师),而南朝鲜军第一师配属美军第一军,第十一师配属美军第九军。同时,支持作战的还有美军第五航空队,拥有各种作战飞机七百余架;第二十战略轰炸航空队,拥有各种轰炸机三百余架。联合国军的总人数已经达到四十多万人,各种作战飞机一千多架,各种军舰三百多艘。其中第一线的兵力就有四个军、十个师、一个旅、一个空降团,共十多万人。

面对联合国军压倒一切的阵势,十一日,彭德怀到鸭绿江边察看可供部队渡江的地点,同时,向毛泽东发出一封电报。事后证明,彭德怀的这封电报是正确和及时的,从兵力运用上讲,它被军事研究者称为在中美军队首战中中国军队胜利的关键。电报内容是:向朝鲜境内出动兵力的数量。电报说:"……原拟先出两个军两个炮兵师,恐鸭绿江桥被炸时不易集中优势兵力,失去战机,故决全部(四个军三个炮兵师)集结江南,改变原定计划……"

就在彭德怀准备进入朝鲜境内的十一日凌晨一时,他接到了聂荣臻的电话,电话要求他和高岗明天迅速回京。

当晚,彭德怀回到沈阳。

十二日,毛泽东急电:

（一）十月九日命令暂不实行,十三兵团各部仍就原地进行训练,不要出动。

（二）请高岗德怀二同志明日或后日来京一谈。

苏联在朝鲜战争爆发后的一系列所作所为,至今还有诸多令人迷惑不解的疑点。从联合国安理会第一次辩论朝鲜战争问题的关键时刻,苏联方面以中国有台湾问题为由缺席,从而导致联合国授权武装干涉朝鲜内战的那一刻起,这个西方国家的主要冷战对手在朝鲜问题上的态度,一直令包括中国领导人在内的整个世界有颇多的猜测。因为美国有一千个理由认为,朝鲜战争实际上是冷战双方在二战后的第一次真枪实弹的较量。既然是较量,较量的另一方却始终没有明确的态度,这实在是令人费解的事。事后看来,这完全是两个军事大国互相恐惧的结果。犹如猎人面对猛兽,无论人与兽谁都无法完全不害怕。

十月八日,就在彭德怀从北京飞往沈阳的那天,美军飞行员干了一件惊人的事情:美军两架喷气式战机攻击了苏联境内苏哈亚市附近的一个机场。事件发生后,美国方面十分紧张,因为这一事件必将成为苏联干涉朝鲜战争的最好借口,尤其是这一事件与美军越过三八线发生在同一天,这很可能让苏联人认为联合国军的"越线"是针对苏联的。

美国人怀着巨大的恐惧立即就此事件向苏联方面表示歉意,并一再说明这是领航的错误,对此负有责任的飞行大队长被解职,两个肇事的飞行员也已经受到惩戒,而且美国方面愿意赔偿苏联方面的一切损失。美国人提心吊胆地等着苏联的反应,结果却是苏联方面根本没有反应,好像从来没发生过这样一件事似的。美国人于是认为,这是苏联人的藏而不露,恐惧感随之更加强烈。其实他们不知道,扔在苏联境内的那几枚炸弹,已经把苏联人吓出了一身冷汗。斯大林在意识深处强烈地认为,不到万不得已,苏联绝对不能与美国交战。

在中国决定出兵朝鲜的时候,毛泽东亲自起草了给斯大林的电报,时间是十月二日:

(一)我们决定用志愿军名义派一部分军队至朝鲜境内和美国及其走狗李承晚的军队作战,援助朝鲜同志。我们认为这样做是必要的。因为如果让整个朝鲜被美国人占去了,朝鲜革命力量受到根本的失败,则美国侵略者将更为猖獗,于整个东方都是不利的。

（二）我们认为既然决定出动中国军队到朝鲜和美国人作战，第一，就要能解决问题，即要准备在朝鲜境内歼灭和驱逐美国及其他国家的侵略军；第二，既然中国军队在朝鲜境内和美国军队打起来（虽然我们用的是志愿军名义），就要准备美国宣布和中国进入战争状态，就要准备美国至少可能使用其空军轰炸中国许多大城市及工业基地，使用其海军攻击沿海地带。

（三）这两个问题中，首先的问题是中国的军队能否在朝鲜境内歼灭美国军队，有效地解决朝鲜问题。只要我军能在朝鲜境内歼灭美国军队，主要是歼灭其第八军（美国的一个有战斗力的老军），则第二个问题（美国和中国宣战）的严重性虽然依然存在，但是，那时的形势就变为于革命阵线和中国都是有利的了。这就是说，朝鲜问题既以战胜美军的结果而在事实上结束了（在形式上可能还未结束，美国可能在一个相当长的时期内不承认朝鲜的胜利），那么，即使美国已和中国公开作战，这个战争也就可能规模不会很大，时间不会很长了。我们认为最不利的情况是中国军队在朝鲜境内不能大量歼灭美国军队，两军相持成为僵局，而美国又已和中国公开进入战争状态，使中国现在已经开始的经济建设计划归于破坏，并引起民族资产阶级及其他一部分人民对我们不满（他们很怕战争）。

……

在不长的时间内，毛泽东和斯大林来往电报多达几十封。对于中国决定出兵，斯大林是赞赏的，因为苏联在其中得到的好处十分明显：苏联既不冒与美国直接冲突的风险，又在远东地区遏制了美国的野心。对于中国方面提出的苏联出动空军给予志愿军支援的请求，斯大林毫不犹豫地答应了。但是，十月八日，美国飞机袭击苏联机场事件发生后,斯大林在紧张之余领悟到一个现实:就美国的军事力量而言,苏联的任何地方都在美国可能攻击的范围之内。于是,毛泽东接到了斯大林"苏联空军没有准备好,不能出动"的电报。没有空军的掩护,志愿军在美国空军的直接威胁下仗是没法打的。这令毛泽东陷入巨大的矛盾中,并作出了志愿军暂时不要出动的决定。同时,他让周恩来立即到苏联去,拿毛泽东的话说"还是恩来同志辛苦一趟"。

周恩来抵达莫斯科,然后转机飞往位于黑海海滨的克里米亚。当他走向正在休养的斯大林的官邸的时候,他身边还有一位中国历史上著名的人物——林彪。林彪是搭乘周恩来的飞机来苏联养病的,但当斯大林接见周恩来的时候,周恩来还是把林彪一起叫上了。与斯大林的会见极其重要,身边有证明的人是必要的。此刻的周恩来所承担的是一个艰巨的外交任务。如果将中国方面暂缓出兵的决定告诉斯大林,很难预料斯大林是什么态度;而说服苏联方面出动空军援助,恐怕也是一件很困难的事。

对于苏联空军之所以不能出动,斯大林干脆把"没有准备好"的借口免去了,他对周恩来直接说了他的担心:"目前苏联空军尚不能出动。飞机到了空中,很难划定出个界限。"斯大林差点儿就要举出美国飞机飞到苏联境内轰炸的例子。"如果和美国全面冲突起来,仗打大了,也会影响中国的和平建设,特别是你们还处于战后恢复阶段……如果飞行员被对方捉了俘虏,就是穿志愿军服装又有什么用?"

周恩来说,如果苏联空军不出动,中国将暂缓出兵。

斯大林沉默了好一会才表示,中国既然困难,不出兵也可以。北朝鲜丢掉,我们还是社会主义,中国还在。

斯大林的态度十分明确,苏联空军的问题已不容讨论。但是,斯大林对中国出兵参战还是抱有希望,他指示有关部门加紧对中国空军的训练和装备援助;同时,对中国军队常规武器装备的支援也答应尽快运到。

联合国军队正迅速地向中朝边境方向推进。

中国军队一切准备就绪已陈兵鸭绿江边。

与出兵不出兵的抉择一样，毛泽东再次面临抉择的艰难。

经过毛泽东、刘少奇、朱德、彭德怀、高岗等人的反复讨论，中国领导人最终作出决定：即使没有空军的掩护，也要立即出动，抢在美军的前面，至少在朝鲜境内占领一片可以部署部队的地盘。抗美援朝不是空话，战机一失就不复再来。其理由在毛泽东发给还在苏联的周恩来的电报中阐述得很明白：

> （一）与政治局同志商量结果，一致认为我军还是出动到朝鲜为有利。在第一时期可以专打伪军，我军对付伪军是有把握的，可以在元山、平壤线以北大块山区打开朝鲜的根据地，可以振奋朝鲜人民。在第一时期，只要能歼灭几个伪军的师团，朝鲜局势即可起一个对我们有利的变化。

> （二）我们采取上述积极政策，对中国，对朝鲜，对东方，对世界都极为有利；而我们不出兵，让敌人压至鸭绿江边，国内国际反动气焰增高，则对各方都不利，首先是对东北更不利，整个东北边防军将被吸住，南满电力将被控制。

> 总之，我们认为应当参战，必须参战，参战利益极大，不参战损害极大。

这封电报，不仅仅是提供给周恩来向斯大林表态的，也是对中国为什么出兵朝鲜的最实际也是最明确的阐述。

据后来的西方史料记载，当周恩来向斯大林表示，即使没有苏联空军的支援中国也决定出兵时，"斯大林流出了眼泪"，连说"还是中国同志好，还是中国同志好"。不管这种传言是否可信，中国人的举动出乎苏联人的预料是可以肯定的。毛泽东说斯大林根本不了解中国,言外之意是:斯大林根本不了解中国共产党人。

彭德怀的一席话很能说明什么是中国共产党人。在安东,他对他的部下说:"我这个人命苦。从参加革命那会儿就在苦地方,长征的苦不用说了,抗日战争在太行山,解放战争在大西北,这次又要去朝鲜,到的都是苦地方,这不是命苦吗?我说的是实情。我们共产党人注定要和'苦'字、'穷'字打交道。没有苦和穷,还要我们共产党人干什么?"

十月十六日,回到沈阳的彭德怀再次召开志愿军高级干部会议,他在会上传达了毛泽东出兵参战的指示,并确定了先组织防御、再配合人民军反攻的基本作战方针。在这次会上,彭德怀还特别说明了出国作战部队的纪律问题:"中国人民解放军的三大纪律八项注意,博得了全中国人民的赞扬和拥护。到朝鲜后,更要切实遵守纪律,不能侵犯群众利益。对朝鲜人民的风俗习惯必须认真注意。只有搞好群众关系,取得群众的帮助,才能取得战争的胜利。一般说来,在下面三种情况下,容易犯纪律:一、打了胜仗的时候;二、打了败仗的时候;三、遇到艰难困苦的时候。在这三个时候要特别注意。我们要胜利时不骄傲,挫折时不气馁,遇到困难不埋怨。在任何情况下都要虚心谨慎,亲密团结,克服困难,坚持向前看,就能战胜一切敌人。"

十月十八日,彭德怀再次应毛泽东之召回京。根据目前朝鲜战局的发展,毛泽东感到原准备以防御为主的打法可能在迅速推进的敌人面前无法实施,于是,与彭德怀面谈了改变战略战术以打运动战为主的作战方案,并决定第十三兵团于十九日起开始渡过中朝边境上的鸭绿江。

在彭德怀最初离开北京的时候,毛泽东曾设家宴招待即将上前线的彭德怀。在这次家宴上,毛泽东把自己的儿子毛岸英介绍给彭德怀,且就毛岸英想跟随彭德怀去朝鲜的想法征求彭德怀的意见。彭德怀犹豫了,因为他知道,刚刚结婚的毛岸英对毛泽东的个人感情来讲是多么重要,他是毛泽东的长子,是杨开慧留下的儿子,而上前线不可避免会面临生命的危险。最后,在毛岸英的恳求下和毛泽东的支持下,彭德怀答应了。十月八日早晨,在那架向北飞去的飞机上,彭德怀身边的那位俄文翻译就是毛岸英。

正当中国领导人对是否出兵朝鲜进行艰难抉择的时候,麦克阿瑟下达了"联合国军第四号作战命令",改变原定的美第八集团军和美第十军在平壤——元山腰部会合的计划,命令这两支部队继续全速前进直到鸭绿江边。

就在毛泽东举杯为彭德怀送行的那天,联合国军从三面包围了平壤,开始对北朝鲜首都实施强攻。

一九五〇年十月十九日,平壤陷落。

就在这一天,中国人民志愿军开始渡过中朝边境的界河——鸭绿江。

中国人民志愿军的誓词是:

> 我们是中国人民志愿军。为了反对美帝国主义的残暴侵略,援助朝鲜兄弟民族的解放斗争,保卫中国人民、朝鲜人民和全亚洲人民的利益,我们志愿开赴朝鲜战场,与朝鲜人民军并肩作战,为消灭共同的敌人,争取共同的胜利而奋斗。为了完成这一光荣、伟大的战斗任务,我们誓以英勇顽强的战斗意志,坚决服从命令,听从指挥,上级指到哪里打到哪里,决不畏惧,决不动摇,发扬刻苦耐劳的坚诚精神,克服一切艰苦困难,发扬革命的英雄主义,在战斗中创建奇功。我们要尊重朝鲜人民领袖金日成将军的领导,学习朝鲜人民军英勇善战的战斗作风,尊重朝鲜人民的风俗习惯,爱护朝鲜的一山一水,一草一木,和朝鲜人民、朝鲜军队团结一致,将美帝国主义的侵略军队,全部、干净、彻底消灭。上述誓言,如有违反,愿

受同志们的指斥和革命纪律的制裁。谨此宣誓。

中美冲突已经不可避免。

就历史而言,这场冲突的发生是一种必然。

共产党中国外交政策中强烈的意识形态因素,以及中国共产党人对伟大理想目标的追求,使得这个东方民族在经历了近一个世纪的屈辱和失败后,当这种追求所面临的考验被置于民族尊严与国家安全的至高无上的位置时,谁也不能说这种冲突本来是可以避免的。

中国人民志愿军在漆黑的夜色中开始渡过鸭绿江,黑压压的人流遮盖了冰冷江面上的月色。

在这一天渡江的部队中,有一个名叫麻扶摇的年轻人,是志愿军炮兵第一师二十六团五连的政治指导员,他怀着誓要战胜美帝国主义的决心写下了一首"诗":

> 雄赳赳,
>
> 气昂昂,
>
> 跨过鸭绿江,
>
> 保和平,
>
> 保祖国,
>
> 就是保家乡;
>
> 中华好儿郎,
>
> 齐心团结紧,
>
> 打败美国野心狼!

麻扶摇的这首"诗"后来经过作曲家周巍峙的修改和配曲,成为那个时代全中国男女老幼人人都会引吭高歌的《中国人民志愿军战歌》:

> 雄赳赳,
>
> 气昂昂,

跨过鸭绿江，
保和平，
卫祖国，
就是保家乡；
中国好儿女，
齐心团结紧，
抗美援朝，
打败美帝野心狼！

第二章

云中：中美士兵的首次肉搏

· "YOYO" 作战和朝鲜语《东方红》

· 我们认为什么都知道，而实际上什么也不知道

"YOYO"作战和朝鲜语《东方红》

中国人民志愿军正式接到渡过鸭绿江的命令时,第三十八军中一个名叫高润田的排长独自来到开原城郊的一座古塔下。他在杂草丛中挖了一个坑,把他的全部"家产"——几枚解放东北、华北、滇南、中南的纪念章,一枚"勇敢顽强、艰苦奋斗"的勋章,一枚军政大学的校徽,一本中共"七大"党章,一份入党志愿书,一枚刻着他名字的印章,一个笔记本——用雨布包裹好,放在土坑里,上面扣上一个洗脸盆,然后用土严实地埋起来。这件事是秘密进行的,因为按照军队的一贯做法,个人的"家产"应该存放在留守处,以便万一牺牲了,存放的东西可以转交给他的亲人。高润田排长之所以这么做,是他坚定地认为不但自己的军队可以凯旋而归,自己也一定会活着回来,——"家产"埋藏的地点标志是明显的,因为什么都可能改变,但这座古塔已经在这里矗立几百年了,它决不会在打美国鬼子的这几天里消失了。

做完这件事,高排长就跟随部队过江了。

第十三兵团的四个军,此时是一支从服装上看没有任何标志的军队。土黄色的单衣和棉衣混杂在一起,人和驮炮的骡马混杂在一起,士兵的头上顶的是树枝树叶,胳膊上扎着白色的毛巾——这是中国军队统一配发的毛巾,上面的"将革命进行到底"的红字已被剪掉。夜色沉沉,战士们的脚步声和骡马的喘息声在黑暗中显得急促而杂乱。渡江在军事上是绝对机密的行动,部队全部是黄昏开进,拂晓暂时停止,第二天黄昏再次开进。

首先越过中朝边境的,是第四十二军作为先头侦察部队的一二四师三七〇团,他们比大部队的行动时间提前了三天。十月十九日黄昏十八时,第四十二军五万余人的队伍从满浦铁桥和临时搭建的浮桥上渡过了鸭绿江。他们前进的目标是朝鲜北部的长津地区。那一天风寒雨冷,军长吴瑞林和政治委员周彪站在铁路桥头中国境内的一边,身边经过的是背着行李、扛着枪的长长的士兵队伍,还有驮着弹药和小炮的骡马。吴瑞林和周彪背对着鸭绿江,向着祖国的方向看了好一会儿,除了零星的村落灯火外,他们看见的是一个空旷而宁静的夜晚。

紧随第四十二军渡江的,是第三十八军,他们集结的目标是江界——现在那里是北朝鲜的临时首都。第三十八军刚刚行军到江边,就接到立即渡江的命令,原因是前边军情紧急。过江的时候,有士兵在队伍中说话,立即被干部制止了,说是别让天上的美国飞机听见,于是士兵们从此说话的声音就极小了。

第三十九军的一一五师、一一六师从安东过江,一一七师从长甸口过江,目标是龟城、泰川。"我坐在吉普车里,伸手就可以摸到鸭绿江大桥,大桥像从两国土地上伸出的一双手臂,在江中相拥……"第三十九军军长吴信泉回忆道,"队伍非常肃静,每个人都在默默地走着,谁也没说什么话,但我听出有的战士在数这座桥有多长——从中国到朝鲜只有一千五百步的距离。车过大桥中央,也就是两国分界线,我听到车旁队伍中有战士激动地问干部:

'连长,现在是几点几分?'"

第四十军的官兵也在安东过江。他们到达安东时,正是一个秋雨中的夜晚,整个小城空寂无人。安东市民对中国军队要到朝鲜打仗的事心态已经十分平静了。安东沿街的玻璃窗都贴着防空的米字形纸条。由于事先的保密,没有市民出来看大军过江。第四十军的四列纵队走在积水的街道上,雨中的街灯留下摇摇晃晃的影子。走上鸭绿江大桥时,官兵们的心跳声和脚步踏在桥面上的声音在夜空中显得格外清晰。大桥中间,有一条中朝两国士兵守卫的白线十分醒目,那就是中朝国境线。当官兵们走过这条白线时,异样的感觉油然而生。先头部队还没有走下大桥,一辆苏制吉普车鸣着短短的喇叭在桥上缓慢地超越长长的行军队列。士兵们习惯地为吉普车让开通行的路,吉普车越过那条白线,迅速地消失在朝鲜境内的夜色中。没有人给予这辆吉普车特别的注意,连第四十军军长温玉成都不知道这辆吉普车里坐的是什么人。

十月十九日,彭德怀刚刚到达安东,金日成的特使朴一禹就赶来了。他急切地问:"彭总司令,你们出兵的日期定下来没有?"

彭德怀说:"就在今天晚上。"

朴一禹听到这个回答时的心情是很难用语言形容的。此刻,北朝鲜的首都平壤已经陷落,党政机关人员正向中朝边境方向撤退,政府决定把首都临时移到江界。至于下一步的打算,朴一禹无法回答,或者说,北朝鲜领导层现在没有任何具体的打算。此时,金日成也许只有一个愿望,就是在朝鲜的领土上看见彭德怀和他率领的中国军队。

彭德怀问:"金首相现在什么地方?"

朴一禹答:"美国人的情报很灵,金首相需要不断改变位置,我也说不准他现在到底在什么地方。"

彭德怀说:"我们去找他,现在就走。"

于是,这位中国军队的著名将领,几十万志愿大军的统帅,就这样出发了。世界上从没有过哪个国家的哪个军事指挥员，会在大敌当前的时候自己先于士兵深入变幻莫测的战场。彭德怀把他的指挥部全部甩在身后，让他们按部就班地前进，而他仅带着一名参谋、几名警卫员和一部电台进入了朝鲜。

彭德怀没来得及按规定改换北朝鲜人民军的将军服，也没来得及去领已经给他做好的那件貂皮大衣，他身上仍然穿着他从西安穿来的那身粗呢黄军装。他面容憔悴，脸颊消瘦，两眼红肿，一头短而硬的头发已经全部花白。彭德怀是个不苟言笑的人，除了毛泽东，很少有人敢和他说句玩笑话。当第十三兵团司令员邓华得知彭德怀将是他们的统帅时，对副司令员洪学智半开玩笑地说："老哥，小心侍候！作战中稍出纰漏他就大发脾气，要是把他惹火了，你得小心脑袋！"

吉普车在鸭绿江大桥上向朝鲜开进的时候，黑暗中只有彭德怀的一双眼睛睁得很大。车轮刚接触到朝鲜的国土，他突然命令停车。彭德怀没有下车，他从车窗伸出头来向后看了看，没有人知道他在看什么。

过了江就是朝鲜的边境城市新义州。吉普车在十字路口停下来问路，这才发现由于走得匆忙，没有带上个朝鲜语翻译。这时候有个会讲中国话自称是新义州委员长的人走上前来。这个委员长只有一条胳膊，他解释说是参加中国解放战争时负的伤。在他的带领下，彭德怀见到了金日成派来的副首相。副首相说金日成现在什么地方他也不清楚。不过，据可靠情报报告平壤已经陷落。

彭德怀立即察看朝鲜地图。

联合国军的进攻速度比他想象的要快得多。

在副首相的带领下，彭德怀又向另一个接头地点出发。

吉普车一路颠簸。参谋见彭德怀已经疲劳到极点，劝他睡一会儿。彭德怀嘟嘟囔囔地说："我带兵打仗几十年，从来没有遇到像这样既不明敌情又不明友情的被动情况。如果敌人保持这样的进攻速度,那么我们的部队很可能要打遭遇战了。"

二十日黎明,彭德怀到达位于鸭绿江南岸的水丰发电站。

在等待金日成消息的这段时间里,一直下着的雨不知不觉地变成了雪。彭德怀不知道自己的部队渡江的详细情况,只知道他们一定是距离联合国军的前锋部队越来越近了。等了一个上午,终于有了金日成的消息,会见地点是平安北道昌城郡北镇附近。在向这个地点前进的时候,狭窄的道路上塞满了向北撤退的北朝鲜党政机关人员、军队和难民。车辆和人畜形成巨大的洪流,彭德怀的吉普车如同逆水而上的一叶小舟。在走走停停的过程中,载着电台的卡车掉队了,这就意味着这位志愿军司令员与自己的部队失去了联系。

就在彭德怀寻找金日成的时候,中国驻朝鲜大使馆代办柴成文接到中央发来的一封电报,要其速告金日成首相,彭德怀司令员入朝后"赴金首相处会晤,望做具体安排"。柴成文立即乘车到德川去寻找金日成。因为美军飞机投下的照明弹到处闪烁,一夜行车都不敢开灯。柴成文到达德川后,发现这座城市已经空无一人。直到中午的时候,在一个郡委员长的带领下,才在一座铁路隧道里的火车上找到金日成。柴成文告诉金日成彭德怀正在寻找他,并特地强调了彭德怀现在的职务:"中国人民志愿军司令员兼政治委员彭德怀,要见首相。"

金日成和柴成文乘车向北,过清川江,在朝鲜北部的崇山峻岭中一直转到二十一日凌晨二时,才到达距离北镇三公里的一座名叫大榆洞的金矿。

两个小时之后,彭德怀也将到达这里。

柴成文前去迎接彭德怀。

对于柴成文来讲,在这样的时刻和这样的环境中见到彭德怀,可以说是百感交集。一九四一年,彭德怀在太行山八路军总部工作的时候,柴成文曾当过他的情报股长。令柴成文难忘的是一九四二年五月二十五日,在日本军队的扫荡中,彭德怀身陷重围,是柴成文带着一个警卫排掩护彭德怀突围而出。在那次战斗中,中国军队牺牲了一个著名的军事将领,名叫左权。

此刻,彭德怀向柴成文询问了目前的战场情况。之后,他在一个破瓦盆中洗了脸,吃了朝鲜的米饭和酸菜,准备去见金日成。在顺着田埂向金日成等待的地点走去的时候,彭德怀突然问柴成文身上带没带剪刀之类的东西。柴成文一下子感到很惊讶,他不明白彭德怀的用意。彭德怀表示,他的军装的袖口破了,露出的线头儿长短不齐,这样见一个首相不礼貌。于是,柴成文拿出一只指甲刀,两个人站在田埂上修理彭德怀的袖口。指甲刀修理的效果不好,彭德怀只好失望地说:"算了吧。"

彭德怀和金日成见面了。

在以后的日子里,由于种种原因,这段历史性的会见常常不被人提起,只在关于朝鲜战争的史料中稍有记载。但是,无论从哪个角度看,这次会面都是一个极其珍贵的历史时刻。这不但是对朝鲜战争的战史而言,仅从彭德怀这位中国将领在异国土地上孤独地冒险行军,就足以让所有的军史学家、历史学家、政治学家们深思。此刻,战争的另一方,麦克阿瑟正在东京豪华的住宅中享受着奢华的生活,这位联合国军的总司令距离前线有一千多公里远,而他的中国对手正在充满硝烟的战场上寻找前线在哪里。彭德怀当时也许不知道,或者知道了也无法予以理会,他实际上已经深入到了敌人的后面!就在他没有任何武装警卫的情况下向南走去的时候,南朝鲜军队的一个团几乎与他擦肩而过行动到了他的身后。现在,这个团已经快要推进到鸭绿江边了。从军事的角度看,这位中国将领实际上已经陷入包围之中,然而奇迹却是他自己又从包围圈里走了出来。一位彭德怀的部下很久以后对此依然心有余悸,他说,在那两天中我们和彭总失去了联系,我们焦急万分。在战场情况如此混乱的情况下,如果发生不测,彭总面临的只能有三种选择:被俘、死亡、逃生。也许是彭德怀一行人少目标小,加上美军的情报部门完全没有想到中国军队的司令官会插到战场的前沿来。

彭德怀万分幸运。

这也是中国人民志愿军部队和中国抗美援朝军事行动的幸事。

一九五〇年十月二十一日上午九时,金日成和彭德怀"开始了历史性的首轮会谈"。

彭德怀向金日成开门见山地介绍了中国政府的出兵决定和已经渡过鸭绿江的部队组成。当金日成得知中国人民志愿军第一批参战部队将达到六个军共三十五万人,而且毛泽东已经另外准备了六个军的志愿军为预备队时,兴奋之情溢于言表:"太好了!太好了!感谢中共中央和毛泽东同志对我国的全力帮助!"彭德怀如实地说明在新中国刚刚建立的时候,出动军队参战将要承担的困难和风险;同时对中国军队参战的前途作出三种情况预测:一、大量歼灭敌人,站住脚,合理地解决了朝鲜问题;二、歼灭部分敌人,双方僵持在战场上;三、被敌人打了回去。

金日成介绍了当前的局势。实际上,这个"当前"的局势已经是过时的情报了,因为战火的迅速蔓延,金日成已无法明了战场形势。就在他们会谈的时候,头顶上有大群的美军飞机飞过,四周炮声接连不断地传来。掉队的那辆载有电台的卡车还没有消息,金日成也没有随行带着电台,身边发生的重大变化他们无从知道。

就在彭德怀和金日成会谈的时候,麦克阿瑟亲自乘专机指挥美军空降兵一八七团在平壤以北的肃川、顺川地区实施了战役空降。麦克阿瑟说:"此举的目的是包围从平壤向北撤退的北朝鲜士兵和官员。"同时,西线南朝鲜第二军团的第六、第七、第八师已前进到顺川、成川一线,距离志愿军原定的防御线仅有一百多公里。东线南朝鲜军队的首都师已经占领中国军队第四十二军原定防御的五老里、洪原等地。而志愿军已经过江的五个师,目前距离预定防御地区至少还有一两百公里,他们已经不可能先敌到达了。

金日成说:"人民军主力大部分被隔在南方,正设法向北撤退,现在能作战的不足四个师,而且多是新兵。"

彭德怀要求人民军在志愿军接敌之前尽量阻击敌人,金日成对此没有说话。

彭德怀又提出与金日成共同组成司令部的建议。金日成说:"关于中国人民志愿军的作战行动方案,请彭司令员亲自指挥处理。"

金日成是一国的领袖,彭德怀是一国军事将领,他们能一起指挥战争吗?政治经验不足的彭德怀从没有想到过这一点。彭德怀还没有想到的是,会谈完毕,在这个偏僻的山沟里,金日成还能拿出一只鸡和一瓶葡萄酒来款待彭德怀。于是,他们在飞机和大炮的轰鸣声中碰了杯。

此时,彭德怀最渴望的是那辆载有电台的卡车的出现。他因自己失去对战局的了解而焦灼不安。彭德怀爬上小山,希望看见那辆卡车,甚至希望看见自己的部队突然出现,但他看见的依旧是成群结队的北撤的难民。

下午,电台车终于来了。

彭德怀难得地笑了:"安全就好!快发电报!"

这是彭德怀入朝后发给毛泽东的第一封电报,时间是一九五〇年十月二十一日十六时:

（一）本日晨九时在东仓北镇之大洞与金日成同志见面。前面情况很混乱,由平壤撤退之部队已三天未联络。咸兴、顺川线以南已无友军,咸兴敌是否继续北进不明。

（二）友军位置:长津附近有一工人团和坦克团,德川、宁边大道线以北高地有四个师,肃川有四十六师,博川有十七坦克师,以上均系新兵,如敌继续北进,势难阻击。

（三）目前应迅速控制妙香山、杏川洞线及其以南,构筑工事,保证熙川枢纽,隔离东西敌人联络是异常重要的。请设法集中部分汽车速运一个师,以两个团至熙川以南之妙香山一个团至杏川、五岭线,先机构筑工事。另以一个师迅速进至长津及其以南德实里、旧津里线构筑纵深工事,并以该线以东之元丰里、广大里派出一个加强营,扼要构筑纵深工事。保障侧翼安全和江界后方交通。我能确实控制熙川、长津两要点,主力即可自由调动,集中绝对优势兵力,打击东西或西面一路。

（四）请邓、洪、韩三同志带必要人员速来我处,商筹全局部署。解沛然同志率留余人员队后跟进。

二十二日,彭德怀分析敌情后,再次给毛泽东发去电报:

目前我无制空权,东西沿海诸城市甚至新义州在敌海、陆、空军和坦克配合轰炸下是守不住的,应勇敢加以放弃,以分散敌人兵力,减少自己无谓消耗。目前战役计划以一个军钳制敌人,集中三个军寻机歼灭伪军两三个师,以达到争取扩大巩固元山至平壤线以北山区,发展南朝鲜游击战争。

原定的先建立防御线的计划,面对联合国军的迅速推进已无法实施。况且,原定要占领的龟城、温井、熙川,现已都在联合国军的手里。因此,只有放弃过早接敌的计划,把敌人引进来再做打算。

方针是有了。但是部队现在哪里?遇到了什么情况?

志愿军曾明确规定,为隐蔽作战企图,各军在没有与敌人打响之前,所有的电台一律不准开机。

彭德怀独自一人在长满杂草的山沟里徘徊。

志愿军一进入朝鲜境内，首先感受到的就是联合国军飞机的低空侦察和扫射。对于绝大多数中国士兵来讲，他们唯一有关飞机的知识是老兵对他们讲的飞机一旦"下蛋"是如何的厉害。且混乱地北撤的人民军在路上一见到志愿军，第一句话就是："你们有飞机没有？"一听说没有，这些被美军的空袭打得惊慌失措的散兵就一个劲儿地摇头。志愿军入朝初期有一条严格的命令，禁止用手中的轻武器打飞机，原因是打不下来反而暴露了目标。这样，在经过一整夜的风雪行军后，白天大部队藏在树林的雪窝里，看着美军飞机贴着山梁掠着树梢飞来飞去。有的部队隐蔽的汽车在士兵的眼皮底下被美军飞机炸得燃起大火，部队开始出现因为空袭而造成的人员伤亡。即使在应该全速前进的夜间，各条前进的路上都发生了堵塞现象。志愿军的大部队在狭窄的公路上急于南下，而向北逃难的北朝鲜难民把公路挤得满满的。志愿军与撤退的人民军在谁给谁让路的问题上也发生了摩擦。

到达指定地点的期限被规定得很严格，因行军速度缓慢而焦虑的志愿军指挥员们在如何提高速度的问题上伤透了脑筋。不少部队已经与派出的先遣队失去了联络，各部队指挥员仅仅靠着一张地图带领部队尽可能快地向目标接近。官兵们刚刚渡过鸭绿江时，看见人民军女战士穿着他们认为很"洋气"的苏式军装列队高唱朝鲜语《东方红》时的良好感觉，在寒冷、疲劳和紧张中消散了。那时候，新义州的朝鲜市民甚至还跑到道路两边挥动花束欢迎他们，中国士兵当时都后悔没能学会那首《金日成将军之歌》。

最影响中国士兵的是，在他们前进的路上，目睹了北朝鲜劳动党员、民青盟员、甚至普通的村民被南朝鲜军队杀害后横陈遍野的尸体。另外，还有美军飞机对北朝鲜村落的轰炸给普通百姓造成的不堪入目的惨状。在志愿军一支向泰川方向前进的部队中，一个名叫何庆亮的参谋在被美军飞机击中的民房里救出一个朝鲜婴儿,当时这个婴儿正在母亲的尸体上哭。何参谋把婴儿抱起来,向他的政治委员报告,得到的回答竟是:"孩子就交给你负责,不许冻着饿着,一直到有人照顾他为止。"于是,何庆亮参谋只有抱着这个婴儿行进在队伍中。由于身上除了枪支弹药外,还有背包和粮食,何庆亮不久就觉得体力不支了。这支部队的士兵们开始轮流抱着这个婴儿。经过一个晚上的急促行军,天亮的时候,他们才找到一户愿意收留婴儿的老百姓。"一位慈祥的朝鲜老大爷从我怀里接过去这个无母的孤儿。"何庆亮回忆道,"围在旁边的年轻妇女们流着眼泪,亲着婴儿娇嫩的小脸。"

第四十军左翼先头部队是一一八师。在连续五个夜晚的急行军后,这个师已经越过新仑,接近北镇地区。一一八师师长是一位年轻的军官,名叫邓岳。他不知道他的部队实际上已经成为整个志愿军的前锋,也不知道他的部队将成为最早与联合国军交火的志愿军部队之一,从而使他自己成为注定要在朝鲜战争的战史中留名的指挥员。邓岳这一年三十二岁,他十二岁参加工农红军,是个名副其实的"红小鬼"。长征途中他曾患病,他的班长给他十块光洋让他脱离队伍,他不干。当邓岳躺在路边因为高烧抽搐不止的时候,红军将领陈赓发现了他。陈赓要把自己的战马让给这个孩子,倔强的邓岳没有骑马,而是拉住了马尾巴。马蹄溅起的泥水糊住了他的眼睛,他迷迷糊糊地走完了长征艰难的路程。后来,他历任抗大一分校区队长、干部营营长、军分区参谋长、八路军的副团长。他是一位性格坚强、能征善战的军官。到解放战争时,他已经成为一名师长,作为解放军一支主力部队的指挥员,他带领他的士兵参加了辽沈、平津等著名战役,战功赫赫。

就在彭德怀焦灼不安的时候,邓岳的部队已经接近了彭德怀。当时,他们听见前面炮声隆隆,判断那是温井方向,但是敌情不明。在一个山沟的沟口,他们发现几个人民军士兵,于是带着翻译上前询问。谁知人民军士兵对他们的问题拒绝回答。邓岳发火了,大声地说出自己的职务。双方正在僵持中,一直在沟口翘首盼望自己队伍的彭德怀的参谋跑来了。

邓岳后来回忆说:"我们快步向彭总的住房走去。这是一幢朝鲜式的大窗户茅屋,我们向半开半关的窗户望去,很远就看见彭总在屋里踱来踱去。我们在门口喊了声'报告',彭总马上紧紧握住我们的手,情绪非常激动地说:'总算把你们盼来了,我这光杆儿司令真是干着急没办法,你们率部队来到这里太好了,太好了!你们吃饭了没有?'然后让我们坐下,彭总亲自给我们倒水喝,我真想不到彭总对下级这么亲热。我向彭总报告说:'我们一一八师共有一万三千多人,先头部队已经到达大榆洞附近的沟口。现在听见温井方向炮声不断,但与军部无法联系,前面的情况一概不知,请彭总指示我们到哪个方向去作战。'彭总让我们看了准备给毛主席发出的关于各军作战部署的电报,然后非常有力地说:'现在朝鲜人民军都自前线向北撤了,敌军在跟踪追击,情况危急。你们师赶快向温井方向开进,先在温井以北占领有利地形,隐蔽埋伏起来,将部队形成一个口袋,放心大胆地放敌人进来,然后几面开火突然猛打,趁机歼灭这股冒进的敌人,狠狠打击一下敌人的气焰,迟滞敌人的进攻,掩护军主力集结展开。这是志愿军出国的第一仗,你们师是打头阵的,看看你们行不行。'彭总明确而坚定的指示,使我们增强了胜利的信心。我们在彭总那里只待了半个小时,就根据彭总的指示,立即率领部队迎着炮声朝东南的温井方向跑步前进。"

邓岳在离开彭德怀的时候,坚持留下一点兵力做彭德怀的警卫工作。这位年轻的师长在后来的岁月里对彭德怀只身深入敌后的果敢一直满怀崇敬。

而对于彭德怀来讲,邓岳的到来足以令他充满信心。在他的眼里,此时此刻,邓岳出现的意义远远超出一个师兵力的到达。这从他竟然给这位年轻的师长看他准备发给毛泽东的电报就能看出。一一八师的到达令彭德怀实现了一个愿望,那就是:他可以住在大榆洞了,志愿军指挥部可以建在这里了。尽管这里距敌人仅有二十公里,作为指挥部离前线太近了些。

联合国军弥漫着极其乐观的情绪,这种从突转的战势中获得的乐观已经传染给了每一个士兵。于是,当中国军队正在向他们扑来,并且几乎就要与他们迎面相撞的时候,联合国军向北进军时的心情和姿态依旧"像旅游一样"。最乐观的还是美国军方的上层。《纽约时报》社论写道:"只要在中朝边境不发生意外事件,这场战争的胜利已成定局。"

在战争很快就会结束的想法的驱使下,美国陆军部把精力转向了避免朝鲜战场军用物资积压的问题。麦克阿瑟从威克岛回来,发表了"充分利用一切条件全速向北推进"的命令,但远东司令部同时还发表了第 202 号作战计划,"对战事减少后的行动步骤作出安排,以便让某些联合国部队撤出朝鲜"。美国政府通知麦克阿瑟,停止向朝鲜运送补充人员,对此麦克阿瑟没有提出异议。在前几个星期还要求紧急补充弹药的沃克将军告诉麦克阿瑟,现在第八集团军的弹药"绰绰有余",从美国本土运来的弹药和装备应该一律运到日本去。而美军驻日本的后勤司令官对他在旧金山的同事说:取消所有未付款的武器弹药订货。"如果那些该死的东西已在港口装了船,就卸下去"。美军中流传着马上就要回日本或美国的消息。士兵詹姆斯·卡迪在给父母的信中写道:"有一种传闻说,第一骑兵师很快就要返回日本了,战争就要结束了。我的确希望如此。我已经烦透了这个国家和这场战争。"美第十军甚至制定了一份在朝鲜只留一个师、其余人员统统回国的具体计划。回国热情特别高涨的是美军第二师,他们已经向仁川港派出设营队,着手准备大部队乘船离开朝鲜的事。而历史无情的结局是:二十年后美军第二师仍旧驻扎在南朝鲜。当美军骑兵第一师的后勤人员向陆军官兵发放圣诞节礼品价格单时,很多士兵都把这份价格单扔了,他们认为圣诞节在朝鲜过是荒诞的,到时候他们肯定会在东京了。于是,这份价格单变成了日本银座的物价表。骑兵师的一些部队甚至已经把武器装箱。士兵们议论最多的是,感恩节在东京阅兵式上,是否戴上他们师特有的标志——一条令他们自我感觉良好的黄色围巾。

在这种情形下,最能体现麦克阿瑟性格的战场部署的大疏漏出现了:美军分成了两路。

仁川登陆成功后,麦克阿瑟似乎得了"登陆病",他命令阿尔蒙德将军率领美第十军乘船绕到朝鲜半岛的东海岸去,在元山港实施登陆后北进,最终与由沃克率领的沿着朝鲜半岛西侧北进的第八集团军会合。美军因此在朝鲜半岛北部被分成了东西两路,而中间则是连绵起伏的山脉,这就使得东西两路美军"无法在宽大的正面实施协同作战"。这种互不联系、分头并进的进攻方式,"连西点军校的初级学员都会提出质问"。特别是,当美军第十军还在仁川港上船的时候,南朝鲜军队已经从陆路抢先占领了元山。可麦克阿瑟的命令依旧不变,他"执意要让第十军经受八百五十英里海上风浪的折磨"。实际上,第十军的美军官兵除了要忍受海上航行的昏天黑地之外,到达元山港以后却不能上岸,原因是港口的海面上布满了北朝鲜军队布设的水雷。于是,在美国海军扫雷的时候,运输船只有在海面上来回游弋,以给无法靠岸的第十军补充供给,而这样的供给游弋居然持续了几天。无所事事的第十军官兵躺在甲板上晒太阳和打扑克。很快,美国兵给元山登陆行动起了个绰号:"YOYO"行动,意思是"来回闲逛"。

对于在朝鲜半岛东边海面上扫雷的美国海军来讲,元山登陆计划实施的那些天无疑是灾难性的。第二次世界大战中,曾有三百多艘扫雷舰用于诺曼底登陆作战;即使在冲绳岛战役时,海上扫雷面积几乎与元山相等,也仍有一百多艘扫雷舰;可是在元山,美军能够投入使用的扫雷舰只有三十艘,其中的二十艘连同上面的水兵还是战败国日本海军的。日本兵在朝鲜战争中出现,引起朝鲜人民的强烈反感,这个问题在战后很长时间仍被不断地提起。整个元山港外的扫雷过程,被称为"连上帝也害怕"的行动,两天内就有三艘扫雷舰触雷沉没。日本水兵听不懂英语,扫雷的方式又和美军不一样,结果用两种语言在海上对骂的场面时有发生。

事后得知,"YOYO"行动恰恰为中国第四十二军在长津地区的展开赢得了极其宝贵的时间,美军第十军的官兵很快就会尝到"来回闲逛"的后果了。

十月二十四日,是中国人民志愿军司令部极其紧张的一天。因为,二十三日,毛泽东给彭德怀发来一封指示十分具体的电报:

彭并告高:

二十二日戌时电悉。你的方针是稳当的,我们应当从稳当的基点出发,不做办不到的事。朝鲜战局,就军事方面来说决定于下列几点:第一是目前正在部署的战役是否能利用敌人完全没有料到的突然性全歼两个三个甚至四个伪军师(伪三师将随伪六师后跟进,伪一师亦可能增援)。此战如果是一个大胜仗,则敌人将作重新部署,新义州、宣川、定州等处至少在一个时期内不会来占,伪首伪三两师将从咸兴一带退回元山地区,而长津可保,新安州、顺川两点是否保守也可能成问题,成川至阳德一段铁路无兵保守向我敞开一个大缺口,在现有兵力的条件下,敌人将立即处于被动地位。如果这次突然性的作战胜利不大,伪六、七、八师主力未被迅速歼灭,或被逃脱,或竟固守待援,伪一、伪首及美军一部增援到达,使我不得不于阵前撤退,则形势将改到于敌有利,熙川、长津两处的保守也将发生困难。第二是敌人飞机杀伤我之人员妨碍我之活动究竟有多大。如果我能利用夜间行军作战做到很熟练的程度,敌人虽有大量飞机仍不能给我太大的杀伤和妨碍,则我军可以继续进行野战及打许多孤立据点,即是说,除平壤、元山、汉城、大丘、釜山等大城市及其附近地区我无飞机无法进攻外,其余地方的敌人都可能被我各个歼灭,即使美国再增几个师来,我也可各个歼灭之。如此便有迫使美国和我进行外交谈判之可能,或者待我飞机大炮的条件具备之后把这些大城市逐一打开。如果敌人飞机对我杀伤和妨碍大得使我无法进行有利的作战,则在我飞机条件尚未具备的半年至一年内,我军将处于很困难的地位。第三如果美国再调五个至十个师来朝鲜,而在这以前我军又未能在运动战中及打孤立据点的作战中歼灭几个美国师及几个伪军师,则形势也将于我不利,如果相反,则于我有利。以上几点,均可于此战役及尔后几个月内获得经验和证明。我认为我们应当力争此次战役的完满胜利,力争在敌机炸扰下仍能保持旺盛的士气进行有力的作战,力争在敌人从美国或他处增调兵力到朝鲜以前多歼灭几部分敌人的兵力,使其增补赶不上损失。总之,我们应在稳当可靠的基础上争取一切可能的胜利。

毛泽东
十月二十三日

二十四日,西线,南朝鲜第六师已占领熙川,主力正在向温井、桧木洞、楚山方向冒进,其一个团已经到达大榆洞的后方。南朝鲜第八师已占领宁远,并继续向我左后方江界方向迂回前进。南朝鲜的第七师和第一师,已占领宁边和龙山洞地区,从正面向我军压来。英军第二十七旅、美军第二十四师分别向定州、泰川北进,向我军的右后方迂回。东线,南朝鲜第三师和首都师已占领五老里,美军陆战一师、第三师等待元山扫雷后即可登陆,而美军第七师已经向利原方向运动。

志愿军绝大部分部队仍未到达预定的防御地，除第四十军两个先头师进至北镇和云山以北外，其余各军的先头师距离预定作战地区尚有三十至五十公里：第三十九军先头部队一一七师进至泰川地区，第三十八军先头部队一一三师进至前川地区，第四十二军先头部队一二四师进至古土里以北地区。

至此，联合国军仍没发现志愿军入朝参战的迹象，因此他们向北推进的速度极快。

中国军队与联合国军的战斗迫在眉睫。

当志愿军司令部机关全体人员和第十三兵团指挥机关赶到大榆洞与彭德怀会合后，十万火急的第一件事就是把指挥部成立起来。按照彭德怀原来的想法，以第十三兵团司令部再加一些人组成志愿军司令部，但敌情紧急来不及了，索性就把第十三兵团司令部直接改成了志愿军司令部。

经中央军委任命，十月二十五日，中国人民志愿军领导机构组成：彭德怀任志愿军司令员兼政治委员，邓华任副司令员兼副政治委员，洪学智、韩先楚任副司令员，解方任参谋长，杜平任政治部主任。另外，志愿军党委也同时组成：彭德怀任志愿军党委书记，邓华为副书记，洪学智、韩先楚、解方、杜平为常委。为协同志愿军与人民军的行动，朝鲜劳动党中央派朴一禹常驻志愿军总部，并兼任志愿军副司令员、副政治委员、志愿军党委副书记。

在随后召开的志愿军第一次作战会议上，彭德怀嘴里嚼着茶叶说，我们原定的在防御中消灭敌人的计划不行了，在国内战争中采用的那种大踏步前进和后退的战法也不适用了。我们是战略反击，作战方针应以运动战为主，以阵地战和游击战为辅。具体部署是以部分兵力钳制东线之敌，集中主力于西线，以迅雷不及掩耳之势先打西线战斗力较弱的南朝鲜军三个师。第一口怎么吃？我看把敌人引到对我有利的地形上来打！

根据毛泽东二十三日电报的指示，作战会议确定了以下部署：

以第四十军配属炮兵第八师四十二团,集结于温井以北、北镇以东地域,待机歼灭南朝鲜第六师于温井西北地区;以第三十九军配属炮兵第一师二十六团及二十五团一个营、炮兵第二师二十九团、高射炮兵一团,迅速集结于云山西北地域,准备在第四十军围歼南朝鲜第六师而南朝鲜第一师前往支援时,将其歼灭在云山附近地区;以第三十八军配属第四十二军一二五师和炮兵第八师四十六团,迅速集结于熙川以北明岱里、仓里地域,准备歼灭南朝鲜第八师于熙川及其以北地区;第四十二军主力配属炮兵第八师(欠四十二、四十六团),仍于长津以南黄草岭、赴战岭地区阻敌北进,钳制东线之敌,保障西线志愿军主力的侧翼安全。同时,令第六十六军自安东过江,向铁山方向前进,准备阻击英军第二十七旅。应该说,这个部署从双方的兵力对比和目前战场的态势看是正确的。但是,由于对敌情了解得并不充分,志愿军指挥员们此时没能预料到将要出现的突然情况。

第四十军一一八师师长邓岳在领受彭德怀的指示后,令其前卫三五四团不过温井,在温井以北的丰下洞、富兴洞地区修筑工事,准备阻击敌人。师主力则集结于两水洞和北镇地区,视情况投入战斗。如果敌人不北进,明晚继续前进。三五四团的前卫是四连。从当时的情况看,这个连犹如整个志愿军伸出的一只触角。他们到达了距离温井只有四公里的地方,在公路东侧的山林中就可看见温井地区南朝鲜军队露营的篝火。他们从撤下来的人民军士兵口中得知,南朝鲜军队已经占领温井,但占领军的番号和兵力以及下一步的企图无法知道。三五四团参谋长作出以下部署:二营四连配属重机枪两挺,控制公路边的二一六高地,负责正面阻击;三营在富兴洞以北的二三九点八高地以火力控制公路;一营作为预备队位于长洞隐蔽;侦察排前去摸清楚敌情,监视敌人动向;一旦战斗开始,团指挥所设在四九〇点五高地。同时宣布,全团严密伪装,管制灯火,迅速架通有线电话联系。

当中国士兵在黑暗中修筑工事的时候,三五四团政委陈耶遇到了一位北朝鲜人民军的团长,美军在仁川登陆后他突围出来一直撤退到这里。这位人民军团长曾在中国人民解放军中当过连长,因此他们互相格外敬重几乎彻夜长谈。

天就要亮了。中国士兵除了警戒哨外,其他的人则蜷曲在工事中打盹。天气寒冷,不许生火,相信还是有士兵做了梦。包括三五四团的军官们在内,没有人知道天亮后将会发生什么,只是预感到,既然修筑这个工事是彭老总亲自布置的,就说明这个地方很可能要出大事。战斗就要打响了,不管拼个你死我活的对手是南朝鲜人还是美国人,反正是外国人。中国士兵一想到这一层,心里便有一种异样的感觉。

我们认为什么都知道，而实际上什么也不知道

一九五〇年十月二十五日清晨，南朝鲜第六师二团在晨雾中编成战斗队形。团长咸炳善上校在下达前进的战斗序列时，心里隐约感到有点不安。昨天，在二团击退北朝鲜军队的阻击进入温井的时候，三营的情报官报告说，通过对有线通讯网的窃听，发现有中共军队出现的迹象。咸炳善立即把这个情报报告给了师长金钟五，金钟五的回答是："上级的定期情报没有这个说法。"在温井宿营一夜，没有什么情况发生，现在部队就要出发了，不安的情绪还是在咸炳善的心头一掠而过。他下达了前进的指令：二营为先头营，一营随后，三营配属炮兵和坦克乘车跟进。

二团的前进方向是北镇。

九时，二团长长的队伍出了温井。

夜间派出去的侦察分队报告说：向北的公路上没有发现异常情况。

早在这天的凌晨二时，位于北镇的志愿军司令部作战值班室

的电话铃突然响起。参谋长解方拿起电话，是第四十军一一八师司令部打来的，里面的声音紧张而激动："我们的正面发现了敌人！"解方怀疑自己听错了，因为根据掌握的敌情，部队不可能这么早就与敌人接触。他再问了一句，得到的回答是："没错，是敌人！说的是外国话，听不懂！"解方立即指示：严密监视，不许暴露。放下电话，解方还是对部队如此迅速接敌感到意外。觉是不敢睡了，解方把副司令员洪学智叫起来，两个人心绪不宁地守着电话机。没过一会儿，电话又响了，这次是师长邓岳亲自打来的："我们的侦察员已经听见他们说话了，讲的都是朝鲜话，看来不像是美军，可能是南朝鲜第六师。"洪学智说："要是伪军的话，就把他们放进来！"

按照原定的计划，志愿军各军应在这一线展开，布置下一个"大口袋"，再寻找有利的战机，以突然袭击的方式一下子围住南朝鲜军的几个师。可是，一一八师的正面已经出现敌人，遭遇战就不可避免了。因为中国军队参战的事实一旦暴露，也就谈不上战役的突然性了，原定的计划全会被打乱。

但愿一一八师的情报是一场虚惊！

南朝鲜第六师的进攻计划是沿着球场——温井——古场的公路前进，最终目标是位于中朝边境附近的碧潼和楚山。其七团前进的速度极快，他们已经越过温井，快要到达古场了。按照第六师的进攻序列，二团跟在七团后面前进。

本是秋高气爽的天气突然变得阴暗起来，天空布满了乌云。远处，岩石裸露的狄逾岭山脉上铺着一层薄雪。眼下的公路是先头部队七团走过的，因此应该说是安全的。温井是进入朝鲜北部山区的门户。向北，一条南北方向的公路沿着从山中流出的九龙江蜿蜒北上。公路东侧是长满松树的山峦，枯草在乌云投下的暗影中摇曳；西侧是江水和延伸到江边的高山峡谷，江两边的谷地里是平展的稻田。

一一八师三五四团的士兵，在公路两侧山坡上的枯草中度过了一个寒冷的夜晚。现在，晨雾已经渐渐散去，江水清澈，田埂细密，茅屋瓦舍依稀可见。山坡下的公路上空无一人，看去像一条僵死的灰白色的蛇。

从地形上讲，这是一个打伏击的好地方。

草丛中的中国士兵睁大了黑眼睛。

公路的尽头终于出现了隐约的烟尘，渐渐地，烟尘越来越浓越来越厚。最先从烟尘中走出来的是步兵。步兵端着枪分成两列沿公路两侧慢慢移动，接着，由汽车组成的队伍超越步兵浩浩荡荡而来。

紧张和兴奋的情绪在中国官兵中立即蔓延开来。

日日夜夜为此产生过许多设想的情景今天就在眼前了。

三五四团政委陈耶发现，就在这个时候，团长褚传禹不见了。三个步兵营的电话全打了，还是找不到团长在哪里。陈耶让通信股开设电台向师里联系，但是师指挥所处在静默保密中根本呼叫不通。面临出国后的第一仗，情急中的陈耶顾不上许多，立即把参谋长，政治处主任，作战、通信、组织、宣传、保卫各股的股长召到身边。紧急会议开得十分短促，会议产生两个方案：一是把敌人迎头顶住，这样不但稳妥保险，而且可以保障后续部队和指挥机关的安全，缺点是很可能打成击溃战和消耗战；二是把敌人放进来，放进来一个营，然后打歼灭战，但是这也有一定的风险。大多数人主张第二种方案。方案确定之后，参谋长刘玉珠命令部队："没有命令不准开枪，把敌人放进来打。"

这时，与陈耶政委交谈了一夜的那个人民军团长要求参加战斗，陈耶没有同意，要求他立即转移。这个人民军团长消失在中国士兵背后的密林中了。

敌人近了，头上的钢盔闪闪发亮。

三五四团官兵在有线电话里听见参谋长严厉的声音："没有

命令,谁也不准开枪!"

所有的步枪、机枪、迫击炮、掷弹筒都对准了公路。

士兵们的面前,堆着成束的手榴弹。

这时,褚传禹团长找到了,他没想到这么快就与敌人遭遇,发现敌情的时候他还在一营三连。褚传禹团长同意紧急会议决定的打法,由他带领一、三营出击,政委带领二营"扎口袋嘴"。

没有总指挥部的指示,一切是由三五四团决定的。

这是一场未预期的遭遇战。

所有参加过这场战斗的中国士兵,在他们的回忆中都对那一天看到的南朝鲜军士兵若无其事的样子感到十分惊讶。从温井开来的南朝鲜军第六师二团的尖兵,根本没有进行火力侦察,并且连车都不下,他们坐在车上啃着苹果谈笑风生。当载着尖兵的卡车压上两颗中国士兵埋下的触发地雷时,由于地雷使用的不是速发雷管,卡车没有受到损失,而车上的南朝鲜军士兵竟然一点惊慌都没有,卡车甚至都没有停下检查一下。

由于南朝鲜第六师二团三营是乘车的机动营,所以,虽然是最后从温井出发的,但此刻已经超越了作为先头营的步兵二营。结果,由中型卡车牵引的十二门榴弹炮成为整个二团队伍的前锋。这种在进攻中把炮兵放在最前面的阵势,也是中国士兵前所未见的。在炮车的后面,是二十多辆载着辎重和步兵的汽车。

炮兵和汽车在最南边的三五四团二营四连的眼皮下过去了。

没有开火的命令。

中国士兵紧扣扳机的手汗津津的。

突然,他们听见了歌声,公路上的炮车和卡车也停了下来。原来领头的炮车已开到丰下洞的村口,竟有一些老百姓挥着太极旗出来欢迎"国军"。驶过欢迎的人们,车队继续前进。这时,产生了一个严重的问题:由于汽车行进的速度快,步兵行进的速度慢,二团的队伍在公路上的长度前后足有好几公里。为了把南朝鲜军的步兵营放进来,三五四团让过了前面的车队,车队超越三五四团的防区后,直接闯入了一一八师的指挥部所在地。师指挥部虽然知道其前卫团可能会与敌人遭遇,但是由于电台的静默,无论如何也想不到敌人会这么快闯来。当南朝鲜军的车队到达的时候,一一八师的指挥车还在路边停着,人员还在旁边的村子里休息。

车上的南朝鲜军士兵立即开枪了。

停在路边的一一八师指挥车的玻璃瞬间粉碎,正在里面睡觉的司机纵身扑到山沟里。师侦察连立即开枪还击,连同师长邓岳在内的指挥部人员仓促地上山占领了阵地。

这时,南朝鲜军步兵营已全部进入伏击圈,三五四团指挥所下达了开火的命令。在突然而来的密集的子弹中,南朝鲜军士兵立即乱成一团。三营八连的迫击炮手何易清把一发炮弹打到一辆准备掉头往回跑的卡车上,瘫痪的汽车把公路堵塞了。如今,在中国革命军事博物馆里,何易清使用的这门六十毫米迫击炮仍然陈列着。

对于南朝鲜第六师二团的士兵来讲,这个日子是世界的末日。

当中国士兵端着刺刀冲上来的时候,公路上、稻田中、江岸边,到处可以看见惊慌失措的南朝鲜士兵被追杀。南朝鲜军没能组织起有效的抵抗,仅仅在二十分钟内,那个最先走出温井的步兵营就完了。

在公路的最南边负责阻击南朝鲜军后续部队的四连经受着严峻的考验。敌人的火炮把最前沿的八班阵地打成了一片火海。在击退敌人的数次进攻后,八班的阵地一度丢失,一个班的战士全部伤亡,而南朝鲜军付出了七十个士兵的生命。

奇怪的是让三五四团放过去的那个机动营,在与力量薄弱的一一八师侦察连形成僵持后,他们对身后响起的剧烈的枪声并没有给予重视,也没有即刻采取回头进攻的做法,而如果他们这样做的话,三五四团将陷入两面遭受夹击的局面。此时的机动营依旧认为他们所遇到的不过是一次小小的骚扰,于是官兵统统隐蔽起来,等待后援的到来——"以赶走他们的指挥员想象的一小股北朝鲜的阻滞部队。"——美国随军记者约瑟夫·格登后来写道。结果,机动营等来的是邓岳调来的另一个步兵团——三五三团的围歼。——"在几分钟之内,该营就伤亡惨重。"二十五日下午十五时,三五三团清理战场的结果是:毙敌三百二十五名,俘敌一百六十一名,缴获汽车三十八辆、火炮十二门、各种枪支一百六十三支。其中一名美军顾问被打死,另一名美军顾问格伦·C.琼斯中尉负伤后被俘,他后来死于战俘营。

几乎与此同时,第四十军右翼的先遣团一二〇师三六〇团也与南朝鲜军打响了战斗。

三六〇团在徐锐团长的带领下,在云山城北的间洞南山、玉女峰一线构筑阵地,准备阻击从云山城北上的南朝鲜军队。他们的任务是:顶住南朝鲜军队,掩护第四十军展开,同时等待第三十九军的到达。徐锐是个作战勇敢的指挥员。在中国解放战争的辽沈战役中,时任副团长的徐锐率领一个营深入敌后,袭击了国民党军廖耀湘兵团的司令部,这个情节被日后描写辽沈战役的众多作品多次记述。此时,守卫三六〇团前沿阵地间洞南山的是一营三连。三连的阵地前隔着一条河就是云山城。

晨曦未露,汽车灯光却把天际照得雪亮。南朝鲜第一师的北进部队在凌晨时分进入云山城。一营三连的士兵们连城里敌人吃早饭的情景都看得清清楚楚。早晨七时,由尖兵为先导,紧跟着是坦克和自行火炮的车队,南朝鲜第一师浩荡开出了云山城。

徐锐命令把尖兵放过去,然后对准大部队突然开火了。三六〇团的团属炮兵也向南朝鲜军的坦克开始射击。坦克立即队形混乱地向后转向,而南朝鲜军的尖兵大部分就地死伤。徐锐命令把俘虏到的南朝鲜军士兵立即送到他这里来,他迫切地想知道敌人的番号和实力。然而美军飞机像大鸟一样飞来了,中国士兵以及他们所押送的南朝鲜军俘虏瞬间被炸得血肉横飞。

与三五四团的伏击战不同,三六〇团进行的是一场艰苦的阻击战。

南朝鲜第一师在猛烈的炮火、大量的坦克和美军飞机的支援下,开始强攻中国军队的阻击阵地,其重点是一营三连坚守的间洞南山。

间洞南山是横在云山至熙川、云山至温井两条公路交会处的一座一百多米高的山冈,因为这个高地扼守着南朝鲜军队北进的必经之路,所以成为战场双方攻守的焦点。在长满密集马尾松的山冈上,一个连的中国士兵拼死防守,打退了南朝鲜第一师的数次进攻。中国军队的顽强程度令南朝鲜军队的指挥官十分吃惊,因为自他们开始反攻以来,虽然受到过北朝鲜人民军的阻击,但还从来没有遭遇如此有战斗力的阻击部队。在进攻失败后,南朝鲜军队集中坦克和火炮开始向间洞南山猛烈轰击。同时,二十架美军轰炸机也参加了战斗。在美军飞机的航空炸弹、火箭弹和凝固汽油弹的准确轰炸下,整个间洞南山腾起的烈焰遮天蔽日。在炽热的火焰中,中国士兵没有任何退缩的迹象。当南朝鲜军士兵呐喊着冲到很近的距离时,他们一个又一个跳出已被炸平的工事开始扫射,木柄手榴弹如大雨般落在南朝鲜军士兵头上。在反复的攻守中,中国士兵伤亡过半,更严重的是弹药已经耗尽。

严峻的时刻到了。

当二十多名南朝鲜军士兵终于爬上山冈的一侧时,他们看见一个衣衫破烂的士兵突然从工事中跃起,他怀里抱着一根爆破筒,几乎是面带着微笑向他们冲来。南朝鲜军士兵这时还不知道他们面前的这个年轻的士兵来自中国,士兵的黑眼睛很亮,令他们想到战争中那些宁死不屈的人。等这个黑眼睛的士兵冲到他们跟前的时候,南朝鲜军士兵才突然明白接下来将要发生的是什么了。但是,一切都来不及了,黑眼睛士兵怀里的爆破筒爆炸了。——石宝山,中国第四十军的一名战士,是朝鲜战争中第一位与敌人同归于尽的志愿军士兵。

三六〇团于血肉拼杀中死死地阻击,令急于北进的南朝鲜第一师三天内没有从云山城向北推进一步。三六〇团的官兵当时并不知道,就是这三天的阻击,使前面的云山成为令南朝鲜军第一师魂飞魄散的地狱。

十月二十五日,中国军队与南朝鲜军队于西线遭遇的同时,东线的志愿军部队也打响了。

从北朝鲜的地势上看,渡过鸭绿江向长津地区的急促行军显然更为艰难,因为在这条路上横亘着朝鲜北部著名的盖马高原,由于海拔的关系,高原气温骤降,十月已经飞雪。从东海岸而来的唯一一条通往中朝边境的公路蜿蜒在深山峡谷中。这条公路经咸兴、兴南一直是上坡,翻过一个名叫黄草岭的隘口后,就上了盖马高原。这条公路是联合国军沿东海岸向中朝边境开进的必经之路。为了阻击联合国军在东线的北进,掩护志愿军侧翼的安全,保障西线战役的顺利实施,渡过鸭绿江的第四十二军的任务很明确,就是要在这条路上坚决挡住北进的敌人。第四十二军的指挥员已经预料到战况的复杂,于是,在大部队渡江之前就派出了由一二四师副师长萧剑飞率领的先遣队深入战区探路。先遣队冒着美军飞机的轰炸,把东线战区的重要目标都进行了侦察。

二十一日,萧剑飞见到了北朝鲜人民军长津地区守备部队司令官金永焕。这个曾在中国人民解放军里当过连长、一九四九年才回国的军官会说流利的汉语,在这个艰难的时刻看见萧剑飞时他的眼里全是泪。在金永焕的带领下,萧剑飞见到了北朝鲜军队的次帅崔庸健和人民军部队里的几个苏联顾问。此刻,他们最想知道的是志愿军有多少部队正向这个方向开来,并且有多少飞机和大炮。当得知志愿军只有两个师(第四十二军的一二五师配属第三十八军在西线作战),并且没有飞机,也没有坦克,全军加上临时加强的炮兵,火炮总数不超过一百门时,面色疲惫的崔庸健和苏联顾问感到非常失望。苏联顾问提出疑问:"兵器火力与美军对比悬殊太大,又没有飞机的支援,凭什么能抵御敌人的进攻?"萧剑飞回答:"只要占领有利地形,封闭公路,敌人的坦克和机械化部队就施展不开。志愿军有丰富的作战经验和勇敢作战的精神,一定能战胜敌人。"与苏联顾问们不一样的是,金永焕曾在中国人民解放军中作战,很早就认识第四十二军军长吴瑞林,他深知中国军队强烈的自信来源于什么。所以他对年轻的中国副师长萧剑飞的乐观表示出某种程度的相信。

关键是,对阻击战来讲最有利的地点在哪里?

研究的结果是:黄草岭。

黄草岭位于从咸兴延伸而来的公路的最高点。特别是从一个名叫五老里的地方上到黄草岭的公路,必须经过约四十公里的峡谷地带,峡谷的两边都是巨大的山岭和悬崖峭壁。在这里,烟台峰、松茸洞、草芳岭等制高点互相成为掎角之势,可以从不同的角度俯视钳制整个峡谷。

在联合国军指挥官的心中,黄草岭对于他们同样重要:占领了这个要地,就等于打开了北朝鲜东部的门户,任何想阻止他们前进的军队都会处于无险可守的境地;而一旦失去对黄草岭的控制,要想通过这一必经之地北上,就会付出巨大的代价。

双方都开始向黄草岭前进,结果是要看谁能提前抢占。

第四十二军渡过鸭绿江后,因为苏联决定不出动空军参战,于是奉命在江界停留了整整两天。这两天的损失对第四十二军来讲几乎是致命的。此时,其先头部队一二四师仅仅离开江界一百八十公里,其先头团三七〇团距黄草岭至少还有两百多公里,因为是徒步开进,最快也得两天后才能到达。而南朝鲜首都师的前锋部队已经到达咸兴,美军陆战一师不久后就会从元山港登陆。从元山到咸兴距离是八十公里,再加上咸兴到黄草岭的距离,一共不到一百二十公里。联合国军是机械化行军,如没有阻挡,仅仅需要三四个小时就能到达黄草岭。

萧剑飞唯一的要求是:搞到能运送士兵的汽车。

金永焕命令,用一切办法在这一地区征集军队和民间汽车供中国军队使用,并决定将从南方撤退到此的人民军的七辆坦克和十二门野炮全部归中国军队指挥。

萧剑飞终于有了十八辆汽车。他命令三七〇团副团长苑世仁带领该团二营乘车前进,务必于二十四日夜抢占黄草岭。同时,金永焕也给守备在黄草岭各高地的人民军下达了不准再后退一步的命令。

三七〇团二营的士兵一律轻装,连卡车的驾驶室顶上和车门的两边都是人。严重超载的卡车在弯曲的山间公路上疯狂地向黄草岭行驶。到这个时候,无论是乘车的中国士兵,还是开车的北朝鲜士兵,都把性命抛在了脑后。

彭德怀接到第四十二军发来的电报,高兴地称赞他们的决定"可嘉"。

十八辆疯狂开进的卡车把两个连的中国士兵于二十四日夜送到了黄草岭。

庆幸的是联合国军对中国军队的参战毫无所知,他们仍慢吞吞地前进着,本是四个小时的机械化行军路程,他们用了整整三天的时间。

二十五日拂晓,三七〇团二营在黄草岭地区的烟台峰、松茸洞、龙水洞一线进入了阻击阵地。

寒冷的高原上白雪铺满山林。中国士兵在没有吃上一口饭、喝上一口水的极度疲劳中迅速修筑简易工事,然后等待着敌人出现。上级的命令是:据险坚守,决一死战,把黄草岭变成鬼门关,除了敌人的游魂和俘虏外,一个也不准放过。

天亮了,中国士兵最先看到的是一个奇形怪状的东西飞来了,这是一架侦察直升机。中国士兵此前谁也没有见过这种东西,不少士兵认为这是一个"大飞弹"。直升机在黄草岭的山谷间长时间地盘旋,甚至在二营的前沿阵地上降落了一会儿。等这个怪物又飞起来的时候,士兵们才确定这是架飞机而不是"大飞弹"。这时候,连队干部对他们说:敌人要上来了。

果然,直升机飞走后,美军轰炸机蜂拥而至。

同时,位于五老里的南朝鲜炮兵阵地也发射了密集的炮弹。

敌人的火力准备开始了。

进攻黄草岭的是南朝鲜军首都师。这个师是李承晚的近卫师,由两个步兵团和一个机甲团组成,另外配属一个美制一〇五毫米榴弹炮兵营,全师兵力一万人。南朝鲜军士兵沿着公路两侧走来。与西线的第六师一样,在中国士兵的眼里,他们前进时懒散的样子根本不像是在进攻。一个小个子军官甚至走到了距中国士兵埋伏的前哨阵地仅二十米的地方,并且招呼其他人坐下来吸烟。就在几乎能听见中国士兵沉重的呼吸声的地方,他们吸完烟后又继续前进,一步就越过了中国士兵的前沿警戒线。

三七〇团射向南朝鲜首都师的枪声响了。时间与相隔几百公里外的温井北边中国军队三五四团向南朝鲜第六师开枪的时间几乎是同时。遭到突然袭击的首都师的混乱程度可想而知,士兵们满山遍野地奔逃,尸体立即布满了陡坡。

二十五日这天,中国军队与联合国军的战斗,就这样在朝鲜北部不同的地点同时开始了,并由此演变成一场长达两年零九个月的规模巨大的战争。

十月二十五日被中国政府正式确定为抗美援朝战争纪念日。

突然打响的战斗令志愿军总部陷入紧张的忙乱中。

对于彭德怀来讲,二十五日的这些战斗并没有发生在他所期待的时刻。预定的利用战役的突然性一举歼灭南朝鲜军队两三个师的作战企图,由于遭遇战过早地暴露出中国军队的参战,使得战役的进展趋势一时间已难以预料。

这是一场"遭遇和反突击战役"。彭德怀是这样给突然打响的战斗定性的。

整个中午,彭德怀一言不发,连吃饭的时候都在沉思。饭后,志愿军总部的将领们跟在彭德怀的身后,希望能听到他对战局的指导性见解。美军的飞机在上空盘旋,警卫员催促彭德怀进防空洞。彭德怀发火了:"要去你们去!反正我不去!"在地图前沉默很久后,彭德怀终于说:"好事多磨,恐怕又要改变计划喽!"

此时,除了被阻击的南朝鲜军在突然被袭的情况下失去判断地到处乱窜外,联合国军的其他各路部队仍然在分兵北进。其中,英军第二十七旅已经到达南市,距离中朝边境仅三十公里;美军第二十四师已经到达大馆洞,距离中朝边境三十五公里;南朝鲜第六师七团已经占领了距离中朝边境仅五公里的楚山。

二十五日晚,彭德怀给毛泽东发去电报,从中可以看出他对战局如此开始的不安:

> 敌以坦克数辆和汽车十数辆组成一支队伍,到处乱窜。我企图一仗中聚歼敌两三个师甚困难,亦再难保守秘密。故决定以军和师分途歼灭敌之一个团和两个团(今晚已开始),求得第一战役中数个战斗歼灭敌一两个师,停止敌乱窜,稳定人心,是十分必要的。

毛泽东复电:

> 先歼灭敌人几个团,逐步扩大,歼灭更多敌人,稳定人心,使我军站稳脚跟,这个方针是正确的。

彭德怀下达了"各部队追击敌人"的命令。

二十五日早晨,在联合国军于刚刚占领的北朝鲜首都平壤举行的阅兵式上,麦克阿瑟命令第一批到达朝鲜的美军士兵"向前走一步"。他亲切地抚摸了走出队列的每一个士兵的肩头,尽管向前走出一步的士兵已经没有几个人了。第一批到达朝鲜的史密斯特遣队的士兵,有的躺在裹尸袋中回到了美国,大部分则躺在日本的美军医院里。然后,美第八集团军司令沃克回答了记者关于战局的提问。沃克一边暗示战争马上就要结束了,一边回答说"一切进展顺利"。

可是,没过多一会儿,前线就传来了"遭遇强大抵抗,南朝鲜军队伤亡惨重"的报告。尤其令麦克阿瑟和沃克惊讶的是,报告异口同声地说:"可能是中国军队参战了。"

证据是,在云山方向,抓获了一名"既不懂朝语也不懂日语"的敌对士兵。这位被联合国军方面编为"战俘一号"的俘兵,是中国广东省人。接着,温井方向报告,又有一名在战斗中负伤的士兵被俘,报告说他"长得很像中国人"。

令麦克阿瑟和美军情报部门不知所措的是,其中的一名中国俘兵说自己部队的番号是中国第八军第五团。美军情报部门就此费了很大的力气查找中国军队的编制序列,最后发现这个口供是子虚乌有,因为中国军队的"第八军"属于正在中国西北地区作战的"一野"部队,而且"第八军"这个番号早在一年多前的一九四九年五月就已经撤销了。况且,所谓的"第五团",根据中国军队"三三制"的编制方式,应该隶属"第一军"。"绝对"可靠的情报说,中国军队的第一军此刻驻扎在中国的腹地青海省,一兵一卒也没派到几千公里以外的朝鲜来。那么,"是北朝鲜士兵谎称自己是中国人,还是零散的中国志愿人员进入了朝鲜"?美军最初是这样判断的:"估计数量不会超过一千人。"因为联合国军无论如何也想不出中国军队在这个时候参战的任何可以解释的理由。于是,就在中国军队已经正式打响抗美援朝战争的时候,美军第一军在"没有任何抵抗"的情况下进至博川。下午四时,军长弗兰克·米尔本下达的命令是:向北追击!

但是,到了二十五日下午,各处的战报不断传来,直到天黑的时候麦克阿瑟仍无法在混乱的战报中理出个头绪来。

无论如何,一九五〇年十月二十五日发生在朝鲜半岛北部的战斗,对于联合国军来讲是战争历史中一场悲剧的开幕。

美国国防部长马歇尔事后沉重地说:"我们认为什么都知道,而实际上什么也不知道。然而,对方却一切都知道。于是,战争开始了。"

右翼的崩溃

十月二十六日,对于中国人民志愿军来讲,发生了一个不大不小的灾难。

灾难是自己造成的:东线的第四十二军一二四师三七〇团的一个运输队,负责给坚守在前沿的二营运送弹药和干粮,结果在北朝鲜的大山中迷了路。在寻找二营的阵地时,他们看见一个山沟里有一座茅屋,茅屋里有灯光,于是就在没有判断敌我的情况下上前问路。在茅屋中休息的是三十多名南朝鲜士兵,而志愿军运输队仅有十多个人和五支步枪。在短暂的交火之后,运输队的士兵全部被俘。

发现中国军队的消息,使美军东线指挥官阿尔蒙德大吃一惊,他立即把这些中国士兵用飞机送往东京交给麦克阿瑟审问。

麦克阿瑟又把这些中国士兵送往了美国。

更多的关于中国军队参战的情报被汇集起来送往远东司令部,情报中包括沃克的第八集团军一个接着一个的报告,说他们不断地证实自己的部队已经与中国军队接触,其最大的兵力为师级。结论是:"一个新的对手已经确凿无疑地参战了。"

但是,麦克阿瑟还是不相信。他的情报处长威洛比以其固执的性格和严重的判断失误在后来的朝鲜战争中备受抨击。威洛比于二十七日作出的补充情报中依旧持以下结论:

> 应该认识到,大部分中国军队都没有与一个主要的军事强国进行实际战斗的有效经验。此外,他们的训练也像原来的北朝鲜军队一样,由于缺乏统一的装备和弹药供应无保障而大受阻碍。

> ......

> 从战术的观点上看,由于节节胜利的美军师全面投入战斗,因此,进行干预的黄金机会看来早已过去;如果中国计划采取这一行动,很难设想会把它推迟到北朝鲜军队的残部气数已尽的时候。

从纯军事角度上讲,威洛比对中国军队是否参战的判断,是有其道理的,因为他所看到的关于被俘的中国士兵的描写是这样的:

> 所有的人都没有任何正式标记,尽管其中几人用墨水在他们的军上衣里面写了他们的姓名和部队番号。他们的常服里塞满了棉花,通常是深黄色,与朝鲜的荒山秃岭颜色相仿。军官服装的不同之处仅仅是在裤线、上衣左面、领口周围和袖口有红饰线。棉军装在干燥天气中十分暖和,但浸水后却无法使之干燥。在棉衣里面,中国人穿的是夏季军装和他们碰巧穿上的任何衣服。布鞋没有鞋带,鞋底是橡胶做的。大部分步兵装备着日式步枪,显然是二次大战结束时在满洲缴获的。然而迫击炮和轻机枪却是美国造的,是从中国国民党人那里缴获的战利品。至少百分之七十的俘虏都是来自中国军队的一个

师,即一二四师,他们都说他们曾经与蒋介石打过仗。由于山地关系,中国军队没有装备大炮。

显然,这样的军队敢于和美军作战,是不可想象的事情。

另外,还有一个至今仍令军事专家们反复研究的问题,即中国军队参战的时机。如果中国真的想帮助北朝鲜统一全朝鲜,那么,北朝鲜军队打到釜山或者美军刚刚在仁川登陆时,是中国军队参战的最好时机。因为那时候在朝鲜半岛上的南朝鲜军队和联合国军队都十分脆弱,会在中国军队的突然进攻下立即土崩瓦解。如果是这样,朝鲜战争的历史将重写。但是中国军队没有介入。在联合国军已经占据绝对主动地位时投入军队,无异于往虎口中送食,没有人相信中国领导人会犯这样的军事常识上的错误。

至于中国领导人为什么决定在这个时候参战,仅仅从军事上解释是不够的,这一点很久以后联合国军方面才隐约悟出了一点儿头绪,而那已是两年后战争双方坐在板门店开始谈判时的事了。

威洛比说,由于地理、历史和政治上的缘故,战场上出现少数中国的志愿人员不足奇怪,其人数不会超过五千人。

在威洛比下这个结论的时候,已经与南朝鲜军交战的中国人民志愿军,依照彭德怀的命令,正向依旧分路北进的联合国军包围而来,其兵力总数已达二十五万人。

第三十八、第三十九和第四十军,分别向熙川、云山方向前进。二十七日,南朝鲜第六师主力和第一师,为增援远离主力的七团,向温井方向移动,与志愿军在温井以东、以南地区形成对峙局面。由于第三十八军距熙川尚有六十公里,彭德怀再次改变攻打熙川的原定计划,命令第四十军围歼温井地区的南朝鲜军,诱导熙川、云山、球场的南朝鲜军增援,然后用第三十九、第三十八军打援,同时抽调第四十军一一八师撤出已经占领的温井,掉头向北,配合第五十军一四八师歼灭已经到达中朝边境的南朝鲜第六师七团。

第四十军——九师首先在立石洞歼灭了南朝鲜第六师十九团的一个营。这是一次小规模的歼灭战,被兵力处于绝对优势的中国军队包围在一条山沟里的南朝鲜军士兵四处突围,他们在一处只有一个营部阻击的部位几乎突围出去,但突破口即刻又被重新封堵。结果是,南朝鲜军队的这个营大部分士兵被打死,两百三十名士兵被俘虏。同时,在龟头洞方向,一二〇师包围了南朝鲜第八师十团的一营、三营和第六师十九团的一个营。在一块小小的盆地里,经过五个小时的战斗,南朝鲜军队被打散,除伤亡外三十名士兵被俘。当这些俘虏后来听到"你们愿意上哪儿就上哪儿"时,简直不敢相信自己的耳朵,因为他们的上司说过共产军是杀害俘虏的。

在另一条山沟里,中国士兵包围了大约一个连的南朝鲜军士兵。一个被俘的南朝鲜军营长害怕被杀,用自己的怀表和钞票向中国士兵行贿,遭到了拒绝。当时的北朝鲜币一元钱可以买到三只母鸡或者几脸盆煮熟的板栗。中国士兵的行为感动了这个南朝鲜军官,于是由他喊话,八十多名藏在山沟里的南朝鲜士兵出来投降了。举着枪走出来投降的南朝鲜军士兵喊着一句话,中国士兵没有人能听懂。后来翻译对士兵们说,这句话的意思是:共产军万岁! 这支拒绝贿赂的中国连队,是第四十军一二〇师三五八团五连,也就是毛泽东在中国解放战争时期曾经嘉奖过的在盛产苹果的锦州郊区不吃群众苹果的那支部队。

温井地区的歼灭战,中国军队缴获甚丰,除七百多名俘虏外,还有大量的汽车和火炮。但是,由于志愿军中会开汽车的人不多,缴获的汽车大多停在路上,它们很快就被美军飞机炸毁了。

在所有缴获的物资中,有一辆装满电影胶片的汽车,躺在汽车边的一具尸体的臂章上有这样的字样:

政工　大韩民国太阳映画社　制造部部长韩昌夔
九月三十日签发

美国随军记者当时这样报道："次日清晨,中国人沿公路直捣温井,驱逐和击溃了韩国剩余的守备部队。当韩国的另一个团赶来救援时,也与为数众多的中国人相遇,并丢弃了该团所有的车辆和炮兵连。"

温井的战斗正在进行的时候,南朝鲜第六师七团的美军顾问弗莱明率领一个加强排自古场出发,进入了位于中朝边境的楚山镇。他看见一些零散的北朝鲜士兵正通过鸭绿江上的一座浮桥往中国东北境内撤退。弗莱明命令机枪向中国境内扫射。弗莱明的心情是激动的,因为他可能是美军中第一个看见鸭绿江的人。他甚至走到江面上,在白雪覆盖的冰面上散了一会儿步,他想要记住这个时刻。最后,他留下一个战斗小组,然后回到古场,召开七团的军官会议,计划明天全团进入楚山。

就在这时,弗莱明接到师指挥所发来的电报,电报命令七团立即撤退。电报还告诉他,二团已在温井被击溃。这个消息令弗莱明大吃一惊。七团作为南朝鲜第六师的前锋,在向鸭绿江推进的行动中可谓出尽风头,其速度之快得到一片赞扬之声。现在弗莱明手里还有一份印有东京报纸大标题的电传:联合国军前锋已到达鸭绿江,炮兵已向中国境内试射。到底发生了什么事情? 二团被什么部队击溃的? 如果真是这样的话,那么七团的后方在哪里,是不是已经成为孤军了? 弗莱明顿时一身冷汗。七团已经没有汽油和弹药了,于是弗莱明回电:如果不补充足够的汽油、食品和弹药,七团就无法移动。

当南朝鲜第六师七团在距离中朝边境几公里远的地方等待空投的时候,中国第四十军一一八师以其三五三团为前锋正徒步向他们急促包围过来。这个刚刚打完出国第一仗的部队,现在掉头朝中朝国境线方向突进,官兵们忍受着寒冷、疲劳和饥饿,在海拔两千多米的山林中开始了昼夜兼程的急行军。就在南朝鲜军等待空投的两天中,中国士兵走了近三百公里的崎岖山路,于二十八日到达龙谷洞以南地区。

二十八日中午，七团终于看到了给他们运送补充物资的四架运输机。运输机空投下四十五桶汽油和两百发炮弹以及其他的物资。在给车辆加油之后，下午，七团开始撤退，目标龙谷洞。

三五三团团长黄德懋亲自在龙谷洞选了一片扼守公路的有利地形，然后命令部队构筑野战工事。由于这里距离中国不远，北朝鲜的老百姓对志愿军格外热情，妇女们送来的热饭让中国士兵们感动不已。甚至有一支撤退到这里的北朝鲜炮兵连用牛把仅有的几门炮拖来要求参战。

二十九日上午八时，南朝鲜第六师给七团发来电报："你团已显然处于危险状态，望尽最大努力争取突围成功。"

九时，七团的先头部队二营进入了三五三团的阵地。在突然而猛烈的射击下，二营即刻乱了队形。尽管有四架美军F-51战斗机的支援，七团面临的崩溃局面仍是不可挽回。十二时，师长金钟五终于发来一封"令人心碎"的电报："除能携带的作战装备外，其余装备均予以破坏和烧毁，并到桧木洞集结。"这封电报的实际意思是：不管用什么方式，只要逃出来就行。

接近中午的时候，战场突然寂静了。

寂静的出现令南朝鲜军士兵十分不安，但他们已经没有时间猜测和判断了，他们不得不开始急切的行军——继续向南撤退。但是，天一黑，他们的末日来临了。

下弦月清冷的微光照在残雪上。突然间，满山遍野响起了中国军队的军号声。在中国军队突然发起的夜袭下，南朝鲜军队无法组织起有效的作战行动，成百上千的士兵在夜色中惊恐地四处逃散。由于这些南朝鲜军士兵如此地接近了中国边境，中国士兵心头的仇恨格外强烈，他们奋不顾身地在月光下追击着南朝鲜军士兵，呐喊声响彻山谷。

《韩国战争史》是这样记载这场战斗的：

一到子夜,中共军吹喇叭敲锣打鼓,集中大批兵力进击第二营和第三营防守的阵地正面,企图通过强袭突破进行分割包围。两个营的全体官兵决心阻止和消灭该敌。但因敌持续以大兵力实施集中攻击,经两小时激战,我军阵地有几处被突破。两个营不得不撤往丰场方向。中共军乘胜追击,二时已逼近丰场。

在丰场,第一营为了尽力掩护前方两个营后撤,并争取时间整编,将李大榕上尉指挥的第一连配置在道路右侧洼地,将第二连和第三连配置在道路左侧的两条棱线上,然后集中所有火力阻敌前进。经约一小时短兵相接,最后因寡不敌众,第一营被击溃,丰场终于被突破……如上所述,我军在中共军采用人海战术进行作战的最险恶的情况下,为了消灭敌人,宁死不屈,英勇献身。在我军的威力面前,中共军不顾伤亡,连续蜂拥猛进。随着时间的推移,战况对我越来越不利,大部队的集结行动受到很大限制。值此,第七团团长林富泽上校,为使部队的损失减少到最低限度,最后战胜这一危机,断然下令:"各部队竭尽全力分头突围,到球场洞集结。"

所谓"人海战术"是南朝鲜军队惊慌中的错觉。从双方的兵力上看,这场战斗基本上是一个团对一个团。而且,中国军队没有炮兵的支援,更没有空中的火力支援。

据联合国军方面统计,这次战斗,南朝鲜第六师七团损失了所有的重装备,全团三千五百五十二名官兵中,只有八百七十五人逃了回来,其他的军官和士兵、包括美军顾问们则非战死即被俘。

弗莱明是这场战斗中唯一活下来的美军顾问。他被俘时浑身已有十五处中弹。这位一九四二年从珍珠港入伍、一九五〇年九月十九日来到朝鲜的美军少校,在朝鲜战场上当了四十天的顾问后,躺在冰冷的雪地上奄奄一息。这时,那条中朝边境上冰封的美丽大江在他的脑海中已经模糊不清,他对中国军队的翻译说,他很想念他在美国的妻子和他那座有一百八十英亩土地的农场,并且声明他上过大学是个文明人。三年后的一九五三年秋天,作为交换的战俘弗莱明回到了美国。

志愿军第三十八军出师不利。

按照原来的部署,这个军渡江后在江界集训三个月,作为志愿军的战役预备队,等待改换装备后再投入作战。谁知道刚一入朝,彭德怀就命令他们立即向熙川方向开进。匆忙前进的部队在狭窄的公路上与撤退下来的北朝鲜军队和政府机关的车辆挤在一起,军部与各师的联络因此中断。而更令军长梁兴初恼火的是,军司令部的一辆车翻了,包括作战科长在内的司令部人员非死即伤。还没有见到敌人就出现严重的伤亡,这也许不是一个好征兆。这时,彭德怀打来电报,命令第三十八军配属第四十二军一二五师迅速集结于熙川以北,准备歼灭南朝鲜第八师。军司令部立即起草了作战计划:一一三师担任主攻,一一二师迂回熙川以东切断敌人退路,一一四师为预备队。可是,一一三师怎么都联系不上。这时,一一二师发来的一封电报令军指挥部所有的人都大吃一惊:熙川发现一个美军黑人团。这个情报与志愿军司令部通报的"熙川只有南朝鲜军队一个营"相差太远。第三十八军的指挥员谨慎起来,直到二十九日才对熙川发起进攻。结果,除了在熙川外围俘虏一百多名南朝鲜士兵外,攻入熙川城的时候城内空无一人,南朝鲜第八师已经在几个小时前逃走了。而情况证明熙川根本不存在一个美军黑人团。

第三十八军的贻误使彭德怀"首歼熙川之敌"的计划落空了。

熙川之战,本是第三十八军这支在中国军队中享有盛誉的部队在朝鲜战争中的第一仗,战机的贻误给这支部队的历史留下了说不尽的遗憾。

在中国军队的突然打击下,首当其冲的南朝鲜第六师在最初的三天内,二团、七团、十九团以及第八师的十团都遭受到致命的损失。

美第八集团军的右翼就这样崩溃了。

而此时,美第八集团军的左翼依旧在北进。

麦克阿瑟在中国军队已经参战,并在其右翼撕开战役缝隙的时候,仍然下达继续向北进攻的命令,除开对情报的误判之外,沿着西海岸北进的美军第二十四师几乎没有受到阻击是一个重要的原因。

在中国军队入朝参战的最初几天,沿西海岸公路向南的中国军队推进的速度十分缓慢。虽然美第八集团军的右翼由于南朝鲜第六师的惨重失利而失去了保护,可是沿着西海岸长驱直入的美军还是到达了距离中朝边境上的新义州仅八十公里的地方。由此,中国军队与美军的实际战线已经交错在一起,志愿军必须在其侧后存在着严重威胁的情况下作战了。

第二十四师是最早进入朝鲜的美军部队,曾经在北朝鲜人民军的凌厉攻势下损失巨大。进行补充后,现在它依旧可以于西海岸走在最前面。其先头部队是英军第二十七旅。三十日,英军第二十七旅占领定州。这个旅自二十一日从平壤出发,一直担任着前卫任务。到达定州的时候,旅长考德突然命令部队停止前进,他要求换班,也就是说该让美国人走在前面了,理由是他的士兵在连续不断的行军和对付北朝鲜散兵骚扰的九天中"精神和体力都到达极限了"。考德提出这个要求后,命令部队在定州宿营。他对他的下属军官们说,等美军一接班,第二十七旅的任务就算完成了,"没有人对到鸭绿江边闲逛感兴趣"。

就在这个时候,在帐篷里熟睡的澳洲营营长格林中校被强烈的爆炸声惊醒了。北朝鲜军队的炮兵开始扰乱射击,结果有六发炮弹落在澳洲营营部,其中的一发在格林中校的帐篷旁边爆炸了。炸成重伤的格林被送往安州的美军医院,三天后死亡。格林是朝鲜战场上除美军之外第一个死亡的联合国军参战国的军官。

第二十四师师长丘奇将军立即命令二十一团越过英军第二十七旅连夜向北推进。二十一团的美国兵在很亮的月色下,听见了前面北朝鲜军队的坦克向后撤退的轰鸣声。二十一团一营,是在史密斯营长的带领下最早踏上朝鲜国土的部队,也是在乌山一战中最先狼狈逃窜的部队。在丘奇师长的命令下,这回它又走在了向北进军的二十一团的最前面。

十一月一日十二时,史密斯到达距新义州三十公里的停车洞。当他准备到鸭绿江边看一看的时候,丘奇师长的命令又一次到达:立即停止前进,就地构筑纵深防御阵地。在日后朝鲜战争的浩瀚史料中,关于史密斯中校接到这一命令后的表情居然有着详细的描述:史密斯当时"哑然失笑"。没人能准确地理解这位美军中校的笑容,只有他自己才能仔细体味。自从仁川登陆以后,作为军人,第一个到达鸭绿江的荣誉肯定会抵消在乌山失败的耻辱,而目前好不容易"一切顺利",眼看就要以他在鸭绿江边的照片为标志结束这场战争了,眼前的命令却是让他"停止前进",史密斯营长对这个命令有了黑色幽默的反应也就不足为奇了。

接到命令的时候,北朝鲜坦克开始炮击了。配属给史密斯的美军坦克六营的杰克连长亲自驾驶一辆坦克率领美军还击。北朝鲜的七辆 T-34 坦克在三百米的距离外齐射,坦克炮弹喷出的橘黄色火球一个个飞向月光下轮廓清晰的美制"潘兴"式坦克。于是,在距离中国边境很近的这个名叫停车洞的地方,朝鲜战争中最大规模的坦克战开始了。所谓最大规模,实际上仅仅是北朝鲜军队的七辆坦克对美军的十多辆坦克,结果是北朝鲜的五辆坦克被击毁。

与此同时,占领龟城的美军第二十四师五团接到从通信飞机上投下的信筒,里面的命令是:停止前进,就地待命。在回应了同样"哑然失笑"的理解后,晚上,五团与史密斯的部队一起向后转了。他们不知道,此刻他们的身后已经埋伏着一个巨大的灾难,他们缓慢的行军就要变成疯狂的奔逃了。

三十日,南朝鲜第一师师长白善烨在他设在云山城内的指挥部里感到了一丝不祥。此时他实际上已经是军长了,因为任命他为第二军军长的命令已于二十四日下达,但随后战局的突变又恢复了他第一师师长的职务。应该说,是中国军队的参战令他在军长的位置上仅坐了一天。他曾是满洲国军队里的一名中尉情报官,在热河地区跟中国的抗日武装打过仗,是个"中国通"。他对中国共产党军队的了解,是他此刻感到不祥的根本原因。第一师连续遭受的损失和面临的强劲阻击,令他本能地感到他遇到的肯定是中国军队。他收到的战场报告中这样写道:"敌人在云山四周急促地前进,他们的队伍在山脊上移动时,看上去好像整个山都在运动。"二十九日,白善烨命令第一师向云山的西北方向进攻,结果除了伤亡之外没有任何进展。他的下属报告说:"敌人通过巧妙伪装的深堑进行极其顽强的抵抗,十五团和十二团主攻的高地一夜间变成了蜂窝一样的要塞。尽管遭到反复的炮击和轰炸,敌人仍然毫无畏惧,我们的士兵每逼近一步,都有下雨般的手榴弹劈头盖脸地抛来。"

顽强的阻击,巧妙的伪装,天才的土工作业和大量的手榴弹,不是中国军队还能是什么人?

白善烨对美第一军军长米尔本报告说:"在云山周围,全是中国的正规军。总之,有很多兵力。"

云山被包围了。

白善烨盼望的是美军增援部队快些赶来。

对于美军骑兵第一师的官兵们来讲,他们的目标云山可不是什么好地方。

就在第八集团军右翼崩溃的迹象越来越明显的时候,沃克将军沉不住气了。随着时间的推移,夺回温井的可能性愈加渺茫,而熙川也出现了据说是大量的中国军队,云山更是在数量巨大的敌人的三面包围之中,尽管南朝鲜第一师多次突击,企图打开局面,但成效不大。在沃克看来,再这样下去,战机就会白白地消失,他的第八集团军将无所作为。沃克下了决心,他指示米尔本军长,把在平壤执行守备任务的骑兵第一师调往局势最扑朔迷离的云山方向,任务是超越南朝鲜第一师打开北进的局面。

骑兵第一师官兵撤回东京的梦想,被这个短短的命令粉碎了。他们在向北开进的时候心情极其不佳——"暗云低垂下遍地岩石的山脉,像可怕的影子一样浮现在如血的夕阳之中。"

三十日,骑兵第一师到达龙山洞,并决定由八团前往云山,任务是"超越韩国第一师,向朔州附近突进"。第八集团军骑兵处处长在八团出发时提醒了他们一句:"在云山附近采取进攻行动的很可能是中国军队。"可惜的是,包括团长帕尔马在内的所有军官并没有在意,原因是他们"没有摆脱一般的潮流——中国决不会在这个无可奈何的时候介入战争"。

三十日下午,八团到达云山,云山的景象令他们顿时胆战心惊:山岭上燃烧着熊熊大火,黑色的浓烟遮天蔽日。南朝鲜士兵说,是中国军队放的火,目的是防空。

中美两军历史上的第一次战斗已经不可避免。

美国军方对中国军队是否会介入朝鲜战争,一直有一种难以描述的矛盾心情。第八集团军的一位参谋人员事后回忆说:"八团有这样一种倾向,与其说是对这个情报有怀疑,不如说是不愿意相信。"

截止到三十日,中国第三十八、第四十军的六个师已经集结在准备夺取清川江至军隅里一线地区,第三十九军已经完成对云山的包围;在西海岸集结的第五十、第六十六军正在等待着美军第二十四师。中美两军都采用的是右翼守势、左翼攻势的战法。从军事上讲,这是"勇者胜"的阵势,也就是说,谁更早更多地感到后方受到威胁,谁就注定会一败千里。

由此可知,彭德怀在入朝第一天就建议第五十、第六十六军迅速跟进入朝,用这两个军的十万兵力沿西海岸稳步推进的奥秘所在了。

沃克的第八集团军的后方此时所面临的灾难,远不是一个骑兵第一师能够拯救的。命令骑兵第一师向北增援,事后成为沃克最后悔的决策之一。

云山：中美士兵的首次肉搏

一九五〇年十一月一日，云山城的早晨笼罩在浓重的雾气之中。中国第三十九军一一六师师长汪洋在前哨观察所里万分焦灼，因为在校对好攻击前进的地形和炮兵支援步兵的方案后，浓重的晨雾令他无法观察到云山城内的情况。中国军队没有侦察飞机，前沿的肉眼观察对指挥员来讲至关重要。晨雾一直到将近十时才淡下去，眼前敌人的一切动向逐渐清晰。

下午，汪洋骤然紧张起来。

通过观察发现，云山东北方向敌人的坦克、汽车和步兵开始向后移动，云山城附近的敌人也开始频繁往来。同时，右翼前沿的观察所也报告，他们发现正面的敌人背起了背包，乘坐汽车开始向后开动。

汪洋的第一个反应是：云山的敌人已经察觉三面被围，要跑。

汪洋看看手表十六时整，距离原定的进攻时间还有三个多小时，如果不立即进攻战机就会失去，这位中国师长的心剧烈地跳动起来。

这是朝鲜战争战局将要发生重要转折的一天。

联合国军的右翼已被击溃,沃克虽然调整了部署,渡过清川江的兵力有所增加,但继续北进的各部队实际上仍处于分散状态。

而彭德怀敏锐地意识到,志愿军刚入朝时的混乱局面已经结束,各军目前都已到达指定位置,现在,志愿军可以集中起十至十二个师共十五万兵力作战,兵力的优势必将迎来制胜的战机。彭德怀决心给联合国军以巨大打击的战役计划是:在敌人已经破碎的右翼突进,正面进攻配合纵深迂回,割断联合国军的南北联系,将敌人歼灭在清川江以北地区。

三十日晚,毛泽东为此发来电报:

彭邓并告高:

（一）庆祝你们歼灭伪八师四个营的胜利。（二）你们三十日九时的部署是很好的。我方对敌人数量、位置、战斗力和士气等项均已明了,我军已全部到齐展开,士气高涨,而敌人对我方情况则至今不明了（只模糊地知道我军有四万至六万人）。因此,你们以全部歼灭当面敌人伪一师、伪七师、英二十七旅、美二十四师及美骑一师一部及伪六师、伪八师残部为目标是完全正确的。只要我三十八军及四十二军一个师能确实切断敌人清川江后路,其他各军师能勇敢穿插至各部分敌人的侧后,实行分割敌人而各个歼灭之,则胜利必能取得。（三）在大作战时请注意使用六十六军,以厚兵力。

毛泽东

十月三十日二十时

三十一日上午九时,志愿军总部下达作战命令:第三十八军迅速歼灭球场之敌,而后沿清川江东岸向院里、军隅里、新安州方向突击,切断敌人退路;第四十二军一二五师向德川突击,占领该地阻敌增援;第四十军迅速突破当面之敌,于一日晚包围宁边南朝鲜第一师并相机歼灭之,得手后向灯山洞突击,切断美军骑兵第一师的退路,另留一部于上九里洞地区防云山之敌逃窜;第三十九军于一日晚攻歼云山之敌,得手后向龙山洞地区突击,协同第四十军围歼美军骑兵第一师;第六十六军以一部于龟城以西钳制美军第二十四师,另一部阻敌运输增援,军主力从敌侧后突击美军第二十四师。

从毛泽东的电报和志愿军总部的命令上看,此战役决定性的要点是:第三十八军必须穿插到位。毛泽东和彭德怀都对第三十八军寄予了厚望。现在,第三十八军的进攻已经开始,在打下苏民里后正向球场方向前进。彭德怀特别嘱咐云山正面的第三十九军,要等第三十八军接近指定位置后,再开始对云山的攻击,而不能在敌人的后路没有被切断时让机械化很强的敌人跑掉。

可是,在没有遭到攻击的时候,云山之敌已经有了逃跑的迹象。

第三十九军军长吴信泉决定把攻击的时间提前至十七时。

彭德怀同意了。

云山正面蓄势已久的中国大部队就要席卷小小的云山城了,而彭德怀全部歼灭敌人的战役企图,就取决于右翼横向向西穿插的第三十八军前进的速度了。

事后才知道,一一六师师长汪洋发现的云山正面的联合国军并不是在撤退,而是南朝鲜第一师的部队正在与美军骑兵第一师八团进行换防。换防之后,在中国军队发起攻击的瞬间,骑兵第一师八团就位于最前沿了。这一点,中国第三十九军的官兵并不知道,攻击开始以后他们依然认为对方是南朝鲜第一师的部队。

第三十九军心急如火的炮火准备,于十一月一日下午十六时四十分开始。五颜六色的信号弹在黄昏的天色中腾空而起,各种火器发出的声音震荡着云山山谷。

紧跟在炮火之后,步兵开始向云山发起冲击。

在肃清云山外围小高地的战斗中,南朝鲜军队的防线很快被突破。美军骑兵第一师八团团长约翰逊上校看见了退下来的南朝鲜士兵,后来他是这样描述的:"他们是泥塑的部队,完全是一种精神恍惚的状态,对于我的吉普车、对于附近时而发生的枪声,全不在意,全无表情,同我在巴丹见到的投降之前的美国兵一个样。"

根据美军战史记载,中国军队的炮火十分猛烈,一检查弹道,发现是二战中曾在斯大林格勒让德军胆战心惊的八十二毫米"喀秋莎"火炮。这种武器的出现,意味着进攻的军队不是一般的军队,约翰逊团长这才意识到问题严重了。中国军队几乎看不出队形的攻击人流,在各个方向上时隐时现,瞬间便冲到了美军跟前。三四七团的一个名叫张生的士兵在部队受到机枪阻击停止前进时,绕到这个机枪阵地的后面,他没有用枪,而是抱住美军的机枪手一起滚下了山崖。——类似的情景在云山四周漆黑的山冈上到处发生,云山外围的一个个高地随之被突破,美军士兵们在他们听不明白的呐喊声中不断地死伤。诺曼·艾伦上尉惊恐地说:"谁要敢说那不是中国人,这个人肯定是疯了!"

在肃清云山外围的战斗中,第三十九军三四八团二营的官兵创造了一项朝鲜战争中的纪录。他们沿着三滩川东岸向云山方向攻击,一班副班长李连华在炮弹爆炸的火光中,发现前面不远处有四个房屋大小的物体。李连华战前曾到这里侦察过,这里原是一片开阔地。他谨慎地向前摸过去才看清楚,这里居然有四架飞机!原来这个开阔地成了美军的临时机场!守卫机场的美军士兵立即与中国士兵短兵相接,战斗中一班伤亡严重,仅剩下李连华和另外一名战士。这两名中国士兵固执顽强地向飞机接近,两个人虽都已负伤但始终没有倒下,直到把最后一个抵抗的美国兵从一架飞机的座舱里拖出来。中国士兵占领这个临时机场后,立即用人力企图把沉重的飞机推到隐蔽的地方藏起来,但是推不动,于是就用大量的玉米秸把四架飞机遮盖起来。

后来得知,这是一架炮兵校射机和三架轻型飞机,是在日本的美军远东总部派来的,它们于这天下午从东京机场起飞,飞机上乘坐的是前来采访美军骑兵第一师的记者。记者们没有来得及采访就遇到了战斗,紧急起飞没有成功,原因是飞机被中国士兵包围了。中国士兵依靠他们手里的步枪和刺刀缴获了四架美军飞机。这是中国人民志愿军在朝鲜战争中唯一一次缴获了美军的飞机。

天亮以后,被中国士兵藏在玉米秸下的四架飞机,被八架美军"野马"式轰炸机发射的火箭击中烧毁。

半夜时分,志愿军的一支分队到达云山以南十五公里的公路口,截住了一队从云山逃出来的美军坦克车队。在惨烈的混战中,中国士兵赵顺山、于世雄和田有福各自与美军士兵扭打在一起。"那个美国兵很高,很胖,搞不清他是司机、军官,还是机枪兵。"赵顺山回忆道。无法知道第一次与一个外国人进行肉搏的赵顺山在殊死的战斗中是什么感觉,就在脸对脸的瞬间,在火光激烈的抖动中,赵顺山看见"他的眼珠是黄绿色的"。扭打中,美国兵掏出了手枪,可赵顺山腾不出手来制止,他大声喊:"于世雄!快帮我把这家伙的手枪抢过来!"于世雄腾出一只手打掉了那个美国兵的手枪。就在这时,与于世雄抱在一起的那个美国兵掏出手枪向他的腹部开了一枪。愤怒之极的赵顺山发现了美国人身上插着的洋镐,于是他拔出来,向被自己压在身下的美国兵的头上砸下去。在美国兵惨厉的叫声中,于世雄身上的那个美国人崩溃了,他愣愣地站起来,双手抱头就跑,但是已经受伤的于世雄紧紧抱住了他的腿。赵顺山说:"我的动作更快,八寸长的洋镐已经举起来,敌人用两手抱住脑袋也救不了他。我的洋镐穿过他的手背,整个刨进他的脑袋里。"

恶战结束了。于世雄和田有福都躺在工事旁边,他们已经昏迷。赵顺山回忆道:"我跪在于世雄身边,他的左手还紧紧地握着敌人的手枪,牙齿咬得紧紧的。我擦着他身上的血迹,在他的肚子上找到手枪弹的伤口。我心里非常难过,他是为我受伤的。田有福躺在于世雄旁边,他的右腿断了,整个裤腿已经被鲜血染红。他是在肉搏战开始前负伤的,可是当敌人扑上来时,他仍然用仅有的一条腿跪着抱住敌人,一直拖到我刨死敌人为止。"

这时,云山城内已经陷入混乱。冲入城内的第三十九军一一六师三四六团的先头部队四连到达了公路大桥,守桥的是美军骑兵第一师八团三营 M 连。"一个连的士兵纵队沿着通往龙山洞的干道严肃而整齐地接近南桥面。警戒该桥的美军士兵可能认为他们是南朝鲜军队,没有查问就让通过了,因为他们是堂堂正正、十分肃静地走过来的。"美军战史记述道,"纵队通过桥以后一直在干道上北进,不久接近了营部。突然间,他们吹起了军号,开始一齐向营部袭击。"四连的军事行动如同是在舞台上演出,除了胆大包天之外,中国士兵的机智在此表现得淋漓尽致。据中国第三十九军史料记载,他们在通过公路大桥的时候,甚至"还和美军握了一下手"。骑兵第一师八团三营营部立即混乱起来,中国士兵成扇面队形展开,营部周围一片白刃战的格斗声。

此战,美军战史详细描绘道:

> 三营的军官们意识到,通向南方的道路已被中国军队控制,遂决定从陆路撤退。他们将车辆一辆接一辆地排好,精疲力尽的士兵睡在卡车的驾驶室里、车厢上和散兵坑里,等候撤退的命令。但一个连的中国士兵偷偷越过了警戒线——哨兵把他们当成韩国军队了——突然间,军号声响彻寂静的夜空。一个士兵后来报告说:"有人唤醒我,问我是否听见一群马在奔跑……接着传来军号的滴答声,但离得很远。接着有人吹响了哨子。几分

钟后，我们这里就打成了一片火海。"……一群模糊不清的人影仿佛从天而降，并立即向他们发现的任何人开枪和拼刺。

中国军队的手榴弹把罗伯特·奥蒙德营长炸成重伤，他和麦卡比上尉一起逃出营部。一颗子弹打飞了麦卡比的钢盔，几秒钟后，又一颗子弹钻进了他的肩胛骨。由于失血过多，麦卡比躺在路边不能动了。但是，接下来发生的却是令这个美军上尉奇怪和幸运的事情：几个中国士兵用刺刀指着他，但却没有刺他，甚至没有缴他的枪，只是互相说着什么。麦卡比用手指了指南边，中国士兵掉头就走了。麦卡比上尉活了下来。他至今说不清自己到底是怎么活下来的，他认为那几个围着他的中国士兵互相说的话是在商量什么，商量的结果是他不怎么像敌人。而奥蒙德营长在"受伤几个小时后便死去了"。

天亮以后，美军轰炸机轮番飞临云山公路大桥上空，对这个被中国军队占领的交通要道进行了猛烈轰炸。骑兵第一师八团三营这才有机会清点人数，但死亡的人数已经无法点清，光在由三辆坦克构成的小小环形阵地里就躺着一百七十名伤员。

最先冲入云山街头的中国军队的一个先头班，只剩下四个人还没有负伤。他们两人一组，沿着街道搜索，但是被一辆美军坦克封锁住了前进的道路，坦克上的重机枪火力使后面跟进的中国官兵受到伤亡。先头班班长赵子林火了，他爬到一间小商店旁边，从与美军坦克对射的友邻部队那里弄到一根爆破筒，赵子林攥着爆破筒向那辆坦克爬去。美军坦克掩护着几辆满载士兵的卡车，疯狂地向接近的中国士兵射击。为了掩护赵子林，中国士兵拼死与美军纠缠。赵子林终于接近了坦克。坦克履带碾压的声音很大，震得街道的地面剧烈地颤抖。突然，赵子林在坦克的正面站了起来，一直到坦克开到眼前的时候，他拉开了爆破筒的导火线。巨大的爆炸声惊天动地，赵子林最后用力地睁开眼睛，他看见战友们正穿过黑色的硝烟向美军冲去。

云山城的美军开始向南撤退，但是他们的后路已被截断。

中国第三十九军一一五师三四五团的士兵抢占了一个名叫诸仁桥的公路路口。这场战斗结束时，几十个美军士兵在猛烈的攻击下举着白旗投降了。他们对翻译说，他们的军官说过，投降有四个条件：一是没有子弹了，二是没有干粮了，三是联络中断了，四是突围不了。他们现在符合投降的所有条件。

十一月二日拂晓，美第八集团军命令全线撤退。

位于西海岸的第二十四师接到的命令只有一句话：撤退至清川江一线。这个师的美军官兵们此刻充满着不安的情绪。是苏联军队参战了？还是中国军队把后路切断了？或者是北朝鲜彻底投降使战争结束了？美军官兵在悲喜交织的谣传中忐忑不安——"官兵们抱着失望和被狐狸迷住了一般的情绪，开始了后退。"

电报、电话、侦察机的报告，雪片一样向第八集团军司令部飞来。在大量片断的、悲观的情报中，也混杂着依然持乐观看法的报告，它们给沃克的参谋们造成了判断上的灾难。美军战史在描述当时的气氛时写道："这是终日歇斯底里、狂热工作而效果最差的一天，也是发生了若干错误的一天……一个接一个的朝令夕改的命令，流水般地不停地发出……"

这时，美军骑兵第一师五团从博川方向急促增援而来，但是当他们行至云山以南龙城洞至龙头洞之间的公路附近时，受到中国军队的顽强阻击。阻击的部队是中国第三十九军一一五师三四三团。美军动用坦克和重炮发起猛烈的轰击，轰炸机洒下倾盆大雨一样的汽油后发射出燃烧弹，中国军队的阻击阵地顿时成为一片火海。阻击异常艰苦。在三四三团三连的阵地上，天上是美军几十架战斗机在扫射，地面上是一波又一波的坦克配属步兵的冲击，原来林木茂密的阵地已经变成了一片焦土。三连全连一百六十人，打到最后只剩下几十人。在残酷的战斗中，当美军坦克的履带声在火海中再次响起来的时候，一位副营长逃跑了。但是，这个营没有牺牲的士兵依然在暴烈的枪炮中坚守阵地。在美军士兵距离阻击阵地前沿仅有二十米的时候，大火中的中国士兵又一次站起来，他们端着刺刀开始了残酷的肉搏战。

美军不明白中国士兵为什么烧不死。其实中国士兵的办法很简单，就是在阻击阵地上挖防火沟。农民出身的中国士兵对挖沟很在行，他们在枪弹横飞之中不停顿地挖沟，把熊熊燃烧的烈火与藏身的工事隔离开来。甚至当战斗将要结束的时候，三四三团的团长走上阵地，看见他的士兵们依旧在疯狂地挖沟！

公路大桥桥头工事里的美军看见一个中国士兵镇静地向他们走过来，美国兵一时间懵了，他们不明白为什么会出现这样怪异的情景。中国士兵李富贵把自己身上准备买一支钢笔的一百万元东北币掏出来，交给他的班长，表示不炸掉这个疯狂扫射的工事他就不回来。他赤脚跳下已经结冰的小河，在河中央他的左肩中弹，疼痛令他流出了眼泪，但他没有停下来。他一直走到美军的工事前，把五颗捆在一起的手榴弹塞了进去。手榴弹爆炸了，一个班的美军士兵连同水泥钢筋一起飞扬起来。血人般的李富贵站在小河中笑了，他刚要抬腿跟随自己的部队追击，却一头栽倒在水里，原来他赤着的脚已经与河水冻在了一起。

夜晚来临了，作为预备队的骑兵第一师七团派出一个营再次增援，企图解救出正在被中国军队逐渐吃掉的八团。这个营的上尉排长麦克霍恩，后来成为驻日美军陆军司令部情报与作战处长，他回忆说："看到若无其事走过来的部队认为是韩国军队。可是样子又不像。因而连长就问营长：'有南下的韩国军队吗？'回答说：'不知道。'又问：'那么可以射击吗？'回答说：'再等等。'当察觉的时候，已经被包围了。"美军的惯例是不在夜间进攻，但是这个夜晚对这个营的美军官兵来讲，不进攻比进攻还可怕。美军战史描绘说："整整一夜，高地的四周响起的军号、喇叭、哨子声此起彼伏。中国的少数侦察兵在这个营的四周转来转去,在不合时宜的时间吹奏不合时宜的乐器。第一次与中国军队对阵的官兵,在不了解实情的状态下,整夜不得安宁,被弄得神经过敏。这是一种原始的却是极有效的神经战。因此,美军给这个高地取名为'喇叭高地'。"

在第三十九军围攻云山的时候,第四十军也开始了对宁边的攻击,其一一九师为左路,一二〇师为右路,一一八师随后跟进。部队于石仓洞附近受到猛烈的炮火拦截。一二〇师三五八团八连与一一九师的两个连迅速深入敌后,顺着敌人炮弹出膛的声音寻找了五公里,终于发现了美军的炮兵阵地。他们立即展开攻击并使之瘫痪,俘虏了三十多名美军士兵。这是第四十军的中国士兵第一次看见美国人——"个子高高的,皮肤白白的",中国士兵惊奇地这么形容他们。

一一九师于曲波院遭遇正在向云山增援的南朝鲜第八师的两个团,中国士兵立即将其包围。南朝鲜军根本没有想到会在这里遭遇敌情,猝不及防下被中国军队的突然攻击击溃。中国士兵俘虏了太多的南朝鲜军士兵,其中仅六连一个连就抓了两百多人。没有东西给这些俘虏吃,他们就自己把老百姓的白菜拔光,还把老百姓挂在屋檐下的玉米生吃了。在中国士兵眼里,这是"严重地违反群众纪律"的事件,于是在缴了枪支后,他们把这些俘虏放了。俘虏中有美军骑兵第一师的几个人,中国士兵看着他们奇怪地说:"这些骑兵怎么没有马?"

第四十军继续向宁边前进的时候,一二〇师三五八团三营九连走在最前面。在坪洞地区的路边,他们遇到一道蛇腹形铁丝网,上面挂满了茶杯大小的铃铛。在他们想走近看明白的时候,猛烈的射击向他们袭来。九连遇到的是从泰川撤退下来的美军第二十四师。第四十军是最早在朝鲜战场上打响的志愿军部队,有趣的是他们的对手也是美军最先在朝鲜战场参战的部队。连续十天不间断的战斗,令第四十军的士兵已经饥饿不堪,虽然他们付出了极大的牺牲,但始终没能冲破美军的阻击,从而失去了包围宁边和切断云山之敌退路的机会,最终使彭德怀的作战计划部分地落空了。

在反复与美军争夺阵地的战斗中,第四十军无意间为中国军队做了一件有意义的事,那就是中国士兵在战斗中缴获了两件他们从没有见过的东西:一件是炮身又长又黑,炮尾呈喇叭状,炮弹上有许多洞的无后坐力炮;另一件是炮身短粗,像只大萝卜似的火箭筒。这两件东西从团交到师,从师交到军,从军交到志愿军总部,谁也没见过。后来被送到中国四川省绵阳的一个军工研究所。很快,这两种武器被仿造出来,迅速装备了中国军队。

此次多条战线上的作战,最让彭德怀不满的是第三十八军。十月三十一日,第三十八军攻占新兴里、苏民里地区,他们在第三十九军打响云山战役的那天才开始向球场方向前进。正如毛泽东在电报中所强调的,第三十八军的进攻路线是从侧面插入美第八集团军右翼的身后,只要进至军隅里、新安州、价川一线,就可以形成对清川江以北敌人的巨大的包围圈。但是,由于在穿插的路上不熟悉道路情况,同时又过于留恋小型的战斗,所以直到十一月二日,第三十八军才赶到预定地域。而这时,美第八集团军因意识到侧翼的威胁已经开始全线撤退了,并与南朝鲜军第一师在宁边东北地区,与美第二师在军隅里、价川地区形成互为掩护的态势。第三十八军终于没有达成预期包围敌人的目的。

当彭德怀得知第三十八军没按时到达指定位置断敌退路时,不禁勃然大怒。

云山之战,是中国人民志愿军首次以劣势装备严重打击了美军的成功战例。这次战斗共歼灭美军骑兵第一师八团的大部分、南朝鲜军第一师十二团一部,歼敌两千零四十六人,其中美军一千八百四十人,缴获飞机四架,击毁和缴获坦克二十八辆,缴获汽车一百一十六辆、各种炮一百九十门以及大量的枪支弹药。

云山之战在朝鲜战争结束后作为模范战例,被日本陆军自卫队干部学校收入《作战理论入门》一书。该书说:"对中国军队来说,云山战役是与美军的初次交战,尽管对美军的战术特点和作战能力并不十分了解,还是取得了圆满的成功,其主要原因是他们忠实地执行了毛泽东的十大军事原则,对孤立分散的美军集中了绝对优势的兵力进行包围,并积极勇敢地实施了夜间白刃战。"

而美国人的战史记述是:"中国人缺乏坦克、空中支援和重型火炮,取而代之,他们利用突然的奇袭来战胜美国人。中国军队的指挥官显示出非凡的能力,他们能够在丝毫不被敌军察觉的情况下,让数量庞大的部队利用夜间行军穿越种种艰险的地形……身穿打着补丁的棉军装的中国士兵在这件事情上胜过任何国家的士兵。他们能够在夜色的掩护下极其秘密地渗透到敌人的阵地中去,简直令人难以置信。"

中国士兵在云山战役被俘虏的美军士兵的背囊里,发现他们几乎人人都有几只朝鲜铜碗。后来才明白,这是因为美军士兵听说东方人使用的碗都是用黄金制造的,所以他们一边打仗一边收集着朝鲜铜碗。从这件事上就不难看出,美国人对东方民族的认识是何等幼稚。因此,北朝鲜一个名叫云山的小城,想必是在中国士兵吹响的喇叭声中幸存下来的、如果今天还在世已是白发苍苍的那些美国人永远不会忘记的地方。

天黑了,我们还在烟台峰上!

十月三十一日,负责朝鲜战场东线作战的美第十军军长阿尔蒙德亲临位于咸兴的南朝鲜第一军团指挥部,听取军团长金白一少将关于在部队前进的路上有大量中国军队存在的情报分析报告。报告说,可能存在的中国军队是第四十二军的一二四师,他们一周前从满浦镇附近渡过鸭绿江,从那儿开始徒步的夜间行进,迫击炮和弹药由骡马驮运。

为实施向朝鲜东北部北进的目标,阿尔蒙德的作战部署大致是这样的:南朝鲜第一军团沿东海岸公路向东北方向的边界推进;美军第七步兵师在其西南,顺着利原向北的公路到达中朝边境的惠山镇;在美军第七师的西南,是美军陆战第一师,它由咸兴向长津湖方向前进;而后到达的美军第三师负责其后方安全。——"我们这个军零散地分布在这一带相互隔绝的地形上。"连阿尔蒙德自己也意识到这一点十分糟糕。

当西线不断传来令人沮丧的消息时,阿尔蒙德接到的前方战报是:南朝鲜第一军团第三师的先头部队二十六团,在向水洞发动进攻的时候伤亡惨重。

阻击南朝鲜军的就是中国第四十二军一二四师的三七〇团。

美第十军由于元山港海域的扫雷和所属部队指挥官的谨慎,推进速度极其缓慢,这使彭德怀在西线战场打响之后消除了对东线的担心。

中国第四十二军一二四师和一二六师经过艰难的山地行军,于十月二十七日全部到达指定的防御地区。军指挥部的部署是:一二四师三七〇团和三七一团三营占领仓里、一一一五高地、七九六点五高地、草芳岭一线阻击阵地;三七二团和三七一团一营、二营位于下马岱里、雷洞里为预备队,师部位于富盛里;一二六师以三七六团占领赴战岭、高大山一线阻击阵地,师主力集结于葛田里一线为军预备队。军部位于旧镇。

就在一二四师全部到达指定阵地的这一天,南朝鲜第三师受命接替已经在黄草岭受到重创的首都师,于早上八时开始向朝鲜半岛北部的荒凉山岭推进。下午,一二四师三七〇团接到敌情报告:敌人正向水洞方向移动,目标是七九六点五高地。团指挥员立即命令四连前往阻击。

这时,因为连长带着一个排去寻找北朝鲜部队,四连实际上只剩下两个排的兵力了。夜幕降临,四连的士兵在寒冷的工事中没有睡意。午夜时分,他们听见山下传来脚踩落叶的脚步声。不一会儿,钢盔和刺刀的闪光在月色下出现了。位于前沿的五班在敌人距离阵地仅有十米的时候突然扔出手榴弹,机枪射手朱丕克跃出工事端着机枪向敌人扫射。南朝鲜军士兵在突然的打击下丢下几具尸体立即向山下跑去,眨眼之间消失在月色中。四连的士兵把他们遗弃的美制自动步枪捡了回来,对这种先进的武器感到新奇不已。当一位军官提醒勇敢的机枪手朱丕克,说他刚才打出的子弹太多应注意节省时,士兵们数了数,在南朝鲜士兵的尸体上捡回来的子弹比朱丕克打出去的还多,于是这位军官看着自己的士兵笑了。

后半夜,南朝鲜军队进行了几次偷袭,均未成功。

四连的官兵并不知道,他们所经历的仅仅是后来黄草岭地区极其残酷的阻击战的开始。

在以后的三天里,三七〇团在南朝鲜第三师二十六团的反复攻击下,付出了极大的代价。美军飞机像苍蝇一样在中国士兵的头上轰炸扫射,中国士兵可以看得见飞机上白星的标志,甚至可以看见座舱内美军飞行员的面孔。中国军队的阻击阵地上没有任何防空设施,巨大的爆炸声连续不断,灼热的弹片在令人窒息的烟尘中发出尖厉的哨声。支援南朝鲜军队进攻的还有数量巨大的炮群,它们在这个小小的高地上倾泻下密集的炮弹,高地上裸露的岩石在炮弹的爆炸中碎裂,碎片与弹片一样锋利。美军飞机还投下了凝固汽油弹,大火中,中国士兵或在地上滚动或挥舞着树枝互相扑打,以熄灭棉衣上的火焰。南朝鲜军队的进攻规模从一个连逐渐增加到两个营。四连的阵地前挤满了进攻的敌人,中国士兵可以看见身穿皮夹克的美军顾问混杂在南朝鲜军士兵中间。

中国士兵的伤亡是严重的,更为严重的是他们必需的生理需要。天黑下来以后,敌人的进攻停止了,但被照明弹照得白昼一样的漫长夜晚令中国士兵更加难熬。从团部到各个阻击高地的所有通路均被密集的炮火严密封锁,任何企图向阻击阵地运送物资的行动都没有成功。士兵们还是在进入阵地的那天吃过一顿高粱米饭,至今没有一粒粮食被运到阵地上来。阵地上没有水,有人开始喝尿。毛泽东曾经提出三个问题让志愿军的干部们讨论:能不能打?能不能守?有没有东西吃?至少在黄草岭阻击阵地上,志愿军打了,也守了,但吃的东西却没有了。不要说四连这样的前沿阵地,一二四师全师的粮食也仅剩下三天的储备了。饥饿之外,就是寒冷。这里的气温在夜间已经降至零下,中国士兵们在山野露宿,棉衣早已破烂,手脚开始出现冻伤。野外的寒风中,有士兵在哭泣,原来是他手中的镐根本挖不动坚硬的岩石,整整挖了一夜,手掌被震裂,被炸平的掩体还是没有修复的希望。第四十二军的指挥员们焦急万分,但漫长而脆弱的补给线上还是没有好消息。于是他们作出了一个令这场战争显得格外悲壮的决定:军指挥机关人员每人每天只供给四两粮食,二线部队每人每天六两,一线官兵每人每天八两——至于能否把粮食送上阵地是另外一回事。关于修筑工事的工具,发动军后勤人员到北朝鲜废旧的矿区中去找。关于弹药缺乏问题,规定了"三不打":看不见不打,瞄不准不打,距离远不打。解决防寒问题的办法,除了"把被子撕下一头包住容易冻伤的手脚"外,还有一条是:建议互相拥抱。

二十九日凌晨,四连官兵得到炊事班冒着炮火送上来的一草袋土豆和半袋萝卜。指导员李兆勤命令干部们不准留下一个土豆、一个萝卜,全部分给士兵。于是每个士兵分到两个土豆和半个萝卜——正在吃,进攻又开始了。

这是战斗最为残酷的一天。天上美军的飞机格外多,地面上进攻的南朝鲜军士兵格外疯狂。阵地上没有可以燃烧的东西了,最后,是让凝固汽油浸透的泥土在燃烧。衣衫褴褛的中国士兵被炮弹炸起的泥土埋起来,又被战友再挖出来。所有的被子全部让卫生员撕成了止血的绷带。在纷飞的弹雨中,在敌我双方的尸体中,中国士兵寻找着可再供作战之需的弹药。南朝鲜第三师二十六团几乎用上了所有的兵力,沿着公路同时进攻数个高地,一支部队居然插到了四连的后面。中国士兵在前后受敌的情况下开始使用石头这个最原始的武器战斗,巨大的石块从南朝鲜军士兵的头顶上飞过,被石头砸伤的士兵的大声呻吟令企图进攻的士兵毛骨悚然。在伤亡几乎到达极限的时候,四连把一个班的预备队投入了阵地,这是最后的一拼。下午十七时,四连坚持到了上级要求他们坚守阵地的最后时间。

四连以杀伤敌两百五十名、坚守阵地三昼两夜的战果,赢得志愿军总部授予的"黄草岭英雄连"的称号。写有这一称号的一面旗帜,至今悬挂在中国军队一个连队的荣誉室里。尽管后来的一批批士兵也许并不清楚黄草岭这座山在什么地方以及那里曾经发生过什么,但是他们必定知道,高举过这面旗帜的前辈们肯定用生命书写过一段惊心动魄的往事。

　　美军陆战一师师长奥利弗·史密斯是个忧郁而谨慎的军官,他的这一性格使整个陆战一师在朝鲜战场上得以逃过灭顶之灾。十月三十日,当阿尔蒙德亲自飞到元山向陆战一师下达北进的任务时,史密斯看着眉飞色舞的阿尔蒙德,心里存在着剧烈的抵触情绪。阿尔蒙德站在地图前,一边做着进攻的手势,一边不断坑弄他的那根手杖,他在向陆战一师的军官们讲解该师向长津湖前进的路线时,"好像是筹划一次怡然自得的周末散步"。陆战一师将沿着长津湖的西岸向北推进,直捣中朝边境上的鸭绿江。阿尔蒙德最后说:"等你们把这一带扫荡完毕,韩国军队就会接替你们,然后我们就把美军撤出朝鲜。"陆战一师所有的军官对此都保持着沉默,这一点令阿尔蒙德军长隐约感到一丝不快。

　　陆战一师的军官们知道,南朝鲜军的一个师刚刚在他们将要经过的地方受到中国军队的重创,虽然中国军队已经从几个阻击阵地上撤退了,但是军事常识告诉他们,这些中国军队肯定又在其他的地方布置了陷阱。史密斯师长不愿意在无法弄清中国军队部署的情况下向前推进。尽管情报部门反复说,中国军队仅仅是为了保护长津湖水库附近几个向中国东北地区供应电力的发电厂而战,但是没有人会相信这些鬼话——西线云山附近的中国军队又是为了保护什么而战的呢? 况且,经过地形侦察,阿尔蒙德要陆战一师近万名官兵去的那个地方,简直就是个迷宫。从港口兴南到陆战一师的目的地下碣隅里,一百多公里的路途实际上是一条沙土和碎石混杂的小径,无数的急转弯和陡峭的盘山路不断地升高,直至进入连绵不绝的荒岭之中。其中最陡峭的就是黄草岭地区。这一地段一边是万丈悬崖,一边是高耸入云的峭壁,坡度陡得连吉普车都开不上去。这种地形简直就是为阻击设计的,陆战一师一旦进入随时可能遭遇大祸。再说,本应该是步兵的活,让精锐的陆战师来干,陆战一师的两栖作战传统将被玷污。陆战一师的作战处长看了地图后不寒而栗,他认为麦克阿瑟简直是糊涂透顶,因为东线的陆战一师和第七师距离西线的第八集团军太远了。但是,在这个作战处长看来,阿尔蒙德军长的态度"咄咄逼人几乎到了无以复加的程度",他已经"把当前的形势描绘成了一个势不可挡的胜利"。

在两翼都没有保护的情况下,孤军深入险要荒僻的山区,这等于令陆战一师命悬一线。

史密斯师长提出,必须在下碣隅里修建一个简易机场,以便在沿长津湖向北推进中运送补给和撤出伤员。

阿尔蒙德瞪大眼睛问:"怎么会有伤亡?"

"他甚至不承认会有伤亡!这就是你面临的局面!"史密斯师长后来回忆说,"我们还是修筑了一个简易机场,从那里我们撤出了四千五百名伤亡人员。"

陆战一师七团团长霍默·利兹伯格上校清醒地知道自己的团作为先头部队将面临什么。在出发的那个晚上,他对他的军官们说:"伙计们,我可以预料,肯定会遇到中国军队。我们很快就要参加第三次世界大战的序幕战了。"

陆战一师七团是从美国本土来的,因此比陆战一师其他的团晚一个星期到达朝鲜,但是该团很快就追上了主力部队。从仁川登陆后,通过汉城时由于进展神速,这个团被美军称为"飞毛腿利兹伯格"。

但是,在向长津湖推进的路上,"飞毛腿利兹伯格"走得缓慢而小心。其一营作为先头部队沿山路穿越山谷,二营则以利兹伯格称为"行进中的环形保护"方式沿两侧的山脊前进,三营殿后。在向水洞方向前进的过程中,他们遇到被打散的南朝鲜军队,知道了前面有中国军队,于是招来美军的支援飞机,用五百磅炸弹和二十毫米火箭弹猛烈轰击了中国军队的阻击阵地。十一月一日晚,在距离水洞不远的地方,陆战一师七团开始挖掘战壕以度过黑夜。

黑夜是中国人的。

午夜刚过,七团便遭到中国军队的攻击。

美军战史记载道:

> 冲天的火光和军号声是从每一条山脊发起这场进攻的信号。当中国人遇到抵抗时,他们用轻机枪和手榴弹凶猛拼杀;当他们在防线的薄弱处发现空隙时,便蜂拥冲下山谷。在夜间的混战中,中国人好像无处不在。在第二次世界大战中抗击过日本人夜间进攻的陆战队员发现,中国人的战术极为相似——他们用英语呼唤战地看护兵,使劲喊"你在哪里",或是"我看见你了"。陆战队员则以紧张的心情默不作声地迎击中国人,只有在中国人暴露的时候才开枪。一辆苏制的 T-34 坦克冲破一个路障,隆隆震耳地开到第一营的指挥所,不分青红皂白地向迫击炮阵地、车辆、甚至单兵射击。陆战队的一枚火箭击中了这辆坦克,它的炮塔却突然转过来,只用一发炮弹——这一炮实际是在平射距离打的——便打掉了陆战队的火箭发射组。

天亮了,美军陆战队员发现他们与中国人都在山谷的谷底。中国士兵占领了第一营与第二营之间的公路,分散在山岭上的陆战队各连很多都已被切断了联系。

可想而知,在这天夜晚,七团的美国兵成了真正的"飞毛腿",他们四处逃命的速度是惊人的。利兹伯格命令他的士兵无论如何要坚持到天亮,他相信凭着陆战队凶猛而精确的火力,天一亮就会粉碎中国军队的人海战术。但是,黎明时分,当他们向高地上的中国士兵扑去的时候,同样遇到了强有力的阻击。罗伯特·贝中尉回忆说:"笔者所目睹的毫无疑问是最为密集的手榴弹火网。"美军的飞机赶来支援,中国军队的阵地上出现严重伤亡,但是美军的进攻依旧没有成功。"一个中国的狙击手发现了二营的包扎所。"美军战史记载道,"狙击手接二连三地打倒六名陆战队员,其中一人是医生克拉克中尉,他在处置一名伤员时中弹。"

让七团的美军士兵感到最艰难的攻击阵地是烟台峰。这个标高八九〇米的高地位于水洞西北,与东北面的七二七高地相呼应。烟台峰俯视着公路,是黄草岭的门户。中国第四十二军一二四师三七一团占领了该高地,并利用这个有利的地形阻击着联合国军。十月三十日,南朝鲜军第三师的二十二团和二十三团开始进攻烟台峰,至十一月一日,第三师再次加大进攻兵力,并一度占领主峰,但当晚就在中国军队的反击下丢弃。陆战一师师长史密斯认为,烟台峰如果拿不下来,就无法夺取整个黄草岭地区,北进的目标根本无法实现。于是,命令陆战一师七团配属南朝鲜第三师,无论如何也要攻占可以袭击公路上任何目标的烟台峰。

坚守烟台峰高地的是中国第四十二军一二四师三七一团二营四连。

经过对主峰的反复争夺,坚守主峰的一个排的中国士兵只剩下了六个人,美军已经占领了主峰的半边。刚从团里开会回来的连长刘君拔出驳壳枪,对连部司号员、通信员、理发员和其他几个非战斗人员说:"跟我上去!"

他们分成两组向主峰上爬。右路由士兵刘玉龙带领,三个人在火力掩护下一米一米地接近,就在他们将要接近主峰时,一声巨大的爆炸声响起来,他们踏上了一枚地雷。左路的一组在爆炸的烟雾中迅速前移,他们用手榴弹把美军的重机枪消灭了。这时,前方突然站起来一排端着刺刀的美军士兵。连长刘君意识到,最后的时刻到了。就在这时,美国兵听见了一种令他们胆战心惊的声音,这声音就在他们跟前尖厉而响亮。中国军队的军号声响起来了。美国士兵中流传着许多关于"中国喇叭"的骇人的传说,不料想在如此近的距离上不但听见了,甚至还看见了无数的"中国喇叭"在闪光。于是,美国兵转身就跑,武器丢在了阵地上。——"中国人开始进攻时,用特大号的铜军号吹出令人心烦意乱的可怕的声音,尖厉而刺耳。"

四连连长刘君冲上主峰后,发现主峰上连同他带上来的人,一共才只有十九名中国士兵,其中的四名还是伤员。他把这些士兵集中在方圆不足一百平方米的主峰峰顶上,然后,转达了团领导传达的西线的中国军队将美军骑兵第一师打得丢盔卸甲的战况。刘君连长再一次说,我们必须坚持到天黑,等待主力部队的反击。

四连的司号员叫张群生,来自中国东北,家就住在鸭绿江边。入伍前他在文艺演出队里干过,会吹小号。入伍以后,他得到部队里优秀的老号手的指点,不但能吹出传达各种指令的军用号谱,而且还能用军号吹出家乡的小曲,因此成为士兵们特别喜欢的人。由于他作战勇敢,"点子"又特别多,士兵们干脆把他的司号员改称为"司令员"。在四连,提起"小张司令"没有不知道的。在等待敌人再次进攻的时候,"小张司令"开始吹奏中国士兵熟悉的《小二黑结婚》。

美军的进攻开始了。

张群生的身边是燃烧的树干,他手里军号上的红绸带还在飘动。美军士兵的脑袋从一个山洼里冒出来,钢盔一闪一闪的。直到美军爬到距峰顶十米的时候,连长刘君才命令射击。美军从枪声中就能判断出主峰上的中国士兵不多了,这回他们没有后退,而是趴在弹坑里往峰顶上扔手榴弹。机枪手郭忠全被美军的手榴弹炸伤,这是郭忠全的第三次负伤,之前他的一条腿已经断了。美军趁机枪停止的时候扑上来,郭忠全一条腿跪着抱起机枪,机枪的扫射声再次响起。

在另外一个方向,几个美军已经爬上主峰,连长刘君手持一支上了刺刀的步枪从战壕中站起来,迎着美军冲上去。肉搏战开始了。刘君与四个美国兵纠缠在一起,在把刺刀刺入一个美军士兵的脊背的时候,另一个美军的刺刀也正向他刺来。士兵郑友良用枪托把这个美军打倒,可是美军越来越多。这时,增援的三班到了,美军不得不向山下退去。刘君高兴地喊:"三班!给你们请功!"话音未落,一颗子弹击中了他,刘君倒在司号员张群生的身上。

刘君对张群生说:"山上人太少了,要守住!"

张群生说:"咱和敌人拼了!"

刘君说:"我不行了,你就当正式的司令员吧。"

张群生再一次向山下看去,远远地,他看见美军的几辆卡车把增援的士兵卸下来,然后装上美军的尸体开走了。

张群生清理了阵地上的弹药,每个人平均可以分到六发子弹和两颗手榴弹。他爬到通信员郑兆瑞身边说:"子弹不够,就用石头拼!"他又爬到理发员陈凯明身边说:"连长快不行了,给他报仇!"他几乎和每个士兵都说了一句话。士兵们说:"小张司令,我们听你的!"

经过猛烈的炮火轰击,两百多名美军又冲了上来。烟台峰主峰上,在零散的枪声响过之后,石头雨点般地滚下来。身负重伤的郭忠全听见了张群生的喊杀声,他忙喊:"小张司令!节省点!节省点!"张群生回答道:"我用的是石头!"在这以后,无论谁再喊什么,张群生都听不见了,响彻烟台峰主峰的是中国士兵的一片怒吼声!

美军又退下去了,因为天黑了。

仅存的三名中国士兵和烟台峰陡峭的主峰一起,屹立在暮色中。

张群生把他的连长抱起来，呼唤着他，但是刘君连长永远不能回答他的呼唤了。

张群生把自己的白色毛巾盖在连长的脸上，哭了。

阵地前还躺着两百多具美军的尸体。

污血染红了焦土。

一个士兵提醒张群生，该向营指挥所报告了。于是，张群生在夜幕中又吹响了他的那支军号。

指挥所解读了烟台峰主峰上传来的号声，它的含义应该是：天黑了，我们还在烟台峰上！

在正面美军陆战一师的压力下，中国第四十二军一二四师的阻击线有不断恶化的趋势。侦察员报告说，陆战一师的炮兵群位于烟台峰东南的龙水洞，还配备有十几辆坦克，担任炮群警戒的只有一个营的兵力。龙水洞南约十公里处有个地方叫五老里，美军陆战一师的主力就驻扎在那里。

当晚，由四个营组成的偷袭队伍出发了。

中国军队的指挥官为这场反击美军陆战一师的战斗制定的方针很有中国古典小说的味道：打头、拦尾、击腰，深入纵深，挖穴掏心。

偷袭队伍出发后不久，一营在龙水洞北五百米处发现了美军的炮兵阵地。兴奋之余，一营营长冯贵廷发现一起行动的二营还没有跟上来。跟随一营指挥的三七一团副团长佟玉表示，如果等二营上来再打，黄瓜菜都凉啦。于是，进攻开始了。美军在突然的打击中措手不及，惊慌中有十多门炮落在中国军队手中。美军随即组织起阻击，人数多于中国士兵几倍的美军与中国士兵混战在一起，他们把丢失的火炮又夺了回来。天快亮的时候一营撤退了。

由三七〇团三营参谋长邢嘉盛带领的三营在黑暗中摸到龙水洞的西侧，发现美军就在小河的那边宿营。他亲自过河去侦察，看见一个挨一个的帐篷都亮着灯,美军士兵大多在睡觉,也有的在喝酒和打扑克。二十多门榴弹炮放在河滩上没有警戒,只有十多辆坦克呈环形围在炮兵阵地的周围,几个游动哨兵散漫地来回溜达着。邢嘉盛又涉水回来,正向各连交代任务的时候,北面突然传来枪声,是一营的方向。枪声把河对岸的美军惊动了。邢嘉盛决定把偷袭改成强攻。在中国士兵突然猛烈的攻击下,美军炮兵阵地上的十多门火炮被炸毁,一个加强排的美军士兵大部分死在帐篷中的睡袋里。打完这一仗,三营继续向美军防线的纵深走。在一条公路上,又把美军的一个营部给袭击了,击毁两辆吉普车、七辆卡车和三门榴弹炮。这里距美军陆战一师师部所驻扎的五老里已经不远了。

二营在副营长赵继森的带领下,正准备偷袭一个高地。当尖刀班摸到前沿的时候,看见弹坑里、工事里横七竖八地散落着三十多个睡袋,只露出个脑袋的敌人正在大睡。这是个千载难逢的好时机,班长一挥手,士兵们扑上去,可是,这些中国士兵都惊呆了:睡袋中露出的脑袋个个黑糊糊的!中国士兵没有见过黑人,大多为农民出身的他们根本不知道世界上还有这种颜色的人。

"鬼!有鬼!"不知谁喊了一声。

中国人是信鬼神的。

尖刀班的中国士兵掉头就往回跑。

赵继森见尖刀班不但没有打响,而且还跑了回来,问清楚怎么回事后,说:"就是真的有鬼,也要把高地拿下来!"

中国士兵再次攻击的时候,美军已经组成阻击阵形。

经过激烈的战斗,美军的一个排被击垮。

美军士兵真的成了鬼魂。

天亮的时候,中国士兵们还围在美军黑人士兵的尸体边看个不停。

美军陆战一师在遭到袭击后,立即命令暂缓正面进攻,并调预备队美第三师投入战斗,企图把深入到美军占领区内的中国军队消灭掉。

深入敌后最远的三营被美军包围在四〇〇点一高地上了。

在高地上,三营参谋长邢嘉盛看见了美军开来的车队,足足有一个营的兵力。车队在高地下停下,美军士兵跳下来准备攻击这个高地。邢嘉盛立即下令,趁美军还未站稳,两个连的中国士兵呐喊着冲下山头,他们猛打猛冲,一时间美军陷入混乱之中。二十分钟的战斗中有一百三十多名美军被打死,三十多名被俘虏,四十多辆卡车被烧毁,中国士兵捡了六十多支枪和两部电台跑回山上去了。

美军把三营所在的高地死死地围住,开始了疯狂的报复。殊死的攻防战激烈地进行着,十多架美军飞机轮流参加战斗。到中午的时候,美军竟然增加到一个团的兵力。由于中美士兵混战在一起,美军的飞机不敢贸然轰炸,只是在低空盘旋。这样,三营一直坚持到天黑。

天黑以后,在正面的佯攻下,三营开始突围。他们边打边撤,进了大山。在深山中历尽艰辛,三营活着的士兵终于在两天后与接应他们的部队会合。

毕业于西点军校的陆战一师师长史密斯对中国军队这次大规模、大纵深的袭击行动百思不得其解:中国人的这种几乎像是自杀的举动是基于什么战术思想呢?

在朝鲜战争进行到中期的时候,毛泽东在自己的书房里接见了第四十二军军长吴瑞林。

毛泽东说:"我从电讯上看到,吴瑞林在公路上炸石头,这是怎么回事?"

吴瑞林回答:"我在抗日战争期间,看见过日本鬼子修公路炸石头。在黄草岭我就采用了这个方法,叫工兵在山缝中塞上小包炸药,炸开口子,再装上两百公斤炸药,用电发火,用电话机起爆,结果炸毁敌人坦克车五辆,炸伤八辆,致使敌人的地面部队五六天未敢行动。"

吴瑞林军长说的这个消灭敌人的方法,中国军队在朝鲜东线战场上多次实施。有一次,中国工兵在公路边引爆炸药,炸起的石头足有几十万吨之多,正在开进的美军的五十多辆坦克中有二十多辆被埋在石头里,由此而死伤的美军士兵更是无以计数。

毛泽东听了之后连声说:"好。好。"

这到底是什么战术呢?

在朝鲜东线战场上,美军的兵力占绝对优势。在这种似乎违反作战原则的形势下,中国第四十二军顽强地阻击着联合国军的北进,直到他们主动地从战场上消失。

早晨，中国军队消失了

一九五〇年十一月二日，一份情报送到美军远东司令部情报处长威洛比的手上，情报的内容让威洛比大吃一惊：中国本日在其电台广播中公开承认其军队在朝鲜的存在，称他们是为了保护水力发电地区的"志愿军"。

这是美军远东司令部第一次听到"志愿军"这个词，威洛比即刻陷入一种迷惑不解的状态中。他推测，中国人这样说是玩"鱼和熊掌兼得"的把戏。因为根据他的了解，中国人极端敏感和极爱面子，一口咬定在朝鲜没有正规的、有组织的军队，与联合国军对抗的只是"志愿人员"，这样既可以在万一被打败的时候不损害中共军队的声誉，又可以给退败的北朝鲜军队以实质上的支援。同时，有确切的情报表明，朝鲜战场上至少已有多个齐装满员的中国军，每个军三个师，总兵力在十万人以上。而且，中国军队白天躲藏在山洞或林木茂密的地方，天一黑就前进，一直运动到可以俯视联合国军必经之路的山峰的一面。其中的五个军在朝鲜的中部山区与美第八集团军和韩国第二军团遭遇,另外的两个军或者是六个师留在西部山区作为预备队——全部是清一色的中国人,战地审讯人员没有发现任何北朝鲜人和中国人混编的迹象。当然,最有力的证据,莫过于遭遇战中韩国第二军团的溃败以及美军骑兵第一师的损失,这是北朝鲜军队绝对不可能做到的事,同时也是少数中国"志愿者"做不到的事。威洛比听说,驻香港的美国领事已经向华盛顿递交了一份报告,报告说中国和苏联领导人在八月份的会议上达成一项关于中国参加朝鲜战争的协议,正式决议是毛泽东在十月二十四日出席一次会议时作出的。据估计,开赴满洲地区的中共军队大约有二十个军。

威洛比想起自己在十月二十八日向麦克阿瑟提供的分析报告中说,中国人的一切威胁"不过是外交上的一种勒索"。现在看来,那显然是一次严重失误的判断。为了"面子",威洛比立即向华盛顿发去一封宁可把中国军队说得可怕一点的电报:

> 尽管迄今为止的迹象表明,中国人仅仅是为表面上的有限目的而进行一星半点的承诺,但也不能对这个共产党人拥有可随时动用的巨大的潜在力量的情况视而不见,这是至关重要的。如果中国共产党人高层作出全面干预的决定,他们可立即投入他们目前已经部署在鸭绿江沿岸四十四个师中的二十九个师,并且可以用多至一百五十架飞机支援一次重大的攻势行动。

紧接着,威洛比在他的第二封电报中,干脆把中国军队的数字说得更精确:

> 在满洲地区共有正规的中国地面部队三十一万六千人,非正规部队或者公安部队二十七万四千人。据判断,大部分正规军集结在鸭绿江沿岸的许多渡口附近。

面对威洛比的两封电报和联合国军撤退的现实,华盛顿当局敦促参谋长联席会议给麦克阿瑟打电报,让他"尽快提供关于朝鲜局势的简要而准确的估计,并对中共军队似乎已经公开入侵的情况判断其含义"。

不出参谋长联席会议的预料,傲慢的远东司令官麦克阿瑟根本不愿意正面回答这个问题。他的回电含糊其辞,仿佛就是为了让参谋长联席会议的高级官员们如入云雾。麦克阿瑟首先明确地说:目前无法对中国在北朝鲜进行干涉的确切目的作出权威性的估计。然后他列举了中国可能采取的四种方式:一、以全部力量毫无顾忌地进行公开干涉;二、出于外交上的理由,隐蔽地进行秘密干涉;三、使用"志愿军"在朝鲜保持一个立脚点;四、仅仅是为对付韩国军队,他们打败韩国军队是不会有太大困难的。对于目前的一些推测,一方面具有明显的可能性,许多外交专家也都这样推测;另一方面,也有很多合乎逻辑的理由不支持这些推测,而且目前也缺乏足够证据来使人们有理由立即接受这些看法。最后,麦克阿瑟说:"我建议,在条件可能还不够成熟的时候,不要轻率地作出结论。我相信,最后的判断还有待于今后更全面地积累军事情报。"

对于参谋长联席会议来讲,麦克阿瑟的"一方面"和"另一方面"等于什么也没有回答。唯一能在麦克阿瑟的回电中揣摩出的含义是:远东司令官认为局势没有那么严重,战场上出现一些中国人不值得大惊小怪。

烦躁不安的杜鲁门牢牢记住了麦克阿瑟电报中的"最后的判断还有待于今后更全面地积累情报"这句居高临下的话——在联合国军队不是前进而是在后退的那天,杜鲁门倒要看看这个老家伙所说的"今后"是哪一天!

西线的联合国军已开始全面撤退,彭德怀命令志愿军各军猛烈追击。

中国第四十军留下少数部队打扫战场,大部队开始了追击。

为了能追上机械化行动的美军,他们破例在白天急行军。在宁边城扑空以后,第四十军加快了速度。在连续十多天的战斗后,中国士兵的饥饿与疲劳已经到达极限。跑步前进的过程中,棉衣被雨水和汗水浸透,变得越发沉重起来,有的士兵干脆把棉衣和棉裤脱下来,赤着背只穿一条内裤扛着枪奔跑。不断有耗尽生命最后一点热量和活力的士兵倒在地上再也没能起来。干部们开始穿的是从美军手里缴获来的很漂亮的皮大衣,在急促的行军中他们先是把皮里子扯掉,大衣当作雨衣穿,最后就全部扔掉了。可以想象这支衣冠不一的军队奔跑在山路上和田埂上是怎样的一种情景。奔跑中有的干部和老战士想起一年多以前的往事:那时他们在中国广西的田埂上用两个小时奔跑了五十多里,把国民党一二四军堵截住并将其消灭掉。

一二〇师三五九团在涉过九龙江后,从朝鲜农民的嘴里得知,一队美军正行进在通往九龙江的路上。团长李林立即命令:三营直插龙渊洞,在公路两侧展开,一营向九龙江方向合围。

三营刚一爬上山顶,就看见了山下公路上美军的辎重车和运兵车,士兵们紧张而兴奋,因为他们终于追上了!来不及多想,枪就响了。中国士兵手中的机枪和步枪同时射向没有准备的美军,手榴弹在车辆之间爆炸,美军的车辆撞在一起,拥塞在公路上。美军在进行了微弱的抵抗后投降了。战斗只用十分钟就结束了。在十一个活着的美军俘虏中,有一个军官交出的手枪精致而华丽,枪柄上一边刻着一个裸体女人,这引起中国士兵的好奇。一问,这个军官是美军第二十四师的少校情报科长。

被中国军队追上的是美军第二十四师十九团。在先头营被袭之后,十九团立即展开战斗队形,向中国军队发起反击。在公路边的高地上,由于双方士兵混战在一起,前来支援的美军飞机尽管飞得很低,但还是不敢轰炸。中国士兵们携带的弹药很快就用光了,连迫击炮弹在拔掉保险之后都当手榴弹扔了出去。由于是一个团对一个团兵力相等的战斗,中国军队使用惯用的战法,把美军截成两段,先吃其一部。被打散的美军逃得满山遍野,而一个连的美军则在中国士兵死死的包围圈中殊死抵抗。

士兵张凤山是六班的战斗组长。他在追击四个狂逃的美军士兵时感到自己的体力不行了,浑身轻飘,天旋地转,他已经整整三天没有吃过一顿饭了。四个美军士兵似乎明白了这一点,转过身向他冲过来。张凤山开枪击倒了一个,其他三个美国兵瞬间抱住了他。在搏斗中,张凤山张开嘴,咬住一只抓在他衣领上的毛茸茸的大手,被咬的美国兵叫了一声松开手,但又扑上来咬了张凤山一口。张凤山在疼痛中把枪捡起来,胡乱地扣动了扳机,咬他的美国兵倒了。剩下的两个转身想跑,结果另一个中国士兵赶来了。

指导员跑过来,当场宣布给躺在地上剧烈喘气的张凤山记大功一次。

营长找来几个迫击炮手,命令他们立即学会使用缴获的美制榴弹炮。几个中国士兵经过短暂的研究,发现除了开栓装弹有所不同外,哪国的炮都大同小异,于是拖着美军的四门榴弹炮向美军开火了。美军士兵在比中国军队的迫击炮厉害得多的爆炸声中抱头鼠窜。中国炮手们说:"原来美国兵最怕美国炮!"

美军第二十四师十九团的战斗决心已经动摇,他们摆脱中国军队跑了。

一二〇师三五九团开始清点战果:打死、打伤和俘虏美军三百多人,缴获汽车八十一辆、榴弹炮四门、火箭十五支,另外还有不少枪支和军用物资。

遭到重创的是美军第二十四师十九团的一营三连和半个炮兵连。

逃入山林的美军士兵不断被抓获。一名宣传队长带着两名干事走进一个村庄的时候,一位朝鲜老人向一间草房伸出五个指头,结果中国士兵在里面搜出四名美国兵。朝鲜老人再次伸了伸五指,原来草垛里还有一个。

美军战史对这次战斗的记载是："大约一千名敌人渡过了距离十九团一营西北两公里的九龙江,并向南运动,穿过森林地带,显然目的是进入一营的后方。他们实施的机动取得成功。当营报务员正用电台向团指挥官报告情况的时候,中国军队缴获了这部电台。"

中国第四十军三五五团和三五八团也追击到清川江北岸,并向美军发起进攻。美军战史记载了这次战斗的片断:

> 第十九步兵团桥头堡阵地和英军第二十七旅阵地之间有个五英里的缺口,一座大山位于这个无人地带,敌军越过这座山就能迂回到第十九步兵团或第二十七旅的侧翼和后方……五日晚,敌人沿着整个防线发动了进攻,遭到第十九步兵团 E 连和 G 连的顽强抵抗。至少有一部分敌人的攻击部队是从背后爬到 E 连阵地的,显然是顺着野战电话线摸上来的。中国人抓住了许多在睡袋里睡觉的人,并且杀死了他们。还有一些人从脑后中弹。实际上中国人已经占领了一二三高地的营阵地。

> 米切尔·里德·克劳德下士,来自威斯康辛州的印第安人,从他所在的山顶阵地给五连发出第一个警报。一队中国人从一百英尺以外的隐蔽地突然开火。克劳德下士双腿跳起,并用他的勃朗宁自动步枪向中国人射击。敌人打倒了他,但他拖着双脚费力地前进,一只胳膊抱住眼前的一棵小树,再一次用自动步枪射击,直到中国人的子弹夺去他的生命。五连还有另一个自动枪手,上等兵约瑟夫·W. 巴尔博奈,他也是同样的英勇。中国士兵出其不意地在距离他七十五英尺内接近他,并从这么近的距离向他冲过来。巴尔博奈用自动步枪突然向他们开火,他站在原地一直到被打死。两天以后,当友军巡逻队

巡视到此处时,发现巴尔博奈的尸体前有十七名被打死的敌人。

中国第三十八军进入朝鲜后的作战一直不顺利。特别是,由于诸多的原因,他们没有完成毛泽东和彭德怀赋予极大希望的穿插任务。之后,在彭德怀的严令下,第三十八军开始追击。其一一二师是整个军的前卫师,准备向院里、军隅里方向发展。到达瓦洞的时候,一一二师被阻击在山下。师指挥部立即让三三五团团长范天恩前来接受任务。范天恩到达设在一条铁路隧洞里的师指挥部,第一个要求是让他睡上一会儿。没等师指挥官同意,范天恩就靠在潮湿的隧洞岩壁上睡着了,鼾声如雷。他带领的部队在追击的几天中一分钟也没有合过眼。师指挥官虽然不忍心,但还是把他推醒了,对他说:"拿下对面的大山!"

对面的大山就是军隅里和价川北面险峻的飞虎山。

飞虎山是一个著名的战略要地,是通往军隅里和价川的必经之路。军隅里和价川都是交通枢纽,它们共同组成一个大十字路口:南可通顺川、平壤,东可通德川,西可通龟城和新义州,北可通熙川和江界。联合国军的部队要北上,必须通过这里,而且军隅里还是联合国军北进的总补给站。如果让中国军队通过飞虎山,占领这个巨大的交通枢纽,那么正在撤退的联合国军的后路将被截断——飞虎山之役势必是一场恶战!

面对强攻的任务,范天恩首先想到的是自己粮弹不足。由于美军飞机对中国军队的后方实施了猛烈轰炸,从中国本土运送来的补给在路途中损失严重。加上中国军队在追击中行军速度快,供应就尤其显得严重不足。弹药的数量在经过数次战斗后所剩无几,最为困难的还是粮食问题。中国军队打仗的习惯是就地筹粮,但这个传统在异国战场上已不适用。志愿军所到之地基本上是十室九空,连朝鲜人的影子都见不到。士兵的干粮袋早就空了,一天里能吃上一点煮玉米粒算是很好的,可玉米粒也有几天供应不上了。

在亲自对飞虎山进行详细侦察后，范天恩在一个废旧的铅矿洞里召开了营长会议。他居然拿出来一些美国制造的饼干招待营长们。为了这些美军的干粮他挨过严厉的批评，因为他把在熙川截获的五辆美军卡车上的饼干、罐头、方糖和威士忌全部分给了士兵，他认为他的士兵们的干粮袋里需要补充点东西。中国军队从它还是一支游击队的时候就制定了一条铁的纪律，那就是"一切缴获要归公"，而范天恩擅自处理缴获物资违反了军纪。士兵们口袋里的那些美国饼干早已吃光，现在范天恩捧出的这些饼干如同珍藏已久的宝物——他知道到了把最珍贵的东西拿出来的时候了。在向营长们交代攻击的路线和任务的时候，营长们大嚼这些松脆的美国饼干的声音在黑漆漆的矿洞里一片响亮。

十一月四日拂晓，小雨，飞虎山笼罩在一片朦胧的雨雾中。

四时十分，担任主攻的二营在营长陈德俊的带领下，彻底轻装之后开始向通往飞虎山主峰的那片两公里宽的开阔地冲击，那里是敌人炮火严密封锁的地段。

美军的一个炮兵营在这里支援南朝鲜军作战。这个炮兵营几乎在中国士兵冲击的同时，开始了他们早已精确准备好的猛烈射击。二营的士兵们在接近主峰的时候，炮火中接连不断地有人伤亡。

中国军队的支援火炮也开始了压制射击。

在这一线阻击中国军队的是南朝鲜第七师，守卫飞虎山主峰的是该师的五团。南朝鲜第七师原隶属美军第一军行动，云山方向战局突变后改属南朝鲜第二军团，从后备的位置前出到熙川方向打阻击。他们在熙川第一次与中国军队交战，就被中国第三十八军给予了迎头痛击。南朝鲜战史这样记载着他们与第三十八军的作战：

> 第七师昨日（三日）开始防御战。是日三时，与敌一
> 个师展开激战，大大削弱了敌人的战斗力，这是第七师北

进以来首次展开激战并取得胜利的日子。师右翼的第五团同敌一个营交战，前方警戒部队第一营防守的七六○高地处于危急状态，营长即派遣预备队击退该敌。敌人向我第五团与第三团的接合部进攻，企图控制飞虎山。敌人在炮火的掩护下发起进攻，枪炮声响彻云霄，犹如雷鸣。这时，占领凤泉里的第二营也展开了激烈战斗，但最后被敌人包围。故我军边迟滞敌人，边向松林站、间站地域撤退。在战斗中由于敌人连续炮击，营与各连有线通讯线被炸断。敌人追击该营，势如潮水。在主抵抗线，第一营和第三营在位于价川地区的联军炮兵营的火力支援下，连续战斗三个小时。经过三次反复争夺，迫使敌人溃逃。但全团的伤亡也不小，携带的弹药几乎消耗殆尽。

就在中国士兵向南朝鲜第七师五团占据的飞虎山主峰冲击的时候，在价川的一个小学里，被中国军队打下来的第七师三团被换下来清点人数、点验武器。南朝鲜第二军团军团长刘载兴少将在第七师师长的陪同下，对三团进行了"表彰"：三个营长、一个通信参谋官升一级，二十名士兵被授予武功勋章。但接着这些士兵就被命令在飞虎山局势出现恶化的时候冲上去。

中国士兵已经快冲到峰顶了。

中国第三十八军一一二师三三五团二营的攻击是坚决而猛烈的。细雨变成了大雾，能见度很低，枪和炮可以说是无目标地在射击，双方官兵都无法得知对方究竟离自己还有多少距离。在接近主峰的地段，双方终于开始了预料中的白刃战，寒冷的浓雾中到处传来肉体格斗的喘息、咒骂和呻吟声。三三五团二营一位名叫李玉春的指导员带领五连冲上飞虎山的主阵地，配合二营攻击的一营和三营也占领了东西两侧的高地。

刚刚受到军团长犒赏的南朝鲜第七师三团这时接到的命令并不是夺回飞虎山主峰，而是让他们立即掩护五团撤退，然后堵塞中国军队的突破口,因为范天恩的一个营已经向军隅里冲去了。

联合国军所有的炮火都在向飞虎山主峰倾泻炮弹。怒火万丈的范天恩发誓坚决打到军隅里。而正在这时,师指挥所的命令到达:停止攻击,就地防御。吃惊不小的范天恩不理解这个命令。攻击现在无法停止,因为向军隅里攻击的营已经出发。范天恩只好一边命令通信员跑步追上那个营,让他们回来,一边思索着师指挥所命令的含义:仗打到这个份上,正是攻击的好机会,难道是整个战局出了什么问题吗?

命令是彭德怀下达的。

三三五团团长范天恩不知道,现在就是他们占领军隅里也晚了,因为联合国军已经全部撤到了清川江以南,并在南岸建起坚固的阻击防线。第三十八军切断敌人退路的任务已经没有意义了。

第三十八军拼尽了最后的努力,但没能最终实现彭德怀的作战计划。

此刻的范天恩并不知道,一纸"就地防御"的命令将令一场炼狱般惨烈的战斗等待着他和他的三三五团。

就在范天恩接到"就地防御"命令的时候,彭德怀已命令另一支部队向联合国军纵深前进,而且希望他们前进得越远越好。这支部队中的士兵操着中朝两种语言,在山林中唱着中国歌曲《到敌人后方去》快速前进着。

这是一支奉彭德怀之命成立的敌后游击队。

很久以来,除了少数当事人的回忆之外,中国有关朝鲜战争的史料中少有提及这支队伍的。倒是在南朝鲜的史料中,有关朝鲜战争期间在"后方清剿共产党游击队"的记载很是详尽。用于清剿"共产党游击队"的部队,除了南朝鲜警察部队、南朝鲜正规军之外,甚至连美军号称精锐部队的陆战一师也参加了行动。由此可见,在朝鲜战争中,游击队绝不是个小角色。况且这支游击队是由中国和北朝鲜的正规部队所组成,军官成熟而智慧,士兵勇敢而凶猛。

彭德怀关于成立游击队的命令是一封电报："准备一批必要干部和数营兵力,配合朝鲜人民军,组织几个支队,挺进敌后开展游击战争。"

第一支队,由中国第四十二军一二五师三七五团二营和北朝鲜人民军第七师七团的一个联队组成。一二五师副师长茹夫一任支队长兼政治委员,三七五团政委包楠森任副政治委员,中国三七五团副团长李文清和北朝鲜人民军第七师上校作战科长崔凤俊任副支队长。游击区域是平壤、三登里、顺川、成川、阳德一带。

第二支队,由中国三七五团一营和北朝鲜孟山郡委员会、宁远郡委员会组成。中国一二五师政治部主任王淮湘任支队长兼政治委员,中国三七五团团长赵立贤任副支队长。游击区域是德川、孟山、宁远一带。

游击队的任务是:打击小股敌人,捕捉俘虏,搜集情报,消灭伪政权和其他地方武装,破坏敌后交通,与留在敌后的人民军和劳动党取得联系。

五日,游击队在夜色中通过大同江上的浮桥,向南而去。谁知,刚过桥就遇到强大的敌人,经过战斗,伤亡很大。从敌人俘虏的口中才知道遭遇的是南朝鲜第八师的主力部队。从此,游击队尽量避开大路,避开敌人主力,挑选联合国军防线的缝隙穿插过去。

在随时可能出意外的敌后,游击队的行动十分谨慎。为了不让敌人摸清楚他们的去向和落脚之处,他们在地图上选择好行军的目的地,一般是一夜所能走到的路程之内的目标,然后找一个当地的向导,先向与目标不符的方向走几公里,然后再迅速转身向目标的方向急行,到达目标后将向导留下,至晚上再出发时把新的向导带上,再把上一个向导放走。每到一个宿营的地方,先包围,后进村,封锁消息,村民不准出入,附近的路口和高地上布置便衣哨兵,并且派出经验丰富的侦察人员了解周围敌情。这支敌后游击队在极端危险的环境中,不断地袭击联合国军的零散部队和南朝鲜区政府,每战均告捷。他们的战斗原则是:速战速决,打了就跑,专打弱敌,扰敌后方。

游击队最大的困难是伤员问题。牺牲的士兵可以就地掩埋,但二十多名伤员必须在行军中抬着前进。按照中国军队的传统,伤员都是交给当地老乡照顾,可这里是异国他乡。为了解决这个难题,三七五团政治处组织股长高成江了解到,桧仓有不少开饭馆的华侨,他认识了其中一位名叫张兴盛的老人,老人的祖籍是中国山东荣城,抗日战争时为躲避日本人抓劳工逃到朝鲜。张大爷也开着一个小饭馆。当高成江把游击队的愿望向这位老人说了之后,豪爽的山东人张兴盛说:"中国人都是我的亲兄弟!"于是,游击队的伤员全部由张大爷收留了。

游击队后来找到了转战在敌后的北朝鲜人民军的正规部队,与领导着没能撤回北方的两万多人民军的第二军团参谋长芦哲会合。芦哲是中国共产党党员,中国人民解放军的老战士,担任过辽宁军区李红光支队的参谋长,曾与茹夫一并肩战斗多年,至今还珍藏着与茹夫一在临江战役后的合影。两个生死战友竟然在这样的环境下见面了,他们相拥之际喜极而泣。

情况报到志愿军总部,彭德怀特发来电报:"你们与人民军两万余人在敌后胜利会师,意义重大,我甚为欣慰。"

五日晚上,清川江边的联合国军阵地再次遭受大规模夜袭。

大约一个营的中国军队几乎是无声无息地冲进了配属美军骑兵第一师六十一炮兵营的阵地。中国士兵抱着炸药包接二连三地炸毁了美军的数门火炮,并与美军士兵进行刺刀搏斗。美军炮兵营除炮手外的所有士兵组成环形防御阵地进行阻击,炮手们则以零距离为表尺胡乱地开炮,当把所有的炮弹打光后,他们不得不在美军步兵的接应下逃生。

英军第二十七旅在黑暗中受到连续四个小时的袭击,旅长考德再也无法组织起有效的阻击行动。前沿的英军士兵开始溃逃,然后就是整个阵地的丢失。考德当时认为,最后的关头到了,而英军士兵在极度的恐慌中对旅长考德说:"今天这个晚上是坏人服罪的日子。"

美军第二十四师十九团的阵地受到的冲击最严重,几乎所有的连队都在告急,伤亡人数的急剧增加令美军感到世界的末日已经降临。在左翼阵地丢失后,中国士兵潮水般地涌上来,美军军官试图在阵地周围集合被打散的士兵,但是这个努力很快就被证明根本不现实。好容易坚持到天亮,十九团一营在重新装备之后,开始向丢失的阵地反击。美军士兵缓慢地向高地接近,奇怪的是没有遇到任何阻击。美军终于爬上了高地,阵地上静悄悄的,潮水般的中国军队没有了!美军士兵只是在战壕中发现了三名因为疲劳之极仍然睡得很香的中国士兵。

因为没有了密集的枪声,英军士兵更加提心吊胆,当他们爬上布满战壕的阵地时,眼前的情景令他们惊奇不已:中国人没有了!在紧张不安中度过了一夜的观察哨兵高声喊起来:"他们逃跑了!他们逃跑了!"

太阳升起来,晴朗的一天开始了。

联合国军的飞机在空中盘旋,四处张望的侦察机飞行员报告说:没有敌人的影子,中国军队去向不明。

就在前一天的夜里,在战争西线清川江前线作战的中国军队事先没有任何预兆地突然消失了。

吃饭于前，又拉屎于后，不是白吃了吗？

随着在朝鲜北部山区与平原的接合部以及清川江北岸广大地区枪声的逐渐稀疏，大规模的战斗结束了。后来的南朝鲜战史把这一阶段的战斗称为"联军国军进击战役"，而后来中国的战史则将其称为"抗美援朝第一次战役"。

抗美援朝第一次战役，自一九五〇年十月二十五日打响至十一月五日结束，战役历时十天，以北进的联合国军遭到突然打击后撤至清川江一线建立防御阵地为战役结局。

发生在远东地区的这次规模不大的战役，因联合国第一次以联合国军的名义干涉一个地区的局部战争以及中国共产党军队以作战的方式直接参战，从而引起了历史的长久关注。同时，作为东西方冷战局面形成以来第一场东西方的军事冲突，也令交战双方的政治家和军事家们长久地将其作为研究对象。在后来僵持日久的冷战岁月里，这场战役作战双方对对方战略战术的运用和军事思想原则的初步体会以及对这种体会的不断深入的回味，也许比战役本身的战场结局显得更为重要。

西方的军史学家把这场战役称为："世界战争史上少有的遭遇战"。作战双方均在不预期的战斗中仓促接敌，这是这场战役的显著特点。中国军队在联合国军方面认为几乎彻底失去出兵干涉时机的时候紧急越过边境，其战略部署在情报匮乏和战局混乱中一变再变。最后，毛泽东、彭德怀抓住了联合国军分兵冒进以及其东西两线军队各自北进、互不联系的弱点，确定了东线阻击、西线进攻的总体作战方案。但是，由于西线的中国军队与南朝鲜军队在温井地区的遭遇战过早地暴露了中国军队的位置和意图，令彭德怀预定的进攻方案又一次落空。于是，中国军队在其主力没有全部到达指定位置的情况下，被迫开始攻击。突破云山之后，曾经产生过歼敌的机会，由于第三十八军迂回路线上的严重受阻、第六十六军没能即刻抓住南逃的美军第二十四师等原因而没有完全达成战役设想。但是，中国军队在战斗中所持的独特战术使不了解这支军队的联合国军损失巨大，在一些局部战斗中联合国军甚至处于崩溃状态。

美军战场指挥官对中国军队的战术有如下描述：

> 中国军队远比麦克阿瑟所嘲弄的"亚洲的乌合之众"要机敏老练。中国步兵除迫击炮外，没有装备任何更重的武器，但他们却能极好地控制火力，进攻美军和韩国军队的坚固阵地。尤其是在夜间，他们的巡逻队在搜索美军阵地时成效显赫。他们拟定的进攻计划是从背后发起攻击，切断退路和补给线，然后从正面发动攻势。他们的基本战术是一种 V 形的进攻队形，他们使敌军在这个队形中运动，然后就会包围这个 V 形的边沿。与此同时，另一支部队运动到 V 形的开口处，以阻止任何逃跑的企图和阻击增援部队。

可以说,这是对中国军队战术原则的非常精确的体会。有趣的是,在历时三年的朝鲜战争中,中国军队屡次使用完全相同的战术,而联合国军屡次在其布下的V形进攻阵势中惊慌失措。

南朝鲜战史对中国军队作战特点的分析比美军更为详尽,其原因可能是他们在这次战役中由于首当其冲而损失巨大:

机动进攻战术:抓住敌人的弱点,发起突然进攻,进攻受挫时迅速撤退,以保持主动,避免胶着和拉锯状态,灵活运用兵力,迅速机动,重点进攻。

尖刀突破战术:从狭窄的正面投入锐利的尖刀部队,形成强大的攻击尖端。第一线部队的突击力量特别强大,分成若干梯队连续攻击,利用肉搏战以减少敌炮火和空中攻击带来的损失。

穿插分割战术:攻击部队穿插到敌军阵地内,将敌军阵地分割成若干部分后,各个歼灭。特点是把大目标分割成若干小目标,在敌军阵地内形成"一点两面"的攻击态势,穿插到敌军薄弱部位实施袭击和强攻。

随机应变的防御战术:主力置于后方的适当地点后,以少量兵力占领宽大正面,遇敌时抓住敌人进攻弱点迅速机动,撤出战场,给敌人以防御的印象,而实际上却以攻击行动进攻敌人,其主力不占领阵地。作战时具有极大的伸缩性,确保阵地地位。

机动防御战术:边退边打,迟滞敌人,按阶段逐次抵抗,采用潜伏、袭击等积极手段,夺取小规模战斗的胜利,并利用宽正面、大纵深,实施多层抗击。

其他战术:将敌完全包围,但尚不能以致命打击时,派出强有力的部队插入对方核心部位,从里往外进攻,可称之为"中心开花";利用夜间以小部队从敌两个部队的接合部插入打击,趁混乱时投入大部队发起进攻;隐蔽地开进;吹哨子和军号,以压制打击士气,振作己方士兵。

对于中国军队来讲,他们更感兴趣的也许是第一次与美军交手的体会。美军第二十四师曾在战场上得到一本中国某部队编印的名为《云山战斗经验基本总结》的小册子,上面记有中国军队对美军协调迫击炮、坦克、炮兵火力以及空中支援能力和步兵火力速射方面的羡慕,但关于美军士兵战斗能力的描述却大为不恭:

> 美国士兵在被切断后路时,会丢弃他们所有的重武器,扔得到处都是,而且还装死……他们的步兵缺乏战斗力,胆小怕死,不具备进攻和防御的胆略。

> 他们依赖飞机、坦克和大炮。与此同时,他们也害怕我们的火力。他们在前进时如果听见枪声,便会退缩不前……他们只能在白天打仗。他们不习惯夜战和白刃战。如果他们战败,便会溃不成军。如果他们没有炮火支援,就会不知所措……在云山,他们被包围了好几天,但他们一事无成。他们害怕被切断后路。当补给停止时,步兵便会完全丧失斗志。

没有比看到这样的文字更让美军感到难堪的事了。在朝鲜战争前的整个第二次世界大战中,即使美军遭到暂时的失败,也没有人敢这样描绘美国士兵。除了自尊心受到打击外,更让美军军官们感到不是滋味的是,中国军队对美国士兵的评价并不是完全没有道理的。

十一月六日早七时,麦克阿瑟怒气冲天地走进他的办公室。

让麦克阿瑟心情恶劣的是他的参谋长惠特尼将军送来的那封参谋长联席会议发自五角大楼的电报:

> 根据总统指示,在接到进一步命令前,推迟对满洲边界五英里以内目标的轰炸。迫切需要你对形势作出新的估计,并说明下令轰炸鸭绿江桥梁的理由。

麦克阿瑟愤怒地踱着步："推迟轰炸？轰炸理由？究竟我是个白痴还是布莱德雷精神失常？难道他们不知道中国人已经不宣而战了吗？难道还让他们继续肆无忌惮地从鸭绿江桥上源源不断地开进战场吗？"

麦克阿瑟在给杜鲁门发去那封对中国是否参战"不要轻率地作出结论"的电报后，同时向美国远东空军下达了"把北朝鲜的城市夷为平地"的命令，并且要求"参战飞行员必要时飞到筋疲力尽为止"。美国远东空军忠实地执行了麦克阿瑟的命令，在中国军队向南追击联合国军队的时候，北朝鲜的所有城市以及那些美军飞行员认为值得轰炸的所有目标都遭到了大规模的空袭。对此，麦克阿瑟仍然觉得不满足，他又向远东空军下达了出动九十架 B-29 轰炸机的大规模轰炸命令，轰炸目标中有一个是麦克阿瑟恨不得从地图上挖掉的城市：新义州。这座近邻中朝边境的朝鲜城市现在是北朝鲜政府的避难所，其官员和军队此时就隐蔽在这座城市的房屋中。新义州有一座铁路与公路两用桥和一座铁路双轨桥把它与中国的城市安东连接起来。但是，令远东空军司令斯特梅莱耶中将感到不好掌握的是麦克阿瑟命令中的"摧毁满洲边界所有国际桥梁的朝鲜部分"这句话。不如干脆说把鸭绿江大桥炸毁好了，什么叫摧毁"国际桥梁的朝鲜部分"？因为如果轰炸鸭绿江大桥的"朝鲜部分"，那么从俯冲投弹的角度看，美军的飞机肯定要从空中越过中朝边界才能实施。美军的飞机飞到中国的领空去了，这可是华盛顿方面敏感之极的问题。

"将军，难道您不知道美军的飞机如果执行这个任务，就不可避免地要把炸弹投到中国境内吗？"

"你难道不知道中国军队已经和第八集团军干上了吗？"

斯特梅莱耶中将只好把麦克阿瑟的命令以"通报副本"的形式向五角大楼报告。当五角大楼得知麦克阿瑟的轰炸计划时，距离麦克阿瑟要求实施的轰炸时间只剩三个小时了。参谋长联席会议的高级官员们紧急磋商后,与杜鲁门总统通了电话,华盛顿的一致意见是:几天之内联合国就要讨论中国军队的参战问题。这个时候对中国领土的任何"误炸"都会引来类似"苏联干涉"的严重后果。"除非发现一些大规模的渡江行动威胁到我军的安全,否则这次轰炸行动是不明智的"。包括美国负责远东事务的助理国务卿迪安·里斯克在内的官员都认为,鸭绿江江水很浅,就是炸断了大桥,也不能有效地阻止中国军队的进军。于是,在离远东空军预定轰炸鸭绿江大桥的时间还剩一个半小时的时候,华盛顿要求麦克阿瑟陈述轰炸理由的电报到达东京。

令杜鲁门总统十分恼火的是,麦克阿瑟在回电中对局势的估价来了一个急转弯,其口气之紧迫和言词之尖刻令他大吃一惊。麦克阿瑟上一封电报还如同长辈教导孩子一样地说,对朝鲜战争局势的估价有待于"更全面地积累军事情报",而此刻他在电报里描绘的却已是一个险象环生的朝鲜战场:

　华盛顿　参谋长联席会议布莱德雷将军:

　　大队的人马和物资正自满洲通过鸭绿江上的所有桥梁。这种行动不仅使在我指挥下的部队陷于困境,而且有使我军全部被歼的危险。过江的行动可以在夜幕的掩护下进行,而鸭绿江与我们防线之间的距离是那么近,敌军可以不必十分顾忌空袭的威胁,就能够展开针对我军的部署。阻止敌军增援的唯一办法,就是发挥我们空军的最大威力,摧毁所有的桥梁和在北部地区所有支持中国人前进的设施。每小时的延迟,都将使美国和联合国其他国家付出大量鲜血。新义州的主要渡口要在最近几小时内加以轰炸,而且这个任务实际上已经准备就绪。我是在我所能提出的最严重的抗议之下暂缓进行这次袭击,并执行你们的指示。我所命令的行动,是完全符合战争原则和我自联合国所得到的决议和指示的,而且并不构成对中国领土任何轻微的敌对行为,虽然肆意违反国际法的行动是从那里来的。我不愿过分夸大你们所加于我的限制将在物质上和心理上造成严重损害的后果。我希望这件事立即引起总统的注意,因为我相信你们的命令很可能要导致严重的灾难,如果不是总统亲自和直接了解这种情况,我是不能担当这个责任的。时间是如此紧迫,我要求立刻重新考虑您的决定。在等待您的决定时,自然完全遵照您的命令行事。

陆军五星上将 麦克阿瑟

这是一封著名的电报,一封后来被各种史书反复实录的电报。它的有趣之处不仅仅在于一个战场司令官竟然敢以此种口吻向最高统帅部说话,如果换一个人打来这样口吻的电报就会被立即解除职务;而它的另一个有趣之处在于,电文再一次充分体现出麦克阿瑟令媒体津津乐道的性格以及他与杜鲁门总统之间微妙而复杂的关系。

布莱德雷怀着复杂的心情,在电话里把电报念给杜鲁门总统听。

杜鲁门的第一个反应是:难道仅仅过了两天,麦克阿瑟就积累了足够的军事情报?从而使他的"别人都在中国人的参战中惊慌失措只有他一个人镇静自若的立场"有了完全相反的转变?或者仅仅在两天之内,朝鲜战局就发展到不把炸弹投到中国本土就将"使美国和联合国其他国家付出大量鲜血"的地步了?让杜鲁门更加不满的是,这封电报里表露出的含义是麦克阿瑟一贯的伎俩:要么同意轰炸,要么出了意外不是他的责任。轰炸鸭绿江大桥是危险的举动,任何稍有不慎都足以成为导致苏联报复和干涉的借口。如果真是这样,后果不堪想象。但是,如果麦克阿瑟描绘的可怕情景一旦出现,他的这封电报就是一份对总统的控诉状,那个老家伙就会从失败的责任中解脱干净,而自己就会成为历史的罪人。

杜鲁门经过反复权衡,最后告诉布莱德雷,可以授权麦克阿瑟轰炸新义州。

参谋长联席会议给麦克阿瑟的回电,措辞谨慎而狡猾,简直就是钩心斗角的官方文案的典范:

> 你(十一月六日)的电报所描述的情况,与我们最近收到你(十一月四日)发出的电文中最后一句相比较,有相当大的变化。而你十一月六日的电报是我们收到的你的最后一个报告。我们同意摧毁鸭绿江的桥梁对于保证你指挥下的部队的安全有重大的帮助,除非中国共产党把这种行为解释为对满洲的进攻而激起更大的努力,甚至苏联也投入他们的力量。其结果不仅危及你的部队,还会扩大冲突地区,陷美国于极其危险的境地。然而,鉴于你十一月六日电文第一句所说的情况,我们授权你按照你的计划轰炸朝鲜边境,包括新义州的目标和朝鲜这一头的鸭绿江桥。如果你在收到这封电报时,你还认为这种行动对你的部队安全是必要的话。上述命令并没有授权轰炸鸭绿江上的水坝和发电厂。由于必须与联合国的政策、指示保持适当的关系,也由于把战争局限在朝鲜对美国的国家利益有着重大关系,所以应极端注意避免侵犯满洲的领土和领空,把从满洲方面来的敌对行动及时呈报是十分重要的。我们认为,经常把重大的局势变化在它发生的时候通知我们是非常重要的,并在最短的时间内将我们三天前要求你作的估价告诉我们。

可以想象麦克阿瑟读到这封回电时的心情。

但是,至少他的目的达到了。

美国陆军部部长弗兰克·佩斯说:"仁川登陆以后,我们对麦克阿瑟将军在现场估价问题的能力钦佩不已。"

几个小时之后，九十架 B-29 轰炸机起飞了。不久，美国海军舰载飞机也加入了这次轰炸行动。于是，在鸭绿江漫长的江岸上，美军轰炸机密集地掠过每一个渡口的上空，城市、村庄、道路随即便湮没在一片火海中。新义州市更是遭到地毯式的轰炸，整个城市瞬间成为一片废墟。

当然，中国的边境城市安东也在美军炸弹的破坏之中。

根据参谋长联席会议的要求，第二天，麦克阿瑟回电对局势作出"估价"。他再次将朝鲜战场局势说成"极端地严重"，又列举出数条理由说轰炸鸭绿江上的目标是阻止威胁美军的中国人的唯一有效办法："分明是防御性的，但要说这种行动会使局部性干预的程度增加，或者会挑起一次大战，那是难以想象的。"最令华盛顿最不可思议的是麦克阿瑟的最后一段话：

227

> 尽管人数的具体数字不知道，但中国军队肯定是一支有组织的军队。中国军队在阻击第八集团军的战斗中已经夺取主动。如果中国军队的进攻继续下去的话，也许有必要放弃继续前进的希望，甚至要撤退。但是我希望在十天之内在西线恢复进攻，如果我能阻止中国军队的增援的话。而只有采取这种主动行动，才能准确估价中国人的实力。

明明说大量的中国军队已经介入，明明说中国军队已经"夺取主动"，明明说他悲观地认为局势正在恶化，联合国军"甚至要撤退"，然后没有任何过渡地又说"希望十天之内在西线恢复进攻"，说只有通过进攻才能为华盛顿作出准确估价。那么，到底该怎样理解这样的电报呢？是华盛顿白日见鬼？还是麦克阿瑟精神失常？

又过了一天，麦克阿瑟的电报又到了。这回麦克阿瑟在电报中大谈他对中国人的"性格和文化"是怎样的了如指掌，说曾经是温文尔雅的中国人在共产党的统治下变成了咄咄逼人的"民族主义者",并说中国介入朝鲜战争的原因是"对权力扩张的贪欲"使然。麦克阿瑟的所有言论说明,他认为他的主要敌人不是北朝鲜而是中国! 他所关切的远不是一场局部的朝鲜战争,而是对付亚洲共产党人的一场全面的战争。从这个角度看,就不难理解麦克阿瑟为什么会在遭到打击后,仍然固执地命令联合国军继续向北推进,即使前边有中国军队这个巨大的现实也阻挡不了他。

除了麦克阿瑟自身的因素外,导致麦克阿瑟判断失误的其他因素也不容忽视。首先是华盛顿对中国军队参战的目的、规模、决心等问题始终没有正确的结论。他们认为,中国没有足够的决心和能力同联合国军进行大规模战争。中国人在朝鲜战场的出现,一方面是作为苏联集团的一员象征性地向北朝鲜表示支持,另一方面是为了保护在中朝边境附近供应中国东北地区的水力发电站。为此,美国政府还正式发表声明,郑重强调"美国没有破坏这些发电设备的意图,并且尊重中国的边境线"。其次,美军远东情报部门的失误也诱导了麦克阿瑟,情报处长威洛比甚至在十一月下旬还对到达前线的美军参谋总长希克将军说:"来的只是义勇军,已经证实是中国师,其战斗力相当于一个营。"希克将军对这样的判断感到"十分惊讶",他不禁问道:"那么第八骑兵团为什么会遭到如此惨败?"威洛比回答说:"因为第八团缺乏警惕,为少数敌人的果敢所压制,在黑暗中陷入溃败。"威洛比,这个后来被媒体嘲讽为朝鲜战争中的"出类拔萃的乐观论者",在十一月,竟然对中国军队的参战人数作出了这样精确的判断:"现在,在朝鲜的中国军队的兵力在四万四千八百五十一至七万零五十一人之间,已经伤亡五千五百人。"情报精确到几万人的个位数字,这样的情报还会是编造的吗? 于是,麦克阿瑟有理由认为,中国军队没有全面介入的可能性。十月下旬出现的中国军队,是对信仰相同的邻国礼节性的援助。同时,中国军队是兵力最多为七万人左右的义勇军,其意图是防御性的。

最能支持麦克阿瑟以上判断的证据是:中国军队不是打了一下就跑了吗?不是连最有经验的美军侦察机飞行员都没有再发现中国军队的影子了吗?

此时,入朝参战的中国军队总人数已经达到三十八万。

麦克阿瑟判断的数字也许只和跟随在中国军队身后的支前民工的人数差不多。

就在麦克阿瑟一面大举轰炸北朝鲜后方和鸭绿江上的所有目标,一面命令其部队试探性地继续向北进攻的时候,十一月十三日,在北朝鲜温井以北一座废旧金矿矿洞边的一间木板房子里,彭德怀召集了中国人民志愿军党委成立以来的第一次党委会议。会议对第一次战役进行了总结,同时,对下一次更为巨大的战役进行了部署。

彭德怀对刚刚结束的第一次战役的战果感到不满意:由于没有把敌人的后路截断,敌人以极快的速度撤退了,使战役实际上形成一种平推,歼敌不多,没有完成毛泽东歼灭南朝鲜军队几个师和美军几个师的作战设想。

至十一月四日,中国军队共歼灭英军第二十七旅的一个榴弹炮兵营、美军第二十四师的一个加强连,重创了南朝鲜第一、第六、第八师和美军骑兵第一师的第五、第八团,歼敌一万五千余人。当敌人全部撤退到清川江一线时,中国军队歼敌的时机已经丧失。这时的中国军队连续战斗十天,伤亡不小,粮弹已尽,而联合国军在损失不大的情况下有可能组织反击(在个别地区,敌人已经这样进行了),一旦反击开始将使中国军队由主动变为被动,于是彭德怀果断地命令停止追击向后撤退。同时,一个新的战役计划在彭德怀的心中逐渐形成,那就是在敌人继续北进时寻找可以利用的战机。

十一月四日这天,彭德怀下达的命令是:西线的各军分别以主力置于新义州、龟城、泰川、云山以及熙川以南的新兴里、苏民里、妙香山地区;各军以一个师分别位于宣川、南市、博川、宁边、院里、球场地区,采取宽大正面运动防御与游击战结合的方针,小敌则歼灭,大敌则撤退,诱敌深入,向敌侧后转移。

彭德怀把这一战役计划向毛泽东作了报告,并建议第九兵团迅速入朝参战。

几个小时之后,五日凌晨一时,毛泽东回电,批准了这一计划:

> (一)十一月四日十五时电悉。同意你的部署,请你按当面情况酌情决定。(二)德川方面甚为重要,我军必须争取在元山、顺川铁路线以北区域创造一个战场,在该区域消耗敌人的兵力,把问题摆在元山、平壤线的正面,而以德川、球场、宁边以北以西区域为后方,对长期作战方为有利。目前是否能办到这一点,请依情况酌定。

同日,毛泽东再次来电,确定由宋时轮率领第九兵团(辖第二十、第二十六、第二十七军)立即入朝,全力担负东线的作战任务。毛泽东在电文中说:

> 江界、长津方面应确定由宋兵团全力担任,以诱敌深入寻机各个歼敌为方针。尔后该兵团即由你处直接指挥,我们不遥制。九兵团之一个军应直开江界并速去长津。

毛泽东的支持和信任使彭德怀加强了实施新的战役计划的决心。尤其是在东线,参战的兵力将达三个军,这样不但可以把第四十二军调到西线作战,而且当新的战役开始时,侧翼的安全问题可以大致放心了。

八日,对新的战役有了明确计划的彭德怀召开了一次作战会议。彭德怀在会上说:"麦克阿瑟不是很狂妄嘛,不是瞧不起我们嘛,不是不相信我们的大部队已经过江了嘛,我们就利用他这个判断失误,示弱于敌,诱敌深入,然后寻机歼灭。"

彭德怀这时已经找到了麦克阿瑟的致命弱点,这就是联合国军东西两线之间的一个宽达八十至一百公里的缝隙。美军在北进中分为东西两军,而且东线由阿尔蒙德指挥的第十军不隶属于沃克将军指挥,而是由麦克阿瑟直接遥控。

诱敌深入,寻机歼灭,这是一个极其大胆的、风险也极大的计划。联合国军已经开始向北进攻,中国军队处在大战刚过十分疲劳的状态中,怎么个诱敌法? 在什么地方部署 V 形战场? 由哪支部队来诱敌深入? 在军事历史上,最后的胜利才是评价战役部署的证据。彭德怀知道这个新的战役计划的冒险性。

在温井以北的那间木板房内,彭德怀大声地质问第三十八军军长梁兴初:"梁兴初! 我让你往熙川插,你为什么插不下去? 你是怎么搞的? 什么主力? 主力就这么个战斗姿态? 三十九军在云山打美军骑兵第一师打得很好,四十军在温井包围伪六师也打得不错,就你三十八军一再地推延攻击时间,不仅没有歼灭熙川的敌人,还延误了向军隅里、新安州穿插的时间,斩你的头都使得!"

V 字形的开口处没有封闭,彭德怀无法饶恕这样的失误。

天寒地冻中,梁兴初一头热汗。这个中国军队著名部队的指挥员,也许就是在这个难堪的时候下定了向美军复仇的决心。

作战会议决定的部队调动部署是:第三十八、第三十九、第四十军运动到德川、宁边,迂回到敌人的后面,准备断敌后路,迂回包围敌人。第三十八军的一一二师在熙川一线边打边撤,引敌上钩。第四十二军把东线的防务交给第九兵团后,运动到宁边。第三十九军和第六十六军分别集结于泰川、龟城待机,形成一个口袋。第五十军严密警戒海岸。

彭德怀知道,麦克阿瑟现在的部署也是一个 V 形,即东西两线的联合国军队将在江界以南的武坪里最后衔接,把中国军队全部装在巨大的口袋里。但是,麦克阿瑟的口袋实在是太大了,彭德怀对这个口袋能否最后合拢很不以为然。

彭德怀现在最放心不下的是志愿军官兵的温饱问题。负责后勤的副司令员洪学智更是焦急万分,彻夜难眠。由于美军飞机对中国军队后勤供应线不分昼夜的封锁,各军不断打来前线士兵挨冻受饿的电报。彭德怀怒火万丈:"我们不能让战士做无谓的牺牲。打仗打死了没有话说,但不能看着战士白白地冻死和饿死。为了争取在第二次战役中取得更大的胜利,应抓紧时间解决志愿军的粮食、弹药、装备、服装的供应问题,否则将对第二次战役歼敌计划造成极大的影响。"

彭德怀给中央发去一封电报:

> 前线汽车损坏甚大,志愿军总共一千台车,据不完全统计,已遭敌机炸毁损坏者达六百台以上。现宋兵团已过江,运输甚为困难,部队经常断炊,下一战役粮食准备更成问题。因此现由满洲里向大连运送之苏方汽车一千台,无论如何,请设法借用。如何请速复。

毛泽东回电算了一笔账:

> 苏联汽车不久可到第一批,损车虽多,是可以补充的。以平均每天损车三十辆计一个月损车九百辆,打一年仗也不过损车一万辆左右。并且损坏之车,有些可以修好,有些可以取回若干零件,又可缴获一部,故汽车是完全有办法的。

苏联的汽车没到,苏联驻北朝鲜大使来了。金日成军队里的苏联顾问们对彭德怀居然在追击中下达撤退的命令极其不满。在彭德怀向苏联大使解释了诱敌深入的计划之后,苏联大使说:"中国共产党消灭了强大的敌人,证明是完全正确的,不应该有任何的怀疑。"但是,在提出中朝军队统一指挥的问题时,金日成依旧是一种不置可否的态度。金日成不愿意把北朝鲜军队的指挥权交给一个异国的军事指挥员,尽管目前北朝鲜人民军已经没有几个师团了。

十一月八日,联合国安理会投票讨论麦克阿瑟关于中国干涉朝鲜的报告。美国人幻想着让中国人紧张的心情放松一下,表明美国无意侵犯中国的边境。于是,联合国邀请一个中国代表参加联合国讨论朝鲜问题的会议,美国表示愿意和中国人对话。

安理会讨论了两个提案。一个是美国的提案,呼吁中国军队撤出朝鲜,并且确保联合国军驻留朝鲜,直到在联合国特别委员会的监督下,建立一个"统一的和民主的政府"。法国人对此提出了另一个提案,要求联合国军"对军事安全的必要性以应有的考虑",采取措施防止破坏鸭绿江的水电设施。对于这个提案,美国人提出修改措辞的建议,以便给予麦克阿瑟处理军事事务的权限。法国人同意了,但要求保留这样一句话,已肯定联合国的政策是"确保中国与朝鲜的边界不受侵犯,并充分保护中国在边界地区的合法利益"。但美国人表示这句话"完全不能接受",因为这实际上会"给进行攻击的中国飞机提供了一个庇护所"。在西方国家的争执中,这一次,苏联投了否决票,理由是"只有在有中国代表在场的情况下才能讨论这个问题"。

对于联合国提出的邀请,中国政府简单地通知联合国,中国将不参加关于麦克阿瑟的报告和美国提案的任何讨论,但中国愿意派出一个代表团去联合国讨论"台湾问题",并说由十四名外交官组成的中国代表团已经出发。联合国开会的日期是十一月十四日,但那一天根本不见中国人的影子,原来中国代表团正不明原因地在路上磨蹭着呢。他们取道莫斯科、布拉格和伦敦,从中国到美国一共走了十三天,到达联合国的时候已经是二十四日了——有媒体一语双关地说:"这足以证明中美两国之间的距离是多么的遥远。"

一九五〇年十一月二十四日,对于朝鲜战争,这是一个不寻常的日子。

美国人虽然没把中国参加朝鲜战争的真实原因搞明白,但从中国愿意就"台湾问题"进行磋商的态度中还是似乎感到了点什么。同时,到了二十五日天亮的时候,当朝鲜战场上传来"令人震惊"的消息时,美国人终于明白了中国代表团为什么非要磨蹭到二十四日才到达美国。

在联合国军小心地恢复向朝鲜北部进攻的那些天里,美国人觉得整个世界都让人捉摸不透。

"甚至成吉思汗也不敢冬天在朝鲜打仗。"美军第八集团军的军官们这样说。至于没有及时地判断出彭德怀"诱敌深入"的作战意图,事后美国情报专家把责任归结于在美国的图书馆里找不到毛泽东的著作。毛泽东的著作的翻译本"在全世界的共产党国家都广泛流行",他们抱怨说,"一九五四年前,在美国几乎无处寻觅,包括国会图书馆"。美国情报专家指的是毛泽东于一九三八年写就的著名的《论持久战》。因为这部著作里的某些话"对在朝鲜的联合国军来讲是预言性的":"我们历来主张'诱敌深入',就是因为这是战略防御中弱军对强军作战的最有效的军事策略。"毛泽东运用反诘和反答的方式,提出撤退也是一种战术:"英勇决战于前,又放弃土地于后,不是自相矛盾吗?吃饭于前,又拉屎于后,不是白吃了吗?"美国人后来不得不认为毛泽东在这部书里提出的一个口号是不朽的:

敌进我退

敌驻我扰

敌疲我打

敌退我追

不管是谁进谁退,朝鲜战场的现实是:两个大国已经进入真实的战争状态。奇怪的是双方在这之前谁都没有互相宣战过——这恐怕是世界战争史上绝无仅有的。

第三章
三十八军万岁

"不是一支不可侮的力量"

日本出版的《朝鲜战争名人录》中,有那位拿下飞虎山的中国团长的名字:范天恩。其文字说明是:

> 范天恩,一九五〇年任团长。率部参加韩战。第一战役中,指挥仅有短兵火器的一个团(政委赵霄云)穿插到联军第九军后方,抢占飞虎山(六二二点一高地),威胁第九军补给总站军隅里。后受联军南韩第七师及美五团一部在大量空炮战车支援下的反扑,坚守五昼夜,主动脱离敌军,于是成名。

范天恩,中国人民解放军的一名老战士,担任过连、营的军政指挥员,在纵队和军一级机关中任过参谋,以军事学识丰富和作战凶狠闻名。一九五〇年任第三十八军作战科长,部队即将入朝参战的前夕,在他的强烈要求下,调任第三十八军一一二师三三五团团长,时值他新婚蜜月。在入朝前的誓师大会上,他代表三三五团提出"创造模范团"的口号,并向兄弟部队提出挑战,挑战的条件是:"以我一个团消灭敌人的一个团。"

根据彭德怀"诱敌深入"的计划,中国军队各部此时正向指定地域集结。而麦克阿瑟也已命令西线的联合国军各部队开始试探性北进。在西部的整条战线上,以南朝鲜第七师和美军一部在价川和军隅里地区的前进最为迅速。价川和军隅里都是联合国军配合东线的美第十军完成麦克阿瑟"钳形攻势"的必经之路,也是迂回到江界的必经之路。为了不让联合国军北进的速度太快,影响中国军队的调动和威胁中国军队的侧后,必须依据飞虎山之险进行阻击。

十一月五日,经过血战占领飞虎山阵地后,彭德怀命三三五团"就地防御"。

飞虎山阻击的任务落在了三三五团身上。

尽管第三十八军在第一次战役中没能完成预定任务,但这支部队在彭德怀心中依然是拥有很强战斗力的部队。阻击北进的敌人,一旦有差错,将会导致整个战役计划的落空。志愿军副司令员洪学智在后来的回忆中特别强调了当时选择阻击部队的谨慎态度:

> 诱敌深入,一般是用非主力部队。但彭总却是用主力军中的主力师三十八军一一二师来打。一一二师原来是四野的第一师。在选择打阻击的师时,彭总征求过邓华和我的意见。我们向他建议,如用最强的部队,那么,就用这个师。用最强的部队是因为敌军战斗力很强,打阻击的部队,既要达到诱敌深入的目的,又能顶得住敌人。顶不住敌人,被敌人一下子冲进来,还谈什么调动部队、装口袋呀?后来有人说在二次战役中一一二师没使上劲儿,这是只知其一,不知其二,一一二师在第二战役中的劲儿正是使在了这个关键的地方。

范天恩知道三三五团在飞虎山的阻击意味着什么。

应该说，在打阻击的时候，范天恩作为一个团长，也许并不知道志愿军指挥部"诱敌深入"的计划。但是，如果阵地丢失了，三三五团的每一个官兵都清楚，敌人将会通过飞虎山，向北长驱直入，而朝鲜半岛的北边就是中国。

范天恩走上飞虎山阵地，看见由进攻仓促转入防御的士兵们正在挖工事。进攻的时候，士兵们已经把妨碍冲击的小锹和小镐都扔掉了，现在，他们只有穿着被淅淅沥沥的雨淋湿的棉衣，用手、用刺刀挖着坚硬的石头，不少士兵的双手因此鲜血淋淋，血和土和雨混合在一起像和泥一样。当没有任何战斗经验的文化教员戴笃伯冒着敌人的封锁炮火把小锹送上阵地时，三三五团的士兵们看见小锹竟然哭了。

范天恩对文化教员说："你这个知识分子行！"

十一月六日，南朝鲜第七师在美军的配合下开始进攻了。位于飞虎山阵地最前沿的是三三五团二营五连三排。天刚亮，飞机和大炮一齐向三排阵地开始轰击，石头变成粉末，树木全部变成光杆，整整一个白天，三排打退了敌人的多次进攻。晚上，南朝鲜军士兵把三排阵地旁边的树木和枯草全部点燃，三排的阵地陷入一片浓烟和烈火之中，南朝鲜军士兵借着烟和火的掩护又冲上来，排长马增奎带领士兵隐蔽在阵地的侧翼，当敌人已经十分接近的时候，他们投出手榴弹，把敌人连同烧到阵地上的火焰一并炸掉。敌人退下去后，三排的士兵听见山下传来哭声，探出头去看，见南朝鲜军官正用棍子惩罚士兵。南朝鲜军士兵又一次往山上爬，他们更加胆小，在距离中国士兵大约还有三十米的地方不动了。马增奎的命令是：敌人不到二十米不准开枪。可南朝鲜军士兵就是不爬到二十米的距离。突然，一个等得心急的战士开了一枪，南朝鲜军士兵顿时挤成一团往山下跑去。

这一天，三排以伤亡一半的代价，打退敌人的七次进攻。

四连和六连在飞虎山打得也很苦,伤员不断地被抬下阵地。六连连长刚被抬下来,指导员也紧跟着被抬下来。指导员伤得很重,他大声地叫唤。营教导员劝他不要叫,他捂着伤对教导员说:"六连完啦!"

教导员说:"阵地丢了?我不信!通信员!跟我上!"

教导员上了六连的阵地,漆黑的夜色中果然不见一个人。他用手在工事中摸,摸到一个活着的,是班长张德占。教导员问其他人在哪里,张德占说排长死了。教导员说:"任命你为排长,赶快召集人!"

阵地上终于凑起几个人。清点后发现,连干部除了副连长外已全部伤亡。教导员当即任命副连长为连长,任命文化教员为副指导员,并立即带领所有的人抢修工事,准备阻击敌人的进攻。

天亮了,南朝鲜第七师所有的炮兵都在炮轰飞虎山,连位于价川的联合国军炮兵也在向飞虎山轰击。

中国士兵经历的是一场残酷的战斗。

当范天恩在指挥所里向上级报告战况时,团警卫连在敌人的猛烈攻击下顶不住了,副指导员和一个排长跑下阵地对范天恩喊:"团长!快撤退!敌人上来了!"

范天恩一动没动:"阵地丢了?"

副指导员和排长支支吾吾地说不清楚。

范天恩立即给山上的营长陈德俊打电话,得知冲上阵地的敌人已经被打下去了。范天恩转过头来,脸色阴沉地对团侦察参谋说:"尹曰友!把这两个人用绑腿捆起来,枪毙!"

尹曰友押着两个人走了。团政委赵霄云觉得人命关天,于是打电话给师指挥所,结果师政委不同意枪毙,说:"可以给他们锻炼的机会。"

山上的陈德俊听说团长要毙人,更不同意:"山上伤亡大,人越来越少,枪毙了不是更少了嘛。"

副团长赶快把尹曰友追回来,给两个人松了绑。

范天恩的脸色更加阴沉了:"给我到最前沿的五连当兵去!"

陈德俊在山上见到两人后破口大骂:"笨蛋!要跑怎么不往我这里跑?再说,临阵脱逃是什么行为?这事不算完,到五连看看人家是怎么打仗的!"

副指导员和排长后来都因为作战勇敢提升了。

六日至七日,联合国军加强了进攻的力度。双方在三三五团二营五连的阵地上反复争夺达十六次,其中多次进入肉搏战状态。五连士兵李兴旺头部受伤,正在给自己包扎的时候,三个美国兵抱住了他。他在夺枪的过程中把一个美国兵踢下了山崖,同时开枪打死另一个,然后用美国兵尸体上的手榴弹把第三个美国兵炸伤了。李兴旺的这个排打到最困难的时候,阵地上没有倒下的只剩了排长和三名士兵,他们的弹药全部来自战友和敌人的尸体。在中国解放战争中获得过"独胆英雄"称号的士兵李永桂,当阵地被敌人用汽油点着完全湮没在火海里时,他带头跳出战壕向敌人扑去,火海中突然出现的他把敌人吓得掉头滚向山下。弹药没有了,他跑回连部要来十几颗手榴弹和一挺机枪。第二次要弹药时,他的左腿被炸断,他拖着一条断腿把一箱机枪子弹弄上山。这个出生于贫苦人家的青年士兵在阵地上一直战斗到腿上的血流尽。

中国军队没有任何一种对空防御武器,美军飞机因此得以进行疯狂的扫射。第三十八军一一二师的指挥所在一个山洞里,本以为山洞里不会有什么危险,但是,由于这个山洞也兼收伤员,伤员的大量抬进让美军飞行员发现了目标。美军飞行员驾驶着飞机在山沟里钻,把堆在洞口的汽油桶打着了。浓烟和烈火中,洞内的空气令人窒息,跑出洞的人在美军飞机的扫射下纷纷倒下。美军飞机确定了中国官兵的这种处境后,便有大批的飞机云集而来,这个名叫瓦洞的小山沟顿时成为大批战机的扫射场。据事后统计,在这场空中袭击中,中国官兵死亡两百三十人,其中多数是年轻的女兵和营团级军官。

在飞虎山阻击的艰难日子里,最困难的还是吃饭问题。

五连的机枪手梁仁江饥饿中把一块石头放在嘴里啃,士兵们惊讶地看着他,说:"石头能当饭,要庄稼人干什么?"

梁仁江说:"不信你们试试,口水一多,饿就差了点劲儿。"

这个发明很快在阵地上普及了,飞虎山阵地上响起一片啃石头的声音。

在这种声音中,就有士兵说:"咱们有飞机就好了,打四平那会儿,看见过国民党空投吃的东西,降落伞八床被面那么大,鸡蛋挂在上面落地都不碎!"

三三五团的民运股长冯孝先奉命筹粮。他找到了因对中国军队不了解而藏起来的朝鲜农民,讲了很多道理,又找到一座铅矿的宿舍,得到朝鲜工人们的同情。一个郡的委员长带头把自己的耕牛杀了,让群众把这头牛煮了六大锅肉汤。同时,朝鲜农民们凑了些大米,在美军飞机的扫射下点火做饭。通往三三五团阵地的路上,每一条小路都在美军飞机的严密封锁下,但是,在纷乱喧嚣的弹片中,还是出现了一支头顶瓦罐的送饭队伍。带路的是一位六十多岁的朝鲜老人,他戴着一顶中国士兵看上去有点像中国古代县官戴的那种带帽翅的纱帽。队伍里前面的人倒下去,后面的人默默地顶替上来,平静而顽强地向飞虎山前进。一位叫朴孝男的妇女顶的是一只装米饭的木盆,她被弹片击中倒下后拖着木盆爬,一直爬到了阵地上。中国士兵捧着饭眼泪汪汪地吃不下。敌人又开始进攻了,士兵们把米饭放下,说:"妈的,老子不吃了,打他个狗日的!"送饭的朝鲜农民和工人们也参加了战斗。当再一次打退敌人的进攻时,阵地上伤亡的人包括了那些送饭的朝鲜百姓。朝鲜妇女朴孝男往飞虎山上送米饭的那只木盆被中国士兵保留下来,后来,这只木盆成为中国革命军事博物馆珍藏的历史文物。

十一月八日,是三三五团在飞虎山阻击的最后一天,也是最艰难的一天。美军出动飞机八十多架,数百门大炮一齐轰击,飞虎山上的各个阵地最后全部进入肉搏战状态,嘶喊声和呻吟声在长达五公里的阵地上长久地回荡。联合国军的士兵知道中国士兵已经没有弹药了,肉搏一阵后就干脆退后二十米休息,然后再一次扑上来。飞虎山阵地在双方士兵的扭打中反复易手,混战从日出一直延续到日落。

这时,上级让范天恩到师部开会。

范天恩说他离不开这里,他一走会动摇军心。

师长命令道:"你必须亲自来!一切后果我负责!"

原来,上级命令三三五团后撤三十公里。

范天恩一听就火了:"退?拼死拼活没让敌人前进一步就落了个撤退?再退不就是鸭绿江了?士兵的工作做不通!"

师长说:"这是命令!执行!"

三三五团在飞虎山阻击了整整五昼夜,抗击着南朝鲜军一个师和美军一部极其顽强的进攻,毙伤俘敌一千八百人。

范天恩不知道,此时彭德怀发现联合国军的北进速度不快,怕是第三十八军顶得太狠了使麦克阿瑟北进的决心有变化,于是决定让他们抬一下手。

三三五团的撤退,令进攻的联合国军大喜过望。

当天,三三五团转移到九龙里一带,继续设防诱敌。范天恩知道了诱敌计划后,便在这里与联合国军开了个玩笑:先在一个小小的无名高地上打阻击,敌人第一轮冲击被打下去后,命令部队迅速撤出阵地,跑到很远的山头上看热闹。准备第二轮进攻的联合国军先是向高地进行大规模的炮击和轰炸,然后进攻,占领了山头发现空无一人,正在纳闷,美军配合作战的飞机飞临高地上空开始例行公事般的轰炸和扫射,联合国军士兵们的结果自然十分悲惨。

三三五团在九龙里一带边打边撤阻击了五昼夜。所不同的是,已经不再像飞虎山那样死守了。他们或者进攻一下,然后撤退;或者占领一处高地后拿出坚决死守的样子守上两天,又撤退了;或者突然前进,深夜摸下几个山头后就没了踪影。让敌人跟上来,又不让他能够真正跟着,这是靠在树干上就能睡觉、几粒玉米粒就能维生的中国士兵很乐意干的事情,也是中国军队的看家本领。世界上当时只有日本军队和逃到台湾的国民党军见识过这种没办法阐述明白的战术,现在轮到南朝鲜军和联合国军品尝这种晕头转向的滋味了。

中国第四十军一一九师三五六团也是担任诱敌任务的一个团。团长符必久策划了一整套诱敌深入的方案。十一月十日在天佛山一带接触到北进的美军骑兵第一师后,他们在每一个山头都坚决地阻击一阵,再不断地放弃,一直撤退到主峰。在主峰阵地上,他们大规模地阻击了整整一天,双方伤亡都很大。但到了晚上,天一黑,三五六团又撤退了,在预定的二线阵地等着骑兵第一师的到来。结果一等就是三天,这可把符必久紧张得够呛,他怕因为顶得太厉害美军不来了。直到十六日,他们终于发现了美军的侦察队,三五六团立即主动接火,猛打了一下又跑了。他们就这样和美军骑兵第一师打一下退一下,终于师里来电说,美军已经错误地认为"共军是向北逃窜的残部",符必久这才放下心来。

但是,彭德怀还是认为沃克这个多疑的司令官前进得太慢,联合国军的北进速度是对中国军队实力和意图判断的标尺。于是,彭德怀、邓华致电军委,建议释放一批战俘。因为这样的举动至少可以收到两个效果:一是表明中国军队的人道主义精神,二是进一步打破敌军怕杀的心理。

毛泽东对这个建议大加赞赏,立即回电:"你们释放一批战俘很对,应赶快放走,而后应随时分批放走,不要请示。"

十一月十八日晚上,寒风瑟瑟。在战俘营中挑选出来的二十七名美军战俘和七十六名南朝鲜军战俘在理了发、洗了澡、发了路费和吃了一顿加餐后,由志愿军组织科长司东初和司机王大海带领，乘卡车向云山地区出发。在阵地前沿，司东初对战俘们说："你们万一过不了美军的警戒线，就回来，我们欢迎！"

同时，第四十二军也在诱敌中开始释放战俘。为了让战俘相信我军在连连败退，军部命令部队故意在撤退的路上丢下些枪支和背包。

第三十九军在释放战俘前，志愿军的军官面对战俘们讲话，内容是：我们不是什么主力部队，我们向后转移了，我们没有弹药和药品，准备回国了。经过在前沿与美军的交涉，中国士兵把受伤和有病的战俘用担架送到公路边上，然后后退让美军把担架抬走。

后来担任美国远东部队司令官的李奇微将军在回忆录中这样写道："中国人释放俘虏的做法，与北朝鲜人对待俘虏的做法完全不同。有一次，中国人甚至将重伤员用担架抬着放在公路上，尔后撤走。在我方医护人员乘卡车到那里接伤员时，他们没有向我们射击。"

美联社记者怀特在十一月二十三日所写的报道中说："被释放的美军俘虏说，中国人民志愿军对他们很好。他们得到和志愿军一样的口粮。志愿军曾用他们有限的设备治疗这些伤兵。中国人不搜美国人的口袋，并且让他们留着他们的香烟、金表和其他私人的东西。"

中国军队释放战俘立即引起强烈的国际反应。同时，也引起美军情报部门的极大恐慌。美国人极力想知道中国军队的此举将对他们正在进行的战争产生什么样的影响。美军战史资料显示，他们当时曾分析说，中国人往往要求被释放的战俘明白："你们是资本主义压迫的牺牲品，只有逃脱帝国主义的地狱，才能获得共产主义天堂的自由。"中国人要求战俘把中国军队的人道主义精神"告诉你们的同伴"，"敦促你们的同伴掉转枪口对准你们的军官"。这些言论的出现是因为西方人根本不了解中国人和中国军队。西方人不知道，中国共产党的军队还是一支农民游击队的时候,其制定的第一部军纪中就明确写有"不许虐待俘虏"的条款。

在朝鲜战争第一次战役处于收尾阶段的十一月五日,中国人民志愿军司令员彭德怀曾专门给金日成写了一封很长的信,介绍中国军队优待俘虏的政策和经验。

由于自古以来战争中士兵的命运飘忽不定,战俘的命运更是岌岌可危,因此很有必要再次抄录彭德怀长信的主要内容,因为其字里行间蕴涵着一个千年古国的文明标准。

彭德怀说:

> 由于我们采取了上述俘虏政策,也就是瓦解敌军的政治工作,使敌人的战斗力逐渐减弱,并争取了广大俘虏补充了自己。现在中国人民解放军中,有一部分战士是由俘虏兵补充的。在解放战争中,我们的兵源主要是靠俘虏。这些被解放过来的俘虏,经过教育改造之后,很多都愿意参加革命队伍,有好些人已经在解放战争中成了战斗英雄和人民功臣,这证明俘虏是可以争取和能够改造的,也证明毛泽东同志的宽待俘虏的政策完全正确。

> 在我们革命初期,甚至以后个别地方,有些同志愤恨敌人的残暴,对俘虏官兵采取报复态度,这是很难免的。但这种报复行为,对革命非常不利,因为这种报复仇杀的结果,足以给敌人造谣的借口,只能促进敌人内部的团结,增加敌人的战斗力。如果个个敌人都需要硬拼,那么取得革命胜利的代价就更大了。因此,对有的同志这种错误的报复行为,必须进行耐心的、坚决的说服教育,使之彻底改正,才能瓦解敌人,壮大自己,取得革命的胜利。

> 朝鲜人民进行的战争,是争取朝鲜独立、民主和自由的革命战争,经过宽待俘虏,将这一真理传达到敌军中去,根据中国的经验其效果将是很大的。对俘虏进行宽

大和教育改造工作,这正表示了劳动人民及其军队光明磊落的伟大气魄,具有这样气魄的革命军队必然是攻无不克,战无不胜的。上述经验特为介绍,供你们今后对待俘虏的参考。

在中国军队的诱惑下,联合国军终于产生了一个巨大的错觉,即他们所实施的猛烈的空中轰炸,已迫使中国志愿部队不能进入战场,而兵力有限的参战部队也在联合国军优势火力下失去作战决心,中国军队"不是一支不可侮的力量"。

而此时,在西线的中国军队第五十、第六十六、第三十九、第四十、第四十二、第三十八共六个军已分别移至定州西北、龟城、泰川、云山、德川以北以及宁边以北地区,东线第九兵团的三个军也全部到达预定地点。

十一月二十一日,西线的联合国军已经进至麦克阿瑟制定的"攻击开始线",完成了战役的全线展开。北进的美第八集团军指挥着美第一、第九军和南朝鲜第二军团共三个军、八个师、三个旅和一个空降团。在其左翼,美第一军指挥美第二十四师、南朝鲜第一师、英军第二十七旅由嘉山里、古城洞地区分别向新义州、朔州方向进攻;美第九军指挥第二十五师、第二师由立石里、球场地区分别向碧潼、楚山方向进攻,其第二梯队土耳其旅位于军隅里地区;美骑兵第一师位于顺川地区机动。在其右翼,南朝鲜第二军团指挥第七、第八师,分别由德川以北寺洞和宁边地区向熙川、江界方向进攻,这一方向的第二梯队南朝鲜第六师位于北仓里、假仓里地区机动。英军第二十九旅位于平壤,美军空降一八七团位于沙里院,为西线第八集团军的总预备队。

在东线,由麦克阿瑟直接指挥的美第十军,辖陆战第一师,第七、第三师由长津湖向武坪里、江界方向进攻。南朝鲜第一军团指挥首都师、第三师沿东海岸向图们江边推进。

至此,联合国军已经全部被诱至预定战场,进入了一个西起清亭里,经泰川、云山、新兴洞到宁边以东的约一百四十公里的弧形突出地带的大口袋里,在这个大口袋的口上集结着预战的中国人民志愿军共九个军。彭德怀梦寐以求的战机终于来到了。

闻到中国饭的味道就撤退

感恩节,起源于北美洲的英属殖民地普利茅斯。该地居民在一六二一年获得丰收后,举行了盛大的庆祝活动以"感谢上帝",之后逐渐形成一个固定的节日,名为感恩节。节日的时间是每年十一月的第四个星期四。

一九五〇年的感恩节为十一月二十三日。

东京,麦克阿瑟的豪华官邸在十一月二十三日点起了感恩节的蜡烛,餐桌上刚出烤炉的火鸡散发出令人愉快的香味,麦克阿瑟和家人一起做了"感谢上帝"的祷告后,开始享用节日的晚餐。麦克阿瑟在餐后甜点之后又破例倒了一杯香槟酒,然后站在窗前凝望着东京的万家灯火。此时,收音机里的播音员正在描述朝鲜前线美军士兵感恩节的菜单,让人听上去不像是在报道一份战壕中的菜谱,更像是在介绍高尔夫俱乐部里银行家们的一次聚会:鸡尾酒、夹馅橄榄、烤小公火鸡加酸果酱、水果沙拉、蛋糕、馅饼和咖啡。麦克阿瑟对这份菜单的具体内容不感兴趣,天一亮他将亲自飞往朝鲜前线,他要到那些美国小伙子中间去转转。如果记者们能拍一张麦克阿瑟将军和美国士兵一起讨论火鸡味道的照片,并在报刊上发表,这个感恩节就圆满了。

二十四日,美第八集团军指挥部所在地新安州的上空天气晴朗。麦克阿瑟的专机降落在坑坑洼洼的跑道上时,以沃克将军为首的军官们恭敬地迎接了他。穿着派克大衣的麦克阿瑟走下专机,并没有先和他的军事将领们握手,因为他知道记者们对这样的照片不感兴趣,于是他出人意料地先蹲下身来,拍了拍第一军军长米尔本带来的一只名叫埃贝的德国种小狗的脑袋,似乎还说了一句玩笑话。记者们拍下了这张轻松愉快的照片,并在没有听清楚麦克阿瑟说的是个什么玩笑的前提下,与在场的美国将军们一起咧开嘴笑了起来。

接着,麦克阿瑟乘吉普车到前线进行视察。

麦克阿瑟半开玩笑地责怪了沃克将军行动缓慢,沃克一直对这个问题采取一种不表态的态度。他听见麦克阿瑟对第二十四师师长丘奇少将说:"我已经向第二十四师的小伙子们的妻子和母亲们打了保票,小伙子们将在圣诞节回国。可别让我当骗子。赶到鸭绿江,我就放你们走。"

麦克阿瑟的话被在场的美国《时代》周刊记者记住了。

记者们抓住这个话题,问:"将军,您的意思是否是,这场战争能在圣诞节之前结束?"

麦克阿瑟说:"是的。我左翼部队的强大攻势将势不可挡,任何抵抗将是软弱和没有希望的;我右翼部队有强大的海空军配合,将会处于非常有利的地位。左右两翼在鸭绿江边的会合,在某种意义上讲,就是战争的结束。"

"将军认为中国军队有多少人在朝鲜?"

"三万正规军和三万志愿军。"

"胜利后的打算是什么?"

"第八集团军调回日本,两个师去欧洲……圣诞节前让孩子们回家!"

第二天,十一月二十五日,美国各大报纸的标题是:《麦克阿瑟将军保证圣诞节前结束战争》、《圣诞节士兵可以回家》、《胜利在望——圣诞节不远了吗?》……

"圣诞节攻势"这一战役的名称自此有了讽刺的意味。尽管日后麦克阿瑟在他的回忆录中极力否认自己说过类似的话,但是所有在新安州机场上的美军高级将领和大批的记者都是见证,彻底的不认账是不太可能的。麦克阿瑟的参谋长惠特尼将军后来回忆说,当时麦克阿瑟的话是"半开玩笑,但在意思和目的上带有某种肯定性"。麦克阿瑟自己的辩解是:"在和一些军官的谈话中,我告诉他们布莱德雷将军希望圣诞节前把两个师调回国,要是赤色中国不干预战争的话……报界将这句话曲解为我们必定胜利的预言,而且这个伪造的歪曲的解释后来被用来作为狠狠打击我的一个有力的宣传武器。"

麦克阿瑟没法否认的是当天他发表的一份公告:

> 联合国军在北朝鲜对在那里作战的精锐军的压缩包围现已临近关键时刻。在过去三周里,作为这只铁钳独立成分的各类空军,以模范的协同和战斗力发动了持续的攻击,成功地切断了来自北方的补给线,这样,由此而进行的增援急剧减少,基本的补给明显受到限制。这一钳形攻势的右翼在海军有效的支援下,现已抵达居高临下的包围阵地,把地理上可能有敌人的北部地区一分为二。今天上午,钳形攻势的西段发动了总攻,以完成包围并夹紧钳子。倘能成功,这实际上将结束战争,恢复朝鲜的和平与统一,使联合国军队迅速撤离,并使朝鲜人民和国家得以享有全部主权和国际的平等。我们就是为此而战。

在世界战争史上，没有哪一个军事指挥官会在进攻前光天化日地把自己的进攻计划公开宣布，而麦克阿瑟的进攻路线、规模、兵力、目的等绝对机密的军事内容都像旅游计划一样被他的公告"张贴"出来了。英国的《泰晤士报》说，大肆宣扬这次进攻，"显然是一种最奇特的打仗方式"。现在，我们可以认为："七个联合国师（三个美国师和四个南朝鲜师）以及英联邦旅已准备就绪，去进行据称是最后的进攻，以扫荡从西海岸至南朝鲜部队已经到达地点的这段鸭绿江下游地区。"

麦克阿瑟的情报官威洛比的心情远比他的司令官紧张。这个有名的乐观主义者鉴于第一次战役的教训，在联合国军发起"圣诞节攻势"的前夕，他对中国军队的估计要比以前现实得多。威洛比十一月十五日提醒他的司令官："大约有三十万有作战经验的中国共产党军队已经在鸭绿江北安东至满浦一百二十八公里的地段集结。来自中国广东的情报也表明，大批火炮、轻武器、弹药和其他军事物资正在装船北运。"

威洛比对于二十四小时不间断飞行的美军侦察机飞行员"没有发现中国军队的踪迹"的报告感到怀疑。他认为中国军队有能力把大部队渗透到朝鲜，因为中国军队善于利用偏僻的道路行军并利用夜色作为掩护。而且这支军队的后勤支援相对也容易，因为补给线非常短。

关于中国军队机动能力和隐蔽行军的特点，美军战史中描述得十分详细：

　　中共军队强行军的能力是非凡出众的。根据可靠情报，中共三个师从鸭绿江边的安东出发，用十六至十九天的时间行军二百八十六英里，到达了北朝鲜东部的一个集结地域；一个师在十八天里，在崎岖不平的山路上平均每天行军十八英里。中共士兵的"白天"开始于夜幕降临的时候，大概在晚上七时左右，直至翌晨三时。拂晓时，即五时三十分，他们要挖掩体，伪装所有的武器装备，然后吃饭。在昼间，只有侦察部队在行动，以寻找第二天的宿营地。主力部队都静止不动加以伪装，从航空照片和空中观察是无法看到的。如果一名中共士兵在白天去掉了伪装，飞机来时他必须在留下他踪迹的地方一动不动，军官有立即枪毙违令者的权力。

尽管美军飞机的空中侦察很严密，但中国军队大兵团的机动开进却没能被发现。朝鲜战争结束后，美、英等国的军事家们将此举称为"当代战争史上的奇迹"。

美第八集团军对为什么没有发现中国军队的大规模调动作出如下解释：

一、在得到相对准确的情报时，一种"不会是那样的"先入为主的观念左右了判断。任何情报如果指挥官不相信，是不能称为有效情报的。

二、第八集团军的情报组织贫乏。原第二十四师在南朝鲜建立的情报网后来解散了，之后没有再建立有效的情报网。

三、情报技术上没有夜间侦察的有效手段。判读军官，不具备识别中国军队的伪装的能力。

四、集团军召集来的侦察军官和判读军官，都是些多年没有实战经验的人，岁月已经令他们失去了职业敏感性。

对于始终没有弄清中国军队的准确人数，第八集团军的解释是他们"跌入了中国军队的一个微不足道的骗局"。因为，"中国军队规定称呼下降两级使用"，即把军称为某某部队，让人听上去像一个团，师让人听上去像一个营，团让人听上去像一个连。

而第八集团军司令官沃克表示，这些论调统统是失败后的牵强的推托。

在麦克阿瑟眼里，沃克是个胆小而怯懦的人。在新的战役即将开始的时候，沃克不再为麦克阿瑟武断的指挥方式和把第十军独立于他的指挥之外感到愤怒。此刻,更令他忧虑的是他的第八集团军将要面临的扑朔迷离的战场。第八集团军与东线的第十军之间巨大的间隙使右翼"危险地暴露"着,这一点让沃克感到忧心忡忡。当麦克阿瑟命令他十一月十五日开始进攻时,沃克表示第八集团军还没有得到应有的供给,而他的部队每进攻一天就需要各种物资四千吨。于是,麦克阿瑟不得不将进攻时间改为十一月二十日。可随后沃克的消极准备又使进攻时间推迟到二十四日。究竟沃克的这种拖延是不是正好给了彭德怀调动部队的时间且不说,美军的军事学家对沃克的这种谨慎给予了看似离奇但十分有哲理的分析,他们说沃克之所以这么做是出自于他对中国军队的"某种敬佩"。沃克对他的一个密友说,尽管麦克阿瑟的命令要坚决地执行,但他的准备是一旦情况有变就撤退。因为他强烈地预感到:"中国军队肯定在一个什么地方等着我们呢。"

为了与东线的第十军联系上,以确保进攻中的相互协同,沃克派出巡逻队去寻找第八集团军侧翼的友军。结果巡逻队的报告说,第八集团军的侧翼"好像存在一支部队"。在即将开始进攻前的记者招待会上,沃克将军的话令在场的新闻人士都感到气氛十分不对头。《读者文摘》记者詹姆斯·米切纳后来回忆说,那次记者会是他"所有记忆中最为阴郁黯淡的事"。

记者问:"沃克将军,你说你的巡逻队已经与右翼建立了联系,他们是友邻部队吗?"

沃克回答:"我们是这样认为的。"

"难道您不知道吗?"

"我们认为他们肯定是友军。"

"你们与右翼没有任何联系吗?"

"没有。我们是各自独立作战。但我们确信,那些部队肯定是友军。"

几天之后,当战斗打响时,沃克知道了他的巡逻队看见的那支

"友军"，其实是一支迂回运动中的中国军队。

对麦克阿瑟的"圣诞节攻势"提出强烈质疑的不止沃克将军一人。——"五角大楼惊恐不安地注视着麦克阿瑟结束战争的攻势。"美国陆军副参谋长李奇微认为，把第八集团军和第十军互相不联系地分成两路进攻，是给了善于穿插和分割的中国军队一个绝好的机会。这种部署是西点军校最低级的见习学员才会干出的事。他接着以嘲笑的口吻讥讽了麦克阿瑟的所谓"进攻"："尽管麦克阿瑟把这次向鸭绿江的推进称为'进攻'，但实际上不过是一次接敌运动。在未弄清楚敌人的位置之前，在敌军部队根本就未与你的部队接触之前，你是无法向敌人发起进攻的。很多野战部队的指挥官都相信，中国的强大部队一定正在什么地方待机。而且，有一两位指挥官还对不顾侧翼安全、不与两翼友邻部队取得联络而盲目向前推进的做法十分明智地表示怀疑。但是，却没有一个人知难而退，而且很多人还表现出与总司令相同的那种过于乐观的情绪。"

连杜鲁门也对麦克阿瑟"圣诞节前结束战争"的论调表示怀疑，尽管这种怀疑是在事后说出来的："我们当时应该做的是停止在朝鲜颈部这个地方（他用手指着一个地球仪说），那是英国人所希望的。我们知道中国人在边界线有近一百万人以及诸如此类的事，但麦克阿瑟是战地指挥官。你挑选了他，你就必须支持他，这是一个军事组织得以运转的唯一方式。我得到了我所能够得到的最好的意见，而在前线的这个人却说，这件事应该这样做。所以我同意了。这是我作出的决定，不管事后怎样来看。"

连总统都拿麦克阿瑟没有办法，其他的高级军事幕僚们又能做什么？国务卿艾奇逊在他的回忆录中这样写道："政府失去了制止朝鲜走向灾难的最好机会。所有有关的总统顾问，不论是文职还是军职，都知道出了毛病，但是什么毛病，怎样找出来，怎样来处理，大家都没有主意。"

作为一名驻扎在国外的军事将领,麦克阿瑟与本国政府和本国最高军事决策机构的关系,已成为二战后世界政治史和战争史上最奇怪和最荒诞的关系。"他总认为我们是一群毛孩子。"美国参谋长联席会议主席布莱德雷将军说。这个比喻极其生动,但是美国作家约瑟夫·格登说得却更妙:"五角大楼的主要罪过是胆小怕事。参谋长联席会议在麦克阿瑟面前就像学校的男孩子在城里遇到街头恶霸一样怕得发抖。"

十一月二十三日,感恩节这天早晨,彭德怀拿着放大镜在地图上晃来晃去,他把邓华、洪学智和解方叫来,指着地图上的德川和宁远说:"就在这里!就在这里!"

彭德怀等待的战机已经明朗:联合国军的右翼已经形成明显的薄弱部位,这个部位就在德川和宁远地区。在这个地区的联合国军是南朝鲜第七师和第八师,而将与之对阵的是中国的第三十八军和第四十二军。应该说,这是彭德怀预想中的最理想的状况。南朝鲜军队不是中国军队的对手,从这个部位插进去,可以直捣西线联合国军的大后方。彭德怀似乎已经能够看见南朝鲜军的两个师覆灭的结局。

彭德怀立即给第三十八、第四十二军发电:

> 你们应以求得全歼德川地区伪七、八两师为目的……你们攻击时间,于二十五日晚开始,宋兵团于二十六日开始。清川江西岸各军,则视情况发展而定。以上请韩先楚同志根据实际情况做调整。总之,以先切断、包围,求得全歼七、八两师为原则。

这一天,除南朝鲜第七、第八师到达德川、宁远一线外,南朝鲜第六师正由价川地区向东转移,北仓里、假仓里由美军第二师接替。与此同时,美骑兵第一师、第二十四师,英军第二十七旅以及南朝鲜第一师均已进至球场、龙山洞、博川一线。敌情的变化引起

中共中央军委的注意,特来电报:

> 我在清川江东岸发起攻击后,应估计到美二师、骑一师向东增援的极大可能性(当然也有继续北进或原地停止及退据清川江桥头阵地的几种可能)……我三十九、四十两军在美二师、骑一师东援和据守桥头阵地的情况下,均难达成配合四十二军、三十八军歼灭伪七、八两师之目的……因此,建议以四十军东进与三十八军靠拢,增强我军左翼突击力量……以四十军对付球场、院里方向可能东援之美二师和骑一师,以保证我三十八军、四十二军首先歼灭伪七、八两师,并对下一步对美敌作战造成战役迂回的有利条件。

彭德怀立即对战役部署作出调整:由韩先楚副司令员直接指挥第三十八军和第四十二军,首先歼灭德川、宁远、孟山之南朝鲜第六、第七、第八师;第四十军东移至新兴里、苏民里以北,以一个师接替第三十八军一一二师的防务,阻击敌人,其主力向戛日岭、西仓插进,阻止美军东援;在第四十军东移后,第三十九、第六十六、第五十军等部亦逐次东移,逐次接防,以保持战线的完整。当向敌发起全面进攻后,各军应全力向当面之敌进攻,求得歼敌一部。

彭德怀把调整后的计划向毛泽东汇报,并再次确定西线发起攻击的时间是十一月二十五日黄昏,而相应调整后的东线发起攻击的时间是二十六日黄昏。

毛泽东的回电是:

> 你们本日七时的作战部署是完全正确的,望坚决照此执行。

毛泽东不知道,就在他向朝鲜发出这封电报的时候,一件令他终生悲伤的事件发生了。

二十五日上午，美军飞机飞临志愿军指挥部所在地上空，一枚凝固汽油弹落在了指挥部的房子顶上，房子瞬时燃烧起来。因为前一天志愿军指挥部已被美军飞机轰炸过，在洪学智等人的坚决要求下，这天早上彭德怀一行上山隐蔽了。但是，毛岸英和另外几名参谋人员没有上山隐蔽。高温的凝固汽油弹仅用几分钟就将房子烧成了灰烬。当美军飞机离去，彭德怀从山上下来时，他看见了毛岸英被烧焦的尸体。

"为什么偏偏把他炸死？"彭德怀在极度的悲伤中反复念叨着这样一句话。

除了彭德怀和几位志愿军高级指挥员，没有人知道毛岸英的真实身份。

毛岸英，毛泽东的长子，一九二二年出生于中国长沙，童年时跟随母亲杨开慧在国民党的监狱中度过。后被中共地下党营救。苏联伏龙芝军事学院和苏联东方语言学院的毕业生，苏德战争时成为苏军的坦克中尉。入朝前是北京机器总厂的党委副书记。入朝后任彭德怀的秘书兼俄文翻译，牺牲时年仅二十八岁，新婚不久。

这是联合国军"圣诞节攻势"开始后第二天发生的事情。

几个小时之后，士兵们用木板钉了个棺材，把毛岸英埋在了山上。

今天，在北朝鲜一个叫桧仓郡的地方，竖立着一块石碑，正面写着：毛岸英同志之墓。背面写着：毛岸英同志原籍湖南省湘潭县韶山冲，是中国人民领袖毛泽东同志的长子。一九五〇年，他坚决请求参加中国人民志愿军，于一九五〇年十一月二十五日在抗美援朝战争中英勇牺牲。毛岸英同志的爱国主义和国际主义精神将永远教育和鼓舞着年轻的一代。毛岸英烈士永垂不朽！

没有联合国军特工人员的现场侦察和标示目标，美军飞机对彭德怀办公地点的轰炸绝不会如此准确。这件事表露出朝鲜战争初期中国方面对战争指挥部的保卫工作的疏忽。

如果彭德怀未听从劝告上山躲避，那么他也不会躲过这场灾难。

麦克阿瑟下达了全线进攻的命令。

坦克和战车发出的轰鸣惊天动地。

记者们在一种莫名的兴奋中向全世界发出了联合国军开始"最后的攻势"的电讯。

麦克阿瑟觉得这里已没他这个总司令什么事了，于是登上专机，他对飞行员下达的指令让所有在场的人惊呆了："朝西海岸飞，然后沿鸭绿江往北！"

随行的参谋们立即说不行，因为即使这架专机有自卫武器、有战斗机护航，往鸭绿江飞也是十分危险的事情。情报官威洛比不是多次警告说，苏联的米格飞机已经在鸭绿江上跟美军飞机碰过头了吗？中国布防在江边的高射炮兵不是已经有了击落美军飞机的记录了吗？

麦克阿瑟说："我要看看地形，看看苏联人和中国人的迹象……敢于进行这次飞行的胆略就是最好的保护！"

任何反对在麦克阿瑟的旨意面前都没有效果。

记者们害怕了，嘟嘟囔囔道："有必要这么做吗？"

惠特尼将军小心地提醒道："是不是带上降落伞？"

"你这个绅士愿意的话你就带上，反正我不带。"麦克阿瑟叼着他的烟斗，脸上浮现的是一种嘲讽。

专机起飞了，在西海岸上空转弯后，到达鸭绿江的入海口。

麦克阿瑟命令："沿着江飞！飞低一点！"

高度五千米。

机翼下是一片白雪皑皑的山地和平原。鸭绿江已经封冻，江水特别湍急的江心偶尔露出黑色的江面。沿江巨大的荒原上，崎岖蜿蜒的道路被厚雪覆盖，没有任何人与交通工具通过的迹象，荒原在迷蒙的风雪中一直延伸到遥远的西伯利亚。

麦克阿瑟什么也没看到。

惠特尼将军后来对那天他从飞机舷窗向下看到的景象难以忘却："极目远望的是无穷无尽的穷乡僻壤，崇山峻岭，裂谷深峡，近乎于黑色的鸭绿江水被束缚在死一般寂静的冰雪世界之中。"惠特尼感到麦克阿瑟不要降落伞是对的，因为他终于知道了，如果遇到紧急情况，宁可与飞机同归于尽，也比降落到"这冷酷无情的荒郊野地上"好。

麦克阿瑟因为他的鸭绿江飞行，被美国空军授予了功勋飞行勋章和战斗飞行荣誉徽章。他在记者们崇拜的目光中结束了边境飞行。然后，他的专机向东京飞去。当飞机消失在云层中的时候，留下来的沃克将军低声地嘟囔了一句："胡闹。"虽然沃克的声音很小，但在场的所有的人事后都说自己清楚地听见了。沃克将军的助手林奇在不得不回答记者就此提问时说："沃克将军无论遇到什么恼火的事都不使用亵渎的语言。"

麦克阿瑟回到东京立即发表声明：联合国军此次进攻将很快以胜利告终。

东京《朝日新闻》当日在显著位置用大号字体刊出的标题是：

联合国军开始总攻势　战乱可望结束

但是，回到前线的沃克却对美第二十四师师长丘奇少将说："告诉你的先头部队二十一团的斯蒂文森上校，让他一闻到中国饭的味道就撤退！"

就在麦克阿瑟的专机刚刚掠过的一条荒凉的山沟中，潮湿的山洞里，彭德怀正用冻得麻木的手举着放大镜在看地图。他苦苦地思索着战役打响之后，最关键的第三十八军的方向还可能发生什么意外的情况。

就在美军士兵嚼着香喷喷的火鸡肉、喝着热咖啡的时候，朝鲜北部那一望无边的雪原中,几十万中国士兵正缩在用枯枝和积雪伪装起来的战壕里,用他们的小铁锹烙一种坚硬的面饼,或者把土豆和黄豆粒烤熟,为即将到来的战斗准备自己的口粮。中午的饭是煮熟的玉米棒。玉米棒冻得很结实,他们就把玉米棒放在冬天的太阳下晒,晒软一层啃掉一层——由于已经把置敌于死地的一个巨大的陷阱挖好了,等待的时刻,他们吃得很慢很从容。

看不见阳光下战壕边沿上那一排排中国士兵而自称"深刻地了解东方民族的性格"的麦克阿瑟,由此注定了他的"圣诞节攻势"在世界战争史中演绎的必然是一场悲剧。

韩国第二军团已经不复存在

一九五〇年十一月二十五日黄昏,在清川江以北整个西线的宽大正面上,自西至东,中国人民志愿军第五十军于博川向英军第二十七旅、第六十六军于泰川向南朝鲜军第一师、第三十九军于宁边向美军第二十五师、第四十军于球场方向向美军第二师、第三十八军于德川向南朝鲜军第七师、第四十二军于宁远向南朝鲜军第六、第八师,开始了全面出击。两天以后,东部战线的中国人民志愿军第二十、第二十六、第二十七军也开始了进攻。

中国战史称这次进攻为朝鲜战争的"第二次战役"。

值得注意的是,在朝鲜与北京频繁往来的电报中,毛泽东的一个观点被反复提到至关重要的位置,这就是:首先歼灭伪第七、第八两个师。毛泽东甚至担心这个方向的兵力不够,要求在布兵上给予特殊的重视。在选择战役缺口这一问题上,毛泽东和彭德怀的观点是一致的:联合国军西线的右翼。

在后来对朝鲜战争诸多的记述著作中,有一个问题被反复涉及,即南朝鲜军战斗力的问题。美军战史中到处可见南朝鲜军队战斗力低下的例子,"一触即溃"、"乌合之众"、"惊慌失措"等字眼儿被反复使用。而在南朝鲜军的战史中,不止一次地表现出对美国人的这种描述的愤怒情绪,南朝鲜军认为美军唯一逃脱责任的办法就是大肆诬蔑南朝鲜军队的无能。

在中国军队发动的第二次战役中,中国人民志愿军第三十八、第四十二军负责攻击的正面,是南朝鲜第六、第七、第八师的防区。这个防区位于联合国军西线的右翼,也就是毛泽东和彭德怀同时注意的地方。彭德怀的战役设想是,以两个军的兵力在战线的左翼用猛烈的突击迅速打开战役缺口,这个战役缺口一方面可以彻底切断联合国军东西两个战场的联系,另一方面从这个缺口可以横切到联合国军的大后方,从而实施整个西部战线的战役大包围。无论是毛泽东还是彭德怀,都知道这次战役的成败与否,很大程度上取决于左翼是否能迅速突破和横向的穿插是否能按时到位。

此时,西线的美军推进速度快,而其右翼的南朝鲜军推进速度慢,于是整个战线形成一个突出部,从而使联合国军的战线被无形中拉长,兵力处于分散分布状态。尤其是右翼的南朝鲜部队已远远地孤悬于大同江两岸。而沃克的部署是把整个战线的右翼全部交给南朝鲜军队。

毛泽东和彭德怀之所以一致认定,中国军队进攻正面的左翼是联合国军整个战线最薄弱的地区,中国军队的两个军肯定能在这里迅速地突破当面防线,并能不可阻挡地插向联合国军的后方,他们信心的来源很简单:这个地区的对手是清一色的南朝鲜军队,而南朝鲜军队比美军好打得多。

由于左翼进攻的成败关系到整个战役的成败,彭德怀决定亲临战场第一线指挥。他的决定立即遭到志愿军党委会的否决。会议最后决定由志愿军副司令员韩先楚组织志愿军前进指挥所,统一指挥左翼的第三十八军和第四十二军。韩先楚出发前问彭德怀:"还有什么交代的?"彭德怀厉声厉色地说:"一要插进去,二要堵得住。要接受上次战役的教训,不能再让敌人跑了!"

所谓"上次战役的教训",指的是在第一次战役中第三十八军在熙川方向贻误了战机。

这次,第三十八军的主攻方向是德川。

军长梁兴初自从在志愿军会议上挨了彭德怀的训斥后,心里一直不舒服。在军党委会上,他传达了彭德怀对第三十八军的批评,同时主动承担了责任:"彭老总骂得对,是我没有指挥好!"话是这么说,可性格倔强的战将真实的心态是不太服气:谁不知道第三十八军是赫赫有名的部队? 即使在第一次战役中打得不太理想,可歼敌数量不比别的军少,彭老总那句"什么主力"着实有点伤人。

追溯第三十八军的历史,实际上与彭德怀的军事生涯有着紧密的联系。这个军的前身是东北民主联军第一纵队,这支纵队是以中国工农红军为骨干发展起来的。第三十八军三三八团就是红二十五军七十五师的一部,而三三四团则是一九二八年七月彭德怀领导平江起义后组成的红五军的一部。这支部队在抗日战争时期参加过平型关战役。一九四六年挺进中国东北地区,组成东北民主联军第一纵队后,参加了"三下江南"、"四战四平"、"辽西会战"、"攻占沈阳"等战役,战功赫赫。一九四八年十一月,第三十八军正式组建。在平津战役中,担任主攻天津的任务,最先突破天津城防,攻占金汤桥,歼灭国民党军两万多人。随后挥师南下,参加宜(昌)沙(市)、湘西南、广西等战役。在解放战争中,第三十八军从中国最北边的松花江,一直打到中国西南边境的中越边界,转战十三个省市,解放城市达一百余座,成为中国人民解放军中无可争议的主力部队。

进入朝鲜的第一仗,就变成了"什么主力",军长梁兴初对部下说:"三十八军到底是不是主力,这一仗看! 这一仗要各负其责,谁要是出了问题,别怪我不客气!"

第三十八军的指挥所从球场转移到降仙洞。在一个潮湿的矿洞里,梁兴初长时间地看着地图,他几乎把他的部队要进攻的这块地方上的每一个地名都记得烂熟。

韩先楚到达了第三十八军指挥所。

韩先楚,湖北黄安县人,自参加红军后,从士兵、班长、排长、连长、营长、师长、纵队司令员、军长,一直到第四野战军兵团副司令员,在漫长的军事生涯中,他在每一个军事职务上都干过,作战经验十分丰富。

韩先楚介绍了整个西线的形势,然后具体说到第三十八军的任务:打下德川,然后迅速迂回敌后。韩先楚说,为了能迅速打下德川,第四十二军先配合第三十八军战斗,然后再打宁远。

梁兴初一听不高兴了:"让四十二军该干什么干什么去! 打德川我们包了!"

韩先楚严肃地说:"军中无戏言!"

梁兴初说:"二十五日开始进攻,二十六日解决战斗!"

韩先楚给彭德怀打电话,说第三十八军要"单干",而且保证一天打下德川。韩先楚建议,如果第三十八军单独打德川,第四十二军就可同时打宁远,这样粉碎南朝鲜军队的防线会更加利索。彭德怀说:"梁兴初好大的口气! 告诉他,我要的是歼灭,不是赶羊!"

梁兴初说:"我要包伪七师的饺子!"

梁兴初口气大得惊人,因为他已经有了具体计划。他要从南朝鲜第七、第八两个师的接合部插进去,包围德川的敌人。其一一三师经德川以东至德川南面的遮日峰,而后由南向北进攻;一一二师经德川以西至云松里,由西向东进攻;一一四师正面进攻德川。

"我这回要打个狠的!"梁兴初说起来咬牙切齿,"派个先遣队马上出发,由军侦察科长张魁印和一一三师的侦察科长周文礼率领,偷渡大同江,秘密潜入德川南面的武陵里,把德川通往顺川和平壤的公路桥先给我炸了,我看伪七师往哪里跑!"

韩先楚明白,对处于一触即发状态中的第三十八军,再说什么已经完全没有必要了。

二十四日,在第二次战役开始的前一天,第三十八军先遣队在月朗星稀的深夜出发了。

当时,梁兴初军长把侦察科长张魁印叫到指挥所,问:"敢不敢带点儿人先给我插进去?"张魁印严肃地说:"有啥不敢的!"梁兴初说:"那就准备一下立即出发,二十六日必须给我炸掉那座桥。"张魁印的回答是:"保证完成任务。"

第三十八军副军长江拥辉指着地图对张魁印说:"武陵里西傍大同江,有一条支流横跨由南通往德川的公路。那里有一座公路桥,你们必须在二十六日早上八点之前炸掉这座桥,估计那时候受到攻击的敌人可能南逃,北上的敌人也可能增援,这个时候把桥炸掉,才能保证主力部队全歼德川之敌。"最后,江拥辉问:"今晚能过大同江吗?"

张魁印说:"没有意外是可能的。"

江拥辉说:"你带的这个先遣队人多,穿过敌人的前沿阵地困难很大,不过,有伤亡也要过去!"

张魁印说:"是!"

显然,江拥辉为这支队伍能否在南朝鲜军队的严密封锁下顺利地插入敌后感到一丝担忧:"实在过不去,也要打一下,抓几个俘虏回来。"

先遣队由三百二十三人组成,其中主要是工兵,还有英语和朝语的翻译以及前来当向导和联络员的北朝鲜平安道内务署的署长和副署长。除了携带必要的武器之外,还携带了通讯和爆破器材。

先遣队每个人的手臂上都系上了白毛巾,他们在前沿部队佯攻的掩护下,乘夜色向南朝鲜军的阵地走去。刚出发不久,志愿军司令部来电，说不准先遣队携带译电员——怕万一出了事，让敌人知道了电报密码，损失就大了。军长梁兴初认为，先遣队没有译电员，怎么和指挥所联系？还是相信自己的译电员吧！正好这时一发炮弹把电话线炸断了，于是这件事就不了了之了。

在战争中，尤其是在大战前夕双方处于蓄势待发的对峙中时，一支三百二十三人的队伍要穿过敌方的前沿阵地，而且还要不被其发现，简直是件不可能的事——不知道如果要穿越的区域是美军的阵地，梁兴初军长还敢不敢设想如此的行动——南朝鲜军队注定要让中国士兵捉弄一回。

先遣队走了一会儿，看见道路已经被铁丝网封锁，又回来了，然后向前沿的另一个方向走。就这样，他们在南朝鲜军的前沿走来走去，寻找可以插脚的地方，南朝鲜军居然没有任何反应。终于，先遣队找到一个坡度很陡的山脚，可能南朝鲜军认为这个地方人根本通不过，所以没有很严密的防范措施。山脚果然落不住脚，坡陡且土质松软，士兵们上去就往下滑，下面是一条小河，结果士兵们叠罗汉一样叠在一起滑进小河里。再往前走，接近前沿，又看见铁丝网，还看见南朝鲜士兵正在月光下挖工事。趁着一片云彩遮住了月亮，几个中国士兵在一一三师侦察科长周文礼的带领下，把铁丝网顶起来，队伍一个跟一个地弯着腰钻过去，一连钻过了三道铁丝网。先遣队在南朝鲜士兵的眼皮底下顺利地进入了一片树林，张魁印在树林里清点了一下人数一个不少。

下一步就是过江。江桥已被敌人炸毁，但先遣队知道，北朝鲜人民军在从平壤撤退时，在江上修了一条藏在水面下的水中桥。在寻找这个桥的时候，先遣队顺着公路走，像是在自己的地盘上行军一样，对面开来满载南朝鲜士兵的汽车，居然就这样面对面地擦肩而过，中国人与朝鲜人外观上没有什么差别，黑暗中军装看上去都差不多。过去之后，连紧握着开了盖的手榴弹、紧张得出了一身汗的中国士兵都觉得奇怪，南朝鲜军队怎么这么好糊弄。

先遣队进入一个名叫古城江的小镇,那座水中桥就在这个地方。小镇已经有南朝鲜军队防守,一个南朝鲜军士兵正在街上睡眼惺忪地撒尿,看见迎面走来的队伍,转身就往屋里跑。中国士兵跟着他进了屋子,开枪把正在睡觉的敌人解决了。从俘虏嘴里知道,水中桥已被南朝鲜军队发现,现在已有部队防守。先遣队的一个排迅速往渡口跑,江边的一个小屋子里有几个南朝鲜军士兵正在玩着什么,像是在赌博。周文礼让朝鲜联络员故意用朝鲜语大声说:"把鞋脱了,准备过江!"由于声音大而镇静,几个南朝鲜军士兵竟然以为是自己人的玩笑,头也没抬继续玩着。到了江边,周文礼紧张起来,因为如果找不准水面下的桥就下水,南朝鲜军士兵肯定会看出破绽来。他向江面上看了一眼,看见有一道通向对岸的细碎的浪花。周文礼伸脚走下去,果然这就是水下桥。本来认为是很艰难的渡江,就这样儿戏般地过来了。

　　南朝鲜军的前沿警戒和对大同江渡口的防守,形同虚设。先遣队又走了几里路,看见一个小村庄,因为不想和敌人纠缠,绕到村庄边上,可是在必须通过的小路上,发现一个南朝鲜军士兵抱着枪在路中间游动,看来是个游动哨兵。先遣队好像没看见这个哨兵一样,只管呼呼啦啦地走,抱枪的南朝鲜军士兵被挤到一边呆呆地看着。中国士兵嫌他碍事,干脆用肩膀把他碰到沟里,他爬上沟的另一边,还是这样呆呆地看。这时,突然响起了枪声!原来先遣队的一个班进入村庄想抓一个向导,被敌人发觉,双方打了起来。先遣队想冲过去,结果被敌人的机枪压制在公路上。先遣队暴露了。张魁印知道绝不能这样打下去,他立即命令队伍摆脱敌人,离开公路上山。还没等南朝鲜军的士兵弄清楚是怎么回事,先遣队已经消失在夜色浓郁的大山里了。这是座古木参天的大山,从凌晨二时一直爬到早上八时,先遣队爬到了山顶。夜里过江时棉裤和鞋都湿了,现在已经冻成了冰。士兵们边吃干粮边在太阳下晒裤子。电台已与军里联系上,并报告了这一夜的情况和水下桥的位置。

先遣队的士兵们在晒裤子的时候,被温暖的阳光照得睡意十足,个个迷迷糊糊地打着盹。

这里距离先遣队的目标武陵里还有七十公里。山下的公路上南朝鲜军的汽车来来往往。白天走大路肯定不行。下午十四时,先遣队再次出发,走山间的小路。山间荆棘乱生,朽木倒伏,先遣队一边开路一边前进,走到天黑的时候,北面传来炮声,回头一看,炮火映红了德川上空:第二次战役打响了。先遣队的中国士兵知道,只要一打响,南朝鲜军士兵就会一窝蜂似的往后跑,不快点赶路就堵不住他们啦。

十一月二十五日黄昏,第三十八军的三个师开始了攻击行动。

攻击开始时,一一二师的官兵感到最为疲劳。他们在第一次战役后担任诱敌深入的任务,师主力轮番抗击着北进的联合国军,打一仗退一步,一直把联合国军引入彭德怀设定的地域。二十五日下午,刚刚停住脚步的一一二师又接到立即进攻的命令,也就是说沿着这些天边打边撤的路线再打回去。全师必须连夜再次翻越那座叫兄弟峰的大山,向德川的西部实施迂回包围。由于前进的命令来得仓促,连队的干部们只有一边行军一边作战斗动员。

"爬山是为了包围敌人,只要爬过去就是胜利!"一一二师提出这样的口号。

师长杨大易给部队下达的命令是:遇到敌人用少数人顶住,大部队坚决地插下去,谁恋战后果谁负责!

德川的西面是南朝鲜第七师与美军第二十五师和土耳其旅的接合部,这里敌人的番号很乱,加上中国军队的正面进攻已经开始,敌人的组织便更加混乱。

一一二师从公路上急行而来,突然发现前面一串汽车灯光,副师长李忠信判断已被敌人发现,于是下命令打。短暂的战斗结束后,发现缴获的汽车上竟全是活鸡,不知道在这个时候,南朝鲜军向前沿运送这么多活鸡干什么。肚子里没有油水的中国士兵们立即想到煮鸡的味道，主张吃上一顿再说，可是杨大易师长坚决不同意，要求部队不顾一切地前进。中国士兵把俘虏到的南朝鲜军士兵捆上手脚扔在山沟里。抓到的几个美军顾问不能扔，让他们跟着部队走，几个美国人说什么也不走，于是中国士兵就抬着他们走。就这样，一一二师于二十六日凌晨五时占领了德川西面的云松里，切断了南朝鲜第七师的退路。

负责往德川南面穿插的第三十八军一一三师在一一二师开始行动的半小时后开始行动。他们穿插的路线是南朝鲜第七师与第八师的接合部，这里的防守更加薄弱。一一三师在第一次战役中没有很好地完成任务，全师上下都感到很大的压力，所以行动一开始就显得十分凶狠。每个团都用两个营打前锋，路上遇到阻碍前进的敌人，一个冲击就解决战斗。当他们夜晚到达大同江边的时候，饿虎扑食一样把在江边烤火的敌人全部消灭，然后急促过江。师长江潮和政委于敬山把棉裤和鞋袜脱下来，最先走入江水中，于是士兵们都学着他们的样子纷纷走入冰冷刺骨的江中。江中破碎的冰块在急流中互相撞击，发出很大的声音，凉透骨髓的江水使士兵们的呼吸困难起来。在过江士兵的队伍中，有一个叫郝淑芝的女战士，由于她特别能吃苦，对伤员照顾得极其周到，受到全师官兵的爱戴。这天夜晚，她也把棉裤脱了，走在黑暗的江水中，她的身上甚至比其他战士还多背了一份干粮，入朝后她一直这么做，为的是关键时刻不让负伤的士兵饿肚子。担任三三八团后卫的是一连，当走在前边的炊事班已经上岸，而走在后面的三排还没有下水的时候，黑暗中就听见有人喊："敌人！"果然，大约一个营的南朝鲜军士兵向渡口扑过来。一连的官兵没有犹豫，立即向敌人冲上去，正渡到江心的一排在水中回过头开始射击，三排也在江北架起机枪扫射，连长一声喊："抓俘虏呀！立功的时候到啦！"士兵们叫着应和，连炊事班的士兵也举起菜刀和扁担向敌人扑上去。等中国士兵冲到南朝鲜军士兵跟前的时候,南朝鲜士兵看见了令他们胆战心惊的情景:在这个寒冷的黑夜中,向他们冲上来的是一群没有穿裤子的中国士兵! 这些赤着两腿的士兵们浑身都是冰! 瞬间而至的极大恐惧使穿着臃肿的南朝鲜军士兵除了被打死的外,被活捉的就有一百四十多人。

渡江之后,一一三师急速向预定地域前进。在通往德川的公路上,南朝鲜第七师的搜索连和警卫连把公路封锁了。三三八团三营的先头排绕到敌人背后,一阵手榴弹把这些南朝鲜军士兵打散。在中国士兵的紧追不舍下,两个连的南朝鲜军士兵五十多人被俘,剩下的逃得无踪无影。战斗结束后,公路边上他们煮在锅里的牛肉还冒着热气。

二十六日早上八时,一一三师占领德川南面的遮日峰、葛洞等要地,切断了德川与宁远两地敌人的联系,切断了敌人南逃的退路。

最后行动的是在德川担任正面进攻的第三十八军一一四师,他们于二十五日晚二十时开始了正面强攻——直接攻击南朝鲜第七师的防地。攻击进行得十分顺利。三四〇团第二天凌晨五时占领向堂洞北山,上午九时占领铁马山、三峰地区。三四一团也占领了发阳洞阵地。这时,南朝鲜军的炮火变得十分猛烈。跟随一一四师前进的副军长江拥辉命令把敌人的炮兵阵地搞掉。三四一团二营在炮火中向敌人的炮兵阵地靠近,凌晨四时,二营发起了攻击:四连打指挥所,五连切断敌指挥所与阵地的联系,六连直接捣毁炮兵阵地。战斗结果是全歼敌人,还把增援的一个联队击溃了,缴获汽车五十辆、榴弹炮十一门。二十六日上午十一时,一一四师占领德川北面的斗明洞、马上里地区,完成了压缩德川之敌的任务。

也是在二十六日这天早上,张魁印率领的先遣队渡过大同江后,急促前进七十公里,接近了目的地武陵里。在一位朝鲜老人和一位朝鲜小姑娘的带领下,他们穿过一个村庄后,看见了梁兴初军长要求他们炸毁的那座桥。桥边村庄里的朝鲜老乡听说志愿军要解放德川,女人给先遣队做饭,男人帮他们寻找绳索和梯子。上午七时五十分,一声巨大的爆炸声在武陵里响起,大桥被炸毁了。

炸桥的中国士兵还没有离开,就看见北面的公路上汽车和坦克一辆接一辆地开来——德川的敌人开始南逃了。于是,先遣队立即与数倍于己的敌人开始了战斗。战斗集中在桥边,敌人企图修复这座桥,张魁印的先遣队决不让敌人修复。

至此,南朝鲜第七师主力五千余人,被压缩在了德川河谷一个只有十几平方公里的地段。

第三十八军军长梁兴初的计划是二十六日拿下德川。

为尽快解决德川之敌,第三十八军把德川围定之后,于下午十五时发起了总攻。三个师从三面一齐猛烈攻击,随着包围圈的逐渐缩小,南朝鲜军士兵像网中的鱼一样到处乱撞。中国士兵和南朝鲜军士兵完全混战在一起,令天上美军的支援飞机不敢投弹和扫射,只是在天空混乱地盘旋,不知道该怎样才能挽救溃不成军的南朝鲜军队。一一二师三三六团五连指导员侯征佩带领十七名士兵在一条公路上遇到溃败的敌人如潮水涌来,足有两千多人。十七名中国士兵无所畏惧地猛烈开火,南朝鲜军士兵掉头就跑,却又遭到另一个方向的射击。于是,这些南朝鲜军士兵在中国士兵的射击中来回奔跑,仅侯征佩带领的十七名士兵就打死打伤和俘虏南朝鲜军士兵两百多人。

由于南朝鲜军队已经完全没有了指挥,成为一片混乱无序的溃兵,于是发生了不少意料不到的事情。一一二师的指挥所设在一个小村庄里,师长杨大易到前沿指挥部队去了,副师长李忠信正在一个小房子里写战报,电话响了,一接,是查线员低低的声音:"副师长,别说话!你听着就行了!有一股敌人正在向你的房子走去!"话音未落,负伤的政委跌跌撞撞进了门,证实了敌情。李忠信往门外一看，一伙敌人正坐在这个小房子的门口休息！指挥所没有士兵，只有一个警卫班看守着一个美军俘虏。李忠信立即命令警卫班占领房子后面的山头，然后命令司号员吹号。号声一响，副师长举着手枪冲出门，门口的敌人吓得抱头鼠窜。当李忠信正为那个美军俘虏趁机逃跑而恼火的时候，抬头一看，山头上几千南朝鲜军士兵如一团浊水般地滚过去，他们的头顶有几十架美军飞机正掩护着他们逃跑。李忠信立即命令三三六团一营把这伙南朝鲜军士兵堵住。

一营插上去，开火了。

混战中，一一三师三三八团的八连与南朝鲜第七师的美军顾问团相遇了。中国士兵扑上去和美军顾问们摔跤，结果歼灭了顾问团大部，俘虏了美军顾问八人，其中上校一人，中校一人，少校六人。

战斗持续到晚上十九时，除少数敌人逃脱外，南朝鲜第七师的大部被歼灭于德川。德川一役，南朝鲜军死伤一千零四十一人，被俘两千零七十八人，损失火炮一百五十六门、汽车二百一十八辆。

入夜，志愿军副司令员韩先楚在第三十八军政委刘西元的陪同下进入了一片火海的德川城。城内的街道上到处是俘虏、火炮、枪支和汽车，还有堆积如山的各种物资。

天亮的时候，德川的战况被美国广播公司的播音员作出如下描述："大韩民国军队第二军团被歼灭。在中国军队的猛烈攻击下，不到二十四小时之内第二军团已不复存在，再也找不到该部队的痕迹了。"

中国第四十二军军长吴瑞林一条腿有伤，人称"吴瘸子"。这个身经百战的著名将领在入朝后的第一次战役中，于朝鲜半岛的东部显示出他灵活机动、顽强不屈的指挥风格。二十三日拂晓，他正在研究地图，接到韩先楚从第三十八军打来的电话。韩先楚说，第三十八军要求单独承担打德川的任务，因此，第四十二军原定的作战计划将有所变动。吴瑞林立刻想到:这个梁大牙! 肯定是因为第一次战役"熙川冒出个黑人团"一事挨了彭老总的批,想在第二次战役中把面子捞回来! 这样也好,我集中精力打宁远和孟山,干净利索地解决南朝鲜第八师,露脸的事情别让梁大牙一个人占了!

吴瑞林军长和军政委周彪再次确定了敌情和第四十二军新的作战计划。

位于第四十二军正面的是南朝鲜第八师。

第四十二军采取的打法是:运动歼敌,迂回分割。一二五师为正面攻击部队,由宁远实施正面突破,歼灭南朝鲜第八师十团的一、三营和二十一团的一、二营,占领丰田里、松亭里、凤德山一线,而后向宁远城攻击。一二六师占领龙德里、南中里,切断宁远敌人的退路,阻击孟山、北仓里可能北援之敌,并占领孟山。一二四师迂回到宁远东南的石幕里一线,而后北攻宁远。

侧翼的迂回在二十五日黄昏开始。

正面攻击的时间为二十五日二十三时。

韩先楚来到第四十二军指挥所,特别地嘱咐在孟山和宁远解决南朝鲜第八师之后,应立即向顺川方向插下去。

吴瑞林军长瘸着腿,不顾部下的劝阻,登上了宁远城北的山头。雪深过膝,军长于气喘中在望远镜里看见了他的部队将要攻打的宁远城。这座县城已经是一片废墟,倒塌的房屋在积雪中显得更加漆黑。西边的河面上流淌着被炮弹炸裂的冰块,冰块互相撞击发出很大的声响。陪同军长的一二五师师长王道全指着河面说:"这是'楚河汉界'。河西是伪七师,归三十八军;河东归我们。"吴瑞林说:"派个尖刀营钻进宁远城,把城里伪八师的主力十团的指挥所给我端了,我要先挖他们的心!"

一二四师和一二六师向前移动的时候,由于道路拥挤,未能在指定时间到达出击位置,结果天亮时大部队还在行军,被美军的侦察机发现后,立即招致二十多架美军飞机的轰炸和扫射。部队急于前进,还需不断隐蔽,结果速度不但没有快起来,还出现了一些伤亡。尽管如此,黄昏到来的时候,第四十二军向南朝鲜第八师的攻击行动还是按时开始了。

正面攻击的一二五师于二十三时出击。其三七五团一路连克敌人阵地,一直攻击到宁远的西侧。三七三团兵分两路,团长李林带一路打马潭里和直里,政委带一路直取马土里,保障了主攻宁远城的三七四团的侧翼。三七四团也由团长和政委各带一路,分别向宁远城的外围扑去。

吴瑞林派出"挖心"的尖刀营,是一二五师三七四团一营,尖刀营的尖刀连是由副营长孙先山率领的三连。三连素有善于夜战的名声,夜晚行动,三连的士兵如鱼得水。在扫荡外围的战斗中,他们摸到离南朝鲜军士兵不到十米的距离内,用匕首将敌人的哨兵刺死。没等敌人反应过来,在炮火的支援下,三连猛扑上去,南朝鲜军士兵仓促抵抗了一下,便丢下阵地向南逃窜。在攻击五六六高地的时候,南朝鲜军士兵进行了顽强抵抗,整个高地上回响着肉搏战的喊声。三连二排排长名叫刘同志,在带领士兵和敌人扭打的时候,他先是跟一个矮胖的南朝鲜军士兵对峙,在矮胖士兵的叫喊中,又冒出来两个南朝鲜军士兵,结果刘同志被三个敌人围住。刘同志是老兵,曾在解放战争中立过大功两次,以拼刺刀闻名全师。他没有喊,不动声色地利用拼杀中对方的一个漏洞,把刺刀戳进矮胖家伙的背。也许由于刺得太深,刘同志的刺刀一下子拔不出来了,剩下的那两个敌人向他刺过来。刘同志松开自己的刺刀,一转身,把其中一个敌人的枪夺过来,趁对方发愣的一瞬间,他又刺倒了一个敌人。最后一个敌人掉头就跑,刘同志紧追不舍,一刺刀结束了搏斗。夺下五六六高地后,三连冲破南朝鲜军一个连的阻击,如同一把尖刀直插进宁远城。这座被战争蹂躏得千疮百孔的小城黑漆漆的,在四周猛烈枪炮声的对比下,城内可谓一片寂静。三连的中国士兵摸到一座两层小楼边,发现里面有人,说的是美国话。三连立即攻击,经过短暂的战斗,窗口伸出白毛巾表示投降。中国士兵清点战果时吃了一惊,一共十七个清一色的美国兵,中间还有几个美国女兵!原来他们是从横川里来的,都是美军第三师的,说是来宁远城里度礼拜日的。原来这座两层小楼是个歌舞场。中国士兵这时才知道,今天是全世界人都休息的星期日。

与此同时,副营长孙先山已经指挥士兵把南朝鲜第八师十团的指挥所包围了。南朝鲜军官没有想到中国军队会出现在这里,包括团长在内的三十多名军官全部被俘。

战斗一直持续到天亮。三七四团尖刀一营以伤亡九十七人的代价,杀敌一百九十四人,俘敌二百二十三人,缴获火炮十五门、各种枪支一百六十多支。

十团是南朝鲜第八师的主力团,负责宁远的防守。指挥所都没有了,防守从何而谈?宁远的南朝鲜军队开始四处逃散。

负责迂回的一二四师在中里南山被压制在公路上。三七六团对中里南山的攻击打了两个小时还没有打下来,吴瑞林军长急得火冒三丈。在他的严令下,由师参谋长亲自指挥,集中了九挺重机枪,以加强的兵力向这个拦在迂回路上的障碍发起强大的攻势,最终打开了通路。插得最远的三七六团的二营,天亮的时候已经插到德化里,营长命令士兵们抓紧时间吃东西。正吃着,突然跑来一伙南朝鲜军士兵,误认为二营是自己人,跑过来就吃。当他们知道自己被俘虏了的时候,把枪扔在一边,依旧狼吞虎咽。二营就此活捉了二百多名饥饿惊恐的南朝鲜军士兵。

一二四师三七〇团于午夜到达石幕里,歼灭了南朝鲜第八师二十一团的一个机枪连。由于其二营没能按时赶到指定地点,结果这个团的步兵连全逃了。

向宁远西南穿插的先头部队是一二四师三七二团的二营四连。在一个叫头上洞的地方,一辆吉普车迎面向四连开来。面对四连士兵的拦截,车上跳下两个南朝鲜军官,大声地喊着什么,经过翻译员的解释,四连士兵明白了他在喊:"中国军队在哪里?"于是,四连的士兵大声回答:"中国军队在这里!"抓了俘虏之后,一问,知道有一股从宁远逃来的南朝鲜军马上就到,于是四连立即占领了公路两侧的制高点。没多一会儿,公路上车灯闪亮,逃兵来了。四连等车辆开近之后,打头打尾,然后拦腰,车上的南朝鲜军士兵跳车逃命,被四连紧紧包围。战斗结束,中国士兵意外地发现车上装满了食品,饼干、罐头,还有一些中国士兵不认识的好吃的。二营营长孔祝三发布命令:"通知各连,上车拿好吃的!能拿多少拿多少!"

通信员瞬间就把"上车拿好吃的"的命令传达到了每个连。

有一样东西中国士兵拿不走,就是南朝鲜军队丢弃的汽车和大炮。中国军队中会开汽车的人很少,而大炮靠人推是推不动的。

天亮的时候,美军飞机照例飞来了。飞机在低空盘旋,确定了南朝鲜第八师已经崩溃的时候,便开始轰炸那些中国士兵拿不走的东西。公路上顿时火光冲天,中国官兵心疼地看着汽车和火炮顷刻变成了一堆废铁。

正如毛泽东和彭德怀在战役开始前所预料的,仅一天时间,联合国军战线的右翼就全部崩溃了。

悲惨的"贝克连"和"黑色的美国人"

美军第二师第九步兵团三营的贝克连,与第八集团军的大部分美军连队一样,全连一百二十九名官兵是由白人和黑人、新兵和老兵混编而成。美军战史记载道:"其中一位来自弗吉尼亚州南波士顿的步枪手沃尔特·克劳福德下士只有十七岁。"为了适应在朝鲜战场上的作战,连队还配备了十几名南朝鲜军士兵。

一九五〇年十一月二十五日清晨,当贝克连的官兵得知他们今天依旧要充当先头连时,牢骚满腹,因为这些天美军中流行着一句话:"谁当先头连谁就一定会遇到中国人。"贝克连的官兵认为,每次打仗贝克连都打头阵,显然说明贝克连在长官的眼里就是一块脏抹布,很糟糕但很有用,用完了就会毫不在乎地扔掉。

不过,事实是,贝克连自进至清川江畔以来,还没有遇到过真正意义上的战斗,除了零星小股的抵抗外,他们还没见到过中国军队的影子。

二十五日,当贝克连即将出发时,侦察机飞行员的报告到达连长沃拉斯上尉手里,报告的内容和每天一样:没有发现敌人的踪迹。贝克连今天的目的地,是向北十公里的清川江边的二一九高地。

当向战场走去的时候,贝克连的官兵都相信不会再有什么大仗打了。麦克阿瑟说圣诞节就能回家,这话听上去很诱人。况且,麦克阿瑟亲临鸭绿江上空的事,美军官兵们都知道了,他们说:"这个老头子还是很不错的。如果老头子的飞机掉了下去,中国人会把他的玉米芯烟斗送给斯大林,因为斯大林也喜欢玩烟斗。"

天气虽然寒冷,但天空很蓝。贝克连的官兵和往常一样,扔掉了他们认为过分沉重的钢盔,戴着刚配发的暖和而又轻便的绒线帽。他们也不愿意多带弹药,每个士兵平均一颗手榴弹和十六发子弹,机枪子弹也只带了四箱,迫击炮弹带了六十一发——这是规定中最低的弹药携带量。大约有一半的士兵还带着土工作业工具,另一半的人早就把这些累赘的东西扔了。空背囊在身上轻飘飘的很舒服。至于食品,反正会有南朝鲜的民工扛上来。贝克连的电话兵嫌麻烦,连唯一的一部野战电话都没有接通,他觉得一旦真有什么事,把电话单机的线头夹在行军道路上为炮兵观察所铺设的电话线上说上几句就可以了。

贝克连两个排的士兵,搭乘在四辆 M-4 型坦克和两辆 M-16 双管自行火炮车上,其余的士兵跟在后面步行。

山道弯曲不平,队伍懒懒散散,头上阳光普照,四野寂静无声。

二一九高地是座马鞍形的小山,山上覆盖着低矮的杂树,北面坡度平缓,南面是峭壁。这里是清川江边一个位置重要的高地,它控制着向北的公路,是进入朝鲜北部必须首先控制的一个制高点。

沃拉斯上尉从高地的西麓向上观察,高地上一片安静,枯叶在微风中摇摆,几只在寒夜中冻僵了的乌鸦正在晒太阳。沃拉斯上尉断定没有什么异常情况,于是命令占领这个高地。

沿着北面的缓坡,贝克连开始爬山。二排一班作为先头班爬在最前面,连主力在他们后面大约十米的地方跟进。缓慢地爬了一个小时,一班接近了山顶。在距离山顶二十米的地方,士兵们停下来擦汗,上等兵史密斯和排长基乔纳斯中尉在擦汗的间隙无意中向上看了一眼,就在这一瞬间他们吃惊地张大了嘴:在他们的头顶上,一群手榴弹正密集地飞下来!手榴弹在美军士兵中爆炸,接着射来的是步枪子弹。

贝克连的士兵顿时血肉横飞,连长沃拉斯喊了一声:"敌人!"全连一起卧倒在二一九高地上。沃拉斯在向包扎伤口的一班士兵爬去时,看见了几名中国士兵的影子在杂树丛中一闪。沃拉斯惊恐地睁大了眼睛,中国士兵却又不见了。

贝克连全连一发子弹都没有来得及射出。

时间是十一月二十五日上午十时三十分。

枪声突然停止了。

贝克连立即分成两路转入进攻状态。

二排正面的中国士兵好像是消失了。

二排登上了一道棱线,由于遍地是岩石,机枪手一下子找不到架设机枪的位置,坦克也因为被棱线挡住而无法支援。美军士兵正在犹豫,从更高处岩石棱线上的树丛中,中国士兵的射击又开始了,铺天盖地的手榴弹和步枪子弹倾泻而下,二排伤亡的士兵一下子增加到十八名。

从另一个方向进攻的三排还没有接近山顶,就把有限的子弹打完了,于是只好逃退下来。三排排长布洛顿中尉是今天才上任的军官,他连归自己指挥的士兵们的名字都还没有弄清楚。三排退下来的时候,三营的副营长带着弹药车到了,他指挥山下的坦克和自行火炮调整位置支援三排重新进攻。布洛顿指挥三排再次向山顶冲击。就在三排又一次接近山顶的时候,布洛顿中尉看见了令他一生难忘的情景:在山顶的战壕中,突然站起来一排中国士兵,"这些中国士兵高举双手,是投降的样子",三排在"可以看见中国士兵军服扣子的距离"成散兵队形站起来。一个会中国话的南朝鲜军士兵开始喊话:"从壕里走出来投降吧!"中国士兵回答道:"来这里抓吧!"在和中国士兵开始对话的时候,又有许多中国士兵加入到举手的行列。但是,接下来,"他们突然一起投出手榴弹,然后钻进战壕里"。

布洛顿的三排在二一九高地上损失惨重。

中国士兵再次消失在杂树丛中。

这时候,贝克连完成了防御阵地的修筑。

于是,中美士兵在二一九高地上进入对射的僵持中,一直到太阳落山。

一九五〇年十一月二十五日初夜,气温零下十五摄氏度,空气清冽,月光皎洁。寂静的夜色没有持续多久,贝克连的士兵就被偏北方向突然传来的巨大爆炸声惊呆了。半个夜空瞬间被炮火染红,滚雷般的炮声响彻苍穹。爆炸声和火光先是在清川江的对岸,没过多一会儿,贝克连的右后方就有了熊熊大火。贝克连的官兵们明白了,剧烈的战斗在他们的前面和侧后同时发生了。

沃拉斯连长用电报向上级问询到底发生了什么事,团长查尔斯·斯隆上校的回答十分简单:"这也许是真家伙。"

沃拉斯明白这个回答的大致意思,但他没能反应到贝克连白天遇到的战斗仅仅是中国军队侦察部队的阻击,而再过几个小时,他和他的贝克连将陷入一场更加惨烈的战斗中。

沃拉斯上尉无法想到是情有可原的,因为此刻连麦克阿瑟将军都想不到,彭德怀指挥下的几十万中国军队已经在朝鲜半岛的西线开始了全线进攻。这是麦克阿瑟飞临前线宣布"圣诞节前让孩子们回家"的第二天,也是他飞到鸭绿江上空通过亲眼观察宣布"没有中国军队的踪影"的第二天。

贝克连的四周都是枪炮声,但奇怪的是他们没有受到攻击,二一九高地死一般地寂静。贝克连极度恐惧地听着自己后方的枪声,但没有人知道他们该怎么办。通过电话联络,沃拉斯了解到:三营的其他连队都受到猛烈的攻击;二营也已经陷入包围中;一营因营部遭到袭击,营长和很多参谋都已下落不明。此时,美军第二师九团的各个部队都处在血战中。而从九团右后方的三十八团传来的消息说,"他们已经卷入短兵相接的混战中"。

位于要地的贝克连居然没有受到任何方向的攻击!这比受到攻击更加令贝克连恐慌不安。贝克连的官兵心绪复杂地望着天空,望着那轮与自己家乡差不多的月亮,缩在战壕中为自己的命运祈祷。

这时,将要置贝克连于死地的一支中国军队——第四十军一二〇师的三五九团正在一步步地向二一九高地接近。

第四十军的攻击位置在西线的中部,位于第三十八军和第三十九军之间。十一月二十四日晚,第四十军奉命向龙川山、西仓方向前进。二十五日早晨,由于得知美军第二师已经占领新兴里、苏民里,彭德怀命令第四十军以一部继续向西仓方向穿插,其主力协同第三十九军从正面进攻,欲将美第二师歼灭。

第四十军的计划是:以一一九师继续向西仓穿插;以一一八师攻击新兴里方向的美军第二师九团;一二〇师留在清川江西岸保障军主力的侧翼安全,但抽调其三五九团强渡清川江,直插鱼龙浦,切断美军第二师的退路,并阻击球场方向可能增援的敌人。

当三五九团的营长们被召集起来传达任务的时候,营长们都没吭声。朝鲜北部的气温是零下二十五摄氏度,清川江江面宽两百米,江心水深流急,靠岸的部分已经结冰。而江对岸部署着美军的一个步兵营和一个炮兵营,装备着包括坦克在内的重武器,武器的目标就是封锁江面。同时,江岸这边也有敌人,还有十多公里的封锁线。没有任何渡江的器械,整个团都要涉水过江,不但要顶住对岸敌人的射击,还要受到江这边敌人侧射火力的阻拦。但是,三五九团必须渡过清川江。

一二〇师副师长黄国忠来了,他要和三五九团一起渡江。他是这个团的前任团长,熟悉每一个营的营长。黄国忠对营长们说:"咱们同生死共患难,都要给我卖把子力气!"

夜幕降临,三五九团出发了。

经过十公里的奔袭,官兵们到达渡江地点。

天寒地冻,北风刺骨,可以听见江水中冰块撞击的声音。现场侦察时,几个参谋带着几个士兵摸进一个窝棚避了一会儿风,出来时其中的一个士兵看着自己手中的枪直发愣:自己用的是一支半自动步枪,进了窝棚后在墙根靠了靠,怎么变成了一支美国卡宾枪?莫名其妙之中钻回窝棚并且打开手电,顿时吓了一跳,原来这个窝棚的角落里睡着七个美国兵!被惊醒的美国兵还没明白是怎么回事,已经被几双冰凉的手死死地按在了睡袋里。

二十时三十分,经过迫击炮连的火力准备,在重机枪的掩护下,三五九团开始强渡清川江。三营营长首先踏破冰层。在奔袭中出了一身热汗的士兵一下子进到齐胸深的冰水中,顿时浑身刀割般地剧痛。棉衣浸水后铅一样沉重,没迈出几步,两腿开始抽搐,然后就失去了知觉。接近黑暗的江心时,水流湍急得使人无法站稳,齐到颈部的水涌令人窒息。官兵们把枪举过头顶,身体挤在一起,在江水中一步步移动。前面,月色下是白色的冰层和沙滩。

对岸的敌人开始射击了。他们没想到在没有桥梁的地方,中国士兵会在冰水中涉江,因此射击慌乱而急促。

最前面的黄国忠副师长个子矮,到江心时江水已没过他的头顶,他喝了几口冷彻肺腑的江水。警卫员把他架出水面,他的脸上和头发立即结了冰,他想说什么但说不出话来。

黑暗的江面上回荡着三五九团杂乱的喊声:

"冲过江去就是胜利!"

"为毛主席争光!"

"冲上岸去,砸烂敌人!"

不断有士兵在对岸射来的枪弹和炮弹炸起的巨大冰块的撞击中倒下，顺水流走，但是，那些还活着的士兵，当他们的脚一踏上对岸的土地时，世界又属于他们了。

八连三排首先冲上江岸，湿透的棉衣变成了冰筒，士兵们奋力折断身上的冰碴，但在开枪的时候却发现枪已经结冰。有人开始往枪上撒尿，在极端的寒冷和紧张中把尿撒出来很不容易，但只要尿出来效果就很好。

八连打掉了一个美军的炮兵阵地。

五连占领了鱼龙浦。

六连渡江后插向公路桥，与美军第二师师部的宪兵队遭遇。二十分钟的激战后，两个排的中国士兵全部牺牲。后来掩埋尸体的人看到，这两个排的中国士兵浑身冰甲，全部保持着战斗的姿势，枪口指向敌人的方向。

三五九团继续向纵深发展，对美军第二师九团的三营、二营进行了攻击和包围。

这时，三五九团三营八连奉命攻击二一九高地。

已经是夜半时分。

当一排炮弹落在二一九高地上的时候，贝克连的官兵终于意识到灾难落到自己头上了。

贝克连的迫击炮排被中国士兵包围在山腰。二一九高地战因此成为一场手榴弹战，因为双方均可利用山岩洼地掩护，枪弹几乎没有用处。美国兵发现，中国士兵的攻击在喇叭的指挥下有节奏地进行着，两声喇叭是前进，一声喇叭是投弹。中国士兵投出的手榴弹的密集程度令美国兵如同置身地狱。在狭窄的洼地里，拥挤在一起的美国兵无法躲避手榴弹，只有拼命地把手榴弹踢开。贝克连那个年仅十七岁的下士军械员克劳福德后来回忆说，手榴弹下雨般地在他身边落下，仅在手榴弹没爆炸之前他踢出去的就有"四十多颗"。贝克连副连长乌因中尉是个身材高大的黑人军官，他在混乱的对抗中命令周围的士兵向他靠拢。但是,弹药已经没有了,乌因开始投掷石块。最后,身边的石块也没有了,他站在战壕里开始投掷罐头食品。

贝克连决定放弃阵地。

在企图解救山腰处的迫击炮排时,温中尉位于所有士兵的最后,中国士兵投出的一颗手榴弹在他的头顶上爆炸,弹片"削去了他的半边脸"。韦瑟雷德中尉后来估计,在两个小时里有六十多枚手榴弹投到他所在的那个山头上。

在距离向二一九高地开进整整二十六个小时后,贝克连彻底溃败了。全连从进攻时的一百二十九人,到撤下来时仅剩三十四人,三十四人中的半数还是"能自己走路的伤员"。

朝鲜战争结束后,在所有的战争史料中,都有对一九五〇年十一月二十五日贝克连的战事的记载。有把贝克连在二一九高地的战斗描述成一次英雄壮举的,也有残酷地记述贝克连在二一九高地呼天喊地的惨状的。无论如何,中国第四十军一二〇师三五九团三营八连的士兵在那个月光很亮的夜晚对美军第二师第九步兵团三营贝克连的攻击,令战争的双方以及回顾这场战斗的任何人都难以忘却。

第四十军一一八师的两个团也于二十五日晚渡过清川江,向美第二师的各个阵地开始了猛烈的进攻。战场上各个部位的战斗都呈现出相同的情形:美军借助强大的火力支援进行顽强的抵抗,中国军队则是一波又一波地顽强进攻。美军战史记载道:"中国军队用步枪和机关枪猛烈射击,抛出了看来是永不告罄的手榴弹。他们冲上美军阵地,用刺刀把美军士兵刺死在散兵坑里。"

中国士兵捉住了一个名叫斯梅德利的美军二等兵,经过审问后把他释放了。释放时一位中国翻译对他说:"我们对你们了如指掌,我们知道你所在的乔治连所有军官的名字。你走吧。告诉你们的上司,不要使用燃烧弹,也就是凝固汽油弹打我们。你们的部队在那边,你走吧。"

二等兵斯梅德利向江边跑去的时候,觉得自己的身后肯定要响起枪声,但是中国人没有开枪。

斯梅德利所在的乔治连是美第二师九团的一个连队。连长弗兰克·穆森在连队垮掉之后,听见一个木板房里传出哭声,进去一看,一个士兵躲在墙角身体缩成一团。

穆森问:"你在干什么?"

士兵说:"不知道……我不知道。"

穆森说:"跟我来!"

士兵说:"上尉,我不想去……"

穆森抓住士兵的胳膊,像提一只鸡一样把他提起来:"我命令你把你的屁股坐到坦克上去!"

穆森拔出手枪,带领他的乔治连开始突围。结果,在不到二十分钟的时间里,七十多名士兵被打死。

至二十六日,美军第二师在中国第四十军的攻击下面临着全线崩溃。

对美军第二十五师正面发起进攻的是中国第三十九军。

第三十九军中最先与美军第二十五师接触的,是有着一个很怪姓氏的中国团长,他叫耍清川。耍清川率领的三四五团于二十五日拂晓赶到上九洞,接替第四十军的防务,说好了那里有第四十军的一个侦察排在等他们。可是到了上九洞,发现根本没有侦察排的影子。三四三团团长王扶之同时赶到了,也说没有看见第四十军的人。正说着,朝鲜老乡告诉他们,村西有敌人。耍清川团长到村西一看,他看见了美国兵。

这是美军第二十五师二十四团的先头部队。

与美军第二师一样,二十四团也是二十五日早上开始向北推进的。

耍清川当即命令:"抢占高地,把敌人阻击在上九洞以南,为后续部队的开进争取时间!"

中国第三十九军一一五师与美军第二十五师仓促之中开战了。

由于耍清川的三四五团已经与美军打了一天,二十六日的攻击便由三四四团打正面,而三四三团的任务是向上九洞穿插,切断美军的退路。师长王良太给了三四三团团长王扶之一个抓俘虏的"指标":两百人。

美军知道中国军队发起全线进攻了,他们开始了撤退。

上九洞附近的公路上有个隘口,占领并守住这个隘口,就能把撤退的美军堵住。

到了二十六日的夜晚,中国士兵和美军在沿上九洞附近的公路上展开了人与人、人与坦克的殊死搏斗。在争夺公路边高地的时候,美军的强劲火力使三四三团损失不小,但美军对夜战的恐惧也令中国士兵更加胆大妄为。他们举着成捆的手榴弹,抱着炸药包,或是举着几根捆在一起的爆破筒,径直向美军庞大的坦克冲过去,一次不行再冲一次。由于是黑夜,美军坦克手看不清攻击来自什么方向,只有疯狂地转动炮塔胡乱射击,一直到履带被炸断,或者坦克的油箱被炸裂。燃烧起来的坦克堵塞了道路,后面的坦克拼命地向瘫痪的坦克撞去,撞击的声音让中国士兵听上去比枪炮的声音更加惊心动魄。中国士兵的冲击队形在黑暗中形成一团又一团移动的影子。冲击到最近的距离时,美军士兵的心理防线垮了,于是满山遍野地奔逃。中国士兵开始四处堵截,成群的美国兵无论朝哪个方向跑,都会遇到迎面的打击。

黑夜是中国军队的天下。

天刚一亮,美军的飞机来了。F-86一架接一架地俯冲下来,企图寻找美军部队要求支援的地面指示信号,同时也寻找中国部队的踪迹。但是飞行员看不到美国士兵的影子,他们都跑到山上去了;飞行员也没有见到中国士兵的影子,他们也都上山隐蔽起来了。就在隐藏着中国士兵和美国士兵的杂树林中,中国士兵们猫着腰搜山以把那些藏在山里的美国兵捉出来。

清点俘虏的时候,团长王扶之数了数,总共一百八十多个,距离师长王良太要求的"指标"还差一点。

这些脖子上挂着刻着部队番号、职务、姓名铜牌的美军俘虏,全是美军第二十五师的,而且几乎全部是波多黎各人。

美军第二十五师里有一个黑人团,这就是遭到中国第三十九军打击的二十四团。

二十四团是一支历史悠久、战功显赫的部队。

二十四团还是一支长期遭受歧视和嘲弄的部队。

美军第二十五师步兵二十四团,是根据一八七八年美国国会通过的一项法令组建的。在十九世纪七十至八十年代对印第安人的战争中,步兵二十四团以勇敢的作风备受赞誉。但是,由于这是一支由清一色的黑人组成的部队,在种族主义盛行的年代,他们虽然作战英勇但永远是"次等士兵"。因此,二十四团的黑人官兵根深蒂固的观点是:既然不把我们当人看待,我们干吗要替他们去死?

美军第二十五师是被派往朝鲜战场的第一批美军部队。一九五〇年七月二十日,第二十五师投入战斗后,二十四团接到的第一项任务是扼守醴泉城。执行任务的第一天,二十四团的表现就令师长威廉·基恩火冒三丈:士兵们胡乱开了一阵子枪,然后就开始仓皇逃跑,理由是"遇到了占绝对优势的北朝鲜人民军"。第二天,美军派出的搜索队回来报告说,人民军根本没有到过醴泉这个地方,城内燃烧的大火是美军自己的炮火击中建筑物引燃的。在后来的尚州战斗中,二十四团的表现更成为第二十五师的耻辱。美国陆军战史对二十四团在尚州的表现记录如下:

> 在尚州以西几乎所有的战斗中,步兵第二十四团都处在惶惶不可终日之中。士兵们擅离阵地,溜向后方。

他们把武器丢在阵地上，有一次，第三营从一座高地撤下来，扔掉了十五挺机枪、十一门迫击炮、四支火箭发射筒和一百零二支步枪。

另外一次，该团的 L 连进入阵地时共有四名军官和一百零五名士兵，几天后，该连从阵地撤离时，散兵坑里只剩下十七人。在这期间，只有一名军官和十七名士兵是因为伤亡和其他原因离开阵地的，其余的三名军官和八十八名士兵去向不明。在下山的路上，十七名士兵的队伍不断扩大，抵达山脚时，已经拥有一名军官和三十五名士兵了。

第二十五师其他部队给二十四团起了个外号，叫"逃窜"。无论在哪里，二十四团的臂章都会引来嘲笑。美军士兵们为二十四团编了首名为"逃窜舞蹈"的小调，小调用了黑人民谣的旋律：

中国人的迫击炮轰轰叫，
二十四团的老爷们撒腿跑。

严重的种族歧视深深地影响了二十四团黑人官兵的职责感和荣誉感。

二十四团不成文的战术是：白天坚守，晚上逃跑。在刚刚到达朝鲜后的七月二十九日的战斗中，二十四团一营全营连夜跑得没了踪影，把炮兵们全扔给了北朝鲜人民军。为了防止士兵逃跑，美军建立了检查站，约翰·伍尔里奇少校有权扣留任何未经许可就撤退的士兵，结果他平均每天截获逃兵七十五名，最多的一天他抓住了一百五十名逃兵。扣留也没用，第二天二十四团的一个连长吉尔伯特中尉又带着十几名士兵临阵脱逃了。检查军官命令他立即回到阵地，他拒绝执行命令。吉尔伯特后来以拒绝执行战场命令罪被判死刑。他为自己的辩护是：如果执行命令等于让我和其他十二名士兵去送死。在陆军法官的建议下他被改判为二十年监禁。

杜鲁门总统亲自批准了对吉尔伯特的军法判决。

一个总统亲自批准对一个中尉的定罪文件,这在美国历史上是绝无仅有的。

杜鲁门总统的批件时间是一九五〇年十一月二十七日。

恰恰是这一天,远在朝鲜战场上的二十四团又发生了一件让杜鲁门不知该说什么才好的事情。

中国第三十九军一一六师三四七团,在一个叫上草洞的村庄包围了二十四团的一个连。中国军官在望远镜中发现,被包围的美军士兵全是黑人。经过第一次战役,中国士兵已经知道美国人中有一种皮肤是黑颜色的人,中国士兵们称这种肤色很奇怪的美国兵为"黑美"——黑色美国人的意思。

会英语的中国军官开始向被包围的美军士兵喊话,让他们出来投降。

没过多久,中国士兵看见两个黑人士兵举着白旗走出来。

但是,当中国士兵站起来准备接受投降的时候,后面的美国兵突然开火,几名中国士兵当场中弹倒下。

愤怒的中国士兵开始了猛烈的射击,被包围的美国兵中响起一片悲惨的叫声。

中国军队停止了射击,再一次喊话。

终于,一个黑人军官出来了,他手里高举着的不是白旗,而是一张白纸,白纸上画着一个黑人举枪投降的姿势,旁边写着这个连队的人数。这个黑人军官是二十四团 C 连连长斯坦莱。C 连一百四十八人,全部是黑人。斯坦莱来到中国军队面前解释说,刚才向接受投降的中国士兵开枪,是连里白人军官逼着干的。

美军第二十五师二十四团 C 连是整个朝鲜战争中向中国军队投降的唯一一个完整的美军连队。

没人知道杜鲁门总统和美国军方对这一事件的反应,至今美军所有的战史对这一事件都讳莫如深。

三个月之后，根据美军第二十五师师长基恩少将的建议，经美国国防部长马歇尔上将批准，美军宣布了一项改编计划：解散由黑人组成的第二十四步兵团。

从那时至今，美军始终实行黑人和白人混编体制。

十一月二十六日黄昏，美军第二师三十八团团长乔治·佩普洛上校来到阵地上，这个阵地位于美军防线的最右边，再往右便是南朝鲜军负责的地盘了。佩普洛上校登临前沿一看，眼前的情景让他大吃一惊：看上去至少有几千名南朝鲜士兵洪水般地涌入了美军阵地。一个念头立即在佩普洛的脑袋里产生了：这些南朝鲜人怎么跑到这里来了？难道由他们负责的右翼出了问题？

一想到这儿，佩普洛出了一身冷汗！

与此同时，第二师师长凯泽将军也接到电话，电话是从另一个方向的美军阵地打来的，话筒里传来的是一片嘈杂之声："韩国军队的一个整团正拥向我们的防区，我们该怎么办？"

凯泽将军顿时勃然大怒："指挥他们！使用他们！混蛋！"

一九五〇年十一月二十七日天亮的时候，美第八集团军司令官沃克将军终于认识到，由于南朝鲜军队三个师在其所负责的联合国军右翼方向的土崩瓦解，联合国军的侧翼已经完全暴露在中国军队的打击面前，而此时在战线中部作战的美军已经支持不住了。由此，联合国军在圣诞节前打到鸭绿江边从而结束朝鲜战争的计划已经毫无希望。美军远东司令官麦克阿瑟将军发布的"圣诞节前让孩子们回家"的宣告，就要成为一个历史笑柄了。

"最奇怪的会议"和"闸门"的关闭

在朝鲜半岛西部战线的战斗已经进入白热化的时候,麦克阿瑟在东京举行了一次被世界军史学家称为"朝鲜战争中最奇怪的会议"。

会议时间是一九五〇年十一月二十八日晚上二十一时五十分。

美国国旗飘扬在东京第一大厦麦克阿瑟的官邸上,官邸内灯火辉煌。二战中战败的日本人似乎已经把战争遗忘得一干二净,东京繁华的街道上人流涌动,从麦克阿瑟会议室的巨大的落地窗向外看去,一片歌舞升平的景象。参加会议的人都已到齐,他们是:麦克阿瑟、惠特尼、威洛比以及被从战场上仓促召来的第八集团军司令沃尔顿·沃克和第十军军长爱德华·阿尔蒙德、第十军参谋长埃德温·赖特。对此,美军战史描述道:"麦克阿瑟现在的言行举止马上变得自相矛盾,令人困惑——这些行为表明他既迷惑不解,又惊慌失措,还不希望他所身临其境的现实损毁他意向中的幻梦。这一系列令人奇怪的行动之第一步是,他把他的两位战地指挥官召到东京,参加一个战争讨论会。"

会议之所以"奇怪",是因为世界军事史上还没有过这样的会议:战争的前线危在旦夕,参战的部队已面临绝境,在最需要指挥官拿出决策和办法的时候,战场指挥官却被命令丢下前线的部队,乘飞机到距前线上千公里之外的地方去研究军事问题。

在朝鲜战争第二次战役的关键时刻,一向"敢于上前线的"麦克阿瑟这次没有上前线而是在大后方开会了。

会议一直开到二十九日凌晨一时三十分。

将近四个小时的会议讨论的军事问题是:面对中国军队的强大进攻,联合国军应该怎么办?

会议开着的时候,前线的告急电报一封接一封地被送进来,报文的意思基本一致:再不全面撤退,就可能全军覆没。

会上,沃克和阿尔蒙德不断地重复着一种工作,就是用尽可能形象字眼儿来描述中国军队骇人的数量和顽强的战斗力:

"这次不是局部的反攻,完全是一次预谋好的大规模的进攻!中国军队指挥有方,纪律严整,进攻时一波接着一波,没有停歇,没有节奏,即使死伤无数,他们也还是不停地冲击! 冲击!"

"中国军队都是飞毛腿,往往会在你根本想象不到的地方突然出现,而且出现就是一个整师!中国士兵没完没了地吹一种特制的喇叭,好像还有哨子和铙钹之类的响器,海浪一样涌上我们的阵地。他们根本不把生命当回事!"

"他们特别喜欢在我们阵地的后面打仗,他们还特别喜欢在漆黑的夜晚发起突击。那些中国士兵的视力十分奇特,黑夜既不会影响他们奔袭,也不会影响他们作战,反而给他们提供了我们无从下手的掩护。"

沃克尤其抱怨的是南朝鲜军防守的右翼的崩溃给整个联合国军战线带来的巨大危险:"没有侧翼的战线是脆弱的。中国军队擅长迂回战术,右翼的缺口如果阻击无效,我们的退路将被切断,那样的话局面不堪设想!"

麦克阿瑟此时确实陷入了一种极度的困惑中。事情发生得太突然了,在联合国军发起全线进攻并计划在圣诞节前结束战争行动的时候,中国军队事先没有任何征兆地以巨大的兵力突然反攻了。更糟糕的是,联合国军竟然溃败得如此之快。是情报有问题?他看了一眼威洛比——这个情报大员闭着眼睛,从会议一开始他就摆出了誓死不吭声的架势。是联合国军,具体地说是美军的战斗力低下?真的是二战后的舒适生活把这帮家伙们养得胆小如鼠了?真的像有些记者说的,美军成了一支"榻榻米军队"了吗?更令人难以接受的是,大批的中国军队是从什么地方冒出来的?在长达两个多星期的大规模轰炸下,他们是怎么从中国本土集结到北韩的土地上的?如此大规模的军事移动为什么美军的侦察机竟然没有发现?——麦克阿瑟想起来了:这就是杜鲁门那伙人不让彻底轰炸鸭绿江大桥和直接轰炸中国本土的后果!

麦克阿瑟突然想到威洛比刚刚送到他案头的一份"绝密情报",情报的内容据说是中国军队的将领林彪对其部下的一次谈话:

> 如果我事先不曾确切知道华盛顿方面会制止麦克阿瑟将军对我们的补给和交通线采取适当报复性措施的话,我决不会发动这次进攻,拿我的部下和军事名誉来冒险。

麦克阿瑟明白了:是华盛顿给中国人壮了胆!这些卖国贼!

其实,连麦克阿瑟的下级军官们都不会相信这份"绝密情报",原因很简单,指挥中国军队参加朝鲜战争的不是林彪。这份文件极有可能是从战争一开始就遍布在战场上的那些蒋介石的特工们干的,他们把这种伪造的文件扔给美军是很容易的事,只有蒋介石才迫切地希望美国对中国本土实施大规模轰炸。

麦克阿瑟当然也不会轻信这样的"情报",但这无疑是为联合国军的溃败所能找到的最好的理由。

四个小时的会议没有讨论出任何解决问题的办法,如果说最终决定了什么的话,那就只有两个字:撤退。

会议结束后,麦克阿瑟向华盛顿发出一封电报,美军战史称这封电报内容的实质是麦克阿瑟在推脱责任:

> 由我们的进攻行动导致的形势发展现已展示无疑。现在,把朝鲜冲突局限于针对北朝鲜军队和象征性的外来因素组成的敌军的所有希望,都应彻底排除。中国在北朝鲜投入了大批的军事力量,而且实力仍在增强。任何在志愿名义或其他托辞掩饰下进行少量支援的借口,现在都不具有一丝一毫的有效性。我们面临着一场全新的战争。
>
> ……
>
> 目前,由于鸭绿江封冻,中国人开辟了越来越多的增援和补给通道,这使我们的空中力量无法实施封锁。显然,我们目前的军力不足以应付中国人的这一场不宣而战的战争,天时地利对他们更加有利。因此而产生的形势带来一个全新的局面,这种局面扩大了从全世界范围来考虑问题的可能性,超出了本战区司令的决定权限的范围。本司令部已在其职权范围内做了力所能及的一切,但它目前所面临的局势却超出了本司令部的驾驭能力。

这封电报到达美国参谋长联席会议主席布莱德雷将军手里的时候,已对朝鲜战局发生逆转有所了解的布莱德雷对麦克阿瑟的措辞仍是感到了吃惊,因为几乎是在昨天麦克阿瑟还说他"对很快结束战争充满信心"，怎么一夜之间战争就变成了"一场全新的战争"，"超出了本司令部的驾驭能力"？电报明显地传达着一个信息：麦克阿瑟开始为战争失败寻找借口了——反正我做了"力所能及的一切"，如果参谋长联席会议不作出什么决定的话，出了意外我概不负责。

二十九日早上六时，杜鲁门正准备按照惯例在宾夕法尼亚大道上进行每日的早散步，布莱德雷的电话来了："中国人把两只脚都踏进了朝鲜！"布莱德雷说，"第八集团军在清川江北撞上了大量的中国军队，右翼已经瓦解，美军正在撤退！"布莱德雷在电话里把麦克阿瑟的电报念了一遍。

杜鲁门的第一个念头就是，那个夸口说在"圣诞节前结束战争"的老家伙正在推卸责任——如果形势到了连这个狂妄的老家伙都急于寻找台阶下的时候，那么就毫无疑问地说明朝鲜战局真的面临危机了。

接着，麦克阿瑟连续发来要求增加兵力的电报，其中竟然两次要求允许他在朝鲜战争中使用蒋介石的部队。麦克阿瑟的理由是：蒋介石的要求以前被拒绝，是因为担心共产党对台湾的进攻和给共产党参与朝鲜战争的口实。现在这些担忧已经不存在了，况且朝鲜战场又急需兵力。

带着极其糟糕的心情，杜鲁门立即召开了国家安全委员会特别扩大会议。

与会者听了朝鲜战局的介绍后，个个睁大眼睛默不作声。

国防部长马歇尔坚持自己的观点：美国无论作为单独的国家，还是作为联合国的一个成员，都不应该卷入与共产党中国的全面战争中去，否则就会陷入苏联人精心布设的陷阱。所以美国不应该进入中国领土，也不应该使用蒋介石的军队。

布莱德雷补充说："如果我们卷入一场与中国的战争，我们在欧洲的力量就不能继续扩大。"

副总统艾伯·巴克利则提出一个他认为"对本政府来说是十分危险的公共关系方面的问题":麦克阿瑟关于"圣诞节前让孩子们回家"这句话已经被媒体广泛引用,而麦克阿瑟将军是否真的说过这样的话?

布莱德雷说:"麦克阿瑟昨天对记者说,他正式否认说过这样的话。"

巴克利怒不可遏:"作为战区指挥官,麦克阿瑟将军应该知道这样的话意味着什么,而他既然知道后果为什么还要这样说?"

布莱德雷只好替麦克阿瑟同时也是替五角大楼解释:"麦克阿瑟将军的声明也许是说给中国人听的,以向他们表示在这次进攻之后我们就会撤出朝鲜。"

国防部长马歇尔的结论是:这一说法目前的确令我们十分窘迫,所以我们"应该以某种方式避开它"。

会议开始讨论最实际的问题:如何体面地离开朝鲜?

这个令人尴尬的问题自此被提出,并且纠缠了美国政府达两年之久。

华盛顿的会议和东京的会议一样,没有任何实质性的结果。既然第八集团军已经开始安排部队的撤退,那就没有必要再向麦克阿瑟下达什么新的指示了。况且,即使华盛顿有什么新的指示,华盛顿也知道那个老家伙是不会听的。

但是,会后,杜鲁门总统告诉马歇尔,以后参谋长联席会议发给麦克阿瑟的所有电报都必须事先"通过国防部长呈递总统"。

中国第三十八军的指挥员们于二十七日看到了毛泽东打来的电报。电报中祝贺志愿军在德川方向歼灭南朝鲜第二军团主力的胜利,而后指出下一步的任务更为艰巨,那就是以歼灭美军第一、第二、第二十五师的主力为战斗目标。毛泽东说:"只要这三师的主力歼灭了,整个局势就很有利了。"

第二次战役全线进攻打响后,第三十八军指挥员们的认识是:

能不能歼灭美军的一两个师,关系到整个朝鲜战局的前途;而歼灭美军师的关键,在于第三十八军能不能穿插到位。

彭德怀命令第三十八军向三所里方向前进,把美军的退路彻底封锁住。

刚刚结束德川战斗的第三十八军的官兵十分疲劳。当暂时松弛下来时,饥饿和困顿立即袭来,士兵们无论是挖工事还是转移行军,都可能随时随地睡着。一一三师三三八团团长朱月清刚端起一碗稀饭,用筷子搅和的时候,头一歪就睡着了,稀饭洒了一身。

向三所里穿插的部队是一一三师,一一三师的先头团就是朱月清率领的三三八团。

师长江潮在电话里对朱月清说:"命令你团立即出发! 身边有地图没有?"

朱月清根据师长的指示,在地图上标出前进的路线。在地图上测量,从出发地到三所里,直线距离是七十二点五公里。

当时,三三八团没有几个团一级的指挥员明确知道要他们急促奔向三所里到底是去干什么。朱月清随即向各营下达的命令是:饭边走边吃,任务边走边下达,不准让一个士兵掉队。

德川一役,第三十八军缴获的轻武器很多,中国士兵很多人都换上了美式的汤姆枪和机枪。

十三名会开汽车的俘虏,包括八个南朝鲜人和五个美国人被挑选出来,在中国士兵的押解下,开着十三台满载缴获弹药的汽车,跟随着一一三师前进。

朦胧的月色中,一一三师的队伍不顾一切地向预定目标奔去。长长的队伍穿越山林河流,尽量保持肃静,但还是不断有人跌倒,发出很大的声响。极度疲劳的士兵走起路来摇摇晃晃,倒在山涧里时清醒了,然后再爬上来。只要队伍一停下,哪怕是一瞬间,就有人睡着了,鼾声一下子连成一片。有的士兵怕自己睡不醒掉队,休息的时候干脆躺在道路中间,这样即使是睡着了,队伍再前进时也会把他踩醒。炮兵更加艰难，他们扛着炮件和炮弹跟着步兵一步不落，气喘之声大得吓人。——三师副师长刘海清率领的先头部队三三八团，于安山洞消灭了南朝鲜军的一个排，又于沙屯击垮了南朝鲜军的一个连。之后在翻越一千二百五十多米高的长安山时，为了防止极度疲劳的士兵由于打瞌睡掉下深渊，这个团的所有干部走在前面开路，后面的士兵抓住前面士兵的子弹带，一个拽着一个地向前移动。

在距离三所里还有十几公里的时候，天亮了。

几十架美军飞机沿大同江飞来，在——三师数里长的行军队伍上盘旋。士兵们想，自从入朝以来照例白天是不行军的，只要一听到隐蔽的命令就赶快藏起来，然后可以好好地睡上一会儿。结果，命令在队伍中传达下来了："继续全速前进！"

——四师穿插的目标是戛日岭。戛日岭是自德川向西南二十公里处的一个天然屏障，在高山密林中，有一道仅十多米宽的险峻垭口，它是穿插部队向军隅里方向前进的必经之路。但是，根据可靠情报，为恢复破碎的右翼，沃克命令位于价川的土耳其旅先头部队向戛日岭奔来。从价川到戛日岭三十公里，乘坐汽车用不了两个小时，而——四师距离戛日岭还有十八公里，疲劳的士兵靠步行先敌占领戛日岭的垭口已经来不及了。

土耳其旅的五千官兵是几天前才到达朝鲜的。沃克在右翼崩溃的时候让这支部队去堵缺口，这一调遣被美国军史学家形容为"用一个阿司匹林药瓶的软木塞去堵一个啤酒桶的桶口"。土耳其旅既没有得到应该得到的战场情报，也没有像他们想象的那样会由美军顾问来参加他们的行动。此时，西线上的美军都在向清川江以南撤退，而他们却受命向着北面的前沿开进。土耳其旅出发几个小时之后，便传来了他们"大获全胜"的消息。根据他们自己说，他们"与蜂拥而至的中国军队进行了激烈的战斗"，经过"浴血奋战"不但守住了阵地，而且还抓获了"几百名俘虏"。美军第二师的军官们听了喜出望外,立即派出情报官和翻译前去审问俘虏,结果没问几句就明白了,土耳其人打垮的是一群溃败下来的南朝鲜第七师的士兵。这些南朝鲜士兵从德川逃出来,逃进了土耳其旅布防的阵地,刚上战场的土耳其人既不懂朝语又不懂英语,被他们打死在阵地上的"中国士兵"全是南朝鲜士兵。

第三十八军军长梁兴初和政委刘西元赶到距戛日岭只有两公里的一一四师指挥所,已在这里的副军长江拥辉向梁兴初军长报告说:土耳其旅的一个加强连先我占领了戛日岭主峰。

入夜,戛日岭主峰上闪着火堆的光亮。

江拥辉和一一四师师长翟仲禹等人经过讨论,决定采取三四二团团长孙洪道和政委王丕礼的建议:既然敌人在明处,咱们来个偷袭,悄然接近,突然开火,一举拿下戛日岭主峰。

正在商量,不远的地方传来手风琴的声音,琴声在寂静的夜色中十分响亮,令所有的人都吃了一惊。

拉手风琴的是三四二团二营营长姚玉荣。他是那个揣着情书入朝参战的一营营长曹玉海的战友。手风琴是姚玉荣的战利品,他因为喜欢一直背着这个沉重的东西行军。他拉得虽不成调,但他的士兵们都觉得很有意思。师长翟仲禹在黑暗中朝着这个浪漫的营长赶来,骂道:"混蛋!惊动了敌人我枪毙了你!"

姚玉荣立即知道自己干了什么事,他把手风琴扔向山沟,手风琴在滚落中发出的琴声更加响亮。翟仲禹师长看着士兵们在暗夜中瞅着他的眼光,气得不知该说什么好。

三四二团二营的官兵对这里的地形很熟悉,因为第一次战役的时候他们曾在这里防守过。在团长孙洪道和政委王丕礼的带领下,二营的七连和八连向戛日岭主峰摸上去。他们把身上可能发出声响的东西全部丢掉,只带枪支和手榴弹。但是,在接近主峰的时候,由于脚上穿的是缴获的美军大头鞋,踩在雪上吱吱直响,于是这些中国士兵便把鞋脱了,光着脚在雪地上攀登。

夏日岭主峰上，土耳其士兵在寒冷的夜晚只顾得烤火，燃烧的木头发出爆裂的声音。火堆有十几丛，政委王丕礼把自己的士兵分成若干小组，命令一个小组解决一堆火旁的敌人。在离敌人只有二十米远的距离上中国士兵开火了。在手榴弹的爆炸声中，土耳其士兵四处逃散。二十分钟后，夏日岭主峰落在中国士兵手中。土耳其士兵在慌乱中爬上汽车，汽车连成串地向山下开去。山道盘旋，团长孙洪道命令八连把敌人截住，士兵们抄最近的直线扑向山道的下端。山势极其陡峭，士兵们径直向陡壁下跳，摔伤的和没有摔伤的都继续前扑，终于在山道的一端堵住了逃跑的敌人。在战斗中，中国士兵发现那些钻进石头缝和汽车下的单个的土耳其士兵无论怎么喊话都坚决不投降，直到被打死。结果，在中国士兵的围歼下，只有少数土耳其士兵被俘。中国士兵们看见被俘的土耳其士兵和他们在第一次战役中看见的那些美国兵一样，人人屁股上都挂着一只甚至几只朝鲜铜碗，这些碗在他们走起来的时候叮当乱响。中国的翻译人员跟他们解释说这碗不是金的，但土耳其士兵就是不信，无论如何也不扔。

土耳其旅开往夏日岭方向的五千人的部队，战斗结束后只剩下不到两个连的兵力。

到二十八日早上，西线战场的局势已经十分明确：美军第九军所属第二师、第二十五师，土耳其旅，骑兵第一师以及南朝鲜第一师，都已经在中国军队的三面包围之中。至此，在联合国军后撤的路上，只有自安州向肃川的退路尚未切断，而三所里是这条路上的必经咽喉之地。如果三所里堵不住，整个第二次战役势必会成为一场达不到歼敌目标的击溃战。

彭德怀的指挥部里迷漫着焦灼不安的气氛：负责向三所里穿插的第三十八军一一三师现在到了什么地方？他们能不能按时到位？一切的一切，没有半点儿消息！

向第三十八军指挥部联系，回答是：电台叫不通。

彭德怀命令自己的电台直接呼叫一一三师,报务主任亲自上阵仔细寻找这个师的电台讯号,但一一三师好像突然从整个战场上消失了一样,音讯全无!

按计划,一一三师应该已经深入敌后方八十公里。

孤军在如此纵深的敌对力量占领区域,什么情况都可能发生!

彭德怀双眼红肿,嘴唇裂着口子,说话的声音沙哑干涩:"娘的! 这个一一三师到底跑到什么地方去了?"

在联合国军的正面,中国第四十军、第三十九军、第五十军、第六十六军正全力向其压缩。第五十军向博川以西的天化洞、大化洞发展;第六十六军在凤舞洞地区向阻击之敌攻击;第四十军则全力向军隅里方向攻击;第三十九军向安州方向前进。

而此时,第四十二军则在全力穿插,这与第三十八军的堵截同等重要:它必须刻不容缓地向前进击,先敌占领顺川、肃川,以彻底切断敌人的退路。严格地说,第四十二军所执行的任务相比之下更为艰巨,因为他们穿插的距离远,所受到的阻击将更为剧烈。为此,毛泽东于二十八日凌晨电报指示:"……美骑兵一师(两个团)正向德川、顺川、成川之间调动,目的在巩固成川、顺川地区阻我南进。我四十二军应独立担任歼灭该敌……"

二十八日夜,第四十二军的部署为:一二五师沿假仓里、月浦里路线攻击前进,攻占月浦里后占领顺川;一二四师尾随一二五师跟进,准备投入主攻方向的战斗;一二六师经松隅里、龙门里至新兴里一带配合主力作战。

跟进的一二五师在新仓里遇到北上的美军骑兵第一师的阻击。

在新仓里,出现了一个英雄的中国排长,名叫安炳勋。在向美军阵地的攻击中,他带领一个排连续攻下三个高地,创造了以一个排的兵力歼灭美军一个排,并击溃一个美军排的战绩,从而荣获"战斗英雄"的称号。战斗中,他的左腮被子弹击穿,血流满面,但仍坚持指挥攻击行动,在最艰难的时刻,他的排全排士兵与美军肉搏在一起。

在美军的多次反击中,一二五师三七三团伤亡巨大。为保存实力,三七三团撤出了战斗。面对美军的顽强阻击,第四十二军指挥员们的信心动摇了,在反复讨论"打还是不打"之后,直到三十日才达成打的决心,决定一二四师和一二五师同时攻击美军。但在攻击前,这两个师的决心又发生了动摇,在没有得到军里命令的前提下,一二四师和一二五师没有发起攻击,反而先后撤退了十公里。撤退中,炮兵被丢在后面,遭到美军飞机的轰炸,损失惨重。

由于第四十二军没有果断攻击,最终没能完成彭德怀下达的穿插任务,致使美军骑兵第一师七团逃出了中国军队的包围,整个肃川方向的敌人的退路没有被封死。

第四十二军的先头部队曾一度深入到丫波里地区,这是第二次战役中中国军队深入敌后最远的地方。但是,在丫波里,第四十二军依旧没有果断地对美军展开攻击。三七〇团遭到美军飞机的猛烈轰炸,指挥的不利使部队损失巨大。三七八团团长郑希和于大同江东岸在美军飞机的袭击中牺牲。

第四十二军在穿插中受挫的原因很多。当时,中国士兵的体力已经到达极限,缺乏机械化的后勤保障使弹药极度缺乏。中国军队还缺乏正面攻击美军阵地的有效手段,美军的现代化武器使中国军队一旦与之正面遭遇,必定伤亡过大。美军战史记载道,当一次攻击停止时,倒在阵地前的中国士兵的尸体"足以构成另一道防御屏障"。最后,第四十二军所承担的任务也已超出了其行动速度的极限。

就在第四十二军穿插受阻的同时,令彭德怀焦急万分的一一三师其实一直在顽强地向预定目标三所里前进。

三所里是地处西线的美第八集团军腹地的一个小山村。它南临大同江,北依起伏的山峦,村西有一条南北方向的公路使价川直通平壤。这里是西线的联合国军北进的必经之地；当然，一旦北进失败，它也必将成为美军主力南逃的一道"闸门"。

为了按时到达三所里，一一三师的大部队破例白天在公路上明目张胆地前进。不是他们不怕美军的飞机，而是他们只能这么做了。副师长刘海清的观点是：我们是应该爱护战士，但如果不及时到达三所里，战士们的伤亡会更大，这就是辩证法，是战斗中最高的群众观念。

师长江潮同意这个观点。

奇怪的是，天上的美军飞机虽然来回盘旋，但始终没有轰炸。开始的时候，飞机到了头顶，部队还隐蔽一下，后来因为这样严重地耽误行军速度，士兵们干脆把伪装扔了，索性大摇大摆地走路。结果，美军飞行员上当了，他们认为这支部队必是从北边撤退下来的南朝鲜部队。于是美军飞行员利用无线电要求三所里的南朝鲜治安军给这支"撤退的国军"准备好饭。充满温情的美国飞行员除了要求准备好米饭、开水之外，还嘱咐要准备一些朝鲜人喜欢吃的咸鱼。

中国士兵们很快就明白美国人上当了，干脆喊起来，借此壮胆和驱赶极度的睡意："快走！快走！前边就到啦!"行进中的士兵每人手里都拿着一把草，在泥泞的地方为后面的炮兵垫路。

当一一三师三三八团的前卫营到达三所里的时候，一个冲击就把正在忙于做饭的南朝鲜治安军歼灭了。而后，他们迅速占领了三所里西边那条南北向的公路两侧的所有高地。

三三八团团长朱月清带着指挥所也赶到了，他刚爬上三所里的东山，就听见前卫排方向响起了枪声。朱月清举起望远镜一看，不禁浑身一紧：北面的公路上烟尘滚滚，一眼望不到头的美军大部队撤下来了！朱月清立即命令部队跑步前进。

后面的部队一听说堵住了美军，拼尽最后一点力气开始跑步。有的士兵倒在地上，扔掉干粮袋和背包，爬起来再跑；有的士兵倒下，只是向前看了一眼，再也没有爬起来。

第三十八军一一三师三三八团，十四个小时强行军七十二点五公里，抢占三所里，关死了美军南逃的"闸门"——他们仅仅先于美军五分钟到达。

在穿插的路上，这个师实施了无线电静默。

在三所里，朱月清立即让师报务主任张甫向军、师发报。

电报是事先编定的一串密码。

在彭德怀的指挥部里，一直在寻找一一三师电台信号的报务员突然大声地叫起来："通了！"

一一三师的电台从开机，到接通师、军、志愿军总部，一共只用了五分钟，为此，报务主任张甫立了战功。

"我部已经先敌到达三所里！"

"敌人企图通过三所里撤退！"

"我部请示任务！"

疲惫不堪的彭德怀惊喜得一时不知说什么好："总算出来了，总算到了！"

这时，第三十八军指挥部电告一一三师，三所里的西北方向有个龙源里，那里有一条路也可以通往顺川，也是敌人的南逃之路。军指挥部命令一一三师必须立即抢占龙源里。但是，在第三十八军指挥部给一一三师的电报中，报务员把"龙源里"的"源"字打成了"泉"字，一一三师接到电报后，在地图上怎么也找不到"龙泉里"在什么位置。时间不等人，反正大致方向明确，于是，一一三师立即命令三三七团向那个方向急促攻击。二十九日凌晨，三三七团占领了龙"泉"里。与此同时，一一三师还派出一个营向安州方向前进，完成了破坏道路和炸毁桥梁的任务。

至此联合国军南逃的退路已被全部封锁。

彭德怀给第三十八军下达了一道严厉的命令："给我像钢钉一样钉在那里！"

三十八军万岁！

中国军队对三所里和龙源里的占领,震动了联合国军的整个战线。联合国军大后方关键部位的丢失,使徘徊于清川江北岸的美军第二师、第二十五师、第二十四师和英军第二十七旅、南朝鲜军第一师以及土耳其旅残部,全部陷入了中国军队的包围中。这时,联合国军西线最高指挥官、美军第八集团军司令沃克才真正体会到使用土耳其旅去堵右翼的缺口是个多么轻率的决策。而现在,沃克手中唯一可以机动的部队仅有位于顺川的美军骑兵第一师了。但由于假仓里方向也传来"发现中国军队向顺川运动"的报告,沃克便陷入了一种极度困难的境地:预备队的投入已经没有意义,现在唯一可以做的事情,就是让处在包围圈中的部队赶快撤回来。

十一月二十九日早上,麦克阿瑟在东京发表了一个声明,称:"由于中共军大举南进,难以指望韩国战争早日结束。"

联合国军开始向清川江南岸大规模地撤退。

联合国军撤退的目标是顺川、肃川、成川一线，这里是朝鲜国土东西间最狭窄的蜂腰部。

从地图上看，联合国军向南撤退只有四条路可以走，这也正是联合国军北进的四条路，其自西向东依次是：博川至肃川的公路，价川经新安州至肃川的公路，价川经龙源里至顺川的公路，还有一条就是价川经三所里至顺川的公路。

美军与中国军队和南朝鲜军不同，他们庞大的机械化部队一旦行动必须依赖公路。

最西边的美第一军迅速由清川江北岸撤退至新安州地区，美第九军也收缩至价川地区。

为迅速摆脱中国军队越来越猛烈的压缩，美军遗弃了大批的装备器材，一路沿着价川经新安州方向撤退而来。在三所里、龙源里，他们在飞机和坦克的掩护下，向中国军队已经占领的阵地实施了猛烈的攻击，力图尽快打开向南撤退的通路。

沃克将西线被围部队撤出的唯一希望寄托在一个设想上，即：目前在三所里、龙源里的中国军队是一支仓促穿插到这里的部队，其兵力和防御纵深还很薄弱，兵力和火力占据优势的美军打开通路虽然是个麻烦，但应该没有什么问题。

就在麦克阿瑟含糊地承认联合国军北进计划已经失败的那个早上，美军第二师司令部里跑进来一个浑身是血的土耳其兵，他上气不接下气地报告说，他是土耳其旅补给连的，他们的连队在沿顺川至价川的公路往北前进的时候，在青龙站附近遇到大批的中国军队，全连遭到突然袭击，现在已没剩几个人了。

第二师师长凯泽意识到：切断退路的中国军队可能不会是一支小股部队。

第二师白天受到的南北夹击令凯泽师长印象深刻。中国军队在他的正面连续不断地进攻，使第二师的战斗力已经减少一半，尤其是步兵营，有的营人数减少至两百至两百五十人，而有的步兵连甚至只剩下了二十多个人。即使如此,凯泽也不敢放弃节节抵抗的战术,因为不这样,第二师就真的要全部溃散了。

听了那个惊慌的土耳其兵的报告后,凯泽决定派一个宪兵班先去南边探路,但自从这个班出发以后,凯泽师长就再也没听到他们的消息。

八时,正不知该怎么办才好的凯泽,接到了第一军军长米尔本的电话:"情况如何?"

凯泽回答:"不好,甚至我的指挥部也受到袭击!"

米尔本说:"实在不行,就向我靠拢吧,走我们这里也许安全些。"

第二师担负着整个战线右翼的掩护任务,怎么能够弃全线于不顾往西跑?再说,又怎么能在这时候听一个不是自己直接上司的人指挥呢?凯泽师长决定亲自到军指挥部去一趟。他是乘吉普车去的,军指挥部在军隅里以西四公里的地方。凯泽到了那里,才发现军指挥部里根本没有人,只有一个趴在地图上紧皱眉头但什么也决定不了的作战部长。凯泽在这张军指挥地图上看了看自己师的作战区域,并决定以此为指令,于是乘车往回走。吉普车上了公路才发现,公路上挤满了撤退下来的辎重车辆,吉普车根本通行不了。于是凯泽临时改乘直升机。在直升机顺着公路向师指挥部飞去的时候,凯泽看见飞机下的公路上数千难民黑压压地向南蜂拥而去。凯泽根据自己的战场经验认为,凡是出现难民的时候,中国军队肯定还没有到,因为战争中的常识是,难民的逃难总是在军队之前。可是,后来的事实残酷地向凯泽师长证明,他看见的那数千人的人流,根本不是什么难民,恰恰是正在南下准备切断他的退路的中国军队。

步行行军的中国士兵军装标志不明显,在艰难急促的奔跑中又根本无法顾及军容,这使美军的侦察判断一错再错。

既然认为中国军队的主力还没有到来,第二师还是有时间沿着价川至顺川的公路撤退的——在直升机上，凯泽师长这样决断。

战后，凯泽余生每当想起这一幕时，都为自己的愚蠢后悔不已。

回到师指挥部，凯泽得知不但派出的宪兵班没有消息，之后派出的坦克排也是一去不复返。这时，第二师正面的压力越来越大。心情焦灼的凯泽师长又派出一个侦察连去探查向南撤退的道路，侦察连进至青龙站附近受到突然出现的中国军队的袭击，当第二师九团的一支增援连队找到这个侦察连的时候，侦察连全连活着的官兵只剩下了二十多人。

为了给向南撤退的美军杀开一条血路，第九军二十九日全天向中国军队展开了全面猛攻。但是，令他们意外的是，中国军队出奇地顽强，而且根本不是想象中的一股小分队，简直就是一支精锐的大部队。

这支精锐的大部队，就是快速地穿插到三所里，并且"像钢钉一样钉在那里"的中国第三十八军一一三师。

凯泽师长派出的侦察连在龙源里遇到的就是一一三师三三七团的一营三连。

三三七团以三连为前卫于二十九日凌晨四时占领龙源里的时候，正好有一队美军的车队通过这里，在连长张友喜的带领下，三连立即向美军发起攻击。战斗结果是，击毁汽车十五辆，俘虏美军十五人。经过审问，知道他们是骑兵第一师五团的先头部队。

短促的遭遇战过后，出现了暂时的寂静，中国士兵们开始吃从美军汽车上缴获来的食品。天大亮了，哨兵说有敌情，张友喜顺着公路向北看，逐渐看清了，是一辆吉普车和几辆大卡车组成的小型车队。等车队驶近了，三连以突然的出击没费什么力气就解决了战斗。令中国士兵兴奋的是，美军车队这次运的不再是难喝的"威士忌"而是面粉和牛油！

三连的士兵没高兴多一会儿，大批的美军到了。

二十九日整整一个白天,美军第二师九团的攻击都是以坦克为前导,于是,这天的阻击实际上是中国士兵用血肉身躯与钢铁坦克的搏斗。三连三排战士徐汉民用手榴弹把一辆坦克的履带炸断之后,没过多久,发现被自己炸断履带的那辆坦克又"活"了。原来美军的坦克驾驶员钻到坦克下,居然把这辆坦克修好了。徐汉民一看冒了火,追过去跳上那辆坦克。其他的中国士兵一看到这个情景,大声地喊:"有种!好样的!"徐汉民在美军坦克上不知道如何下手,中国士兵打坦克的知识极其有限。坦克带着徐汉民开出去一百多米远,叫好的中国士兵这回又担心了,大喊:"快回来!快回来!"这时,只看见徐汉民突然从坦克上滚下来,接着就是一声巨大的爆炸声,原来徐汉民把一捆手榴弹塞进坦克的炮塔里去了。

就在一一三师于三所里、龙源里阻击南逃美军的时候,彭德怀命令西线的中国军队向美军发起猛烈的压缩攻击。

在以价川为中心的方圆十几公里的范围内,中国军队分成无数支部队将美军分割开来,使价川地域成为世界战争史上规模巨大的血流之地。

第三十九军各师凶猛地压向军隅里,顽强地突入美军临时构筑的防御阵地。美军士兵惊慌地看见一个中国士兵端着机枪站立着向他们射击,士兵在身受数弹的时候依旧不倒,这个中国士兵叫杨玉鼎,隶属一一七师三四九团。一一七师三五〇团的前卫连追到三浦里时,迎头遇到从军隅里逃出来的一队有坦克和飞机掩护的美军。三五〇团的士兵根本忘却了自己生命的安危,排长颜怀有跑上公路,拦住美军的退路。其他的中国士兵也都像他那样,他们把美军士兵赶进一片稻田里进行了围歼,结果这股美军没有一个人逃出厄运。

第三十八军的一一四师突破土耳其旅的防线后,奉命不顾当面之敌迅速向三所里方向前进,向顶着巨大压力的一一三师靠拢。

一一四师顽强而迅急地突进，终于靠近了龙源里。他们就是美军第二师师长凯泽在直升机上看见的那数千"难民"。第三十八军一一二师于二十九日十六时到达凤鸣里，先期到达这里的美军第二十五师拼死阻击。经过残酷的战斗，两个小时之后，一一二师占领了凤鸣里。

第四十军一一八师冲破美军的拦截，占领了军隅里，一直追击到新安州地区。拂晓的时候，年轻的师长邓岳被头顶上飞来飞去的美军飞机弄得很不耐烦，因为那些飞机通过大喇叭反复向地面用英语和朝鲜语喊着什么。邓岳问翻译："飞机上没完没了地在喊什么？"翻译听了一会儿，说："它在通知美军和南朝鲜士兵，一律到平壤集合。"

第四十军一一九师奉命直插青谷里。这是位于龙源里以北的一个公路要地。一一九师正面攻击美军的部队，他们向三所里和龙源里的逼近，证明美军已经被压缩成一团了。公路被美军丢掉的汽车、坦克和大炮堵塞，冲在最前面的六连，在一个铁路隧洞附近发现三百多辆美军的汽车和坦克聚集在那里。中国士兵用缴获的美军火箭筒打中了一辆油车，隧洞附近顿时大火冲天，火光把夜色照得白昼一般。在猛烈的射击之后，中国士兵冲上公路，公路上美军尸体密集，那些活着的美军士兵四处逃散。这时，公路前面突然枪声激烈，枪声来自青谷里以西，也就是被三十八军占领并且顽强阻击的阵地——松骨峰，向南撤退的美军到了这里如果被堵截就没路可逃了。

松骨峰，北朝鲜西部一个极其普通的小山头，但由于在这里发生的事情被一位中国作家写成了通讯，所以中国很多很多的成年人今天依然知道松骨峰，知道在那里发生过中国士兵与美国士兵殊死的搏斗。

一九五〇年十一月三十日，是这个叫松骨峰的地方血肉横飞的日子。

虽然松骨峰在中国作家的通讯里长满了青松,但事实上松骨峰是个半土半石的小山包。松骨峰位于龙源里的东北,与三所里、龙源里形成鼎足之势。它北通军隅里,西北可达价川。其主峰标高二百八十八点七米,从山顶往东延伸约一百多米就是公路。

坚守松骨峰的中国军队,是第三十八军一一二师的三三五团,团长是刚刚打完飞虎山阻击战的范天恩。

范天恩的三三五团注定要在朝鲜战场上不断地打恶仗。

当第二次战役开始的时候,三三五团还在执行诱敌深入的任务。这个团的官兵在范天恩的率领下,在飞虎山对北进的联合国军进行了顽强的阻击。之后他们边打边撤,当军主力已经开始攻击德川时,三三五团还在距德川一百多公里远的花坪站阻击北进的一股美军。当天晚上,范天恩接到新的命令,命令仅有一句话:向当面之敌发起攻击。这时,与师里联系的电台坏了,范天恩立即在地图上找前进的路线,决定就朝那个叫新兴里的地方打。这时,第四十军的一个参谋找到他,说是来接三三五团阵地的。从第四十军指挥员的口中,范天恩才知道第二次战役第三十八军打的是德川。范天恩觉得跟着第四十军,肯定没有什么真正的仗打,不如追自己的军主力去。决定之后,三三五团全团进行了轻装,除了战斗必需的东西外,其他的装备全藏在一个小山沟里,派一个班看守。范天恩计算一天走六十公里,两天就可追上主力。

三三五团没有向导,全靠一张地图和一个指北针,他们在天寒地冻中开始了翻山越岭的艰难行军。目标只有一个:追上主力,争取赶上仗打。走了两夜,到达距德川还有十几公里的一个小山村时,包括范天恩在内全团官兵实在走不动了。范天恩命令一个参谋带人去侦察主力部队的方位,同时让部队在村子里休息一下。警卫人员在寻找可以防空的地方时,意外地在一个菜窖里抓了十几名南朝鲜军士兵,一问,原来德川的战斗已经结束。不久,外出侦察的参谋回来了,说主力正在向戛日岭前进。范天恩立即命令部队继续追赶。在戛日岭附近，三三五团终于追上了刚刚打下戛日岭的军主力，范天恩还顺便从躺在公路上的美军汽车里弄到一部电台。这时，一一二师师长杨大易接到军指挥部的命令，让他们立即占领松骨峰。师长正苦于手上没有可以调动的部队，看见三三五团来了，杨大易极为高兴地叫道："真是天兵天将！"

杨大易给范天恩的命令是：直插松骨峰，在那里把南逃的美军堵住。

范天恩带着他极度疲惫的士兵，立即向松骨峰急速前进。

在漆黑的夜晚，三三五团冲破美军的炮火封锁，在书堂站一带展开了部队。

范天恩命令一营占领松骨峰。

一营的先头连是三连。三连在天亮的时候爬上松骨峰，还没有来得及修工事，大批的美军就顺着公路来了。

蜂拥南撤的部队就是美军第二师。

面对公路上一眼望不到边的美军，经过几天急行军的中国士兵立即把饥饿和疲劳忘得精光。

三连的最前沿是八班。在美军距八班阵地还有二十米的距离时，八班的机枪手杨文明首先开火，立即把第一辆汽车打着了。枪声一响，排长王建侯带领五个士兵冲上了公路，火箭筒射手抵近向坦克射击，手榴弹同时飞向汽车。这时，五班的爆破组也把第二辆坦克打着了。汽车和坦克堵塞了公路。

片刻之后，美军组织起向松骨峰的攻击。

他们要想活着就必须打开松骨峰的通路。

朝鲜战争中一场最惨烈的战斗就这样开始了。

战斗打响之后，范天恩担心阵地上的工事还没有修，士兵会伤亡很大，就打开步话机向一营喊话，结果步话机中响着的全是英语，那边的美军指挥官正吵成一团。范天恩只好命令二营用机枪火力支援一营三连的方向，以减轻前沿的压力。

一营营长王宿启更为三连是否能在那个紧靠公路又没有任何依靠的山包上顶住敌人而焦灼不安。他命令在三连阵地左侧的一连和右侧的二连都上好刺刀。

美军的第三次冲锋开始了。

美军飞机疯了一般，擦着中国士兵的头顶把大量的炸弹和燃烧弹投下来。美军的炮兵也知道，如果不突围出去就全完了，于是，炮弹密雨似的打在中国军队的阵地上。

三连的周围弹片横飞，大火熊熊。

美军士兵冲上来了。

营长王宿启立即命令左侧的一连从侧面出击。肉搏战之后，美军士兵被刺刀逼下去。于是改为从三连的右侧攻击，但右侧的二连也端着刺刀扑了上来。

就这样，三连在正面顶，一连和二连在侧面支援。

在刺刀的拼杀中，一连和二连伤亡很大。

美军向松骨峰前沿攻击的兵力还在成倍地增加。

师长杨大易焦急地关注着三连的方向。他站在师指挥部的山头上，看见从药水洞到龙源里的公路上全是美军的汽车和坦克，多得根本看不到尽头。

美军的第四次冲锋是在阵地上的大火烧得最猛烈的时候开始的。美军士兵已经冲上四班的阵地，四班的士兵们喊："机枪！快打！"机枪由于枪管被烧弯已不能射击了。机枪手李玉民从战友的尸体上拿起步枪向美军冲去。他的大腿被子弹穿了个洞，他用一颗子弹塞进伤口止血，然后继续与敌人拼刺刀。四班的士兵们冲过来，美国兵扔下他就跑。眼睛看不见的三排长爬过来，要把李玉民背走，李玉民说："你快去指挥，敌人又要打炮了！"

这时候，第三十八军军长梁兴初的电话来了，军长在电话里向范天恩发火，原因是侦察情报报告，在三三五团的防区，有四辆美军炮车通过公路向南跑了。"给我追回来！记住，不许一个美军南逃！"

范天恩立即派三营的两个连去追。为了歼灭四辆炮车，在已经非常紧张的兵力中抽出两个步兵连，足以看出中国军队要一个不剩地将美军置于死地的决心。范天恩的两个步兵连翻山越岭抄近路，整整追了一天，最终把四辆美军炮车追上并歼灭了。

中午的时候，坚守松骨峰的三连只剩下不到一半的人了。连长戴如义和指导员杨少成烧毁了全部文件和自己的笔记本后，与还活着的士兵们一起回忆了这个连队在其征战历史上获得的各种称号：战斗模范连、三好连队、抢渡长江英雄连……最后，戴如义和杨少成的决心是：哪里最危险，我们两个人就要出现在哪里。

就在松骨峰、龙源里、三所里阵地的阻击战斗打到白热化的时候，彭德怀的电话打到了一一三师的指挥所，他问师政委于敬山："敌人全退下来了，一齐拥向你们的方向，你们到底卡得住卡不住？"

于敬山回答："我们卡得住！"

在龙源里阻击的是另一个三连，隶属于第三十八军一一三师三三七团。从这个连队正面攻击的，除了美军第二师的部队之外，还有美军第二十五师和英军第二十七旅。三连的中国士兵依靠阵地上坚硬的岩石地形，吃着用缴获来的黄油和面粉烙的饼，誓死不后退一步。为了打通这条路，在战斗最激烈的时候，美军出动了上百架飞机，整个龙源里阵地上山摇地动，坦克炮、榴弹炮、迫击炮和航空炸弹把阵地上坚硬的岩石整个"翻耕"了数遍，对自己的火力十分迷信的美军对中国人能在这样的轰炸中活下来的本领油然生出一种"宗教情绪"般的敬畏。在听说北援的敌人占领了一排的前沿阵地时，三连连长张友喜带着十名士兵立即向敌人发起进攻，用刺刀把敌人压了回去。屡次失败的美军居然想出了这样一个办法：让自己的士兵伪装投降。一伙美军坐在汽车上举起白旗，示意投降。于是中国士兵派人下去接受投降。结果当中国士兵走近了的时候，汽车上的美国兵突然开火，然后开动汽车迅速逃跑。美国兵不知道,他们这样做恰恰让中国士兵更增强了同仇敌忾的信念,中国人性格中的这种激情一旦被激发起来,他们会变得更加凶猛顽强。

三连的阵地始终处在美军的南北夹击中,南逃的美军和北上增援的美军有时几乎已经"会师"。战后美军第二师的军官回忆道:"我们甚至看见了增援而来的土耳其旅坦克上的白色的星星。"但是,在三连打到全连官兵所剩无几、弹药已经用尽的情况下,南北两边的美军始终没能会合。

龙源里的"闸门"紧紧地关闭着。

下午十三时,攻击松骨峰阵地的美军开始了第五次冲锋。

由于中国军队的合围越来越紧,美军的命运已经到了最后时刻。参加向松骨峰冲锋的美军增加到上千人,美军出动了飞机、坦克和火炮,向这个公路边的小山包进行了长达四十分钟的猛烈轰炸。三连的士兵在根本没有任何工事可以藏身的阵地上蹲在弹坑里,然后突然冲出来向爬上来的美军射击。

随着美军的冲锋一次次被打退,美军投入冲锋的兵力越来越多,而在松骨峰阵地上的三连可以战斗的人越来越少了。排长牺牲了,班长主动代理,班长牺牲了,战士主动接替,炊事员和通信员也参加了战斗。指导员杨少成的子弹打光了,他端着刺刀冲向敌人,当数倍于他的美军士兵将他围住的时候,他拉响身上剩下的最后一颗手榴弹,喊了声:"同志们,坚决守住阵地!"然后在手榴弹爆炸之际和敌人抱在一起。中国士兵看见自己的指导员就这样牺牲了,他们含着泪呐喊:"冲呀!打他们呀!"士兵们向已经拥上阵地的黑压压的美军冲过去。

这是三连的最后时刻,也是那些亲眼目睹了松骨峰战斗的美国人记忆深刻的时刻。没有了子弹的中国士兵腰间插着手榴弹,端着寒光凛凛的刺刀无所畏惧地迎面冲过来。刺刀折断了,他们抱住敌人摔打,用拳头、用牙齿,直到他们认为应该结束的时候,他们就拉响了身上的手榴弹。共产党员张学荣是爬着向敌人冲上去的，他已经身负重伤，没有力气端起刺刀，他爬到美军中间拉响了在牺牲的战友身上捡来的四颗手榴弹。一个叫邢玉堂的中国士兵，被美军的凝固汽油弹击中，浑身燃起大火，他带着呼呼作响的火苗扑向美军，美军在一团大火中只能看见那把尖头带血的刺刀。美军在这个"火人"面前由于恐惧而浑身僵硬，邢玉堂连续刺倒几个敌人，在他生命的最后时刻，他紧紧抱住一个美国兵，咬住这个美国兵的耳朵，两条胳膊像铁钳一样箍住敌人的肉体，直到两个人都烧成焦炭。

美军的第五次冲锋失败了。

三连阵地上只剩下了七个活着的中国士兵。

松骨峰阵地依然在中国军队手中。

松骨峰战斗结束的时候，一个从中国来到朝鲜的名叫魏巍的作家和一一二师师长杨大易一起走上了三连的阵地。阵地上，在几百具美军士兵的尸体和一片打乱摔碎的枪支中间，他们看见了牺牲的中国士兵仍然保持着的死前热血贲张的姿态。他们手中的手榴弹上沾满了美国兵的脑浆，嘴上还叼着美国兵的半个耳朵。那个名叫邢玉堂的战士的尸体还冒着余烟，他的手指已经插入他身下那个美国兵的皮肉之中。作家魏巍将发生在松骨峰上的战斗写成了著名的通讯：《谁是最可爱的人》。

就在这天黄昏，范天恩的三三五团反守为攻，全团出击了。

同时，在各个方向围歼美军的中国军队也开始了最后的攻击。

在黄昏落日的映照下，在军隅里、凤鸣里、龙源里之间，被围困的美军被切成一个个小股，受到从四面压上来的中国士兵的追杀。企图解救美军士兵的飞机飞得很低，四处逃命的美国兵向天空摇晃着白毛巾，但是中国士兵也学着他们的样子摇晃起白毛巾，于是美军飞行员只能在一种不知所措的状态中向大本营不断地报告着一句话："完了，他们完了！"

夜幕降临了。

朝鲜战场上的黑夜是为美军准备的坟墓。

第三十八军副军长江拥辉登上指挥所的最高处,他看见了令任何身经百战的指挥员仍会感到惊心动魄的场景:

> 我站在高处,放眼南望,冷月寒星辉映的战地,阵阵炸雷撕裂天空,"轰隆隆,轰隆隆"连绵不断。几十公里长的战线上,成串成串的曳光弹、照明弹、信号弹在空中交织飞舞,炮弹的尖啸,手榴弹、爆破筒、炸药包发出的闷哑的爆炸声,在峡谷中回响不息。敌我双方在公路沿线犬牙交错的激烈战斗,那是我从戎几十年,从未见到过的雄伟、壮阔的场面。敌人遗弃的大炮、坦克、装甲车和各种大小汽车,绵延逶迤,一眼望不到头,到处是散落的文件、纸张、照片、炮弹、美军军旗、伪军"八卦旗"以及其他军用物资……

这天晚上,也是志愿军司令部最紧张的一个晚上。彭德怀披着大衣,整夜不停地起草电报,根本不吸烟的他开始向参谋伸手要烟。彭德怀已经连续六个昼夜没有合眼了,当前线传来胜利的消息的时候,万般憔悴的他显得兴奋不已。彭德怀亲自起草了一个嘉奖电报:

梁、刘转三十八军全体同志:

> 此战役克服了上次战役中个别同志某些过多顾虑,发挥了三十八军优良的战斗作风,尤以一一三师行动迅速,先敌占领三所里、龙源里,阻敌南逃、北援。敌机坦克各百余终日轰炸,反复突围,终未得逞。至昨(三十日)战果辉煌,计缴仅坦克、汽车即近千辆,被围之敌尚多。望克服困难,鼓起勇气,继续全歼被围之敌,并注意阻敌北援。特通令嘉奖,并祝你们继续胜利!中国人民志愿军万岁!三十八军万岁!

在汉语的词汇中，"万岁"一词是有特殊含义的，是不能随便使用的，它是至高无上的人物和事物才能使用的专用词汇。中国战争史上，以前没有、现在依然没有哪支部队能被称为"万岁"。这个嘉奖电报起草好后，连几个副司令员都对"万岁"这个称呼提出了异议：汉语中赞扬的词汇很多，能不能换一个。但是彭德怀坚持使用"万岁"。

据说，在第一次战役后受到彭德怀痛骂的第三十八军军长梁兴初在前线接到彭德怀的这封电报的时候，流了泪。

志愿军总部的电报发出时，第三十八军的士兵们正在公路上清理缴获的美军物资。根据副军长江拥辉的回忆，当时，一名中国士兵在摆弄一台美军收音机时，收音机里传出的一首歌曲令在场的所有中国士兵都愣住了。收音机里播音员说的是中国话："这里是中央人民广播电台，现在播送中华人民共和国国歌。"

自出国以来便在生死中搏斗的第三十八军的士兵们，脸上烟火斑驳，身上衣衫褴褛，他们围着这台收音机站在硝烟缭绕的公路上一动不动。

起来，
不愿做奴隶的人们！
把我们的血肉，
筑成我们新的长城！
中华民族到了最危险的时候，
每个人被迫着发出最后的吼声！
起来！起来！起来！
我们万众一心，
冒着敌人的炮火，前进！
冒着敌人的炮火，前进！前进！！
前进进！！！

第四章
圣诞快乐

"我真为那些中国佬惋惜!"

一九五〇年十一月二十六日,朝鲜半岛东北部的盖马高原上一片冰雪。白天的气温是零下二十至二十五摄氏度。从中国东北地区吹来的西伯利亚冷风横扫着荒凉而险峻的沟壑。一条狭窄弯曲的碎石路从半岛东海岸的咸兴一直向高原的深处爬去,蜿蜒伸进狼林山脉凌乱而巨大的褶皱中,小路所经过的地方的名字听上去令人毛骨悚然:死鹰岭、剑山岭、荒山岭、雪寒岭……

陆战一师师长史密斯坐在直升机上往下看,他看见的是一个雪雾迷漫的世界。在这个一直令他心存恐惧的混沌世界中,史密斯企图发现冰雪上有一支蠕动着的队伍:这支队伍没有明显的国籍标志,士兵的棉衣近似裸露岩石的颜色,其中有的士兵因为没有棉衣而把棉被蒙在头上,棉被也不是一律军用制式的,间或有些是远东这片土地上农家的碎花棉被。这样的一支队伍如果此刻出现在盖马高原上,应该会很醒目。

作为战争一方的指挥官,史密斯的心情有点异样,进攻的军队本不该希望看见敌对队伍的出现,但史密斯却希望看见他想象中的那支队伍,这并不是因为他渴望战斗,而是他有一个原则:只要发现中国人的踪影,陆战一师立即停止推进。史密斯在盖马高原上什么也没看见,尽管他命令直升机驾驶员飞得再低一些。

史密斯是上午从兴南港的师司令部飞往陆战一师的进攻前沿柳潭里的。陆战一师的七团比他早一个小时到达这里。七团团长霍默·利兹伯格上校出来迎接他。史密斯环顾了一下这个名叫柳潭里的山村,立即觉得这是个没有战略价值的地方——巨大的山峰围绕着一个小小的盆地,盆地里的村庄已经被炸弹炸毁,这当然是远东空军飞行员的杰作。除了几个没有力气逃离战事的老弱朝鲜山民在废墟中瑟瑟发抖外,这片盆地里没剩下什么活的东西了。

美军陆战一师到达柳潭里的唯一原因是:好几条山路会合于此,山路向北、向西有几条分支。

麦克阿瑟的命令是:陆战一师,进攻!

此时,在朝鲜半岛北部的西线战场,中国军队的进攻已经开始。盖马高原距西部战线几百公里,这一巨大的空间距离令史密斯忐忑不安。

七团抓获了三名中国士兵,经过身份鉴别,认定他们是中国第二十军的。

第二十军! 一个新的中国部队的番号!

中国士兵的口供是:有两个中国军将要进攻美军陆战一师。同时,中国军队将进攻下碣隅里,切断下碣隅里的道路。

这是一个可怕的口供。

但是口供的可靠性值得怀疑。如此精确的大兵团作战方案,不是普通士兵能够知道的事情。麦克阿瑟曾经说过:东方人是很狡猾的,他们黑色的小眼睛里总是有一种嘲弄对方的神情,他们喜欢吹嘘自己的强大以便让对手做噩梦。如果这里真的有两个中国军,按照中国军队的编制,至少应该有八万人之多。这样庞大的兵力移动,该有多少车辆马匹?听说中国军队隐蔽的本事很大,但是,他们总不能像鼹鼠一样在土层下面行走吧?陆战一师的侦察机一直飞到鸭绿江边的渡口,回来报告说,确实没有发现大兵团接近的痕迹。

尽管史密斯师长心情矛盾,但他还是和七团团长利兹伯格温习了一下第十军军长阿尔蒙德于二十三日下达的作战命令:

> 军将主攻方向指向西面的武坪里,突击与第十军相对峙的中国军队的背后,与第八集团军的攻势相配合。捕捉和歼灭中国军队之后,从武坪里北进,占领鸭绿江南岸。

> 进攻的时间是二十七日。第一陆战师担任主攻任务。美第七步兵师作为助攻部队,从陆战师的东侧经长津湖东岸向北推进。美第三步兵师掩护陆战一师的左翼。

史密斯和利兹伯格在地图上寻找武坪里。

武坪里距离柳潭里九十公里。只要到达那里,公路的条件就好一些了,美军的机械化部队就可以直达鸭绿江边的江界。

史密斯最后下达的命令依旧是谨慎的:首先占领柳潭里西南四十三公里处的龙林洞,二十七日再从那里继续向北进攻。担任主攻任务的是五团;七团除确保柳潭里之外,同时掩护下碣隅里至柳潭里之间的供给线的安全;一团随后跟进。

下达命令后,史密斯登上直升机往回飞。

直升机起飞的声音震耳欲聋,史密斯的心情更加烦躁不安。为了能把地面上的情况再看清楚些,史密斯打开了舱门,猛烈的寒风立即穿透他厚厚的皮夹克,刀子一般刺入他的骨髓中。

极度的寒冷!

史密斯看了一眼挂在舱门边的温度计。温度计的表面已经结了冰霜,他用皮手套擦了擦,最后勉强看清了刻度,气温已是零下四十摄氏度!史密斯关上舱门,身体僵硬地坐着,他觉得自己的大脑里面都已结了冰。

奥利弗·P.史密斯,美国海军老牌陆战队员,一个像殉教者一样追求陆战队"应有的理想"的指挥官。第二次世界大战中,他从担任冰岛防卫军营长开始,历任瓜达卡纳尔岛的陆战一师五团团长、图布尔作战时的陆战一师参谋长、佩累利乌岛作战时的陆战一师副师长。战争结束后,他作为海军陆战队副司令在华盛顿工作。朝鲜战争爆发时,调入在陆战队中享有最高荣誉的第一师任师长。美军战史对他的评价是:不屈不挠,深谋远虑,果断坚定。

只是,史密斯师长目前的上司、第十军军长阿尔蒙德将军对此持保留态度。

感恩节,也就是十一月二十三日那天,东线的美军和西线的美军一样,官兵们享受了一顿丰盛的节日晚餐。在第十军的指挥部里,节日气氛被夸张渲染的程度,让包括史密斯师长在内的很多军官都感到有些不自在。餐桌上铺着餐布,摆放着餐巾、瓷器、银器和刀叉,还有鸡尾酒和精美的姓名卡片。这些应该摆在加利福尼亚俱乐部里的东西,眼下荒诞地出现在这个严寒中的远东战场上,令军官们陷入一种无法摆脱的怪诞情绪中。更令军官们感到怪异的,是军长阿尔蒙德眉飞色舞的表情:将军在餐桌的一端不断地开着军中常听的猥琐玩笑,一会儿站起来,一会儿坐下去,然后反复讲述他亲自飞到鸭绿江边的惠山镇与第七师的官兵们以中国满洲为背景合影留念的情景。阿尔蒙德将军的兴奋在于,他的部队是在朝鲜参战的美军中首先(也是唯一)推进到鸭绿江边的部队。

第七师自从元山登陆以来进展神速,十七团的一支先遣队二十一日进入位于鸭绿江边的惠山镇,在那里,美军士兵看见了已经冰封的鸭绿江及江对岸中国的村镇。阿尔蒙德将军和所有的美军官兵一样,把到达鸭绿江边视为"战争结束"的象征,所以他决定亲自飞往惠山镇,尽管第七师师长戴夫·巴尔告诉他士兵中已有十八人冻掉了双脚。令阿尔蒙德兴奋不已的是:应该立即向麦克阿瑟报告好消息!麦克阿瑟回电:"告诉巴尔,第七师劳苦功高。"第七师二十天前在利原滩头实施两栖登陆,然后在崎岖陡峭的山地中前进了两百英里,并数次突破中国军队的顽强阻击,阿尔蒙德说:"这件事将作为一个出类拔萃的军事业绩载入史册。"

就在阿尔蒙德在感恩节的宴会上大讲第七师的"光荣"时,巴尔师长小声地对史密斯师长说出了他对美军在东线行动的忧虑:"是他逼着我不顾一切地前进,没有侧翼的保护,天气极其恶劣,我们的补给从来没有超过一天的用量,好像占领鸭绿江边的一个前哨阵地,就他妈的赢了这场该死的战争了,这真是让人弄不明白! 在这个根本没有路的鬼地方,咱们还是小心点好。"

巴尔师长的担心将在不久后被残酷地证实。他的第七师在感恩节得到短暂的满足之后,立即陷入了盖马高原的狂暴风雪中,美军士兵在严寒里一步步地走进了中国士兵铺设的死亡陷阱。

史密斯师长在焦虑中用蔑视的眼光看着他的上司阿尔蒙德。

阿尔蒙德现年五十八岁,经历过两次世界大战,从一九四六年起在麦克阿瑟的麾下工作,一九四九年成为美军驻远东司令部参谋长。他和麦克阿瑟的性格有重要的相似之处:精力充沛,傲慢自大,脾气暴躁。在整个美军驻远东部队中,官兵们对他既怕又恨。五十七岁的史密斯与阿尔蒙德截然不同,他虽在两次世界大战中战功赫赫,但在美军官兵的眼里他更像一名学者。三十年代在美国驻巴黎使馆工作的经历,令这个身材高大的得克萨斯人的举止中有一种法国人的温文尔雅,不了解他的人容易把这种气质当成软弱,第十军军长阿尔蒙德就是这样认为的。其实,史密斯与阿尔蒙德的矛盾,与其说是性格上的差异,不如说是美国陆军与海军由来已久的相互敌视造成的。在史密斯眼里,阿尔蒙德是个善于阿谀奉承的老手,在指挥作战中他扮演着麦克阿瑟的传声筒的角色。

尽管史密斯明白,跟阿尔蒙德对抗,就等于跟麦克阿瑟较劲儿,但是他也知道无论对抗还是较劲儿,对他的前途不会有什么大不了的影响,海军方面不会对远东陆军司令官对一个海军陆战队师长的评价感兴趣。

但是,现在终究是在战场上,史密斯不会拿战争当游戏。陆战一师加入第十军的东线行动后,史密斯师长对阿尔蒙德的命令基本上是服从的,阿尔蒙德军长对陆战一师的态度也是客气的,尽管这种客气有时让史密斯感到十分不舒服——阿尔蒙德亲临陆战一师视察的时候,当场决定给一位连长授予一枚银星勋章,以表彰这位连长在两处负伤后仍"为一个关键的高地坚持战斗"。由于手上没有奖章,阿尔蒙德写了一张字条:"授予战斗中英勇顽强者的银星勋章——阿尔蒙德。"字条被别在这位连长的军大衣上——这招来了陆战一师官兵们的嘲笑,因为他们觉得阿尔蒙德军长往那位连长大衣上别字条的动作很滑稽,至于后来一直在军大衣前晃荡的那张字条就显得更加滑稽了。

令阿尔蒙德恼火的是,史密斯的陆战一师推进的速度很缓慢。

当陆战一师派出的先遣队报告说,前方几乎没有道路可走,并有中国军队活动的踪迹时,阿尔蒙德依旧命令陆战一师全速前进。史密斯坚决地拒绝了这个命令,他表示:"在据说已经出现三个中国师的情况下,在难以生存的严寒中,迅速向柳潭里方向前进是没有必要的。"阿尔蒙德对史密斯的反抗忍无可忍,再次坚决地要求陆战一师立即前进,而且要向北向西兵分两路,以配合西线美第八集团军的进攻。这一次,史密斯提出了三个条件:全面警戒补给线;储备补给品;在下碣隅里修建简易机场。史密斯表示,如果不具备这三个条件,陆战一师根本不可能发起进攻。

史密斯师长的理由是:

一、西线的联合国军最右翼远在德川,陆战一师的侧翼完全暴露。

二、陆战一师补给线的起点在兴南港,部队向前推进得越远,补给线和后路被切断的危险就越大。如果到下碣隅里的补给线得不到保障,一旦遭遇攻击陆战一师将会束手无策。

三、由于进攻需要大量的后勤物资,没有简易飞机场是不行的。

四、陆战一师目前全师兵力处于分散状态,分散的状态是不能够发起进攻的,这是军事常识。

就在阿尔蒙德将军命令陆战一师进攻的当天,史密斯师长给他的部队下达的指示是:放慢和停止前进,等我们的部队真正会合之后再说。

史密斯并不否认陆战一师的作战目标:到达鸭绿江。但他坚定地认为必须以确保整个陆战师安全的速度推进。

阿尔蒙德暴跳如雷。

史密斯有气没处发,于是写信给远在美国本土的海军陆战队司令凯茨将军。史密斯师长的这封长信后来一直是研究朝鲜战争的军史学专家们最感兴趣的文件之一,它是一九五〇年十一月下旬发生在朝鲜半岛东北部的那场空前残酷的战斗的一种注解:

> 尽管中国人已退到北部,我并未催促利兹伯格迅速前进。我们接到的命令仍然是前进到满洲边境,但我们是第十军的左翼,而我们的左翼却没有任何保护,利兹伯格的左翼至少八十英里内没有任何友军的存在……我不愿意设想把陆战师在一条从咸兴至鸭绿江边境的一百二十公里的山间小路上一线展开。陆战师现在有两个团在这条路上,还有将跟随上来的第三个团……我十分担忧的是,在冬季向两个山地中的团队提供补给的能力。雪下后融化再冻结,会令这条路更加难以通行……而从长津湖水库至鸭绿江边境,除山路外别无选择。冬季进行空投不足以提供两个团的补给,但也不能进行撤退。由

于气候和部队的分散以及海拔的高度，即使乘直升机视察部队也很困难。

……我对第十军在战术上的判断力和他们制订计划的现实性没有什么把握，我在这方面的信心仍未恢复。他们是在百万分之一的地图上拟订计划。我们是在五万分之一的地图上执行任务。兵力不断地分散，不断地给小部队派遣任务，这使他们处境危险。这种作战方式看来在朝鲜很普遍。我确信，他们在这里的许多失败都是这种不顾部队的完整、不管天时地利的做法造成的。

我多次试图告诉军团的指挥官，海军陆战师是他的一支强大的力量，但如果分散其兵力，就会失去其全部战斗力，起不到任何作用。也许我坚持自己观点时比其他师的指挥官幸运得多。

某位高层人士不得不就我们的目标下定决心。我的任务仍然是向鸭绿江边境推进……我相信，在北朝鲜山地中进行冬季作战对美国士兵或者陆战师来讲是过于苛刻了。而且，我怀疑在冬季向这一地区的部队提供补给或撤退伤病员的可行性。

史密斯师长写这封信的时候，正好远东海军参谋长莫尔豪斯拜访了陆战一师。看见莫尔豪斯的海军军装，史密斯感到像"回到了家"。他直率地说，阿尔蒙德领导的第十军的作战计划缺乏现实性，制订计划时往往严重忽视了敌人的能力。在谈到与陆军打交道的体会时，史密斯说，陆军们不是极度乐观就是极度悲观，"这帮家伙的情绪没有什么中间状态可言"。

史密斯的谨慎态度传染给陆战一师的其他军官，于是在陆战一师中产生了一种近乎悲观的情绪。一团团长刘易斯对他的官兵讲出这样一段话："现在你们要照我说的去做——给你们的家人写信，告诉他们这儿在打一场该死的战争。告诉他们说，那些屁股被打烂的北朝鲜人已经使很多所谓精锐的美国军队乘船来到这里；告诉他们说，我们没有什么秘密武器，只能艰苦地作战。"刘易斯团长自己在给妻子的信中写道："只有一场惨败才会改变我们目前的制度，这一制度正把我们引向灾难。"

陆战一师官兵们的恶劣心情还来自极度寒冷的气候。

美国兵从没有经历过如此寒冷的气候，每当夜晚过后，所有的车辆都发动不起来，士兵们个个面色惨白。高原上一头饥饿的黑熊差点把一个冻僵的二等兵当成了食品，吓得这个二等兵制作了一面画着镰刀和锤子的苏联国旗，并且把这面苏联国旗裹在了自己身上——美国人一直把苏联比作黑熊，二等兵认为这样做是在告诉黑熊别吃自家人。尽管士兵们总是缩在睡袋中取暖，并且在柴油炉上日夜不停地煮汤，但他们还是患上了严重的冻疮，皮肤变成青色，尤其是脚趾，已经冻得发黑。"一些受伤的士兵因为医生无法给他们输血而失去生命，血浆会在瓶子和软管中被冻住"。

第十军军长阿尔蒙德的命令没有改变，每天都是一个内容：前进！迅速前进！

此刻，直升机上的史密斯师长再次透过舷窗往地面看。

盖马高原上狂风怒吼，旋转的北风把雪粉扬起来令整个高原一片迷蒙。

也许中国军队真的还没赶来？史密斯想，从中国俘虏单薄的衣服上看，他们不可能经受住如此的寒冷，他们如果一动不动地在这里趴上哪怕半个小时就会被冻死。无论如何，中国士兵也是人。

史密斯错了。

此刻，就在史密斯的直升机下，数万中国士兵正潜伏在盖马高原迷蒙的冰雪之中。他们没有被冻死，他们还活着，他们等待着攻击的命令。

在朝鲜战争中，发生在一九五〇年十一月下旬东部战线上的这场战斗，至少在中国的相关史料中被叙述得十分简单。不知道为什么会是这样。

也许这场战斗进行得过分惨烈了。

也许是双方所付出的代价过分巨大了。

也许事后双方均宣布在这次战斗中取得"辉煌的胜利"都有点言过其实了。

也许真实地回忆代价巨大的战斗是一件很痛苦的事情。

十一月二十七日，寒冷而晴朗的早晨，在柳潭里度过第一个寒夜的美军陆战一师的士兵爬出睡袋，围着帐篷来回跺着脚和拍着手，他们把野战食品放在柴油炉上烤化。在等待食品热的时候，一些士兵同时在烤枪——结构复杂的卡宾枪和勃朗宁自动枪的零件被冻得已失去功能。一个陆战队士兵说他找到了防止枪失灵的办法，就是用"野根牌"发乳来取代擦枪油。

这时，陆战一师的士兵中间开始传阅一本用中国文字印刷的书，据说是中国士兵在战场上丢下的。书名叫《血腥的历程》，作者是一个名叫索伊扎什维里的苏联海军上尉，写的是美国海军陆战队在朝鲜的事。懂汉语的翻译每译一句，士兵们就笑一阵，这本书让这个寒冷的早晨有了些许轻松的气氛：

> 当美帝国主义掠夺者在朝鲜挑起血腥大屠杀时，华尔街的看门狗麦克阿瑟要求把美国所谓的海军陆战队立即置于他的指挥之下。这位职业屠夫和顽固不化的战犯打算把他们尽快投入战斗，旨在对朝鲜人民施以当时他们认为的最后的打击。麦克阿瑟提出这一要求是基于这样一个事实，即，美国海军陆战队所受的训练比任何其他类型的美国部队都更适合于进行反对热爱和平的英雄的朝鲜人民的空前残暴、野蛮和掠夺性战争。江洋大盗麦克阿瑟恰恰是对海军陆战队讲了这番话："一座丰饶之城就在你们面前，那里有取之不尽的美酒佳肴，那儿的姑娘是你们的，居民的财产属于征服者，你们可以把这些财

产寄回家去。"

用如此蛮横的词汇来描绘陆战队，这使陆战一师的士兵们感到难堪又无奈；同时，麦克阿瑟并没有对他们讲过美酒、佳肴、姑娘和财产这些话，这又令陆战一师的士兵们感到一种莫名其妙的遗憾。

七团团长利兹伯格的命令终于下达了：由罗伊斯中校率领五团二营首先向西前进，三营随后，目标是西北山和西南山以及两山之间通往西南方向的道路。而七团则在柳潭里周围进行环形防御，保护陆战一师侧翼的安全，并且在五团之后跟进。

美军陆战一师的作战计划基于一个设想，就是与西线的第八集团军齐头并进一齐向鸭绿江推进。

就在这个早晨，利兹伯格团长、甚至史密斯师长都不知道，西线的第八集团军已经全线崩溃了。

没有人能解释得清楚，应该对整个战局有所了解的第十军军长阿尔蒙德为什么还在命令陆战一师全速前进。

陆战师的士兵们出发了，缓慢而谨慎。沿着土路走一会儿，然后登上路边的山坡。后面的三营速度反而快一些，到上午十时，H连没有遇到任何情况占领了第一个目标：一四〇三高地。南边的J连——该连连长就是那个被阿尔蒙德授予了一张纸制勋章的人，那张纸片在嘲笑中被塞进了军用背囊——刚刚占领了西南面的主峰，突然，子弹从距他们大约几百米远的地方射来了。由于距离远，他们没有在意，因为北朝鲜游击队类似的干扰射击几乎天天发生。五团二营的先头连是彼得斯率领的F连，这个连几乎是一出柳潭里就受到来自前方的射击。他们和五营的道格连一起被迫离开道路上了山，但是正面的射击越来越猛烈。到下午十五时，他们终于停止了前进。罗伊斯中校命令就地挖壕据守。

陆战一师白天的进攻就这样结束了。

跟过去一样，还是没有完成前进计划。陆战一师前进的计划是五十公里,而在罗伊斯下达停止前进的命令时,所有的部队距离柳潭里均不超过两公里。

十八时,陆战一师在山里挖掘了简单的防御工事,七团的十个连部署在高地上,其中 C 连和 F 连孤立地位于公路边,五团的两个营位于村庄附近的山谷中,大约四十门一〇五毫米的榴弹炮和十八门一五五毫米的榴弹炮被部署在柳潭里的最南端,环形配备的还有七十五毫米无后坐力炮和迫击炮。

太阳落山了。

陆战一师的士兵缩在战壕内,开始忍受不可忍受的寒冷。战后幸存下来的一位中士这样回忆:"为了保暖多穿衣服是不可能的,你被手套、风雪大衣、长内衣、头兜和所有的东西捆得紧紧的,在爬山的时候肯定会出汗,结果是一旦停止前进,汗水就会在该死的衣服里结冰。噢,你想和一支 M-1 式步枪或者卡宾枪和睦相处简直是异想天开,那钢铁的家伙是冰,你的手会被它粘住,甩掉它的唯一办法就是舍去一层皮。我的嘴张不开,我的唾液和胡子冻在一起了。耗费几百万美元研制的特制冬季缚带防水鞋,在严寒中几个小时不活动就让你难受,汗水湿透的脚慢慢肿起来疼得要命。我相信每个人都在想,我们为什么要来到亚洲的漫天风雪之中?"

黑夜降临了。

一个军官找到罗伊斯,给他一只盛满白兰地酒的行军酒杯。

"今天是我的生日。"军官说。

"祝你健康!"罗伊斯说。

"谢谢,如果过一会儿我还健康的话。"

军官的话音未落,整个柳潭里山谷突然枪炮声大作,特别让美军官兵胆战心惊的是混在枪炮声中却越来越清晰的刺耳的喇叭声。

中国人!

中国士兵单薄的胶底鞋在夜色下的冰雪大地上发出沙沙的声响。

中国士兵冲过来时的呐喊声,不知道是由于从冻僵了的喉咙里发出的缘故,还是由于寒冷的气温令声音的传播扭曲了的缘故,听上去像是抖动的海潮般一波一波地汹涌而来。

几乎是同时,有报告说抓获了几个由于严重冻伤而几乎不能行动的中国士兵,从这些中国士兵的嘴里,美军陆战一师听到了一个中国将军的名字:宋时轮。

在朝鲜战场的东线,新近入朝的中国军队于第一次战役后在这一地区集结。美军远东司令部情报处长威洛比给麦克阿瑟的报告是这样写的:"在咸兴以北的长津水库地区集结的中国军队,也许现在就能夺取主动权,向南发动一场协调一致的进攻,切断咸兴西北面和东北面的联合国军部队。"威洛比报告的时间是西线联

合国军开始"圣诞节攻势"的时候。

这一次,威洛比的判断是正确的。

遗憾的是,麦克阿瑟恰恰没有重视这份报告。

麦克阿瑟固执地认为,无论从哪一方面分析,中国军队也不会向这个冰天雪地的荒凉高原进行大规模的集结。

而早在第一次战役还没结束的十一月五日,毛泽东在策划第二次战役的同时,关于朝鲜战场东线作战问题,曾给彭德怀发出如下电报:

> 江界、长津方面应确定由宋兵团全力担任,以诱敌深入寻机各个歼敌为方针。尔后该兵团即由你处直接指挥,我们不遥制。九兵团之一个军应直开江界并速去长津。

第九兵团,中国人民解放军第三野战军主力部队之一,辖第二十、第二十六、第二十七军。这支由原华东野战军改编而成的部

队,此时正集结于山东津浦铁路沿线准备入朝。

宋时轮,中国人民解放军的老战士,十七岁即从著名的黄埔军校毕业,一九二九年参加中国工农红军,历任游击队长、师长、军参谋长、军长,作战经验极其丰富。

由于军情的紧急,在毛泽东给彭德怀发出调动第九兵团电报的第三天,宋时轮率领其部队就向一个陌生的战场——朝鲜半岛出发了。

第九兵团入朝的序列是:第二十七军为第一梯队,由北向南偏东,向朝鲜半岛的长津地区推进;第二十军经江界由西向东为侧翼;第二十六军为预备队随后。

据说朝鲜半岛很冷,冷到什么样子,第九兵团所有的官兵都想象不出来。在鸭绿江边,他们领到了棉衣和棉帽,但是数量不够,有的士兵有棉衣没有棉裤,有的士兵只领到一顶棉帽,有的士兵什么也没领到。

十一月七日,第九兵团先头部队越过中朝边界,进入了朝鲜。

第九兵团前进的方向偏东,所有的士兵一下子就进入到北朝鲜荒凉寒冷的大山中。美军的飞机发现了第二十七军的一支汽车运输队,四十多辆满载物资的汽车遭到汽油弹的轰炸。第九兵团只好轻装,数万人的队伍不顾一切地向风雪迷漫的战场开进。

狼林山脉,山高雪深。北风呼啸中,一座座险峰上的太阳像一个薄薄的白纸片。雪粉迎面打来,眼睛无法睁开。开始的时候,军官们还不停地喊:"小心路滑! 互相拉着!"后来就听不见喊声了,除了长长的队伍还在缓慢地移动外,一切都被冻结了。饥饿使官兵们感到身体由于从里到外都冻透了而完全麻木。

第一天行军,就有七百多名士兵被严重冻伤。

十一月二十四日,第九兵团距预定战场还有两天的路程。可是,彭德怀的命令到了:

　　　　伪三师之二十六团进至社仓里,美三师之六十五团已进上川里、龙泉里线……你们应以一个师于二十六日晚围歼社仓里、黑水里之伪二十六团。得手后，即向黄草岭以南之上下通里攻击前进。确实占领该线，阻击北援之敌。另以一个师由仓里向黄草岭、堡后庄（美一师指）攻击前进，歼灭该敌师指。得手后向古土水攻击前进，协同主力围歼古土水、柳潭里地区之美五、七两团全部。

彭德怀原计划东线的第九兵团和西线的志愿军部队于二十五日同时开始攻击。

宋时轮请求推迟攻击开始的时间，原因是作战部队还没有准备好。

由于东线战场是个相对独立的战场，彭德怀同意了宋时轮的请求。

二十七日夜，盖马高原上北风呼啸。

第九兵团的第二十七、第二十军分别向柳潭里、新兴里、下碣隅里、古土里和社仓里的美军发起了攻击。

第二十军八十九师的迫击炮弹，首先落在柳潭里防御阵地的七团H连头上。H连就是白天没遇到任何敌情占领了一四〇三高地的那个连。随着炮弹的爆炸声，连长库克上尉大声地喊叫起来，让他的士兵立即进入阻击位置。美军士兵几乎还没有把枪端好，中国士兵的第一个冲击波就到了。向这个高地冲击的是八十九师的二六七团。中国士兵的手榴弹在美军士兵头上形成密集的弹幕，爆炸声在夜空里震耳欲聋地连成一片。激烈的战斗中，美军阵地被撕开几个小口子，在库克的强力指挥下，突破口没有继续扩大。"伙计们！中国人没有预备队！"库克在黑暗中跑来跑去地喊着。这是H连的士兵所听到的库克连长的最后的喊声，因为他转瞬间就被一颗手榴弹炸倒了。一四〇三高地的右侧出现了崩溃的迹象，中国士兵已经冲上来，与美军士兵展开短距离的搏斗。当营部派来的新连长哈里斯中尉冒着枪林弹雨冲上H连阵地的时候，他发现这个阵地不大可能守下去了:除了一名叫牛顿的中尉还在指挥战斗外,这个连所有的军官都已经死亡或者负伤,士兵也伤亡过半。哈里斯中尉向阵地前方看了一眼,在炮弹爆炸的火光中,中国士兵正踏着同伴的尸体潮水一样地冲过来。哈里斯后来一生都对中国士兵顽强血战的精神感到极度震惊。

午夜,H连的阵地丢失。

由陆战一师七团D连防御的一二四○高地也同时受到中国军队的冲击。第二十七军七十九师二三六团以密集的冲击队形不顾一切地迎着美军猛烈的射击一波接一波地拥上来。在连部也受到攻击并被占领的时候,已经两次负伤满脸是血的连长赫尔上尉的信心动摇了。主阵地上已经看见中国士兵的影子,D连全连都在逐渐后退,一直退到了高地的下部。当五团C连派出的一个排前来增援他们的时候,赫尔和一些士兵被压缩在一个斜面的角落里。增援部队的到来令赫尔能够粗略地清点一下人数,他发现全连二百多人经过不到四个小时的战斗只剩下了十六人。在C连增援排的加强下,赫尔一度反击上山顶,但在中国士兵的再次冲击下,他们又一次退下来。这时,D连的官兵几乎全部伤亡,C连的增援排也伤亡了一半以上。

上午十点的时候,美军陆战一师在柳潭里的最高指挥官七团团长利兹伯格在他那顶四处漏风的帐篷里召开了军官会议。他向军官们通报了有关的情报:柳潭里四周至少存在着三个中国师。中国军队的意图是把柳潭里的两个陆战团歼灭。同时,死鹰岭附近也发现了中国师,正在切断柳潭里与下碣隅里之间的联系,下碣隅里现在已被包围。而且,古土里至下碣隅里的公路也被切断了——这就是说,中国军队不但在陆战一师的正面展开了攻势,陆战一师的退路也面临着危机。在军官们的沉默中,利兹伯格向帐篷外看了一眼,他看见了一辆"谢曼"式轻型坦克,这是柳潭里目前唯一的一辆坦克。本来史密斯师长答应给他四辆"潘兴"式中型坦克,可是坦克驾驶员说路上的冰太滑,自重很重的"潘兴"式坦克开不进柳潭里,于是只开出一辆轻型坦克探路。"谢曼"式坦克刚开到这里,驾驶员立即乘直升机回下碣隅里去了,说是去引导其他坦克往这里开。利兹伯格看见的这辆坦克,因为没有驾驶员,实际上等同了一堆废铁。四周的枪炮声一阵紧似一阵,军官们在不知所措的情绪下开始抱怨:食品和油料只有三日份,弹药只有两日份,如果师里不赶快支援,仗就没法打下去了。不过,庆幸还是有的,陆战一师运输车队白天给柳潭里拉来物资后,返回的时候拉着伤员(大部分是冻伤)回下碣隅里去了,如果这个时候身边还有一大批伤员,那就更让人头疼了。

利兹伯格布置了防御计划,他要求无论如何要把中国军队顶在柳潭里四周的山上。同时,因为柳潭里有两个团,而他是七团的团长,所以他要求在这个时候统一指挥协同作战。最后,利兹伯格笑了一下,他说,过不了多久,中国人就会明白,他们对柳潭里发起的攻击肯定是错了,而且是一个战术上的低级错误。如果是他指挥中国军队,不会这么早就对陆战队向北伸出的触角进行攻击,而是要让这些陆战队队员再往北走得远一点,距离柳潭里越远越好,然后把脆弱的美军补给线一切断,那样的话,陆战一师七团和五团的狗崽子们兴许就再也走不出眼前的这些大山啦。

这时传来报告:一二八二高地快不行了。

在整个柳潭里的攻防战斗中,双方争夺最激烈的就是一二八二高地。在这一高地防守的是陆战一师七团的 E 连。一二八二高地是柳潭里北面的一个重要制高点,一旦占领这里,柳潭里就完全暴露了。美军的炮兵阵地距离这个高地不远,四十门榴弹炮彻夜进行了一百八十度的射击,炮口的火光使炮兵阵地的位置暴露无遗。由于地表冻结达四十厘米,美军配备的 TD-14 型推土机根本不起作用,火炮一律在如同混凝土一样僵硬的地面上十分暴露地配置着。但是,令柳潭里的美军炮兵奇怪的是,警戒兵力十分薄弱的炮兵阵地竟然没有受到任何攻击,中国军队只是在向步兵阵地的正面进攻。

关于中国军队在对柳潭里的美军陆战一师发起进攻的时候,为什么不把美军引到远离柳潭里的地方再攻击?为什么在攻击中不采取中国军队善用的迂回切割的办法而仅仅坚持正面袭击?为什么在攻击步兵阵地的同时不对美军的炮兵阵地进行突击?这些都是战争中的历史问题。

对一二八二高地实施正面攻击的,是中国第二十七军七十九师二三五团的一个营并一个加强连。

美军陆战一师七团 E 连的官兵在向柳潭里推进的路上已经心力交瘁,冻伤累累。白天,在菲利普斯连长的催促下,士兵们勉强在高地上挖出了可以应付战斗的工事,并在山脚下布置了绊索照明弹。黑暗中,他们听见中国士兵的胶鞋踏在冻雪上的脚步声,直到看见中国士兵的黑影时,他们才拉动了绊索照明弹的绳索。在突然亮起的惨白的光亮中,中国士兵黑压压的冲击潮令美军士兵惊呆了。E 连的阵地前立即组织起机枪和手榴弹的火网,连长菲利普斯从指挥所跑向山顶的阵地,他看见凯内莫中士正在伤亡人员的身上搜集手榴弹,并且一边把搜集来的手榴弹分给其他的士兵一边准备自己投弹。可中国士兵投上来的手榴弹大雨一般砸下来,其中的一颗在凯内莫中士的身边爆炸了,他跪下去,正跪在另一颗冒着烟的手榴弹上,在爆炸的火光中,凯内莫的双腿像两根树枝一样地腾飞起来。菲利普斯连长尖厉地大叫起来,并把带刺刀的步枪戳在地上:"从这条线起一步也不许后退!"就在这时,数发机枪子弹同时击中了菲利普斯的肩胛骨和大腿,他一头栽下了雪坡。

一二八二高地上的激战达到高潮后,战斗突然中止了一会儿。

守在山顶阵地上的美军指挥官,是 E 连一位名叫扬西的排长。扬西中尉六个月前还在阿肯色州小石城经营着一间小酒店,他是以陆战队预备军官的身份入朝参战的。扬西在二战中也曾在陆战队服役,在瓜达卡纳尔岛和冲绳岛的战役中与日本人打过仗,获得过一枚海军十字勋章。他不怎么喜欢陆战队这个活儿,拒不承认自己是个职业军人。就在他参加仁川登陆的时候,他得知妻子为他生了个孩子。此时,他在一二八二高地上感到呼吸十分困难,因为弹片削去了他的鼻子,流出来的血迅速冻结在他的脸上。

短暂的中止立即结束了,扬西中尉听见一阵由哨声和喇叭声组成的稀奇古怪的声潮,然后就是几千双胶鞋踏在雪地上的嘎吱嘎吱的声音。扬西立即命令步话机员请求照明弹和炮火的支援,但不知为什么指挥部拒绝了他的请求。扬西火了,骂着,带领士兵开始射击。山顶上很快就布满冲击上来的中国士兵,美军全部被压到了山腰。扬西强制性地命令几名士兵跟他反冲击时,一颗子弹撕开了他的下颚,子弹居然钻到他的嘴里并热辣辣地停留在他的舌头上。小小的反冲击立即被中国士兵击垮。在一颗手榴弹的爆炸声中,扬西的面部又一次受到重创,双目失明的扬西这一次真的倒下了。

中国士兵席卷了一二八二高地。

二十八日天亮的时候,陆战一师七团队 E 连伤亡一百三十人,增援的五团 C 连两个排和 A 连的一个排也伤亡了八十五人。

攻击一二八二高地的中国第二十七军七十九师二三五团一营伤亡一半以上,其中很多士兵是因为严重冻伤而牺牲的。

当东线的战斗打响后不久,远在美国加利福尼亚德尔马军营的海军陆战队训练中心里,一位军官冲进司令官梅尔里·特文宁准将的办公室。

"将军!"他喊道,"在朝鲜,中国人已经包围了陆战一师!"

特文宁准将漫不经心地抬起头来,他说:"年轻人,我只能说,我真为那些中国佬惋惜!"

没过多久特文宁准将就知道了他到底应该为谁而惋惜。

"陆战队，向南进攻！"

东线攻击开始的那一天，令交战双方官兵印象最深的，与其说是一夜的流血混战，不如说是这个地区的那场漫天的大雪。雪片密集而厚重，气温已经降到零下三十摄氏度以下，交战双方的冻伤者比战伤者更加痛苦难熬。

二十八日天亮的时候，持续了一夜的猛烈攻击开始和缓。

天色薄明，无论是中国军队还是美国军队，双方终于有了空隙审视自己目前的处境：

中国的第二十军六十师占领富盛里、小民泰里一线，切断了位于下碣隅里的美军陆战一师南逃的退路；第二十军五十八师已进至上坪里地区，从三面包围着下碣隅里，五十九师占领了死鹰岭和新兴里等阵地，美军陆战一师在柳潭里与下碣隅里之间的联系已被割断；中国第二十七军八十一师占领赴战湖西侧，美军第七步兵师与陆战一师因此被分别孤立，八十师于新兴里包围着第七步兵师；在柳潭里，美军陆战一师先头部队与中国第二十七军七十九师彻夜战斗，形成战场对峙局面。

中国指挥官判明：这个地区美军的数量，比预想的数量多出一倍，且其装备的精良远在中国军队之上。

美军指挥官判明：美军已在这个寒冷的不毛之地被大批的中国军队分割，如果不采取措施，只要天再一次黑下来，中国士兵的喇叭吹起来的时候，他们恐怕就要完蛋了。

应该说，中国军队于东线第一夜的攻击，至少在战术上是存在漏洞的，这直接导致了黎明时分中美军队在柳潭里形成对峙局面，而这一局面是中国军队的指挥员们没有预想到并且感到很头痛的。中国军队在天亮的时候，才意识到其指挥上的不妥，于是决定转变打法，即先集中兵力打击位于新兴里的美军第七步兵师三十一团和相对脆弱的美军陆战一师指挥所以及简易机场所在地下碣隅里。这个决定至少从战术上符合中国军队在其历史上所形成的战术原则，这些原则的基本内容是：集中优势兵力，孤立分割敌人，实施重点包围，力求各个歼灭。——昨夜中国军队开始攻击的时候，如果能围柳潭里之敌不打，集中攻击下碣隅里并将其拿下，天亮时的形势将会对中国军队有利得多。——这样的话，史密斯师长肯定会为把自己的前方指挥所设置在哪里而大伤脑筋。

凌晨时分，在兴南港美军陆战一师大本营里的史密斯师长由于彻夜未眠而神色疲倦。这个参加过二战的老兵没等到午夜就明白了一个真理：陆战一师从在这个该死的地方登陆时起，自己所做的抵触、违抗、反对阿尔蒙德的一切动作——不管这些动作是主动的还是被动的——现在证明都是十分正确的。自己真是个了不起的人物。其中最了不起之处在于，自己几乎冒着丧失职业军人前途的代价，赢得了在下碣隅里修建简易机场的时间。作为陆战队，目前最重要的是保住分散在上百公里路线上的中间部位——下碣隅里的安全，这是确保空中支援的中枢，是让陆战一师的士兵尽可能多地活下来的最关键的部位。

这一夜,中国军队对下碣隅里的攻击并不十分猛烈,关键是没有企图占领它,这对陆战一师的命运来讲真是一个万幸。

天亮了,史密斯师长乘直升机向下碣隅里飞去。这一次,他在飞机上凭肉眼就可以看清楚,中国军队已经把分布着陆战一师各团的那条公路分割成了一段段孤立的段落。由于美军执行轰炸任务的舰载机还没有来,沿着这条公路,中国士兵在雪地上移动的身影历历在目。

"中国人多得无法估计。"史密斯后来回忆道,"至少是陆战师的十倍。"

下碣隅里是位于长津湖南端的一个小镇,三条简易公路在这里分岔,小镇成为一个交通中枢。除了东面的一个高地外,这里是坡度平缓的盆地。南端可以供运输机起降的简易跑道维持着陆战一师的后勤命脉。这里设有陆战一师的前方指挥所,集中着陆战一师的勤务部队。负责这里安全的是一团三营营长里奇中校,他指挥的部队是三个连。同时,由于运输的问题,七团二营的营部和一个火器连也在这里驻留。在中国军队开始攻击前,里奇中校指示作战参谋制订了防御方案,稍有军事常识的人都会明白,防御下碣隅里的要点只能是东面的高地和南面的机场。

实际上,在阿尔蒙德给陆战一师下达"北进"命令的当天,陆战一师师指挥部的大部分人员以及第十军派来的直属队,已经陆续到达下碣隅里,这使小镇突然间人流车流拥挤不堪。在史密斯师长的坚持下,机场的简易跑道在加紧施工,D连的士兵们奉命不分昼夜地干活。当夜幕降临,柳潭里的美军开始受到攻击的时候,简易机场的施工现场依旧灯火通明,而跑道仅仅完成了四分之一的工程量。这个史密斯师长非要不可的简易机场,在未来的若干天里,即使在中国士兵已经冲进来与美军士兵进行肉搏战,中国军队的迫击炮弹下雨一样地落下来时,跑道的施工工作都没有停下来,美军士兵一边开着推土机一边举枪射击。这条用生命换来的跑道,终于在陆战一师的撤退中起到了几乎是决定性的作用,史密斯师长用它挽救了四千名美军士兵的生命。

二十七日十一时,美军陆战一师和第七步兵师在下碣隅里开设了指挥所。第十军军长阿尔蒙德也飞到了下碣隅里。阿尔蒙德和史密斯在指挥所的帐篷里密谈了将近一个小时。谈了些什么不清楚,但有一点可以肯定,那就是阿尔蒙德没有谈到改变计划的问题,原因很简单,麦克阿瑟没有改变进攻计划的命令。从帐篷里走出来的史密斯脸色平静。阿尔蒙德随后亲临一支已处于中国军队包围中的小部队,并向这支小部队授了一枚勋章。在授勋仪式上,阿尔蒙德居然对士兵们这样说:"现阶段是对后退之敌人的追击,要迅速地推进到鸭绿江去。"与阿尔蒙德的论调相反,史密斯师长在向部队下达的命令中,根本没有"鸭绿江"这三个字,而且史密斯已经决定这辈子不会再提到那条跟自己以及自己的士兵没有一点关系的中朝界河。

史密斯师长命令的要点是:各部队迅速打开互相联系的通路。

下午十三时,位于古土里的陆战一师一团团长普勒上校命令二营 D 连向下碣隅里方向攻击。该连刚走出大约一公里的路程,在漫天大雪中突然遭遇中国军队从三面发起的猛烈袭击。普勒上校立即命令该连撤退,结果一直到将近黄昏的时候,D 连才从中国军队的包抄中突围而出跑回古土里。D 连在这次行动中损失官兵三十八人,唯一所得是知道了袭击他们的是中国第二十军六十师的一七九团。

二十八日整个白天,中国军队一直处在调动和隐蔽防空的状态中。

黄昏就要来临了。

黄昏时分美军陆战一师的态势是:在长长的山间土路上,部队仍被压缩在柳潭里、德洞岭、下碣隅里、古土里和真兴里五个相互孤立的环形阵地中。

史密斯师长决定在下碣隅里过夜,他明明知道,下碣隅里必是中国军队今夜攻击的首要目标。

史密斯守着一台吱吱乱叫的收讯机,收听着各部队的战报。西线传来的战况令他心惊肉跳:沃克的第八军团不但开始了全面的撤退,而且,第二师在退到一个名叫三所里的地方时被突然出现的中国军队封堵了。

既然西线已经崩溃,陆战一师还有什么必要在东线继续往前推进?

既然已经证明中国军队企图在这片荒山雪岭中消灭陆战一师,那还谈什么推进到那条界河边去形成联合国军的"钳形攻势"?

史密斯不断地给阿尔蒙德报告陆战一师的危险处境。

但是,他就是没有收到阿尔蒙德任何"修改进攻计划的只言片语"。这意味着,陆战一师的任务依旧是:从柳潭里向北、向西进攻。

"真是太愚蠢了,"史密斯后来回忆道,"看来,我们只能为生存而战了。"

史密斯给柳潭里的七团团长利兹伯格的作战指示是:掘壕据守。给下碣隅里的陆战部队下达的作战指示还是:掘壕据守。

这时的下碣隅里是脆弱的。

虽然天黑的时候史密斯正式下达了"任命里奇中校为下碣隅里地区统一防御指挥官"的命令,但能够指挥目前在下碣隅里的美军并不是一件容易的事情。当里奇清点下碣隅里自己有权指挥的所有兵力之后,结果令他吃惊不小,这里的美军基本上是个大拼盘:三千九百一十三人分别来自陆军、海军、海军陆战队、南朝鲜军等五十八个单位,很多是十人以下分属不同系统的先遣队或者联络队。这些士兵中很多人并不是战斗兵,而是工程技术员和通讯人员。

雪时大时小。

黄昏是寂静的,寂静得令人恐惧。

偶尔,有零星轻武器的射击声传来,更增添了整个盖马雪原的肃穆。

向下碣隅里正面发起进攻的是中国第二十军的五十八师。这是这支部队自渡过鸭绿江以来面临的第一场真正的战斗。其一七二团在西,一七三团在东,一七四团为预备队。当黑夜降临的时候,所有参加攻击的士兵都已经子弹上膛刺刀出鞘。

在五十八师面前主阵地上防御的,是陆战一师一团的 H 连和 I 连。为了在坚硬的冻土上挖出工事,美军士兵们把炸药装在罐头盒里引爆,他们还把上千只麻袋装上土垒成工事的胸墙。在阵地前,设有地雷、饵雷、绊索照明弹以及可由手榴弹引爆的五加仑汽油罐和蛇腹形铁丝网。机枪、无后坐力炮、坦克炮和迫击炮、榴弹炮也部署完毕。在两个连的分界线上,美军布置了两辆坦克。

在 H 连和 I 连的背后,就是灯火通明的简易机场施工现场。

二十时,天降大雪。

二十二时三十分,美军阵地前的绊索照明弹爆炸了。在照明弹的光亮中,美军看见的是分成若干小组的中国士兵在试探性地寻找美军阵地的侧翼位置和正面的缝隙。中国士兵的试探小组后退以后,中国军队的炮火准备开始了。迫击炮弹落在美军的阵地上,美军士兵们缩在工事里,握枪的手开始发热。中国军队的炮火准备持续了三十分钟,突然,三声喇叭声响起,美国兵下意识地从胸墙后探出头往前看,他们看见的情景是:"中国士兵的冲击阵形如同地面突然沸腾起来一般"。

抵近美军阵地前沿的中国士兵立即进入陆战一团的火网中。

在火力配置十分强大的美军火网面前,中国士兵只有直面伤亡。中国士兵知道这一点,但是他们依然前仆后继地冲上来。中国士兵和他们的指挥员对美军火力的看法是一致的,那就是:只要冲过美军强大的火力,等真正短兵相接的时候,美军就不行了。

一个小时后,H连阵地的中央部位被中国士兵突破,短兵搏斗中H连放弃了他们的阵地向后退。美军士兵一直退到正在施工的机场跑道上。正在施工的D连士兵以身边的轻武器和H连的士兵一起进行反冲击,勉强把中国军队赶出了跑道。然后D连的士兵继续施工。H连的士兵在营部派来的通信兵和工兵的支援下,开始向被中国士兵占领的阵地冲击,结果是指挥增援部队的指挥官被打死。虽然阵地上布满了中国士兵,但还有美军士兵混在其中,雪夜里双方士兵互相辨别都很困难。午夜时分,一团再次组织起由工兵、驾驶兵组成的反冲击部队,向占领H连阵地的中国军队发起攻击,美军的这次反冲击夺回了部分丢失的阵地,双方在这个局部形成拉锯式的对峙局面。

I连连长费希尔是个大个子。他从一条战壕跑到另一条战壕,中国士兵的子弹竟没有打中他这个显眼的目标。I连的阵地曾两度被中国士兵占领,由于阵地上的两幢房屋被打中起火,火光把阵地照得通亮,这是中国士兵很不喜欢的事情,加上I连的迫击炮没有受到压制,连续不断地又发射出一千多发炮弹,中国士兵最终没有占领I连的阵地。

在东面高地防御的重要性非常明显,因为站在高地上可以俯瞰整个下碣隅里。但是,美军在这一高地的防御兵力配备却令人感到奇怪。预定担任防御的陆战一师一团的G连没有到达,在中国军队开始进攻前的一个小时里,里奇中校才勉强拼凑起来一支防御部队,是由以陆军第十工兵营D连为主的一支杂牌军。D连由七十七名美国兵和九十名南朝鲜兵组成,他们来下碣隅里的任务不是打仗,而是修理车辆和坦克。当他们得知让他们去守阵地,而指挥他们的是一名海军陆战队的上尉时,士兵们怨气冲天。晚二十时,这支满腹牢骚的队伍才到达高地,刚在残缺的战壕中蹲下来,中国军队的进攻就开始了。D连的防线顷刻间崩溃。中国士兵把与他们对抗的这支杂牌部队赶下了山顶,七十七名美国工兵在短促的战斗中损失四十四人,南朝鲜军的九十名士兵中有六十人伤亡。负责指挥这支杂牌军的海军陆战队上尉在混乱的枪声中被打死。上尉的通信兵是个名叫波多勒克的一等兵,这个一等兵背着一台无线电台藏在山上没能跑下来,于是他不断地向指挥所报告中国军队是怎么冲上阵地的。

天快亮的时候,美军才组织起一支在坦克掩护下的勤务部队,勉强在高地的一侧构成一条与中国军队对峙的防御线。

这时,下碣隅里落入中国军队之手,几乎仅仅是个时间问题了。

但是,占领东面高地的中国军队没有继续攻击。

为什么不一举扩展战果,突破美军薄弱的防御线?

史密斯的判断是:也许中国军队缺乏足以维持纵深冲击的战
斗力量。

接下来,史密斯又意识到了另一个值得他庆幸的现象,那就是美军环形阵地中堆积如山的弹药和油料。如果这些物资受到哪怕是一发炮弹的打击,它们引起的爆炸和大火对于美军来讲都绝对是灾难性的。但是,虽然中国军队的炮兵对美军防御前沿的炮击是精确和有成效的,但他们没有向美军这些极其危险的裸露物资发射过一颗炮弹。

即便如此,东面高地的丢失对下碣隅里的美军也是致命的。因为这个高地不但扼守在通往古土里的路边,而且用步枪就可以把子弹打到下碣隅里环形阵地的任何一个位置。

从黎明开始,在里奇中校的监督下,副营长迈亚斯指挥美军向高地发起了一次又一次的反冲击。

美军知道,天一亮,中国军队通常不会主动攻击,而且能把转入防御的中国士兵的帽子掀掉的美军轰炸机就要来了。

天亮时,一位中国连长接受了防御下碣隅里东面高地的任务,他的名字在一九五〇年以后相当长的时期内,为全中国人民所熟知和敬仰,而且至今仍是中国第二十军的骄傲,他就是一七二团三连连长杨根思。

杨根思,一九二二年生于中国江苏省泰兴县五官乡一个名叫"羊货郎担"的小村庄里。在极端贫苦的岁月中长大的杨根思,二十二岁那年参加中国人民解放军,参军后的第二年加入中国共产党。在二十八岁的时候,他已经成为出席全国战斗英雄代表会议的代表,这个荣誉足以说明他在数年的战争中表现是何等的优异。

配备给三连连长的兵力是一个排。包括杨根思在内,所有士兵身上的干粮是三个煮熟了但早已冻得坚硬的土豆。除了这三个土豆外,士兵们身上能够装东西的口袋里,全部塞满了手榴弹。

营长对杨根思说:下碣隅里外围的所有阵地都已在中国军队手中。天亮以后,部队准备停止攻击,进行调整和防空,等天黑后再进攻;而天亮以后,美军首先进攻的就是这个高地,我们是绝对不能让美军的这个企图实现的。"不许让美军爬上高地一寸!"这是营长最后的命令。

黎明的时候,雪下得更大了。

杨根思和他的士兵们在高地上用积雪构造工事。连续在严寒中战斗,士兵们的鞋和脚已经冻结在一起,失去了知觉,手指也弯曲困难,无法一下子拉开枪栓,饥饿的袭击更是难耐。

天大亮了,美军的炮火准备开始了。同时,从兴南港外美军航母上起飞的舰载机也来了。高地顿时被浓烟笼罩起来,沉重的爆炸声和尖锐的弹片声混合在一起,阵地上黑色的雪和冻土飞溅起来,浓烈的硫磺味令中国士兵窒息。美军飞机投下的汽油弹令黑色的雪燃烧起来。中国军队没有防空炮火进行还击,年轻的士兵只有缩在简易工事中忍耐着,并且被不断飞溅起来的钢铁碎片和冻土掩埋着。中国士兵互相呼唤着,让自己的战友帮助包扎伤口,或者让战友把自己从塌陷的工事中挖出来。

炮火之后,美军开始了第一次冲击,但是很快就被中国士兵密集的手榴弹打了下去。

接着,又是更加猛烈的轰炸。

这次,在爆炸声中,出现了一种令杨根思警惕的声音,他认为这是坦克的炮击声。果然,他在高地的一侧发现了八辆美军的坦克。如果坦克加入阵地战,就说明美军要开始少有的强攻了。

美军冒着中国士兵的手榴弹冲到了阵地前沿。

两军士兵混战在一起。

美军的炮火轰击停止了,阵地上只能听得见士兵们的搏斗声。中国士兵中没有人后退一步,美军士兵看见他们即使满脸是血,并且双目已经失明,却仍旧会向他们冲过来,只要抓住他们中间的一个便再也不会松开手。

杨根思发现了美军攻击的弱点,他派出半个班从山腰绕到高地的侧后,在冲击的美军后面突然开火。同时,他亲自带一个士兵,带上炸药,把距离阵地前沿最近的一辆美军坦克炸毁了。

美军士兵退了下去。

杨根思命令士兵把牺牲者的尸体掩埋了,同时命令八班长带人下去运手榴弹。

八班士兵将手榴弹带上来的同时,带回来营长的一张字条,字条上字迹潦草,但意思明白:不许丢失阵地。

上午十时,美军的又一轮攻击开始了。这次的攻击比任何一次都猛烈,天上战机密集的程度是中国士兵前所未见的。

在里奇中校的严令督战下,美军组成了"特攻队",向高地发起了坚决的攻击。

高地前布满了美军士兵的尸体,中国士兵的人数也在不断减少。

杨根思看见重机枪排排长向他爬过来。

排长说:"机枪子弹没有了。"

杨根思问:"人还有多少?"

排长说:"除了我,有个负伤的还活着,还有连长你。"

杨根思说:"你们下去,向营长报告情况。"

排长问:"你呢,连长?"

杨根思说:"我在这里守阵地。"

杨根思独自站在东面的高地上,从这里他可以看见美军的运输机在下碣隅里简易机场的跑道上起飞和降落。机场的四周,战斗也在进行中。高地下的公路上看不见美军的车辆,这就是扼守高地的结果。现在,高地上很寂静,只能听见倒在前沿雪地上的双方伤员音调很奇怪的呻吟声。杨根思沿着高地的四周走了一圈,然后他找到一处隐蔽的地方把自己藏起来。

美军的炮火准备和战机轰炸又开始了。

这次炮击和轰炸的时间很长。

随着炮击的减弱,美军士兵开始向高地上爬。

杨根思看见了美军中一面蓝色的旗帜,他不知道这是美军陆战队的军旗。

没有子弹打来,没有手榴弹投来,美军士兵觉得这个高地上也许没有活着的中国士兵了。

在接近山顶的时候,美军士兵们直起了腰。

就在这个时候,他们看见一个中国军人像突然从地下钻出来一样,在他们面前站了起来。他的双臂里是一个巨大的炸药包,炸药包上的导火线已经点燃,正冒出黄色的硝烟。

这个中国军人棉帽子两侧的帽耳朵摇摇晃晃的。

他大步地向他们冲过来。

杨根思冲到那面陆战队的旗帜下时,怀中的炸药包爆炸了。

美军陆战队蓝色的旗帜被炸成无数碎片飞上了落雪的天空。

与旗子的残片一起腾空而起的是人体的残肢。

杨根思令美军士兵的攻击静止了。

自这个时刻起,一直到美军陆战一师全部撤出这一地区,美军士兵始终都没有再踏上这个可以俯瞰下碣隅里全貌的高地一步。

不久以后,在这个普通的小山上,立起了一块石碑,石碑是用北朝鲜长津郡百姓从很远的海边运来的一种白色石头雕刻成的。几十年过去了,石碑始终矗立在绵延起伏的朝鲜半岛的北部,纪念着这位名叫杨根思的中国军人。

陆战一师于下碣隅里作战的时候,在新兴里,美军第七步兵师从二十八日晚开始受到中国第二十七军八十师连续不断的攻击。到二十九日拂晓,第七师在外围阵地上遗弃的尸体已有三百多具。中国第二十七军八十师的多数士兵冻伤严重,后勤供应又难以跟上,但部队还是一度冲进了新兴里。交战双方在一个环形阵地上进行着残酷的拉锯战斗。据守新兴里的美军指挥官是第七师三十二团团长麦克莱恩上校,他的部队主要由三十一团三营、三十二团一营和第五十七炮兵营组成。当麦克莱恩团长在混战中被打死后,第七师开始陷入空前的混乱中。

眼看着第七师就要被中国军队全歼了,阿尔蒙德作出了一个令陆战一师师长史密斯极为愤怒的决定,他要求史密斯担负起指挥陆军第七步兵师的任务,并且要求陆战一师从柳潭里派出一个团把第七师解救出来。陆战一师位于柳潭里的部队此时已处在中国军队的包围中,自顾不暇,危在旦夕,正琢磨着怎么逃出厄运呢,何谈派出一个团去救该死的陆军!然而史密斯究竟是军人,他真的派出一支小部队朝着新兴里的方向试探了一下,但立即就被中国军队打了回来。第七步兵师在中国军队一次比一次猛烈的攻击中盼不来增援,代理团长法恩中校终于下达了"自行突围"的命令,这样的命令在战场上等于宣布官兵开始各自逃命。法恩中校定下的突围目标是下碣隅里方向。但突围行动刚刚开始,这位代理团长就受伤了,失去指挥的美军官兵仓皇中溃散成散兵,跑得满山遍野都是。

根据南朝鲜战史记载,美军第七步兵师位于新兴里的部队最后逃回下碣隅里的共计六百七十人,而战前在那里的美军三个营的总人数应该是两千五百人。南朝鲜战史在注解这个统计数字的时候说:"三百人判明阵亡,其余均失踪。"无论具体的统计数字可信程度如何,陆军第七步兵师三十一团的彻底覆灭是毋庸置疑的事实,这是中国军队在整个朝鲜战争中歼灭美军一个整编建制团的少有战例之一。

中国军队最终没有占领下碣隅里的原因是多方面的,但有一个原因不容忽视,就是有一支美军居然从中国军队布下的死亡封锁线上冲过来,到达了急需要增援的下碣隅里。尽管这支部队人数不多,但终究是给了处在覆灭边缘的陆战一师一个有力的支持。这支增援部队就是被称为"德赖斯代尔特遣队"的混合部队。

这支混合部队是在史密斯师长向下碣隅里派出的一个美军步兵连被打回来后重新组织起来的。史密斯给这支特遣队下达的命令是:"不惜一切代价增援下碣隅里。"

特遣队的总指挥官德赖斯代尔,英国人,海军中校,英军第四十一支队的指挥官。这支英军支队隶属于美国海军陆战队。特遣队配备的部队有:美军第一坦克营的五个坦克排,有"潘兴"式坦克二十九辆;美军海军陆战队一团的一个连,车辆二十二台;美军第七步兵师三十一团一直待在古土里的一个连,车辆二十二台;美军海军陆战队司令部人员,车辆六十六台,另外就是英军第四十一支队本身,车辆三十一台。

二十九日中午,增援部队出发。这是一支让中国士兵看起来十分豪华的部队:十七辆坦克在前面开路,中间是一百多辆汽车,后面是十二辆坦克压阵。在特遣队的头顶上,有两架"海盗"式战斗机掩护。同时,位于古土里和下碣隅里的美军炮兵以一〇五毫米榴弹炮和一〇七点八一毫米迫击炮全力向他们要通过的道路进行着密集的炮火支援。

德赖斯代尔特遣队一出发,就遭到中国军队的猛烈阻击,他们用了四个小时才前进了四公里。从公路两侧中国军队的阵地上射下来的迫击炮弹和机枪子弹,使汽车上的英军和美军士兵一次次地跳下车进行隐蔽还击,坦克也停下来开炮,但是他们就是无法完全压制住中国军队的射击。天黑了下来,德赖斯代尔特遣队倒霉的时候到了。先是走在前面的坦克手说,道路已被中国士兵破坏,就是坦克能冲过去,汽车也无法过去。再说,中国士兵随时可能从公路边的阵地上冲下来,拼刺刀可不是英军和美军士兵喜欢的事。接着,除了坦克里的通讯还能维持外,所有的通讯设备都被打坏了。黑暗给英军和美军士兵带来巨大的恐惧,严寒随着太阳的落山而加剧,令所有的士兵感到即使不被打死也会被冻死。德赖斯代尔通过坦克里的电台向史密斯师长请示怎么办,史密斯的回答依旧很简单:继续向下碣隅里前进。

等着德赖斯代尔特遣队的是中国第二十军六十师的一七九团。无法想象这些中国士兵是如何在严寒之中得不到补充而没被冻死的。黑暗里,英军和美军士兵在天寒地冻中看见的是不断向他们冲过来的中国士兵,有时是随着喇叭声来的,有时是静悄悄地来的,然后就是大雨一样落下来的手榴弹。德赖斯代尔中校和他的副官都负伤了,汽车被打坏起了火,道路很快就被堵塞,后面的汽车开到了路边的沟里。特遣队的行进序列开始混乱起来。最可怕的是,没等负伤的德赖斯代尔整顿混乱的部队,他发现跟随他前进的仅剩一小部分部队了,后面的大部队已经被中国军队切成数截。这位英国军官知道,与中国人打仗,一旦面临这种局面,就意味着最严重的时刻到了。

沿着由南向北的公路,特遣队被中国军队分段包围:集中在一条沟里的陆军的两个排和一些海军陆战队士兵,以陆战队负责宣传的军官卡普拉罗上尉为首被压缩在一个土坎后面,以负责汽车运输的军官希利少校为首的则躲在汽车下面,还有在后面担任掩护任务的那些坦克所形成的另一个孤立的群体。这些被包围的英军和美军官兵各自进行着抵抗,中国军队的轻武器和迫击炮使他们的伤亡不断增加。中国士兵们靠近投出手榴弹,然后消失在黑暗中,不知什么时候又冲了上来。那些有装甲保护的坦克手们立即掉转方向往回开,在遭受巨大损失后陆续逃回古土里。而失去坦克掩护、汽车也被打坏的士兵面临的就只有绝望了。公路上被孤立人数较多的,是一个由美军陆军军官带领的大约二百五十人左右的群体。陆军军官名叫麦克劳林,是阿尔蒙德第十军司令部作战部长助理,兼第十军与海军陆战队联络负责人。麦克劳林指挥把伤员集中起来围成圈,并且派出侦察员侦探突围路线,但人派出去就再也没回来。麦克劳林决定坚持到天亮,天一亮轰炸机来了就有活的希望了。可是到了这种时候,已经没人肯听他的指挥了。几个士兵上了一辆吉普车开始逃跑,结果车没开出去多远就全成了中国军队的俘虏。

凌晨四时左右,已经浑身麻木的麦克劳林少校看见一位中国军人带着一名被俘的美军中士来到他的面前。

麦克劳林少校嘴唇颤抖地问:"你是来投降的吗?"

中国军人说:"我是军使。我们同意你们派少数人把重伤员送回古土里,条件是剩下的人必须向中国军队投降。"

麦克劳林看看天空,说:"我考虑一下。"

麦克劳林想估计一下什么时候才能天亮,他想把谈判拖到那个时候。他跟已经负伤的其他军官们交换了意见,然后又和同样处在中国军队包围中的希利少校取得了联系,希利说他还有一点弹药不想投降。麦克劳林清点了自己这个抵抗体的弹药和可以战斗下去的人数,发现子弹最多的士兵也只有八发子弹了,人堆里绝大多数是仍在大声呻吟的重伤员。

麦克劳林少校说:"我们投降。"

中国士兵们蜂拥而上,不顾一切地爬上汽车卸那些战利品,因为这些战利品中有不少是中国士兵急需的食品和可以防寒的被服。

在中国士兵卸战利品的时候，一些美国士兵悄悄地溜了。

在这段公路上，特遣队投降的人数是二百四十人。

由德赖斯代尔亲自率领的特遣队先头部队此时接近了下碣隅里，他们已经能看见从简易机场上射出来的雪白的灯光了，因此只有冒死前进。他们在距离下碣隅里只有一公里的地方，受到中国军队几乎令他们覆灭的攻击，德赖斯代尔第二次负伤，不得不让海军陆战队的一位上尉代替他指挥。最后，这位上尉终于在下碣隅里向里奇中校报到了。

德赖斯代尔特遣队向下碣隅里的增援行动，以损失一半的代价完成了。脆弱的下碣隅里的防御得到了加强，尽管德赖斯代尔特遣队到达下碣隅里的人数只有三百多人。

特遣队到达后没多久，中国军队向下碣隅里的攻击又开始了。

这是一场绝死的战斗，双方都表现出不顾一切的决心。

中国军队的迫击炮射手终于发现了美军防御阵地中的一个绝好的目标，这一次，中国炮兵的炮弹击中了美军堆积如山的汽油桶，燃烧起来的大火令整个下碣隅里亮如白昼。

中国军队在反复攻击的过程中，弹药逐渐耗尽，士兵伤亡巨大。尽管始终占领着有利地形，中国军队最终没能攻下下碣隅里。

三十日清晨，第十军派驻陆战一师的高级参谋福尼上校从古土里飞到咸兴，向阿尔蒙德军长报告了陆战一师目前的处境。

此时，麦克阿瑟已经命令朝鲜战场上的联合国军全面撤退。

阿尔蒙德立即飞到下碣隅里。

在下碣隅里，阿尔蒙德召开了有陆战一师师长史密斯和第七步兵师师长巴尔参加的会议。阿尔蒙德终于宣布了"向南撤退"的命令，授权史密斯师长指挥长津湖地区所有美军的撤退行动，同时还授权他"可以破坏影响撤退的一切装备"。

陆战一师作战处阿尔法·鲍泽上校和约瑟夫·法恩科夫上校负责制订撤退计划,法恩科夫上校说:"我的天啊,我必须去找一本参谋手册,我从未想到陆战队会参与后退或撤退行动。"

史密斯师长对这一已经太迟了的决定没有任何积极的反应。他对阿尔蒙德将军说的话是:"一、撤退的速度取决于后送伤员的能力;二、陆战队愿意战斗到底并把大部分装备带回去。"

就这样,其悲惨程度在美军历史上极其少见的、对于美军士兵来讲如同炼狱一般的长津湖大撤退开始了。

而史密斯师长在给他的陆战一师下达的撤退指令中,有一句措辞让以后世界许多军史学家们长久地品味着——史密斯师长面对损失惨重的陆战一师说:

"陆战队,向南进攻!"

噩梦的开始

一九五〇年十一月三十日夜,朝鲜半岛东北部的盖马高原上大雪纷乱,寒风怒吼。

一支美军连队孤独地龟缩在茫茫荒原中的一个小山顶上。士兵们躺在睡袋里,露出一张张因严重冻伤而发黑的脸和一双双惊恐不安的眼睛。

北面柳潭里方向,枪炮声连续不断地传来;南面下碣隅里方向,枪炮声似乎更加激烈;而这里却是死一样的寂静。

寂静中,从山顶四周不同的方向传来美军士兵听上去很古怪的汉语。他们认为汉语的发音是世界上所有语言中最不可思议的,是一连串"咯咯"的声音。现在,由于从零下四十摄氏度的低温中传来,这种声音听上去更加飘忽不定。虽然亦真亦幻,但翻译还是让美军士兵明白了这些汉语的含义:

"美军士兵们! 你们被包围了! 你们没有希望了! 放下你们的武器! 志愿军优待俘虏! 给你们暖和的衣服和热的食品!"

汉语的喊声在黑暗的山顶上回荡,令酷寒中的美军士兵毛骨悚然。

喊声持久地进行到午夜,美军士兵的焦躁已经达到顶峰。他们突然从睡袋中钻出来,神经质地在阵地上来回乱走,骂着叫着,有的士兵蹲在冻雪上哭起来。

F连是陆战一师开始向北进攻的时候被派到这里的。

从下碣隅里至柳潭里的公路上,有个卡在公路要冲的高地,高地名叫德洞岭。德洞岭马鞍形的山脊一直伸展到公路边,并在接近公路时形成一个数米高的悬崖。如要通过公路,就必须占领且扼守这个高地。此时,无论是从中国军队要彻底切断美军陆战一师的两个环形阵地之间的联系角度看,还是从美军要确保柳潭里部队的退路和增援下碣隅里的角度看,德洞岭都注定成为双方拼死相争的军事要点。

陆战一师师长史密斯在他的部队向北进攻的时候,就已经想到了撤退的问题。他曾说:"这个高地如果丢失,两个陆战团就完了。"

陆战一师上尉威廉·E. 巴伯二十天前被任命为 F 连连长。他是个有十年军龄的陆战队老兵,开始当过两年的空降兵,在对日作战中表现勇敢,参军第三年时被提升为少尉。在太平洋上的硫磺岛上,美军陆战队曾与日军进行过举世震惊的残酷的战斗,巴伯在该战役中获得一枚银质勋章。

史密斯师长对这个卡在陆战一师撤退路上的要地的重视,表现在他选择了巴伯这样一个陆战队老兵任连长,而且巴伯的 F 连得到了重机枪班和迫击炮班的加强,从而使 F 连比其他陆战一师的连队整整多出五十个人,兵力总数达到二百四十人。同时,在下碣隅里的一个美军一〇五毫米榴弹炮兵连,还被指令专门对 F 连进行火力支援。

十一月二十七日,当 F 连到达德洞岭阵地的时候,高地下的公路上正通过一长队陆战一师的运输车队。F 连的士兵们因为极度疲劳,没人愿意立刻在冻得像石头一样坚硬的冻土上挖工事,于是都打开睡袋睡觉了。三排排长麦卡锡用皮靴踢着士兵们的屁股,叫喊着让他们起来赶快挖工事。就在这时候,从柳潭里和下碣隅里方向同时传来了枪炮声,中国军队向德洞岭的进攻开始了。

没过多久,巴伯得知,与 F 连同时被史密斯师长派到德洞岭地区守卫公路的 C 连,在中国军队的攻击下伤亡巨大,阵地已经失守。而这就意味着 F 连没有任何撤退的余地了。

午夜刚过,二十八日凌晨二时,中国军队向扼守德洞岭的 F 连的进攻是从军号声中开始的。美军士兵匆忙从睡袋中爬出来大声喊道:"他们真的来了!"

一个连的中国士兵从三面攻击 F 连的阵地,并一度从北面突破了 F 连的防线,在北面防御的 F 连的两个班顿时损失惨重,三十五个人中二十七人伤亡。在北面的防御阵地动摇后,紧接着,西面和西北面的阵地也出现了危机。中国士兵冲进阵地,与美军士兵开始了残酷的肉搏战,双方使用了能够使用的一切搏斗工具,包括挖工事的锹和镐、枪托、刺刀和拳头。士兵们扭在一起在黑暗中滚动,互相掐喉咙、挖眼睛、打击对方的面部。山顶一度被中国士兵占领,但很快又被美军反击下去。这时,位于下碣隅里的美军炮兵的炮火支援开始了,但由于双方已经进入肉搏战,美军炮兵只能以密集的炮火封锁中国军队可能的支援路线,而正是美军的炮兵火力令中国军队在兵力上的补充受到了限制。搏斗持续了三个多小时。接近早晨六时的时候,随着一声尖厉的哨声,中国士兵迅速撤出了战斗。

这是 F 连在德洞岭度过的第一个夜晚。这个夜晚,F 连伤亡人数达到七十多人,其中二十多人死亡。连队的卫生兵为了防止液体冻结,把装着吗啡的注射容器含在嘴里来回奔跑,但备用血浆还是不可避免地冻结了,伤员因输血不及时而出现新的死亡。因为点燃了煤油取暖器而相对暖和些的帐篷里容纳不下这么多伤员，于是 F 连的伤员被要求排队轮流进帐篷取暖。天空渐渐出现了一丝黎明的光亮，美军把死亡士兵在寒冷中迅速僵硬的尸体收集在一起，由一名叫莫里西的看护兵负责登记死亡者的身份证——"把死者整整齐齐地排好是陆战队的一贯做法"。巴伯清点了一下全连的弹药，发现所剩不多。前来空投弹药和急救器材的运输机投下的物资，基本上全落到美军士兵不敢去的环形阵地的外围了。运输机来了一次就再也不见踪影，通过无线电话联系才知道，由于位于下碣隅里的简易机场的跑道长度不够标准，运输机被禁止着陆了。

当时陆战一师没有人知道，这仅仅是 F 连悲惨命运的开始。

二十八日夜晚，中国第二十军五十八师再次对 F 连的发起进攻。这一夜的情况和前一夜几乎一样，经过冲击和反冲击，阵地在双方之间几次易手。所不同的是，这一夜的战斗更加残酷。两枚手榴弹接连落在二等兵卡弗雷特的面前，他不得不全神贯注而又惊恐万分地将它们一一踢开，第三枚手榴弹越过他的头顶，向他身后布满伤员的掩体落去，卡弗雷特飞身扑向手榴弹然后将它挡向别处，"手榴弹在完全离开他的手指前爆炸"，他的手掌被炸裂的弹片削成碎块，"一根指头就落在他的脚边"。巴伯连长的膝盖在这天夜晚被子弹打穿。F 连的损失虽然比前一夜小一些，但伤亡人数也达到三十多人。至此，F 连的兵力已经不足半数。

天亮之后，弹尽粮绝的 F 连在绝望中盼来了珍贵的补给。海军陆战队另一种型号的运输机把大量的物资准确地投到 F 连的阵地上，其中包括弹药、正规的 C 类干粮、咖啡、毛毯、担架和药品，五颜六色的降落伞铺满高地的山顶。直升机还给 F 连的电台送来了急需的电池。

躺在担架上的巴伯向全连士兵如实传达了目前的战况，他告诉士兵们，指望有部队来增援是不可能的，陆战师的七团和五团已经陷入中国军队的严密包围中。F连必须在这里坚守,不然的话,整个陆战师一个人也别想活下来。巴伯说:"这里是他们的唯一出路,如果我们守不住这里,他们便真的走投无路了。"

二十九日夜,中国军队没有进攻。

三十日白天,F连再次接到飞机的补给,补给物资的数量对于一个连来讲已经是太多了。

事后证明,德洞岭阵地所扼守的公路对于美军陆战一师的撤退起到了关键性作用。中国军队没能最终歼灭F连占领德洞岭阵地的原因很多,其中的一点就是严寒下的持续战斗需要有充足的物资补给,最重要的是弹药、口粮和保证士兵不被冻伤的被服,而物资补给恰恰是中国军队最薄弱的环节。

刚刚结束国内战争的中国军队在后勤供应上还没能适应现代化战争的需要。在异国他乡作战,没有了军队赖以生存的人民群众这个"大后方"的依托,中国军队各军只有依靠各自独立的、运输工具贫乏的后勤勤务分队进行补给。虽然跟随在中国军队的后面有数量不等的民工,但朝鲜半岛的补给线路如此险恶而漫长,依靠肩背手推的方式所能供应上去的物资无异于杯水车薪。从中国东北边境到东线战场的前沿,只有一条简易公路蜿蜒在崇山峻岭中,美军对这条唯一的运输线进行了严密封锁。由于中国军队防空力量薄弱,美军飞行员白天可以对出现在公路上的任何目标进行毫无顾忌的攻击,而到了夜晚,沿着这条公路成串的照明弹把天空照得雪亮,中国的卡车司机只有利用照明弹熄灭的短暂空隙前行,在陌生而险峻的山路上驾驶汽车而不敢开灯是极其危险的,于是由人为汽车带路才得以缓慢地开进。即使这样,东线战斗开始后不久,中国军队中数量不多的汽车也已经损失大半。中国军队动员了几乎所有的非战斗人员参加物资的运输,军一级的机关人员、勤务人员,甚至文工团的演员都加入了向前方运送物资的工作。他们背着弹药和粮食,在暴风雪中艰难地前进,送到前线的每一粒粮食和每一发子弹,都是以生命为代价换来的。可是,由于数量有限,前方的官兵依旧处在极度的饥饿和缺乏御寒被装的状态中。

一支运送物资的小分队在荒山野岭中惊喜地发现一条铁路,这是一条早已废弃的运送矿石的窄轨铁路,他们立即感到前途有了光明。经过寻找,他们找到一节只有四个轮子和两根横木的破旧车厢,他们钉上了木板,装上了弹药,开始推车而行。冰雪覆盖着的窄轨铁路不但弯弯曲曲,而且不时出现巨大的陡坡,这支小分队一共才五个人,其中的三个人在车厢的前面用绳子拉,剩下的两个人在后面推。一位叫聂征夫的文化教员后来这样回忆道:

> 不知道过了多少山沟和陡坡,也不知道走了多少里路,夜更深了,山谷里的寒风卷着雪粉,直向脸上打来。我们的胡须上、眉毛上都凝结了一层冰珠,呼吸也感到困难,饥饿、寒冷和疲惫同时袭击着我们。我咬紧牙关,双手使劲地推着车厢,两脚机械地迈过枕木,一步一步往上爬。已经两天没有吃上饭了,我弯腰抓起一把雪填到嘴里,顿时清凉一阵,可慢慢地也无济于事了。身上软绵绵的没有一点力气,心里像虫咬一样难受,脑袋更是昏沉沉的。同时,两只手也感到异常疼痛,从手背一直疼到手臂。我以为是被路边爆炸的炮弹炸伤了,后来仔细一看,才发现手背肿得像馒头一样,原来是血液冻得凝固住了……

鉴于东线战场的情况,彭德怀电令志愿军第九兵团:集中兵力围歼位于新兴里的美军,对柳潭里、下碣隅里"围而不歼"。

三十日晚,第九兵团司令员宋时轮调整部署,集中了第九兵团的八十、八十一师于新兴里。

几乎是同时,美军陆战一师师长史密斯于三十日晚上十九时二十分,向位于柳潭里的五团、七团正式下达了向下碣隅里撤退的命令。

五团团长默里中校和七团团长利兹伯格上校在接到撤退命令的时候碰了一下头。这两个经过二战的老兵知道,对他们来讲生死攸关的时候到了。两人甚至还互相说了句"上帝保佑",话语中有一个含义只有他们两人自己明白,那就是晋升的消息已经确实,再过三个月,也就是到一九五一年一月,默里将晋升为上校,而利兹伯格将晋升为准将。

只要能活下来,一切会好的。

两个团长制订了联合撤退的计划:

> 第五和第七团,沿着柳潭里至下碣隅里的道路迅速向下碣隅里前进。首先以步兵逐次夺取道路两边的要点,车辆纵队在其掩护下沿道路前进。以一部利用夜暗突破敌之间隙,实施越野机动,秘密向德洞岭山口行动,救出F连的同时加强山口要点,掩护主力通过山口。前卫营为第五团第三营,担任越野机动的为第七团第一营。在向南边开始进攻之前,以第七团第三营夺取一五四二高地,另以一个连夺取一四一九高地,为主力撤退获得立脚点。

这一夜,两个团长不断地收到师部传来的战场通报:在他们撤退的漫长道路上的一个重要据点——新兴里,中国军队发动了猛烈的进攻,被围困在那里的美军与中国军队陷入混战状态。但是,已经顾不上想更多的事了,反正天亮之后必须突围。

十二月一日,柳潭里的清晨十分嘈杂,天刚一亮,一五五毫米榴弹炮群就开始了集团发射。没有人知道炮兵们到底要把炮弹打到哪里。因为一五五毫米榴弹炮过于笨重,为了便于和步兵一起撤退,必须在撤退前把炮弹打光。直升机把因为没有驾驶员而一直瘫痪在阵地上的那辆坦克的驾驶员运来了。驾驶员在这个时刻被投入战场心情可想而知,他发动了坦克在环形阵地中疯狂地乱转。根据史密斯师长的命令,大部分物资必须装车带走,于是士兵们在一种紧张而恍惚的情绪中开始装车,由于没有中国军队的进攻,士兵们似乎觉得这不是在撤退而像是在搬家。环形阵地的一角突然回荡起小号吹奏的美国国歌的旋律,旋律在寒冷的风中颤抖,让美军士兵一下子想起那些没法带走的东西——无数美军士兵的尸体被就地埋在这里。这些美军士兵的尸体直到朝鲜战争结束四十年后,美国政府才在北朝鲜政府的允许下把遗骸运回了太平洋的另一边——这些美军士兵的家乡。

八时,以五团三营为前卫,美军开始了突围。

几乎是在美军突围的同时,包围着柳潭里的中国第二十七军七十九师立即做出反应,在各个高地上开始了猛烈进攻。在一二四九高地、一四一九高地以及双方曾经反复争夺的一二八二高地,都发生了殊死的战斗。装备和供给都远远优于中国军队的美军在这个关键时刻表现出孤注一掷的凶狠,因为他们知道,一旦阵地失守,正在撤退中的大部队连同他们自己定将全军覆灭。而在寒冷和饥饿中坚守包围圈的中国士兵同样表现出异常的勇敢,因为他们之所以忍饥受冻坚持到现在,就是为了给美军陆战一师以毁灭性的打击,他们决不允许美军就这样逃跑了。

在一二八二高地上,与美军展开争夺战的是七十九师二三五团的一个排。排长名叫胡金生。胡金生的营长在向他交代作战任务时,特别强调了一二八二高地的重要性:"高地下面就是通往下碣隅里的公路,如果敌人从这里跑掉,我们的血就等于白流了!就是剩下一个人也要守住它!"一二八二高地的争夺战因此空前残酷。中美双方的士兵在高地上反复拉锯达七次之多。与中国士兵争夺高地的是陆战队的 G 连,这个连根据他们了解的中国军队的战法,一开始就准备了大量的手榴弹,于是双方在这里打的是一场混乱的"手榴弹战"。美军的轰炸机成群地在高地上飞,因为阵地上的士兵混战在一起,执行支援任务的轰炸机不敢投弹,于是执行"威吓中国士兵"的任务。在第七次争夺战后,排长胡金生牺牲了,高地上只剩下两个中国士兵,一个是班长陈忠贤,一个是弹药手小黄。美军最后的冲锋开始了,小黄倒下了,陈忠贤在冲天的火焰中端着一挺机枪站起来,向密集的美军士兵愤怒地横扫,美军士兵再次退了下去。这次退下,美军就再也没能组织起对这个高地的进攻,因为这时G连的美军士兵发现,柳潭里的部队已经撤光了,再不跑就来不及了。在G连扔下死伤的美军士兵的尸体向下碣隅里方向退去的时候,美军的战机和炮火对这个高地开始了猛烈轰炸,美军工兵甚至引爆了高地上残存的炸药,整个一二八二高地立即陷入一片火海中。

由于中国士兵对柳潭里周围各个高地造成的压力,作为撤退前卫营的陆战一师五团三营直到下午近十六时才真正担负起为突围开路的职责。

在柳潭里通往下碣隅里的公路上,缓慢地行进着美军长长的车队。这是美军最薄弱的时刻。在公路两边的几乎每一个高地上,都有中国士兵射向公路的子弹和迫击炮弹。而且,没过多久天就黑了,美军的战机不能来支援,美军士兵知道该他们倒霉了。中国士兵从公路两边的高地上冲下来,以班为单位抵近美军撤退的队伍,先是用手榴弹进行试探,然后干脆就径直冲过来。美军士兵在令他们魂飞魄散的黑暗中拼死抵抗,撤退的队伍一次次被迫停下来。美军军官们一次次地组织抵抗,尽最大的努力不使撤退的队伍溃散。美军的主要炮兵火力一五五毫米榴弹炮,因为没有了炮弹而成为废铁,将死亡的美军士兵的尸体绑在炮筒上带回去,是这些钢铁家伙现在唯一的用处。一辆满是伤员的卡车仓皇中撞上一座小桥的护栏,桥被撞塌,卡车连同伤员一起掉入冰河中。轻伤员挣扎着爬上岸,而用绷带捆在卡车车厢上的重伤员立即没了踪影。在地面美军的强烈要求下,美军飞行员在扔下大量的照明弹后,破例开始在夜间进行火力支援。轰炸机扔下的炸弹不可避免地使双方的士兵都受到巨大伤亡。飞行员们也许感到这样的低空轰炸实在是太刺激了,当地面要求他们向公路边的一个高地进行火力支援时,他们竟然在一个有中国士兵身影出没的小山脊上使用凝固汽油弹和五百磅炸弹整整轰炸了二十五分钟。远东空军后来在描述他们强大的战斗力时说,他们要使那条小山脊成为"世界上最没用的地皮之一"。

从柳潭里撤退的第一夜是美军陆战一师大批伤亡的夜晚。

天亮之后,美军战机几乎贴着陆战队士兵的头顶掩护着他们一寸寸地撤退。

按照战斗常规,这一夜应该是陆战一师的两个团全军覆灭的一夜。但是,善于夜战的中国军队没能抓住时机将其歼灭,原因除了极度的饥饿、寒冷和弹药不济之外,对于中国士兵来讲,最大的威胁是美军的空中火力,这是没有任何空中支援和防空武器的中国士兵无法克服与战胜的。只要天一亮,中国士兵几乎不能在战场上露面。中国军队哪怕拥有少量的空中力量,美军陆战队在这个夜晚也将血流成河。拿陆战一师作战处长的话说:"如果中国军队拥有一定数量的空中力量和足够的后勤保障,陆战队肯定一个也别想活着跑出来。"

史密斯师长在布置撤退的时候,有一项决策是至关重要的,就是派出一支部队离开公路,利用野战越野的行军方式迅速突向德洞岭,与坚守在那里的 F 连会合,巩固那个卡在撤退路线上的最关键的要地。

担任野战突破任务的是七团的一营,营长雷蒙德·戴维斯中校是七团团长利兹伯格亲自挑选的。戴维斯中校,毕业于佐治亚工业大学,二战中作为一名营指挥官在佩累利乌岛上有过上佳的表现。利兹伯格对戴维斯这样表述了自己的想法:我们必须营救

F 连,并且加强德洞岭高地的力量。中国军队认为美军士兵只会在公路上作战,而事实上也是如此,以往的战斗表明,美军士兵一旦离开公路就是死路一条。这一次,我们就是要让中国人吃上一惊。

戴维斯中校进行了精心的准备。除了把这个营里的伤员和已经患病的士兵挑出来留下外,特别加强了全营的火力配备,各种武器都是双倍的编制,迫击炮的弹药数量也增加了一倍。士兵除每人携带四份口粮外,还必须背上一发炮弹、一副防止冻伤的鸭绒睡袋、双倍的机枪和步枪子弹以及其他必需的野战物品。这样,戴维斯的一营每个士兵的负重达到五十多公斤。为保证联络不中断,戴维斯把通常使用的 SCR—300 便携式无线电台,换成了可以远距离通话的 AN/GRC—9 背负式无线电台,炮兵联络人员还携带了通讯距离更远的 SCR—610 电台。

戴维斯营的路线首先要通过一四一九高地。原来认为大白天拿下这个高地没有问题,因为根据通报,在这个高地上坚守的中国士兵已经三天没有过任何补给,美军认为高地上的中国士兵即使还没饿死也必定冻死了,即使万一幸存下几个也不会再有什么战斗力了。但是,美军士兵很快就发现,坚守这个高地的中国士兵依然表现出超常的坚强。一个美军连整整打了一上午,无论空军配合得多么紧密,无论一四一九高地远远地看去大火熊熊根本不可能再有什么生物存活,可是美军士兵就是爬不上去。攻打这个高地的战斗从早上一直进行到黄昏,利兹伯格两次增加攻击兵力,最后参加攻击的包括戴维斯营的一个连在内兵力达到四个连近八百人,并且,还加强了轰炸机、榴弹炮和迫击炮的支援。一四一九高地最后被美军突破的时间是晚上十九时三十分。

戴维斯营还没有真正出发就损失惨重,利兹伯格不得不另外给戴维斯又补充了一个连的兵力。

晚二十一时,戴维斯命令他的一营向德洞岭进发。

白天打了一天仗的士兵浑身破烂,沉重的军服里已被汗水湿透,此时戴维斯看了一下温度计,零下二十四摄氏度。他对士兵们说:"如果在这个温度里穿着湿内衣就地过夜,等于是自己找死,我们最好的赌注是连夜出发。"

应该说,戴维斯营的行动确实出乎中国军队的预料之外。美军没有夜间在没有道路的荒山中行军的先例。在没膝深的雪中一步步地走,美国兵们从来没有吃过这样的苦。不断有士兵掉队,不断有与中国士兵零星的战斗,黑暗中的冷枪和冷炮不知是从什么地方飞来的。戴维斯不敢打开电台联络,也不敢弄出任何声响,只有在士兵们走不动了时,他才连踢带拉地叫几声。实在走不动了,就命令士兵们躺在睡袋中睡上一会儿。危险始终存在着,就在戴维斯钻进睡袋的时候,一发冷枪子弹穿透了他的睡袋,他说:"几乎剥了我的头皮。"

被死亡的恐惧和残酷的寒冷折磨得有些恍惚的美军士兵常常偏离预定的路线,有几次差点走到中国军队的阵地上去。朝鲜战争后晋升为少将的戴维斯回忆道:

> 沿途有一些中国人挖的工事,为确保准确的行军方向,我常常下到这些工事里,用指北针判定方位。我两次把军用雨衣披在头上,然后趴在地上,借手电筒的光亮校正我的地图,以检查行军的方向。我把头对准一个方位物,然后关上手电,掀开雨衣,走出工事判定方向,可我常常想不起我在雨衣下干了些什么,而是站在那里茫然发呆……我不得不再次走下工事,从头做起。所有的人都三番五次地找你,好弄清楚要干什么,实际上严寒使我们完全麻木了。

十二月二日拂晓,戴维斯营到达德洞岭附近。

在接近 F 连时,他们又受到中国军队的顽强阻击。

经过一上午的战斗,十一时,戴维斯营与F连会合了。

当戴维斯营的士兵走上F连的阵地时,他们"穿过了成片的中国攻击者的遗骸"。

戴维斯营以巨大的伤亡换取了使整个美军陆战一师能够从覆灭的厄运中逃生出来的希望。

三日,陆战一师两个团的主力撤退至德洞岭。之后,整顿队伍继续向下碣隅里撤退。车辆上的伤员已经满员,不得不把一些伤势较轻的人赶下车步行。两个团长的吉普车里也挤满了伤员,默里和利兹伯格不得不和士兵们一起步行。长长的车辆与步兵混杂着,序列混乱地向前移动,公路两侧是派出负责掩护的连队,头顶上的战机不断地报告着中国军队目前的阻击位置和兵力。这一天,海军陆战队的飞行员们进行了一百四十五架次的出动,除了向一切可能有中国阻击部队的山脊进行轰炸外,还不断地空投地面要求的任何物资包括车辆使用的汽油。

四日,美军陆战一师五团和七团撤退到下碣隅里。

从柳潭里到下碣隅里的距离是二十二公里,陆战一师先头部队在这二十二公里的距离内用了五十九个小时,后卫部队则用了七十七个小时,平均每小时走三百米,每前进一公里需用三个小时。在撤退的路上,共有一千五百人伤亡,其中五百人是冻伤。

《纽约先驱论坛报》随军女记者玛格丽特·希金丝在目睹了美军士兵撤退到下碣隅里阵地时的情景后写道:

> 我在下碣隅里看见了这些遭到攻击的官兵,不由想到他们如果再受到一次打击,究竟还有没有再次逃脱的力量。官兵们衣服破烂不堪,他们的脸被寒风吹肿,流着血,手套破了,线开了,帽子也没了,有的耳朵被冻成紫色,还有的脚都冻坏了,穿不上鞋,光着脚走进医生的帐篷里……第五团的默里中校,像落魄的亡灵一般,与指挥第五团成功地进行仁川登陆时相比,完全判若两人……

而"像落魄的亡灵一般"的默里中校自己说道：

> 打开血路的五天五夜就像是一场噩梦，是海军陆战队不曾有过的最坏的时候。在柳潭里的附近，我每天晚上都会想，大概不会再见到天亮了。

海军陆战队从东线撤退的消息，立即在美国国内产生了两种不同的反应。一种认为这是美军巨大的耻辱和失败；另一种则认为这是一次"史诗般的壮举"。

陆战一师师长史密斯说："我们夺回了所有的主要补给线，这根本不是一次退却，因为我们在经过的每一个地方都要进攻。"

无论怎样说，美军从东线撤退是中国军队在整个朝鲜战场上所获得的巨大胜利。它证明至少截止到此时，战争的主动权已经牢牢地掌握在中国军队的手中。至于美军为什么能够从严密的包围中撤退出来，有人认为是东线的中国军队兵力过于分散的缘故，也有人认为是由于交战双方武器装备、后勤供应和通信设施的巨大悬殊造成的。

战争的胜负从来都是多种因素集合的结果。

对于美军来讲，没有任何战略目的、完全为了求生的撤退无论如何都是一种被迫的行为，是对美国军队"战无不胜"的神话的无情嘲讽。

而且，撤退到下碣隅里，并不意味着噩梦的结束。

对于美军陆战一师的士兵来讲，他们的地狱之行才刚刚开始。

水门桥

按照第九兵团司令员宋时轮的计划,第二十六军主攻下碣隅里,其最迟攻击时间应为十二月五日。

然而,十二月五日这天,下碣隅里非常平静,中国军队没有任何大规模的攻击动作。

第二十六军之所以没有按照预定时间发起攻击,是因为这个军的推进速度缓慢,五日,他们距下碣隅里还有五十至七十公里的路程。

于是,当柳潭里的美军陆战一师撤退到下碣隅里以后,第二十六军攻击下碣隅里的最佳时机已经丧失。而战后的战场通报显示,在柳潭里的美军没有向下碣隅里突围之前,下碣隅里的美军兵力仅为两个步兵排。

中国第二十七军的战后总结,对当时处于朝鲜战场的中国军队具有普遍意义:对敌人估计过低;大部队过于分散,小部队过于集中;侦察手段有限,后勤补给严重不足……

到了十二月五日这天,集结于下碣隅里的美军已达到上万人,各种车辆上千台。美军的人员和车辆都集中在一个方圆仅几平方公里的小小地域里,如此的密集程度,加上堆积如山的军用物资,哪怕有一发炮弹落到这里,都会引起巨大的伤亡。但是,中国军队缺乏火炮迅速机动的能力,只能眼睁睁地看着美军大规模地集结在一起。

尽管如此,至少史密斯师长心里明白,中国军队吃掉他的决心已定:中国的第二十六军正向这里步步逼近,第二十七军也从柳潭里方向压来。更糟糕的是,在陆战一师下一步撤退的道路上,大约有五六个师的中国士兵已经迅速南下,在下碣隅里至古土里乃至五老里的道路两边准备节节阻击,而现在这条道路上的所有桥梁都被中国工兵炸毁。可以说,陆战一师仍然深陷在包围中,突围出去的路上布满死亡的陷阱。

第十军军长阿尔蒙德下达的命令仅仅是一句话:尽快撤退到咸兴地区。

史密斯也恨不得立刻就撤退到濒临东朝鲜湾的咸兴,但是他的陆战一师根本快不了。除了要整顿经历过剧烈战斗而损失巨大的部队,并让士兵们稍微恢复一下体力外,更重要的是,那些拥挤地躺在下碣隅里的每一座帐篷中的伤员必须撤退出去。伤员的人数大约在五千左右,带着他们突破漫长的血路撤退到东海岸的咸兴是绝对不可能的。

只有一个办法:空运。

把伤员空运出下碣隅里。

下碣隅里的简易机场终于可以使用了,这是史密斯师长在这段暗淡的日子里感受到的唯一一丝光亮。当阿尔蒙德催促陆战一师迅速北上进攻的时候,陆战一师因为坚持修建这个机场严重延误了北进的时间,史密斯为此几乎丢失了自己职业军人的前途。但是,仅仅十一天后,当第一架远东空军的 C-47 飞机载着伤员飞离下碣隅里的时候,第十军所有的指挥官终于认识到修建这个机场的必要性了。

在撤退伤员的工作中,陆战队队员在机场的跑道上发现许多曾经仓皇逃命的第七步兵师的假伤员。这些陆军士兵"走到跑道上,裹上一条毯子,倒在担架上大声地呻吟起来,于是卫生兵就把他们抬上了飞机"。在这种情况下,一名军医向史密斯师长报告了一个奇怪的数字:他管辖的帐篷里原来有四百五十名伤员,可当天他运走的伤员人数却是九百四十一人。到了天黑的时候,他从机场回来,居然发现又有二百六十人躺在帐篷里。军医认为,如果不加强检查,会有更多的"没有受伤的士兵上了飞机"。史密斯师长当即宣布这名军医是能否上飞机的"最后裁定人"。军医为了更方便地执行裁定,选择了一个活的"样品":一位名叫莱森登的军医由于脚被冻伤,走路一瘸一拐的,于是所有的伤员都必须与这位军医相比,"伤势不重于莱森登医生的人不准上飞机"。

除了伤员以外,史密斯师长坚决主张把一百三十八名美军士兵的尸体抬上飞机。为此,他又与第十军司令部吵了起来。司令部要求把死者留下,以便飞机腾出更多的地方尽快运走伤员。但是史密斯的态度十分强硬:"我们不惜生命也要带走这些尸体,陆战队对阵亡的士兵极为崇敬,我们绝不会把他们留在孤寂荒芜的朝鲜村庄里!"然而,在柳潭里,阵亡美军士兵的尸体已经被就地掩埋了。更让史密斯恼火的是,那些被运到日本医院里的士兵的冻伤状况,引起了舆论对陆战一师的一片指责,说使士兵冻伤是"指挥员的失职",要求军事法庭"调查失职者"。为此,史密斯再次给美国海军陆战队司令官凯茨将军写了一封信,他在信中愤怒地质问道:

> 我在这里刚刚把一枚银星勋章授予一名中士,他为了扔手榴弹脱下了手套,手指被冻伤。你能因为这位士兵未能采取有效措施预防冻伤而把他送交军事法庭吗?

你能因此把他的营长、团长、师长送上军事法庭吗？

在朝鲜半岛东线的战斗中,装备低劣和补给薄弱的中国军队因冻伤而失去战斗力甚至死亡的士兵数量约为一万人,相比美军因此而失去的战斗兵员这几乎像是一个天文数字。美军陆战一师军士伯季回忆道:严寒里的中国士兵穿着单薄的胶鞋,他们的脚已被冻得肿成"像足球一样大"。那些负伤倒在阵地上已无法行动的士兵手里还握着枪,"我们不得不掰断他们的手指,才能把步枪从他们冻僵的手中拿出来"。

为了撤退,美军对下碣隅里进行了空前的物资补给。美军的四引擎飞机以红、蓝、黄、绿、橙五种颜色的降落伞,投下大量的食品、药品、汽油和弹药。数量之大使远东空军的降落伞都不够用了,以至于要从下碣隅里的地面不断地回收,但落在下碣隅里的降落伞大部分都被美军士兵们撕开当作御寒的毯子和围巾了。由于地面冻得很硬,空投的物资一半以上落地时损坏,还有一部分落到了中国军队的火力控制范围内。尽管空投的物资总重量已达到三百多吨,史密斯师长还是认为不够。对陆战一师的另一项重要补充是人员。五百多名在仁川登陆时负伤现已伤愈的陆战队官兵也被空投到下碣隅里,作为陆战一师撤退时的主要突击力量。

美军陆战一师于下碣隅里开始的大撤退,有一个问题成为历史性的问题,那就是,依靠美军的空军力量,使用空运的方式将下碣隅里的上万名美军运送出去,不是不可能的。当时,美军空军派出负责指挥这一地区军事行动的丹纳少将曾专程到下碣隅里与史密斯师长会面,明确建议使用空军的 C-47 飞机撤出陆战一师的全部人员。然而,陆战一师为什么放弃安全的空中撤退,而选择了九死一生的地面突围呢?史密斯师长的解释是:如果进行空运,就必须逐次收缩下碣隅里的环形阵地,以一批批地抽出兵力运走。那么,空运正在进行中,一旦中国军队发起大规模的进攻(这种可能性极大),不但空运会陷入极大的混乱,而且处在空运状态中的美军很难立即组织起有效的抵抗，部队会遭受极大的伤亡，甚至可能出现不可控制的局面，而这种局面一旦出现，陆战一师将彻底覆灭。再者，空运必须抽出兵力守卫机场，而等最后一架飞机起飞后才算完成任务的这支守卫机场的部队，必定要被中国军队全部歼灭。还有，如果下碣隅里的美军被空运出战场，那么在黄草岭等待大部队撤退路过时一起突围的那个营，就没有了单独突围的任何可能性了，他们只能孤零零地成为中国军队的一顿美餐。鉴于所有这些因素，地面突围尽管危机四伏，但从保存更多生命的角度看，反而比空运给予的机会多。

史密斯认为，作为师长他必须对美国海军陆战队第一师每一个官兵负责。

十二月五日下午，距离预定的撤退时间还有半天，应记者们的强烈要求，史密斯召开了一次记者招待会。美国记者、英国记者、法国记者纷纷从咸兴飞来，他们已经把陆战队糟糕的情况向全世界进行了报道。残酷的撤退行动近在眼前，史密斯没有心思和记者们进行文字周旋，但当记者提到陆战队现在是"后退"还是"退却"的时候，曾经在陆战队从柳潭里向南撤退时发出奇怪的"向南进攻"命令的史密斯师长顿时亢奋起来：

> 退却，是被敌人所迫使，是向友军保持的后方地域转移。但是，这次作战，后方也被敌人占领着，我们已经被完全包围，既不能后退也不能退却，陆战一师只能打出去！因此，这不是退却，是进攻！

第二天，西方各大报纸的大标题醒目而骇人：

说退却毫无道理，是对其他方向实施进攻！

十二月五日晚，下碣隅里美军炮兵阵地上所有的一五五毫米火炮一齐发射，巨大的轰鸣声震荡着沉寂了两天的山谷。重炮的发射目标是陆战一师即将向南撤退的公路两侧中国军队的阻击阵地以及一切美军怀疑有这种可能的地区。由于怕破坏公路,炮兵使用了一种在距离地面一定高度爆炸的炮弹引信。发射还连带着要把多余的炮弹统统打光的目的,因此,美军火力密集的轰击一直延续到六日的清晨。

五日夜,美军准备出发。

士兵被告知,在这样一个夜晚,中国军队肯定会向下碣隅里进行规模空前的进攻,因此,出现在他们身边的每一个细小的声音都会引起莫名的恐慌。突然,爆炸声大作,一个巨大的火球落在下碣隅里美军士兵的帐篷上,在可怕的伤亡和骤然的混乱停止后,才发现在夜空中向下碣隅里俯冲轰炸的是远东空军的 B-26 双引擎轰炸机,投下的是美国制造的航空炸弹、一三〇毫米火箭弹和十二点七毫米的机枪子弹。史密斯师长气急败坏地大叫,怎么会出现这种情况? 在下碣隅里上空值班的海军夜航飞机到哪里去了? 美军飞行员后来的解释是:我们在无线电中受领到"攻击下碣隅里"的命令。——那么,是美军空军在无线电信号中发布了错误的命令?还是中国人用缴获的美军电台发出了"错误"的命令?

六日清晨,美军自下碣隅里向南大规模撤退的行动开始了。

首先,美军自己引爆了炸药,他们要把下碣隅里彻底毁灭,特别是军事设施和可以御寒的一切房屋,同时还要彻底销毁一切携带不走的物资,包括剩余的衣服、食品和弹药。推土机把堆积如山的罐头食品压碎,泼上汽油点燃。带不走的物资中还包括随军小卖部的一些商品,商品中有裹着漂亮纸的太妃奶糖,在销毁这些奶糖的时候,军官一下想到奶糖的味道比配发给士兵的 C 类干粮要好,不如让士兵们吃了。于是,那一天从下碣隅里走出来的成千上万的美军士兵人人嘴里都嚼着太妃奶糖。

当最后一批美军离开下碣隅里的时候,冲入下碣隅里的中国士兵冒着美军发射的炮弹在大火中寻找可以补充自己继续作战的物资。

离开下碣隅里的美军是一支庞大的、豪华的、诸兵种联合行动的队伍:先头部队在坦克的带领下沿着公路两侧攻击前进,后面是步兵与车辆混合而成的长长的纵队,然后是后卫部队。炮兵与先头部队之前已经出发,为的是抢先占领发射阵地。在整个队伍的上空,上百架处于同一高度的战机严密地掩护着地面的撤退。这是自朝鲜战争爆发以来最大规模的空中掩护,从航空母舰"莱特"号、"巴里"号、"福基"号、"菲律宾"号、"普林斯顿"号、"斯特雷德"号、"凡尔登"号、"西西里"号起飞的舰载飞机以及美军第五航空队的侦察机、战斗机、中型和重型轰炸机依次轮番起飞,在整个陆战一师撤退的必经空域形成了严密的掩护火力网。

六日的清晨有雾,陆战一师的先头部队居然在一个高地上发现了还在睡梦中的几个中国士兵。接下来的情况就不妙了,中国军队不顾头顶上美军飞机的扫射和轰炸,开始对美军进行殊死的阻击。中国军队把美军先头部队的坦克放了过去,然后猛烈地射击美军的步兵,密集的子弹从公路两侧的每一个山头射来。同时,在令美军士兵心惊肉跳的铜喇叭声中,中国士兵无所畏惧地冲上来与美军搏斗。陆战一师撤退的序列开始混乱,长长的车队被迫停下来进行抵抗。虽然是白天,但中国士兵勇敢的阻击令美军一天才撤出去五公里。

天黑了。

中国第二十六军的部队终于赶到了战场。第九兵团司令员宋时轮下达给第二十六军的命令是:全面向撤退中的美军发动坚决的攻击。抵抗第二十六军攻击的是陆战一师的七团,这个团的士兵已经在死亡中滚过几回了,因此面对中国士兵的冲击反而无所顾忌,他们呐喊着,在一种近乎疯狂的状态中拼死抵抗。陆战一师的后卫五团抵抗着压下来的中国第二十七军的部队。在公路两侧的各个山包上,交战双方反复争夺的状况一直延续着,将荒凉的山谷杀得血光冲天。美军士兵后来把这条山谷称为"火炼狱谷"。

陆战一师二等兵巴里·莱斯特回忆道：

> 陆战队与中国人混战在一起，为每个高地、每个山脊角逐争夺。中国人猛烈的反击都在晚上进行，他们的军队充分利用了后三角队形的优点，以班为单位攻击我们的中段和侧翼，在手榴弹投掷距离以内进行试探……我们五个人分布在侧翼一个高约二十五码的陡坡上，在三四个小时的时间里，与从前后左右冲上来的中国人作战。他们冲上来，极力冲到手榴弹投掷的距离，接着又退下去。我的小腿中了一枪，痛得要命，血流了一地，但最后不流了，因为血液冻住了……中国人一次比一次冲得近，我们的弹药快打光了。一位中士是我下午才碰上的，他的腹部受了伤，而且肯定伤了脊骨，因为他说他的腿动不了了……"把你们的弹夹扔给我，你们所有的弹夹……"他喊道，"我留在这里掩护你们。"我们服从了。我很难受，因为我知道他没法离开那个山包……如果中国人知道我们往下撤，一定会紧追不舍的。

莱斯特和另外三名陆战队员离开了那个阵地，在一阵剧烈的枪声响过后那个阵地沉寂了。

中国士兵知道，这是歼灭美军的最好的时机。

在一个卡在公路边的高地上，一个排的中国士兵自十一月二十九日就坚守在这里，他们忍饥受冻等待的就是这个时刻。美军陆战队的士兵疯狂地要夺取这个高地，他们把这个高地紧紧地围住，使用了可以使用的一切火力，并且像登山运动员一样依靠绳索往高地上爬，但是这个高地始终在中国军队的手里。

十二月七日，美国军史专家蒙特罗斯将这一天的战斗称为"最壮观的战斗"：

> 陆战队员们从来没有见过如此众多的中国人蜂拥而

至。中国人一次次地顽强地进攻,夜空时而被曳光弹交织成一片火网,时而照明弹发出可怕的光亮把跑步前进的中国部队暴露无遗。尽管陆战队的炮兵、坦克和机枪全力射击,但是中国人仍然源源不断地拥上来。他们视死如归的精神是陆战队员们从未见过的。

美军的坦克先头部队冲过枪林弹雨到达了古土里,伤痕累累的美军士兵一头倒在帐篷里就睡,但是要求他们原程返回的命令到了,因为陆战一师的主力部队,尤其是辎重部队,此刻处在了与中国军队的混战中。中国士兵已经把辎重部队紧紧地包围,这支部队因为等待工兵修复被中国士兵炸毁的桥梁和开辟迂回道路而滞留在这里。负责掩护辎重部队的,是美国海军航空兵司令哈里斯将军的儿子哈里斯中校,中校已经把手中掌握的三个步兵连全用上了,但辎重部队依旧处在危急中。在中国军队的顽强攻击下,辎重部队副团长死亡,指挥部的两名参谋也相继死亡。最后,哈里斯中校也死于混战中。

这时,留在下碣隅里附近担任后卫任务的陆战一师五团与中国军队的战斗更为残酷。阻击中国军队前进的美军士兵在坦克、榴弹炮、无后坐力炮、火箭筒和机枪组成的火网中不肯后退一步,中国士兵以令美军士兵目瞪口呆的顽强一波接一波地冲上来。美军战史记载道:"中国士兵的身影浮现在照明弹青白色的光亮下,如此视死如归的进攻从来没有见过。"

战斗持续到七日的下午。

美军陆战一师的主力部队陆续撤退到古土里。

从下碣隅里到古土里十八公里。这十八公里的道路美军走了三十八个小时,平均每小时前进五百米;美军在这十八公里的路上损失官兵六百六十一人,平均每公里伤亡三十四人。

集中在古土里的美军仍有一万多人。

这里距离陆战一师最终的撤退目标兴南港还有七十公里。

美军到达古土里的时候，一场猛烈的暴风雪来了。惊魂未定的美军官兵在极度的寒冷中听到了一个比呼啸的风雪更令他们恐惧的消息：在向咸兴撤退的路上，有一个极其险峻的隘口，隘口上唯一可供通过的桥梁已被中国士兵炸毁。

那座使美军陆战一师无路可绕的桥，名叫水门桥。

水门桥位于古土里以南六公里处。长津湖水库下面引水涵洞里的水到这里流入四条巨大的管道内，以很陡的坡度伸向山下的一座水力发电站。在管道和公路相交的地方，是架在管道上的悬空单车道桥梁。远远地看去，桥高挂于悬崖之上，桥下是万丈深渊。一旦没有了水门桥，过往车辆因无路可绕只有被堵截于此。

中国军队知道水门桥是阻止美军陆战一师南撤的好地方，于是先后两次炸桥。第一次是在十二月一日，炸毁之后，美军陆战队的工兵以一座木桥修复后通车。中国军队的第二次炸桥是在十二月四日，炸毁之后，美军工兵修复起了钢制的车辙桥。现在，中国士兵第三次将桥炸毁。这一次，炸药对水门桥的破坏大于以往任何一次。

关于这座桥梁的故事，可以清楚地看出在整个朝鲜战争中，作战双方工业能力的巨大差距导致了军事实力的巨大悬殊，从而使战争在战争力量相差巨大的前提下进行着。

陆战一师工兵参谋兼第一工兵营营长约翰·帕特里奇中校建议，最好的办法是把新的车辙桥组件空投到古土里，然后再把这些组件运到架桥现场。架桥需要四套 M2 型车辙桥组件，但考虑到空投可能造成的损失，陆战一师要求了八套。但是，车辙桥组件重达一吨多，美军空军现有的空投降落伞能否承受如此重量还没有过先例。于是，在南朝鲜的一个空军基地进行了降落伞载重试验性空投，结果钢制的组件在落地时严重弯曲。空军要求从日本运来更大的降落伞。当夜，一支降落伞维修小组携带着更大的降落伞从日本到达位于南朝鲜的美军海军连浦机场，在海军陆战队空投排和美军第一水陆两用牵引车营一百多名技术人员的配合下，连夜完成了空投试验和在古土里实施空投的一切准备。

十二月七日上午九时，陆战队员被通知离开预定空投地域，以"防止建桥部件砸到他们头上"。然后，美军空军的八架 C-119 大型运输机将八套钢制的 M2 型车辙桥组件空投到古土里狭窄的环形阵地里，除了一套落到了环形阵地以外，其他的全部安全收回。这些组件被立即装上卡车，在重兵的掩护下向水门桥前进。一路上大雪纷飞，中国士兵的冷枪不断，更糟糕的是，派去占领水门桥的先头部队没有完成任务，卡车被迫返回。第二天的行进很顺利。可是，当美军到达水门桥时，帕特里奇却大吃一惊：中国工兵不知道什么时候又炸掉了一截残存的桥面，M2 车辙桥组件已无法达到断裂面的宽度。美军工兵们在深谷中发现了一堆旧枕木，于是他们把枕木拖上来架设起临时桥墩。

九日下午十六时，水门桥架设完毕。

帕特里奇中校向史密斯师长"表示了歉意"，因为他曾保证在"一个半小时之内"重新架起这座桥梁。

就这样，远离本土作战的美军，用了不到三天的时间，于不断传来的枪炮声中，在朝鲜东北部偏僻山区的一座悬崖上架设起一座载重五十吨、可以通过所有型号的坦克和车辆的钢制桥梁。

事后，从中国军队对如此重要的水门桥及其隘口附近所投入的少量兵力看，说明中国军队的指挥员们必是认为美军不可能在短时间内修复一座钢铁桥梁，而只要把桥梁炸得看上去根本不可能修复，美军的后路就可以认为是彻底断绝了。所以，中国军队只是一而再再而三地派出工兵炸毁桥梁。中国军队没有认识到美军现代化装备的优越作战能力，即使认识到了也必定不够充分。因此，直到美军士兵心惊胆战地通过水门桥的时候，他们才发现中国军队并没有在这个险要的地方部署重兵，所有的阻击从规模上判断只有营的兵力。其实，即使在美军修复了水门桥的情况下，隘口也是美军大型车队通过的瓶颈,只要在隘口附近的几个高地部署足够的阻击兵力,对隘口进行不间断的冲击,美军就是通过也要付出极大的代价。但是,除了零星的冷枪之外,整个水门桥地区没有中国军队更大的阻击。

事后,军史专家分析说,不是中国军队的统帅不知道这个隘口的价值,而是中国军队因为后勤补给断裂这一不可克服的困难,此时已经没有力量组织大规模的攻击行动了。

从古土里到真兴里,在水洞村附近,以为已经摆脱中国士兵的一股美军突然受到攻击,在迷茫的风雪中出现的中国士兵令美军不知所措。中国士兵中有的人脚上连鞋都没有,这令美军士兵在零下四十摄氏度的气温中看上去简直如同一种幻觉。中国士兵的手榴弹和步枪子弹立即击毙了美军的卡车司机,卡车燃起大火。在闪动的火光中,美军士兵认为到处都是中国军队,于是四处逃窜,战斗序列立即瓦解。

卡在美军陆战一师撤退路上的一○八一高地,一直被中国军队占领着。这是一块更加远离中国军队补给线的高地。美军为了夺取这个高地,派出一支强攻部队,美军士兵在冰雪中与中国士兵反复较量。严寒使自动步枪和卡宾枪已不能发射,即使用火烤过之后依旧有百分之四十不能使用。一○八一高地距离公路仅仅八百米,但是雪深达到二十厘米,美军从进攻前沿运送伤员下来,八百米的坡路要用去七个小时。不知道在这种极其恶劣的条件下,高地上的中国士兵在没有粮食供应和缺乏御寒衣物的情况下是怎样活下来的,但是,他们的生命在战斗中依然能够迸发出炽热的斗志。一○八一高地最后被美军四面包围,在高地四周的每一个方位,都有美军对空引导员引来的美军战机。真兴里方向的一五五毫米榴弹炮、团属一○七毫米重迫击炮和一○五毫米榴弹炮、营属八一毫米迫击炮和六○毫米迫击炮一齐向这个高地进行轰击。地面上美军动用了一个营的兵力向山顶冲击。参加过这次战斗的美军士兵战后这样评价了那天他们在一〇八一高地上看见的中国士兵："这些中国人忠实地执行了他们的任务,没有一个人投降,顽强战斗到底,全部坚守阵地直到战死,无一人生还。"

从古土里到真兴里,撤退的美陆战一师用了七十七个小时,平均每前进一公里需要两个小时。在这条路上,美军死亡八十一人,失踪十六人,负伤二百五十六人。

十二月十一日十三时,陆战一师的主力通过真兴里。

中国军队对在朝鲜半岛东线作战的美军陆战一师的阻击基本结束。

美军陆战一师自元山登陆到撤退回咸兴,共死亡七百一十八人,失踪一百九十二人,负伤三千五百零四人,合计战斗减员四千四百一十八人。同时,非战斗减员数以千计,其中大部分是冻伤。

中国军队在东线战场的损失没有公开的确切数字记载。

战后,美军曾翻译过一份中国军队第二十七军关于朝鲜东线战事的总结材料,其中有这样的叙述:

> 食物和居住设备不足,士兵忍受不住寒冷。这就发生非战斗减员达一万人以上,武器不能有效地使用也是原因。战斗中,士兵在积雪地面野营,脚、袜子和手冻得像雪团一样白,连手榴弹的拉环都拉不出来。引信也不发火,迫击炮管因寒冷而收缩,迫击炮弹有七成不爆炸。手部皮肤和炮弹和炮身粘在一起了。

即使是这样,在东线的战斗中,美国海军陆战队最精锐的陆战一师依然遭到中国军队的重创,中国军队已迫使其在东线战场进行了大规模的撤退。至此,世界上没有人再会认为中国的这支"农民武装"式的军队是一支可以轻易侮辱的力量。

朝鲜战争结束后多年,在日本出版的一部关于朝鲜战争的著作中,日本人是这样描述那时的中国军队的:

中国军队在美军完全掌握了制空权的情况下，虽然苦于缺乏装备、弹药、食品和防寒用具，但仍能忍耐一切艰难困苦，忠实地执行命令，默默地行动与战斗。这就是毛泽东所提倡的"不论在任何艰难困苦的场合，只要还有一个人，这个人就要继续战斗下去"的勇敢精神。好像对美军炽烈的火网毫不在意似的，第一波倒下，第二波就跨过尸体前进，还有第三波和第四波继续前进。他们不怕死，坚持战斗到最后一个人的意志，仿佛是些殉教者。他们对面的美军官兵也在惊叹其勇敢的同时，感到非常害怕。这支军队的这种勇敢战斗精神和坚忍性，到底来源于什么？那大概不单纯是强制和命令。可能是因为对共产主义的信仰，对帝国主义的憎恶，坚信现在进行的这次战争是"正义战争"，这些都渗透到了这支军队官兵的心灵深处，不，已渗透到了他们的骨髓之中。

圣诞快乐

自朝鲜战争开始以来一直处在焦虑中的毛泽东终于有理由高兴一下了。在得知中国军队在第二次战役中已迫使联合国军大规模撤退后,毛泽东写道:

> 颜斶齐王各命前
> 多年矛盾廓无边
> 而今一扫新纪元
>
> 最喜诗人高唱至
> 正和前线捷音联
> 妙香山上战旗妍

无论从中国古典诗词精美的水平上衡量,还是与毛泽东曾经写下的那些壮阔诗篇相比,这首词都依旧是一篇上乘之作。这是毛泽东在北京的中南海里沿着秋天的湖岸当着周恩来的面即兴赋和一位"高唱而至的诗人"的结果。当时毛泽东手上拿着中国军队全面向南推进的战报,兴奋的情绪自然跃动心间。

"高唱而至的诗人",是中国著名的民主人士柳亚子。当朝鲜战场上的联合国军不可遏制地溃退的时候,中国国内高涨的胜利情绪影响着每一个中国人。柳亚子老先生也不例外,于是他给毛泽东送来一首《浣溪沙》,其下阕有这样的句子:

战贩集团仇美帝

和平堡垒拥苏联

天安门上万红妍

且不论以词著称的柳亚子先生的这首词写得如何,其反映出的微妙的国际政治关系却是真实的,那就是在朝鲜战争中中苏联盟这个巨大政治力量的影响。

如果柳亚子先生的这首词被准确地译成英文,并且传到美国政府官员的眼前,那么美国人肯定会认为,他们事前关于朝鲜战争本质的一切分析都是正确无误的。

在国际政治中与苏联结盟的新中国,不但要在军事上显示自己"不可轻视"的国际地位,而且还要在意识形态上向全世界展示自己的政治主张。

与朝鲜战场上的军事行动紧密配合,中国派出了以伍修权将军为首的九人小组前往联合国进行外交行动。这是中国共产党人在建立新中国后第一次派出自己的代表出席联合国大会。当时联合国里的中国席位上坐着蒋介石的代表,而几乎所有的西方大国都无视新中国的存在。

拿毛泽东的话讲,"伍修权大闹天宫"去了。

就在中国军队在朝鲜战场上发动第二次战役,联合国军西线的右翼开始崩溃的时候,以伍修权将军为首的中国共产党的外交小组出发了,他们经蒙古、苏联、捷克……整整十天后,到达了与新中国没有外交关系的美国。他们手里所持有的是成立仅仅一年的中华人民共和国的护照。

黎明时分，纽约机场上晨风很冷。

一百多名记者拥挤在机场的出口，抗议和欢迎的人群也混杂在机场的出口。美国警察的表情如临大敌。九个新中国的共产党代表走下了飞机。一位美国记者在随后报道这一时刻的时候用了这样的标题：

这些旅行者在他们周围的历史气氛中留下了深刻的痕迹

十一月二十八日，联合国政治委员会会议大厅的旁听席上挤满了人，会场专门为新中国的代表留出了位置，位置前是一个写有"中华人民共和国"字样的标牌，这个标牌格外地引人注目，因为此时联合国还没有承认世界上有这么一个国家。凑巧的是，在伍修权旁边坐着的，是那个在朝鲜战争爆发前在三八线上举着望远镜向朝鲜北方窥探的杜勒斯。没人知道杜勒斯看见"中华人民共和国"的标牌时是一种什么样的心情。

伍修权以"美国武装侵略台湾案"为题，开始了他长达两个小时的发言。

"我奉中华人民共和国中央人民政府之命，代表全中国四万万七千五百万人民，来这里控诉美国政府武装侵略中国领土台湾非法的和犯罪的行为。"伍修权对美国散布的"台湾地位未定"、"须由美国托管"等谬论，引用《开罗宣言》、《波茨坦协定》和美国总统杜鲁门《关于台湾问题的声明》，对中国人民的立场进行了有力的表述。在涉及朝鲜战争时，伍修权阐述的观点措辞尖锐而华丽：

> 朝鲜的内战是美国制造的；朝鲜的内战在任何意义上都不可能成为美国武装侵略台湾的理由或借口。各位代表先生，能不能设想因为西班牙内战，意大利就有权占

领法国的科西嘉呢？能不能设想，因为墨西哥内战，英国就有权占领美国的佛罗里达吗？这是毫无道理的，不能设想的。其实，美国政府武装侵略台湾的政策，正像其侵略朝鲜的政策一样，早在朝鲜内战被美国制造之前就已决定了。

……

美国政府武装侵略我国领土台湾和扩大侵略朝鲜战争，千百倍地加强了全中国人民对美帝国主义的仇恨和愤慨。六月二十七日以来，全中国的各民主党派、各人民团体、各少数民族、海外华侨、工人、农民、知识分子、工商业家对于美国政府这一侵略暴行的千千万万的抗议，表现了中国人民不可遏止的愤怒。中国人民是爱好和平的。但美国侵略者如果以为这是中国人民软弱的表示，那就大错特错了。中国人民从不，也永不害怕反抗侵略战争。不管美国政府采取任何军事阻挠，也不管它盗用什么样的联合国的名义，中国人民决心从美国侵略者手中收复台湾和一切属于中国的领土。

蒋介石政权的代表蒋廷黻的座位和伍修权正好面对，相信伍修权发言时的目光落在这位台湾代表脸上的频率最高。蒋廷黻在伍修权发言时一直把手遮在前额上。

美国代表极力想把话题从台湾问题上引开，引导会议讨论目前正在进行的朝鲜战争，提出"中国侵略朝鲜案"。但是，中国代表拒绝讨论这个问题。伍修权的立场是：

我不参加所谓"控诉对大韩民国的侵略案"的讨论，理由是很清楚的。因为朝鲜问题的真相不是别的，正是美国政府武装干涉朝鲜的内政，并严重地破坏了中华人民共和国的安全。美国政府盗用联合国的名义是完全非法的。六月二十七日联合国安理会对于朝鲜问题的决议，由于没有中华人民共和国和苏联两常任理事国家参加，根本是非法的。在这种情况下，我决不参加那根本荒谬的所谓"控诉对大韩民国的侵略案"的讨论，也完全没有必要回答奥斯汀先生以麦克阿瑟报告为基础所提出的问题。

……

只准帝国主义侵略，不准人民反抗的时代已经过去了。中国人民完全有信心打退敢于侵略中国的一切帝国主义者。

十二月七日，联合国在美国的操纵下，还是将"中国侵略朝鲜"的提案列入联合国大会的议程。中华人民共和国的九位代表愤然离开了会场。无论如何，中国共产党人已经开始在国际政治舞台上掌握自己国家的命运了。

朝鲜战争进行到这个时刻，特别是经过中国共产党人在联合国讲坛上的阐述，美国人终于明白了，中国共产党人在朝鲜参战，根本问题并非在于一个新生的政权感到了来自边境的威胁，而是在于这个新生的政权力图在国际政治上取得更大的承认。这一点从周恩来的声明中可以看得很清楚。

就中国军队是否在朝鲜停战，周恩来开列了三个条件：

一、中华人民共和国的代表必须取得联合国的合法地位；

二、美国侵略军必须撤出台湾；

三、一切外国军队撤出朝鲜。

周恩来拒绝了一些国家的代表提出的"先实现停火后实行停战"的建议。他特别强调，"朝鲜问题和亚洲重要问题的和平解决，离开这几点是不可能的"。更让美国人惊慌的是，周恩来指出，当美军越过三八线时，"就永远抹去了这一政治地理的界线"。

中国共产党人的态度空前强硬。中国军队在朝鲜参战的政治目的,涉及新中国国际地位的确立以及台湾问题的解决和整个亚洲局势的稳定。中国共产党人威胁的信号十分明确,三八线这条人为的界线在中国军队的眼里根本不存在,只要中国军队愿意,就可以一直战斗到把联合国军赶下日本海。

中国共产党人从开始为自己的理想奋斗时起,就已经拥有了在异常艰难的境遇中格外的顽强和特别的乐观的性格。新中国成立以后,中国共产党人把国际的政治孤立当成了一种战斗的动力,这是中国军队义无反顾地出兵朝鲜参战的重要因素之一。屈服是不可能的,这不符合中国共产党人的性格。他们只有战斗,他们相信通过顽强的战斗新中国最终会赢得全世界的承认。

中国共产党人的这种性格,也在中国军队追击溃退的联合国军的路上表现了出来。中国军队中优秀的士兵打着竹板,令在追击中感到疲惫和饥饿的同伴咧开嘴笑:

> 同志们,加把劲儿,
> 前边就是宿营地儿,
> 宿营休息喘口气儿,
> 不到目的不完事儿,
> 要问目的是哪里?
> 暂时还得保保密儿……

没有一个中国士兵真正知道目的地到底在哪里。他们仅仅知道这下子恐怕要把美国人一直追到海边了。而美军的撤退也许就意味着战争要结束了。都说美国军队打仗厉害,飞机大炮厉害是真的,可最后也就是那么回事。麦克阿瑟说"圣诞节前让孩子们回家"的话曾让美军士兵们高兴了好一阵子。其时,中国的传统节日元旦和春节也快要到了,中国士兵自己编出的顺口溜是:"从北到南,一推就完,消灭敌人,回家过年。"

中国士兵的乐观是有理由的。

位于朝鲜战场西线的美军和南朝鲜军在中国人民志愿军六个军的打击下,美军第二师、土耳其旅、南朝鲜第二军团已经完全失去战斗力,美军第二十五师受到重创、骑兵第一师和第二十四师均伤亡巨大。在这种情况下,麦克阿瑟不得不命令他的部队全面撤退,而且是美军历史上少有的大规模撤退。其中的一部美军以在一个星期内一举撤退二百五十公里而举世闻名。美国舆论在一片悲观的气氛中,对麦克阿瑟的撤退予以了极大的嘲笑:"麦克阿瑟被朝鲜山坡上枯萎的狗尾草吓得发抖",并且"由于中国军队的强烈的冲击,麦克阿瑟实际上败于自己的想象"。而军事评论家认为,在清川江以北,美军受到的打击的确是前所未有的,但自那以后,美军都是并未经过像样的战斗而连续撤退的,不战而退二百五十公里的事例"真是罕见"。正当美军的撤退愈难愈急的时候,被送到朝鲜战场的美国报纸上有了一则幽默,说当平壤快保不住的时候,麦克阿瑟研究了应该在哪里站稳脚的问题,并命令参谋人员制订一个撤退五十公里的计划。结果这个参谋错把一张小比例尺的地图当成大比例尺的地图了,参谋看见有个地方防线最窄,于是决定了撤退的目的地,其实那是三八线附近的临津江口,可是麦克阿瑟却批准了。

　　担任第二次战役正面进攻的中国第三十八、第三十九、第四十二、第四十军在彭德怀的命令下,不顾一切困难,不畏一切风险,不惜一切代价,向南勇猛前进,力图最大限度地歼灭撤退中的敌人。

　　在通往朝鲜半岛南方的各条公路上,拥挤着争先恐后撤离的联合国军的车辆。而在通往朝鲜半岛南方的所有山间小路上,步行的中国士兵以惊人的速度在前进。不断有联合国军部队再次落入被歼灭境地的消息。联合国军的车轮竟不如中国士兵的脚步快,这令全世界颇感惊讶。日本军史学家认为,"中国士兵创造了战史上罕见的纪录",这是朝鲜战争中中国军队表现出的"七个不可思议"中的一个。

所谓"七个不可思议"是：

一、中国军队介入朝鲜战争的目的、动机和规模；

二、中国军队是如何侦察的；

三、中国军队的伪装、土工作业的能力；

四、原始的后勤系统是如何装备和供应部队的；

五、中国军队卓越的夜间战斗的本领；

六、视死如归的人海战术；

七、中国军队在没有机械运输的情况下的机动、追击的速度。

十二月四日深夜，面对联合国军向三八线总退却的战场态势，毛泽东致电彭德怀：

> 大体上可确定平壤敌人正在撤退，其主力似已撤到平壤至三八线之间，其后卫似尚在平壤以北及东北地区。你们应于明（五）日派一个师或一个师的主力，向平壤前进，相机占领平壤。

彭德怀当即命令以三个师的兵力威胁平壤，并且明确由第三十九军一一六师占领平壤。

联合国军的确要放弃平壤了。

中国军队在朝鲜中部的追击速度之快超出所有人的预料。平壤的两侧地区已经出现中国军队移动的踪影。位于平壤的联合国军获得的消息说，中国军队投入了新的精锐部队。情报人员甚至说，他们看见至少有两支骑蒙古马的中国骑兵部队正向平壤奔袭，并且这两个师的中国士兵是刚投入战场的部队，因为他们都"穿着新的黄色的棉衣"。联合国军开始对平壤进行大规模的破坏，在炸毁一切军事设施和工业设施的同时，开始尽可能彻底的掠夺，其中包括可以运走的一切民用物资，甚至包括金日成图书馆里的图书。在联合国军的裹挟下，大批难民混杂在撤退的联合国军士兵当中，形成大规模的难民潮。史料记载的撤退军民总人数为三百万，而这个数字相当于当时北朝鲜总人口的三分之一。

南朝鲜第一师师长白善烨是平壤人，彻底毁灭平壤的爆炸声"令他受到了无可比拟的失望感的折磨"。

十二月五日一早，北京的中央人民广播电台播出了一条新闻，新闻在详细叙述了朝鲜战场的形势之后说：

> ……东西两线敌军，恐慌万状，急于逃命。平壤城内之敌，正在罪恶地屠杀人民，焚毁物资及该城的发电设备，大火弥漫平壤城。朝鲜人民军和我国人民志愿军正向平壤方向攻进中。

这篇新闻稿是毛泽东亲自撰写的。

中国军队第三十九军一一六师三四六团的一个营，在副团长李德功的率领下，不顾敌人在道路上为飞机轰炸设置的目标火堆和猛烈的炮火阻击，于十二月六日上午冲进平壤市区。

平壤的联合国军大部分已经撤退到大同江南岸。

为了阻止敌人炸毁大同江桥，李德功命令部队以最快的速度向江边前进。但是，他们还没有到达，就远远地听见了大同江上的一声巨响。这时候，三四六团的主力也跟了上来。

中国军队占领大同江桥头堡的时间是：十二月六日上午十时三十分。

中国军队立即执行了志愿军总部颁发的《入城规定》。这个规定详细地制定了中国士兵在这个异国首都所必须遵守的纪律条款，其中包括重要目标的警戒、物资的清查和看管、群众工作以及社会治安。

三四六团一营的一个司务长想为部队寻找粮食，他敲开朝鲜居民的家门想先借上一点，结果他敲开的是金日成的家，一位朝鲜妇女接待了他，这位妇女是金日成的婶子。

这一天,中央人民广播电台广播了这样一则消息:

> ……朝鲜人民军和我国人民志愿军本日解放平壤。美国和其他国家的侵略军以及李承晚匪军残部,向平壤以南溃退。朝鲜人民军和我国人民志愿军的正规部队,于十二月六日下午二时进入平壤城。

这篇新闻稿还是毛泽东亲自撰写的。

对于美国总统杜鲁门来讲,从一九五〇年十二月一日开始,糟糕的事就接连不断。首先是民主党在国会选举中失败,而这意味着他政治生涯最艰难的时刻到了。共和党人抓住美国政府的一切失误来攻击杜鲁门,朝鲜战争的局势正是企图把杜鲁门赶下台的那些家伙们最喜欢的话题。而美国驻远东部队最高司令官麦克阿瑟在这个月发表的许多言论,证明他已坚决站在了反对派的立场上。麦克阿瑟完全不顾曾向美军士兵和他们的家属许下过"圣诞节回家"的诺言,以"神奇的速度"改变了自己过去的一切说法。令杜鲁门最为恼火的是,麦克阿瑟十二月三日给美国政府发来战报,战报把朝鲜战场上的军事形势描绘得一片黑暗,然后他开始细致入微地、不厌其烦地说明自己命令撤退的理由,并且隐晦地警告"如果美国政府再不改变对朝鲜战争的指导思想,美国人就会在朝鲜彻底完蛋"。这份报告无疑是在往杜鲁门的伤口上撒盐,并且很有点逼人就范的味道:

麦克阿瑟致参谋长联席会议:

> 第十军团以最快的速度撤退到咸兴地区。第八集团军的情况愈来愈危急。沃克将军报告平壤地区守不住了,敌人一旦施加压力,没有疑问,他将被迫撤退到汉城地区。我同意他的估计。企图把第八集团军和第十军的兵力合在一起,不仅是不可能,而且也不会产生任何好处。这两支部队在数量上都处于绝对劣势,他们的会合

不但不能加强实力,实际上反而削弱了由于两条分开的海上补给和调度的后勤路线所带来的自由活动的便利。

正如我以前所报告的,因为考虑到设防地区的辽阔:防线的两部分必须就近从每个地区的海口取得供应,防线又被从南到北的、崎岖的山岳地带分割成两个区域,我们的兵力就显得薄弱,所以拦腰在朝鲜建立一道防线是不可能的。这样一条防线从空间计算大约是一百二十英里,从地面计算大约是一百五十英里。如果把我所指挥的七个美国师布置在这条防线上,那就是说,一个师将不得不担负起防守一条长约二十英里的前线。而其所对峙的敌人在数量上占有绝对优势,在山地里敌人夜间渗入具有很大的威胁可能性。这样的防线,如果没有纵深的后方就不会有什么力量,而从防御的观念上看,这样的防线必然招致敌人的渗入,结果是被包围歼灭或者是被各个击破。

对付比较弱的北朝鲜部队,这样的战略思想是可行的,但是对付中国陆军的全部力量就不行了。

我不相信由于中国陆军公开地进入战斗所造成的根本变化已为人们所全部了解。估计已经有二十六个师兵力的中国部队投入了第一线的战斗。另外,在敌人后方,至少有二十万人。北朝鲜的残余部队也在后方休整。自然,在所有这些后面,还有共产党中国全部潜在的军事力量。

对于切断敌人供应系统,山岳地带减低了我们空军发挥配合的效能,而对敌人的分散战术却很有利。加上目前国际战线的限制,这就大大降低了我们空军优势可能产生的正常效果。

由于敌人集中在内陆,因而大大降低了我们海军可能发挥的威力。两栖活动不再可能,而有效地使用海军炮火配合作战也受到了限制。因此,我们各个兵种联合作战的力量大为减低,而双方的力量对比越来越决定于地面部队战斗力的对比。

所以,非常明显,如果没有最大数量的地面部队的增援,本军不是被迫节节后撤,抵抗力量不断削弱,就是被迫困守在滩头堡阵地里。这样做,固然在某种程度上可以延长抵抗的时间,但除了防御外,没有任何希望。

这支小小的部队,在目前的情况下,事实上是在不宣而战的战争中面对着整个中国。除非积极地、迅速地采取行动,胜利的希望是渺茫的。而实力不断被消耗,以致最后全军覆灭,那是可以预期的。

截至目前为止,本军还是表现了旺盛的士气和显著的效率,虽然本军已经进行了五个月的几乎不曾间断的战斗,精神疲惫,体力消耗。目前在我们指挥下的大韩民国的部队的战斗效率是微不足道的,作为警察和保安部队使用,他们还有一点儿用处。其他国家的陆军分遣队,不管其战斗效率如何,由于兵力微少,只能起很小的作用。我指挥的各个美国师,除了海军陆战队第一师外,现在大约都缺额五千人,这几个师从来没有补充到规定的名额。中国部队是新投入战斗的,组织完善,训练和装备都很优良,很明显他们处在斗志高昂的状态。此间对局势的全面估计认为,必须从这样一个观点来看待这个问题:在完全新的情况下,与一个具有强大军事力量的、完全新的强国进行一次完全新的战争。

我执行的指示原以北朝鲜部队为对手,由于新事件的发生,这个指示完全过时了。必须清楚地了解这样的事实:我们以较小的部队现在面对的是苏联大量供应物资所加强了的共产党中国的全面攻势。以前那些成功地用来指导与北朝鲜陆军作战的思想，现在继续用来对付这样的强国可就不行了。这就需要重新制订可行的、足以应付现实问题的政治决定和战略计划。在这一方面，时间是重要的，因为每一小时敌人的力量都在增长，而我们的力量却在削弱。

可是，在所有公开的场合，麦克阿瑟高谈的却是另外一套。他坚持说"圣诞节攻势"是成功的，因为它迫使中国军队过早地交战，破坏了中国人发动突然进攻的计划，而中国人的这个计划"会占领全朝鲜"；他极力否认由于他命令联合国军越过三八线并且逼近中国边境，从而导致中国军队参战的说法；他坚决反对把"有计划的撤退"说成是溃败，并且说那些愚昧无知的记者们"根本不知道什么是技艺高超的撤退"；最后，他没忘再次指责华盛顿束缚了他的手脚，比如禁止他越过鸭绿江打击中国军队，麦克阿瑟说这是导致目前局势的关键。

在杜鲁门看来，麦克阿瑟一再重复他的这些观点，表明了他和共和党的一些头面人物确有令人怀疑的政治来往。那么，杜鲁门与麦克阿瑟的分歧就不仅是军事观点的不同了，麦克阿瑟在朝鲜战争中所犯的错误也不仅仅是战场上的失败，更严重的是这个老家伙也许正与自己的政敌拉帮结伙。

杜鲁门不是总能在面子上维护他的远东司令官的。

在平壤被中国军队夺回的第二天，杜鲁门对所有的政府官员下达了一道命令，命令的内容让人一看就知道是针对麦克阿瑟的：未经国务院批准，任何人不得发表任何有关外交政策的讲话、新闻发布或者企图言论，以确保公开发布的消息能够"准确无误地与美国政府的政策保持一致"。

虽然严重警告了别人言论谨慎，杜鲁门自己却在三十日的记者招待会上突然说出了一个令全世界目瞪口呆的话：美国有可能使用原子弹！

  记者:总统先生,进攻满洲是否有赖于在联合国的行动?

  总统:是的,完全是这样。

  记者:换句话说,如果联合国授权麦克阿瑟将军向比现在更远的地方推进,他会这样做吗?

  总统:我们将采取任何必要的步骤以满足军事形势的需要,正如我们经常做的那样。

  记者:这是否包括使用原子弹?

  总统:包括我们拥有的任何武器。

  记者:您说的"我们拥有的任何武器",是否意味着正在积极地考虑使用原子弹?

  总统:一直在积极考虑使用原子弹。我不希望看到使用它。这是一种可怕的武器,不应用之于与这场军事入侵毫无关系的男人、妇女和儿童——而如果使用原子弹,就会发生那样的事。

尽管几个小时后白宫新闻办公室就发布了一份"澄清声明",解释杜鲁门"并不是说已经决定要使用原子弹"。但是,美国记者已经把杜鲁门的这番话飞快地传遍了全世界,并且已经引起了世界舆论的大哗——人们普遍认为,杜鲁门的话意味着,性格本来就难以把握的麦克阿瑟已领受了总统的授权,可以随心所欲地使用原子弹了。

全世界都注视着两个国家的反应,一是中国,一是英国。

其实,在朝鲜战争一开始的时候,美国五角大楼就一直秘密地研究着使用原子弹的问题。当时,原子弹作为一种大规模的杀伤武器,是美国人手中一张可以解决一切难题的王牌。但是,使用这种武器的所有研究资料都处在极端的保密之中。

在中国，毛泽东听到这个消息时笑了。他对金日成就原子弹问题说过这样的话："这是一种恫吓，一种赤裸裸的核讹诈。不要说苏联已经掌握了核武器，就是像对日本一样，也在朝鲜投原子弹，那杜鲁门也没有义务事先通知对方，让对方先做做准备呀。说来说去，这种做法的实质就是威胁和恐吓。"

作为具有独特性格的政治家，毛泽东始终相信一个哲学观点，他用这个观点解释一切事物，那就是：人的因素是第一的。他从来不相信某种由人发明的物质力量能够战胜人本身。具体到决定战争胜负的诸因素，他始终不认为武器的优劣是第一位的。杜鲁门关于使用原子弹的威胁，对于毛泽东来讲，不过是一种言论罢了，毛泽东的笑声是真实的。

真正感到惊慌的是欧洲。

杜鲁门的讲话刚一结束，许多欧洲国家驻联合国的大使便把美国驻联合国大使奥斯汀围住。荷兰大使"含着眼泪"问奥斯汀，是否有机会避免战争的扩大。从朝鲜战争一爆发，欧洲的态度就一直处于十分的暧昧中，很多国家甚至站在反对战争的立场上。反对的原因并不是对共产党中国的偏袒，而是欧洲始终认为，东西方存在的巨大的意识形态分歧所带来的军事威胁的重点在苏联大量集结兵力的欧洲方向——"共产主义的威胁的火药桶"是在与苏联接壤的欧洲边境。而现在，美国人正在"一个不可思议的时间和可能出现最困难的战略条件下，把他们拖入亚洲战争的深潭"。这个观点英国政府表现得最为激烈。杜鲁门关于使用原子弹的言论，立即在英国议会引起轩然大波，大约一百多名工党议员在一封交给首相克莱门特·艾德礼的信上签名，坚决反对"在任何情况下使用原子弹"。反对者中，包括在刚刚结束不久的二战中曾与美国人生死与共的英国前首相丘吉尔。丘吉尔认为，战争如果在亚洲扩大，无疑会严重地削弱欧洲的防御力量，从而严重地威胁英国的安全。艾德礼首相感到了空前的压力，因为有议员要求就英国在朝鲜战争中的立场对首相本人进行信任表决,并且预言说,只要表决艾德礼肯定就要倒台。当艾德礼宣布他要亲自到美国当面与杜鲁门总统交换意见时,辩论中的议员们向首相发出欢呼之声。

英美首脑的会见是当时极为引人注目的一件大事。

为期三天的英美首脑会谈没能解决两个盟友之间关于朝鲜问题的分歧。美国人从根本上不喜欢艾德礼这个人,美国国务卿艾奇逊引用他的老朋友丘吉尔的话对记者说,艾德礼是一条"披着羊皮的狼"。两个大国首脑关于一个问题的观点如此的针锋相对,这在英美关系史上还是极为少见的。

艾德礼认为,联合国军除了通过谈判撤出朝鲜外,没有其他出路。他甚至认为,可以把联合国中中国的席位给予北京,因为"我们不能被对方弄得难以自拔,而使西方陷入容易遭到进攻的境地"。而杜鲁门认为,停火是可以的,但是这不意味着放弃南朝鲜和台湾,或者是让北京取得联合国的席位。如果中国不接受停火,美国人就准备打下去,"进行各种军事、政治和经济的骚扰,包括在中国境内煽动游击战"。

总之,对于新中国,英国人认为要采取"阴柔政策",而美国人的态度是"除了教训一下中国外什么都不欠他"。

但至少艾德礼得到了杜鲁门"不使用原子弹"的承诺。

嘴上说"教训一下中国"的杜鲁门却不时地收到从朝鲜战场传来的美军又被"教训"了一下的沮丧消息。麦克阿瑟天天有变的报告,弄得杜鲁门对他的远东司令官产生了一种极端抵触的情绪。麦克阿瑟一会儿惊呼他的部队"面临灭顶之灾",要求给他"更多的部队和扩大轰炸的权限";一会儿又对报界说,华盛顿的官僚们惊慌失措是没有道理的,他的部队不是失败,而是正在进行一次"巧妙的撤退"。美国报纸每天都在刊登"形势图",表明中国军队是如何包围美第十军和第八集团军的。好战的记者们给杜鲁门出主意,让他把战争打下去,说不然就会"打击了亚洲国家所有的反共的承诺";绝望的记者们则在"形势图"边添油加醋:"这也许会成为美国在军事上最惨重的失败","除非在外交上出现奇迹,否则朝鲜战场上的美军将不得不进行一场新的敦刻尔克大撤退,以免遭受一场新的巴丹式的覆灭"。而美国人民对这场战争表现出的冷淡也令杜鲁门感到失落,无论国家的政治首脑是多么的焦虑不安,美国老百姓却有点"事不关己"的潇洒,人们照样把周末大学生橄榄球比赛的赛场挤得水泄不通。圣诞节就快到了,百货商店里采购的人流彻夜不息。有记者在街上问过路的行人关于朝鲜战争的问题,令杜鲁门吃惊的是美国人是这样回答的:"不开收音机。"

然后,最令人震惊的消息传到了华盛顿:第八集团军司令沃克将军阵亡。

沃克成为朝鲜战争仅仅进行了两个月时美军阵亡的军衔最高的军官。

沃克的吉普车混杂在向南撤退的美军队伍中,而这位将军"乘车时总是急不可待地命令赶路,如果什么东西降低了他的吉普车的速度,他往往厉声命令道:'绕过它前进。'"可是,这一天,一长串的南朝鲜军车堵塞了道路,沃克的司机本打算"绕过它前进",但一辆南朝鲜军车突然"开出了车队,向沃克的吉普车迎面驶来",吉普车来不及刹车被撞入沟中。沃克将军的头部"伤势严重",送抵战地医院时"已经死亡"。美军战史记载,沃克当时正在前往第二十师的路上,他准备去嘉奖这支部队,并把一枚银星勋章授予第二十师的一位上尉连长。上尉连长名叫萨姆·沃克,是沃克将军的儿子。

中国战史记载:沃克死于车祸。

北朝鲜战史记载:美沃克将军"被我勇敢的游击队员击毙"。

如果沃克不死,几天以后他将被授予四星上将军衔。

此时,在中国北京,毛泽东和北朝鲜领袖金日成会面了。

至少在当时,这是一次绝对机密的会面。

战争的进程无疑令两位领袖十分满意。

战争前期的那种危机现在已经不存在了,他们有充分理由分享联合国军一路南逃所带来的愉快。

毛泽东对金日成说,原先我一直担心两个问题,一是志愿军过江后能不能在朝鲜站住脚,经过第一次战役,这个问题解决了;二是靠现有装备,能不能和装备现代化的美军交战,交战后能不能取得胜利,现在这个问题也解决了。事实证明,我们不仅可以与美军交战,而且能战而胜之,看来原来的担心不必要了。

两位领袖讨论了战争如何往下发展的问题。

这是一个关系到世界局势、亚洲局势的大问题,同时也是关系到几十万在朝鲜战场上的中国士兵的生命的问题。

中国军队占领平壤后,遵照毛泽东的指示,全线压向三八线,并且与联合国军队形成短暂的对峙。

从战后很久才公开的资料分析,当时,杜鲁门和艾奇逊都在力求寻找一种既能保存美国人的面子、又能体面地停止战争的办法。有一个现实的理由是,联合国军即使撤退,也不过是撤退到战争爆发前的三八线,而中国军队无非是把战线恢复到战争爆发前南北朝鲜分割的状态。停火对双方来讲都是可以接受的现实,虽然这个现实对于美国方面来讲是被迫的,但至少在当时,这样的现实美国不会强烈地反对。在随后召开的国家安全委员会的会议上,美国要员们讨论了许久,最后的结论是:除非联合国军在朝鲜由于军事原因被驱逐,否则决不自动撤军。会议同时认为,对于西方世界来讲,最大的危险在欧洲,美国最好不要卷入亚洲的一场持久战争。因此原则应该是:一、把战争限制在朝鲜;二、保持对空海力量的限制;三、不向朝鲜增派军队,保持三八线战线的稳定,达成停火协定,恢复三八线战前的状态。

可以说，如果当时中国方面同意停火，朝鲜战争也许就结束了。

但是，至今令许多西方战史专家迷惑不解的是：中国方面根本没打算在这个时候停火。

原因不仅仅是由周恩来提出的三个条件没有得到满足。

毛泽东吸着香烟对金日成说，既然美国人敢于诉诸武力，那么中国志愿军就要奉陪到底。打第一次战役，第二次战役，胜利了，但还不够，还要接着打。你敢越过三八线北进，那我为什么不能越过三八线？

金日成的回答是："对，要乘胜前进！"

应该说，影响毛泽东对朝鲜战争进程思考的重要因素之一，是亚非一些国家的"突然的横插一棒"。

这些亚非国家大多数是毛泽东认为"可以团结的力量"，在国际政治立场上以中立派居多。杜鲁门扬言要在朝鲜战场上使用原子弹后，这些亚非国家有了基于自身安全的忧虑。于是，在联合国大会上产生了一个"十三国提案"，其中心内容是"提倡和平"。这些亚非国家既希望战争结束，又不想得罪美国，于是提案特别提到"先停火再谈判"，并且对此有一个说明——就是这个说明明显地刺痛了毛泽东——"如果中国宣布不越过三八线的话，则将得到这些国家的欢迎和道义上的支持"。

无论"十三国提案"的动机多么善良，但客观上是在给美国一个得以喘息的机会，它正是美国人此刻急需的东西。提案的要害是"先停火再谈判"，它令毛泽东不由得想到当年美国人马歇尔在中国的"调停"，也是先宣布"停战"，然后背地里帮助蒋介石运送兵力补充武器，这个亏共产党人是吃过的。

周恩来召见印度大使，提出了四个尖锐的问题：

为什么十三国不反对美国对朝鲜、对中国的侵略？

为什么十三国不宣布从朝鲜撤出一切外国军队？

为什么十三国中还有一个菲律宾（菲律宾是在朝鲜参战的联合国军中的一员）？

为什么美军打过三八线的时候，十三国不讲话？

换句话说，当联合国军不顾一切地越过三八线，并向北朝鲜重兵大举推进的时候，十三国怎么一句话都没有说过；而当中国军队具有越过三八线的可能时，他们却提出一个"停火"的提案？

中国方面的回答是：

一、只要一切外国军队从朝鲜撤退的原则被接受并付诸实施，中华人民共和国中央人民政府将负责劝说中国人民志愿军部队回到本国。

二、停止朝鲜战争与和平调解朝鲜问题可分为两个步骤进行：

第一步，在七国会议中商定有限期的停火并付诸实施，以便继续进行谈判；

第二步，联系政治问题谈论停火全部条件，商定：从朝鲜撤出一切外国军队的步骤和办法；向朝鲜人民建议如何实施朝鲜内政由朝鲜人民自己解决的步骤和办法；美国武装力量自台湾及台湾海峡撤退以及远东有关诸问题。

三、中华人民共和国在联合国的合法地位必须得到保证。

这些条件显然是美国不能接受的。

于是，在一九五〇年的十二月里，朝鲜战争的前景呈现出扑朔迷离的局面。

而作为置身朝鲜前线的中国军队的总指挥，彭德怀对整个战局充满忧虑。

圣诞节前夕，朝鲜半岛东北部的兴南港处在空前的混乱中。从深山野岭中撤退出来的美军官兵大部分已经登舰撤退，但尾追而来的中国军队仍顽强地向这个港口发起一次又一次的进攻。美军在兴南港外围的防御圈逐渐地缩小，激烈的战斗几乎遍布了港口外的每一条街巷。港口内，美军一方面全力组织登舰撤退，一方面销毁着一切带不走的物资。美军后勤指挥官知道，任何把"装满食品、肥皂、猪油、咖啡和果汁的仓库搬运一空"的企图都是"徒劳无益的"，最好的办法是敞开仓库所有的大门任所有的人"随意取食"。美国《时代》周刊记者马宁记述道："美国士兵和南朝鲜码头工人整天都吃个不停。他们为了做一块三明治，可以漫不经心地打开一听六磅重的猪肉午餐肉罐头；为了喝一口果汁，可以打开一加仑重的罐装果汁。"与此同时，美军所有能够支援的战机全部集中到了小小的兴南港上空，进行着比仁川登陆时规模更大的轰炸——"近三万四千发炮弹和一万二千八百枚火箭弹铺天盖地"，"四百吨的凝固甘油炸药和五百枚一千磅的炸弹"在最后的时刻被瞬间引爆，整个兴南港犹如一座喷发的火山，烈火昼夜燃烧，浓烟遮天蔽日。

十二月二十四日，圣诞节前夜，是美军撤退行动的最后的一天。航空母舰"普林斯顿"号上的飞行员麦克上尉负责执行最后一次飞行任务。他的飞机飞入了兴南港上空，他说："我看见了从未经历过的忧郁和悲伤的情景。在下面，最后一批士兵和物资正往坦克登陆舰上登载，其他舰艇正驶离码头。大地成为一片火海，到处都在燃烧。十二艘驱逐舰驶来，用舰炮摧毁所有的建筑物，为的是不让敌军使用。海面上的舰队像杂技团的大象，后面的咬住前面的尾巴前进。"

美军从兴南港共运走士兵十万五千余人，汽车一万七千五百余辆，物资三十五万吨。

麦克上尉的飞机在兴南港上空盘旋了最后一圈，当他准备在航空母舰上降落的时候，突然想起了麦克阿瑟说过的那句"圣诞节前让孩子们回家"的话，于是，麦克上尉特地在无线电中向"普林斯顿"号航空母舰上的全体美军官兵喊了一句："圣诞快乐！"